Ane Mulligan

Wenn wir unseren Träumen folgen

Die starken Frauen von Sweetgum

ANE MULLIGAN

WENN WIR UNSEREN *Träumen folgen*

Die starken Frauen
von Sweetgum

BRUNNEN
Verlag GmbH · Giessen

Deutsch von Tabitha Krägeloh

© 2024 Brunnen Verlag GmbH Gießen
Redaktion: Alexandra Eryiğit-Klos
Umschlagfotos: Arcangel / Joanna Czogala; AdobeStock.
Umschlaggestaltung: Daniela Sprenger
Satz: Brunnen Verlag GmbH Gießen
Druck: Finidr s.r.o., Tschechien
ISBN Buch 978-3-7655-2167-6
ISBN E-Book 978-3-7655-7842-7
www.brunnen-verlag.de

Dieses Buch ist meiner Schwester Pam Squires
gewidmet.
Du bist meine Heldin!

Sweetgum

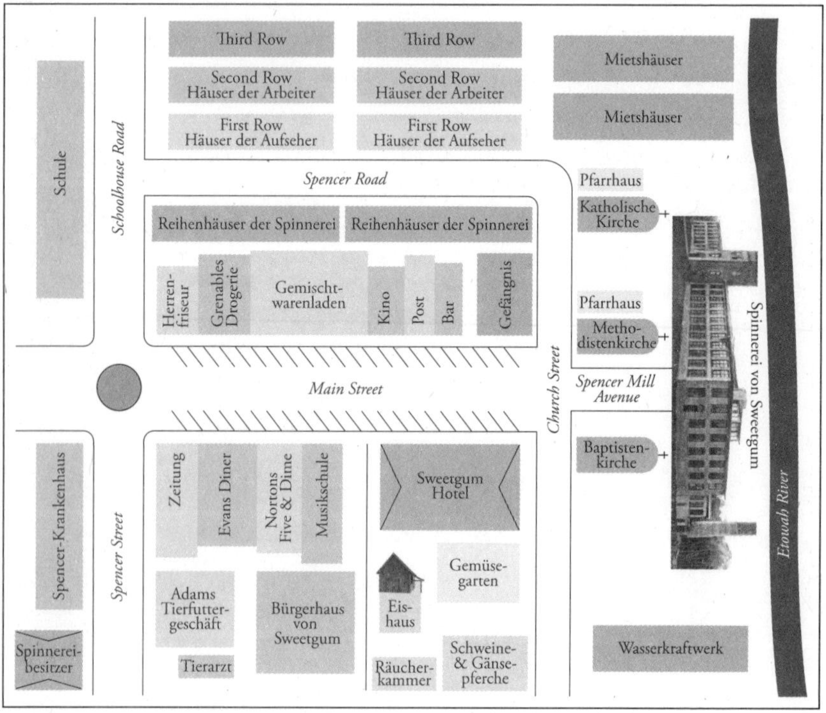

Third Row

Third Row

Mietshäuser

Second Row
Häuser der Arbeiter

Second Row
Häuser der Arbeiter

Mietshäuser

First Row
Häuser der Aufseher

First Row
Häuser der Aufseher

Schule

Schoolhouse Road

Spencer Road

Pfarrhaus

Katholische
Kirche

Reihenhäuser der Spinnerei

Reihenhäuser der Spinnerei

Herren-
friseur

Grenables
Drogerie

Gemischt-
warenladen

Kino

Post

Bar

Gefängnis

Pfarrhaus

Metho-
distenkirche

Main Street

Church Street

Spencer Mill
Avenue

Baptisten-
kirche

Spencer-Krankenhaus

Spencer Street

Zeitung

Evans Diner

Nortons
Five & Dime

Musikschule

Sweetgum
Hotel

Gemüse-
garten

Spinnerei von Sweetgum

Etowah River

Adams
Tierfutter-
geschäft

Bürgerhaus
von
Sweetgum

Eis-
haus

Spinnerei-
besitzer

Tierarzt

Räucher-
kammer

Schweine-
& Gänse-
pferche

Wasserkraftwerk

Sweetgum Hotel

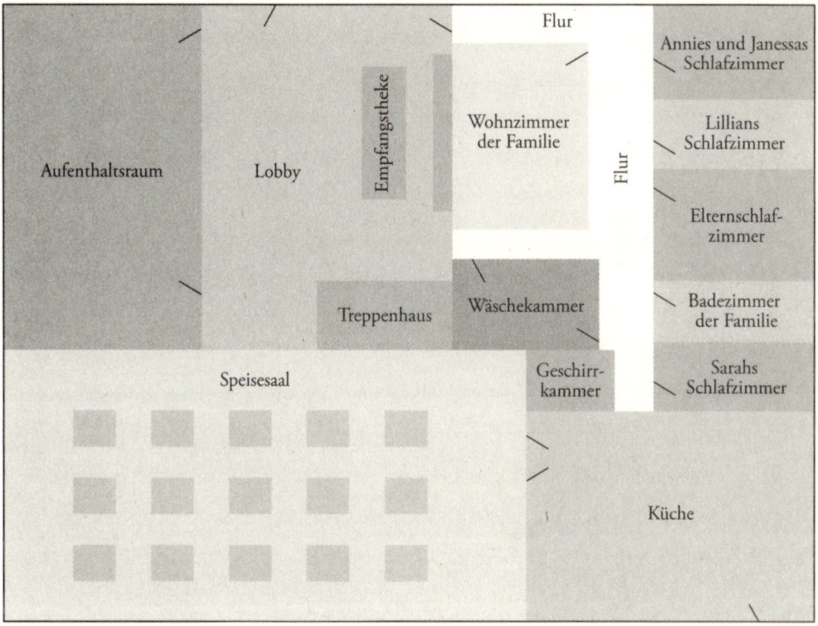

Aufenthaltsraum

Lobby

Empfangstheke

Flur

Wohnzimmer der Familie

Flur

Annies und Janessas Schlafzimmer

Lillians Schlafzimmer

Elternschlaf-zimmer

Treppenhaus

Wäschekammer

Badezimmer der Familie

Speisesaal

Geschirr-kammer

Sarahs Schlafzimmer

Küche

„Jede Generation hat die Verantwortung,
die Welt zu einem besseren Ort für die nächste zu machen.
Wer das nicht tut, verfehlt den Zweck,
zu dem er auf dieser Erde lebt." –
Frank Taylor, Sweetgum Baptist Church, Februar 1928

1

Frühling 1930

Das markerschütternde Läuten einer riesigen Messingglocke zerreißt die morgendliche Stille. Meine Schwester Annie kreischt. Sarah, unsere Köchin, schreit ebenfalls erschrocken auf, während mir die Schüssel mit kalten Ofenkartoffeln aus der Hand rutscht und krachend auf den Boden fällt. Meine Mutter ruft: „Lieber Gott, nein! Bitte lass es nicht wieder ein Kind sein!"

Ich bin starr vor Schreck und zittere am ganzen Körper. Es gab wieder einen Unfall in der Baumwollspinnerei. Innerlich schreie ich: *Nicht Tommy! Bitte, Herr!*

Das Entsetzen, das ich empfinde, spiegelt sich auf Mamas Gesicht wider. „Geh, Janessa." Sie scheucht mich weg. „Finde heraus, wer es ist."

Als ich zur Tür hinauseile, hat meine Mutter bereits angefangen, die Kartoffeln aufzusammeln. Dabei flüstert sie ein Gebet. Die Spinnerei liegt weniger als 150 Meter vom Hoteleingang entfernt. So schnell meine Beine mich tragen, renne ich die Straße entlang. Dann reiße ich die Tür zur Fabrik auf und folge den Schreien, die durch das Treppenhaus gellen. Hastig steige ich die Stufen hinauf. Normalerweise übertönt der Maschinenlärm jedes andere Geräusch, aber wenn die Messingglocke während der Arbeitszeit läutet, werden die meisten Maschinen angehalten.

Als ich den ersten Stock erreiche, bleibe ich abrupt vor der Spinnstube stehen, stütze die Hände auf die Knie und versuche, wieder zu Atem zu kommen. Will ich wirklich sehen, was auf der anderen Seite dieser Tür ist?

„Aus dem Weg!"

Schnell springe ich zur Seite, um zwei Sanitäter mit einer Trage vorbeizulassen. Dann schlüpfe ich hinter ihnen durch die Tür und lehne mich mit dem Rücken an die Wand. In der Luft schweben unzählige feine Baumwollfasern, die es fast unmöglich machen, tief durchzuatmen. Wie kann man in dieser staubigen Luft nur arbeiten?

Die Menschenmenge, die sich um eine der Maschinen gesammelt hat, teilt sich für die Sanitäter. Ein kleines Mädchen liegt in einer Blutlache am Boden. *O nein, Herr!* Es ist Ruthie Ralston. Sie ist gerade mal 6 Jahre alt. Ein Gürtel ist um ihren Oberarm gebunden.

Der Unterarm ist nicht mehr da.

Ich drehe mich um und renne die Treppe hinab. Nachdem ich die Eingangstür aufgestoßen habe, sauge ich begierig die frische Luft ein. Irgendwie gelingt es mir, mein Frühstück bei mir zu behalten. Mit der geballten Faust wische ich mir die Tränen vom Gesicht und mache mich benommen auf den Heimweg. Es gibt nichts, was ich noch tun könnte.

In diesem Moment kommt mein Vater mit fliegenden Rockzipfeln angerannt – anscheinend ist er auch auf dem Weg zur Spinnerei. Als er mich entdeckt, bleibt er jedoch kurz stehen und umarmt mich. Dann eilt er weiter. Jemand muss ihn gerufen haben, weil er der Pastor der Ralstons ist. Die arme Mrs Ralston hat wahrscheinlich gesehen, wie der Unfall passiert ist. Ruthie arbeitet schließlich immer direkt an ihrer Seite.

Meine nächsten Schritte gehe ich rückwärts, um zur Spinnerei zurückzublicken. Das zweistöckige Gebäude nimmt einen ganzen Häuserblock ein und hat die Farbe von verwittertem Beton. Wie ist es möglich, dass ein Ort Hoffnung spendet und sie zur gleichen Zeit zunichtemacht?

Ich drehe mich wieder um und richte den Blick auf mein Zuhause – das *Sweetgum Hotel*. Seine weiße Veranda scheint mir einladend zuzuwinken. Das rote Backsteinhaus hat drei Etagen – vier, wenn man den Dachboden mitzählt. Meine Schwestern und ich haben als Kinder viele Stunden dort oben verbracht und mit Puppen gespielt. Arme Ruthie. Wird sie je wieder mit Puppen spielen?

Als ich das Hotel erreiche, wartet meine Mutter schon an der Tür auf mich. Ich schüttele nur den Kopf und laufe in ihre Arme. Sie drückt mich fest an sich und streichelt mir den Rücken. Das Kreisen ihrer Hände beruhigt mich.

„Wer und wie schlimm ist es?"

„Ruthie Ralston hat ihren Arm verloren."

Mama zieht scharf die Luft ein und nickt. Dann legt sie die Hände auf meine Schultern und sieht mich eindringlich an. „Geht es dir gut?"

Tut es das? Nachdenklich zwirbele ich eine Strähne meines Haars, das so goldbraun ist wie das meiner Mutter. Alle sagen, dass ich ihr Ebenbild bin. „Ja, Mama. Es hat mich erst ziemlich mitgenommen. Andererseits habe ich schon so viele –"

„Lass nicht zu, dass du abstumpfst, Janessa. Nicht, wenn du auch weiterhin anderen helfen willst. Bewahre dir dein weiches, großzügiges Herz." Sie zieht ihre Schürze aus und reicht sie mir. „Geh zu Sarah und frag sie, wie du behilflich sein kannst. Ich werde mich mit deinem Vater um Mrs Ralston kümmern." Meine Mutter setzt ihren Hut auf und eilt dann in Richtung Spinnerei davon.

In der Küche steht immer noch die Schüssel mit den Kartoffeln, die gepellt werden müssen. Ich nehme ein Messer und mache mich an die Arbeit. Die Arbeiter der Spinnerei, die hier im Hotel wohnen, erwarten pünktlich um 12:00 Uhr ihr Mittagessen. Was auch passiert, das Leben in Sweetgum geht weiter.

Früher haben wir jedem Arbeiter, der bei uns wohnt, einen eigenen Korb gebracht. Aber da die Zahl der Mieter deutlich zugenommen hat und auch ein paar Kurzzeitgäste da sind, haben wir nicht mehr genug Angestellte, um die Körbe zu tragen. Jetzt packen wir jedes Essen in Servietten und legen diese in die Körbe. So kann jede von uns ein halbes Dutzend Mittagessen in einem einzigen Korb transportieren.

Da Sarah mich im Auge behält, lächele ich – oder versuche es zumindest. Solange ich denken kann, arbeitet die verwitwete Irin schon als Köchin für uns. Und sie ist mir immer eine weise Vertraute gewesen. Sie lebt mit uns in unserer Privatwohnung im Hotel und kennt uns alle durch und durch.

„Ich glaube, dein Daddy wird diese Woche nach Rome reisen, um mit den Abgeordneten zu sprechen, oder?"

Mein Messer bohrt sich in eine Kartoffel, um ein Auge zu entfernen, und ich schüttele verzweifelt den Kopf. „Wie viele Kinder wurden dieses Jahr schon verstümmelt oder getötet? Dabei haben wir erst Mai. Ruthie müsste sich jetzt eigentlich auf die Schulferien freuen, die Ende des Monats beginnen. Stattdessen steht ihr ein Leben mit nur einem Arm bevor – falls sie überlebt."

Da ich noch ein paar wertvolle freie Minuten habe, bevor wir die Essenspakete zur Spinnerei bringen, gehe ich nach draußen, um die

Zeitung von der Veranda zu holen. Als ich mich umdrehe, fällt mein Blick auf den Namensvetter unserer Stadt: der *Sweetgum Tree* – auch *Amerikanischer Amberbaum* genannt. Ein Blick auf diesen prachtvollen Baum reicht und mir geht es sofort besser. Tommy und ich haben uns unter diesem 150 Jahre alten Baum verliebt. Er steht genau in der Mitte des Stadtrondells.

Ja, ich weiß. Die meisten Städte haben einen Stadt*platz*. In New Orleans gibt es den Jackson Square. In Savannah den Johnson Square – und einige andere Plätze. Aber nicht hier. In Sweetgum, Georgia, haben wir ein Stadtrondell. Tommy und ich treffen uns fast jeden Abend dort. Wir sprechen über unsere Zukunft und kuscheln ein bisschen, wenn niemand in der Nähe ist.

„Schnapp ihn dir!", kreischt plötzlich Annie, unsere angehende Schauspielerin, von drinnen. Wir wissen nie, ob ihre Dramen echt oder nur gespielt sind.

„Ich komme nicht dran. Er ist unters Bett gekrochen", höre ich jetzt die Stimme meiner großen Schwester Lillian durchs Fenster. Von wem sprechen sie bloß?

Ich seufze und eile ins Haus. Als ich die Fliegengittertür hinter mir zuknalle, ist das Chaos komplett. Yep. Das Leben geht weiter.

„Da läuft er!" Annie stürmt quer durch die Hotellobby und rennt mich dabei fast um. Mit ihren 17 Jahren ist sie die sportlichste von uns dreien. Ihr welliges dunkles Haar reicht ihr bis zum Kinn und rahmt ihr elfenhaftes Gesicht ein.

Lillian folgt ihr auf den Fersen. Einige Strähnen ihres langen Haars haben sich aus ihrer Haartolle gelöst. Meine große Schwester ist doch sonst immer so gefasst. Was ist bloß der Grund für diese Aufregung? Über ihre Schulter ruft Lillian mir zu: „Wir müssen ihn aufhalten, bevor er irgendwen erschreckt!"

Mein Herz hämmert gegen meinen Brustkorb. Könnte *er* ein Landstreicher sein? In letzter Zeit treiben sich viele Vagabunden unten am Fluss herum. Es ist gut möglich, dass sich einer von ihnen auf der

Suche nach Essen ins Haus geschlichen hat. Ich werfe die Zeitung auf die Empfangstheke und eile dann in den Speisesaal.

Lillian späht gerade unter einen Tisch, auf dem noch die Überreste des Frühstücks liegen, während Annie die Schwingtür zur Küche aufstößt.

Ich schnappe nach Luft. „Nach wem suchen wir überhaupt? Und wann räumt ihr endlich die Tische ab?"

Annie stampft zurück in den Speisesaal. „In der Küche ist er nicht. Wie kann er mit seinem verletzten Bein nur so schnell sein?"

Das kann nur eins bedeuten: Annie hat den Käfig offen gelassen und das Frettchen ist aus unseren Privatzimmern entwischt. Ich stemme die Fäuste in die Hüften. „Das liegt daran, dass er noch drei *andere* Beine hat."

Plötzlich huscht ein Fellknäuel wie der Blitz durch den offenen Durchgang des Speisesaals.

„Haltet ihn auf!", ruft Annie, während sie herumwirbelt.

Zu dritt rennen wir hinter dem verletzten Tierchen her, das ich vor Kurzem aus einer Falle gerettet habe. Nachdem wir die Lobby durchquert haben, bleiben wir vor dem Aufenthaltsraum stehen. Das Frettchen ist durch den Türspalt geschlüpft. Lillian beugt sich vor, um an der Tür zu lauschen. Dann dreht sie sich mit entsetzt aufgerissenen Augen zu uns um. Annie kichert über die dramatische Wendung, während ich verärgert die Stirn runzele. „Wer ist denn da drin?"

Ein gellender Schrei ertönt. Ich zucke zusammen.

Annies Gekicher entwickelt sich zu einem Lachanfall. „Die alte Lady Grundy. Bis später, Schwestern!"

Sie wendet sich zum Gehen, aber ich halte sie am Kragen fest. „O nein, vergiss es. Es ist deine Schuld, dass er entkommen ist. Du gehst mit rein."

Ich packe Annie am Handgelenk, stoße die Tür auf und zerre sie ins Wohnzimmer. Bevor das Frettchen entkommen kann, schließe ich schnell die Außentür. Mrs Grundy, eine Mieterin des Hotels, steht zitternd auf einem Polsterhocker. Für eine Frau in den Fünfzigern ist sie ungewöhnlich agil. Warum ist sie überhaupt hier und nicht auf der Arbeit? Das kleine Frettchen, das in einer Ecke unter einem Beistelltisch kauert, sieht mindestens genauso verängstigt aus wie Mrs Grundy.

„Es tut mir so leid, Mrs Grundy. Aber er tut Ihnen nichts." Auf Händen und Knien krabbele ich unter den Tisch und nehme meinen pelzigen Patienten vorsichtig auf den Arm. Er beginnt sofort zu zittern und kuschelt sich an meine Brust. „Er ist noch ein Baby."

Mrs Grundy klettert mit finsterem Blick vom Hocker. „Pah! Letzten Monat war es ein Waschbär." Schnaubend fährt sie fort: „Und Sie haben immer noch nicht meinen Ehering gefunden, den dieses Viech gestohlen hat. Der Ring ist alles, was ich noch von meinem William habe." Sie hält sich ein Taschentuch unter die Nase, bevor sie mich böse anfunkelt. „Sie sollten den Ring besser finden. Und zwar bald."

Annie, die hinter Mrs Grundy steht, verdreht die Augen. Ich muss ihr zustimmen. Die alte Lady ist genauso dramatisch wie meine kleine Schwester.

„Es wird nicht wieder vorkommen", versichere ich, während ich die Schuldige mit einer gehobenen Augenbraue ansehe. „Annie hat versprochen, keine Käfige mehr zu öffnen, wenn ich nicht dabei bin."

Mrs Grundy brummt missbilligend. „Das haben Sie letztes Mal auch gesagt." Nun wirft sie Annie einen bösen Blick zu. „Ich sollte Sie bei Mr Spencer melden."

Nein! Mein Magen zieht sich zusammen und meine Hände werden feucht. „Bitte, Mrs Grundy, tun Sie das nicht."

Mr Spencer gehört nicht nur die Spinnerei, sondern auch ein beträchtlicher Teil der Stadt – einschließlich dieses Hotels. Wir verwalten es nur. Und leben hier. Wenn sich Mrs Grundy über uns beschwert, setzt Mr Spencer uns vielleicht vor die Tür. Dann haben wir kein Zuhause und keine Arbeit mehr. Daddys Gehalt von der Kirche reicht nicht, um uns zu ernähren. Und wenn Mr Spencer uns aus dem

Hotel wirft, entlässt er meinen Vater auch aus dem Gemischtwarenladen, den er ebenfalls leitet.

Mrs Grundy sieht mich mit zusammengekniffenen Augen an. Dann hebt sie mahnend den Zeigefinger und sagt: „Halten Sie dieses Biest draußen in der Scheune. Tiere haben nichts im Hotel verloren."

Erleichtert schließe ich einen Moment die Augen. „Ja, Ma'am. Das Frettchen wird Sie nicht mehr belästigen."

Annie, das Frettchen und ich ziehen uns schnell zurück. Nachdem ich das jetzt schlafende Tierbaby in seinen Käfig zurückgebracht habe, mache ich mich auf die Suche nach meinen Schwestern. Annie steht am Empfangstresen und sortiert die Post. Gerade stopft sie einen Umschlag in den Briefschlitz von Zimmer 203.

„Wo ist Lillian?" Ich habe ein Hühnchen mit ihr zu rupfen.

Annie deutet mit dem Daumen über die Schulter. „Im *Five & Dime*."

„Nun, sie hätte dich aufhalten sollen." Mit ihren fast 24 Jahren ist Lillian die Älteste von uns. Sie hätte es besser wissen müssen. „Bitte öffne nicht mehr ohne mich den Käfig."

Annie lässt den Kopf hängen. „Es tut mir leid. Aber er hat so traurig ausgesehen. Ich wollte ihn doch nur streicheln."

Natürlich werde ich weich bei diesen Worten. Man kann Annie einfach nicht lange böse sein. „Ich weiß, dass du es gut gemeint hast, Schwesterchen. Aber wir werden großen Ärger bekommen, wenn Mr Spencer davon erfährt."

Mein Blick fällt auf die Tische im Speisesaal, die immer noch nicht abgeräumt sind. Na ja, da kann man nichts machen. Auch wenn uns der Unfall heute Morgen aufgewühlt hat, geht der Alltag weiter. Da Lillian in Nortons Billigladen, dem *Five & Dime*, arbeitet, kommt sie oft nicht dazu, die Tische abzuräumen. Also müssen Annie und ich das übernehmen. Dafür macht Lillian dann meine Wäsche. Das ist kein schlechter Tausch. Und vor allem bessert Lillians Arbeitsstelle unsere Haushaltskasse ein wenig auf.

Ich seufze. „Komm, lass uns die Tische abräumen."

Annie rümpft die Nase. „Ich schwöre, Lillie drückt sich immer vor ihrer Arbeit."

„Erstens schwört eine Dame nicht. Zweitens: Lass Lillian bloß nicht hören, dass du sie Lillie nennst." Sie hasst den Spitznamen, weil sie ihn nicht würdevoll genug findet. Unserer Lillian ist es eben sehr wichtig, den Schein zu wahren – kein einfaches Unterfangen in einer kleinen Spinnereistadt, wo jeder jeden kennt. „Und drittens: Vergiss nicht, dass Lillian ihren Gehaltsscheck mit uns allen teilt."

Annie und ich gehen in den Speisesaal, räumen das schmutzige Geschirr ab und bringen es auf Tabletts in die Küche. Dort stellen wir es neben der Spüle ab, damit die Küchenmädchen es abwaschen können. Mama, Sarah und die vier jungen Küchenmädchen – Grace, Glory, Belulah und Delilah – haben mit unseren vielen Mietern und Gästen alle Hände voll zu tun. Ich wette, das Hotel ist nur so gut besucht, weil Sarah und Mama so lecker kochen.

Meine Mutter steht gerade an der marmornen Küchentheke und knetet Teig. Im Grunde ist immer jemand damit beschäftigt, eine neue Ladung Brot zu backen. Das Sonnenlicht fällt durchs Küchenfenster auf Mamas lockiges, goldbraunes Haar. Obwohl sie 45 Jahre alt ist, hat sie noch keine grauen Strähnen. Anders als Sarah. Sie ist so füllig, wie eine gute Köchin sein sollte. Und ihr Haar, das sie stets zu einem praktischen Dutt bindet, ist mausbraun mit silbernen Strähnen. Ein paar kürzere krause Haare entwischen jedoch immer den Haarnadeln und tanzen um Sarahs Gesicht herum.

Ich kehre mit einem Eimer warmem Wasser und zwei Lappen in den Speisesaal zurück.

Annie schnappt sich einen Lappen. Sie taucht ihn ins Wasser, wringt ihn aus und nimmt dann den ersten Tisch in Angriff. „Wenn ich abhauen würde, ohne meine Hausarbeiten zu erledigen, würde Mama mir die Rute geben."

Meine jüngere Schwester bringt mich immer zum Lachen mit ihren albernen Vorstellungen. „Du wurdest noch nie mit der Rute geschlagen, Annie." Sie ist eine verwöhnte kleine Madame. Na ja, *klein* ist relativ. Mit ihren 17 Jahren ist sie mittlerweile eine hübsche junge Frau. Als Annie verärgert die Stirn runzelt, höre ich auf zu lachen. Ich wünschte bloß, sie würde nicht immerzu nur ans Kino denken. Tagein, tagaus redet sie von nichts anderem als von Filmstars. Ihr größter Wunsch ist, selbst einmal in einem Film mitzuspielen.

Als Annie zum nächsten Tisch weitergeht, grinst sie frech. „Ich würde gerne sehen, wie Lillian die Rute bekommt."

„Nicht wirklich. Du würdest heulen." Ich wasche meinen Lappen im Eimer aus und schrubbe dann den nächsten Tisch. „Dein Herz ist viel weicher, als du vorgibst."

Eine Viertelstunde später glänzen die sauberen Tische in der Vormittagssonne. „Hier." Ich strecke Annie einen Stapel Servietten hin. „Leg die auf die Tische. Dann kannst du in der Küche helfen gehen. Ich decke die Tische allein ein."

Annie wirft mir eine Kusshand zu. „Danke!" Achtlos schleudert sie einen Stapel mit vier Servietten auf jeden Tisch und verschwindet dann in die Küche.

So habe ich mir das nicht vorgestellt. Ich seufze. Annie hasst es, die Tische einzudecken. Mir macht es nichts aus, aber es nimmt nun mal viel Zeit in Anspruch. Resigniert trage ich den Besteckkasten zum ersten Tisch. Wir haben momentan neunundzwanzig Mieter. Noch sind wir nicht voll belegt, aber fast. Der Kasten wird nach jedem Tisch leichter, bis er schließlich ganz leer ist. Sorgfältig lege ich die letzte Garnitur hin. Dann bringen die vierzehnjährige Grace und ihre Schwester Glory einen Behälter mit frisch gespültem Besteck herein. Ich stelle ihn unter das Büfett.

Als ich wieder in die Küche komme, steht Sarah an einem der beiden großen Herde und rührt in einem Topf. Meine Mutter breitet unterdessen ein Geschirrtuch über eine weitere Teigkugel. Dann stellt sie den Teig zum Gehen ins Warmhaltefach über dem zweiten Herd. Aus diesem Teig werden wir die Brötchen fürs Abendessen und die

Brote für morgen früh zubereiten. Annie hilft Mama, das Mehl für den nächsten Brotteig abzuwiegen.

Ich schnappe mir eine Schürze vom Haken und prüfe, ob die Küchenmädchen genug Servietten für die Essenspakete bereitgelegt haben. Neunundzwanzig Stück. Gut. Delilah legt einen Apfel auf jede Serviette, während Belulah Kekse in Wachspapier wickelt. Gott sei Dank ist das Frettchen nicht an die Kekse gegangen. Ach ja, ehe ich es vergesse, erzähle ich Mama lieber von der Sache mit Mrs Grundy.

„Ich werde heute Nacht auf einem Klappbett im Stall schlafen." Das kleine Frettchen muss nachts noch gefüttert werden.

Meine Mutter holt eine Schüssel aus dem Eisschrank und reicht sie mir. Darin ist der Teig, den ich für die Fleischpasteten ausrollen soll. „Warum in aller Welt willst du in der Scheune schlafen?"

Ich gehe zur Backtheke und nehme das Nudelholz in die Hand. „Das Frettchen ist ins Wohnzimmer entwischt, während Mrs Grundy dort war", erkläre ich, während ich etwas Mehl auf der Marmorplatte verteile. Dann lasse ich den Teig darauf plumpsen.

„Ach, Janessa. Du weißt doch, dass du deine Tiere im Käfig halten sollst." Sie neigt den Kopf zur Seite und mustert mich. Dann nickt sie verstehend. „Aha. Annie hat das Frettchen rausgelassen, stimmt's?"

Ich habe keine Ahnung, woher meine Mutter das schon wieder weiß. Oder vielleicht doch: Annie gerät ständig in irgendwelche Schwierigkeiten. Ich nicke und rolle dann den Teig zu einem großen Rechteck aus. „Zu ihrer Verteidigung muss ich sagen, dass sie das Frettchen nicht rauslassen wollte. Sie wollte es nur streicheln."

Mit der Außenseite ihres Handgelenks streicht Mama sich eine verirrte Locke aus dem Gesicht. „Das Wetter ist schön, also kannst du meinetwegen in der Scheune schlafen. Wie geht es dem kleinen Kerlchen denn? Wirst du ihn bald freilassen?"

„Sein Bein verheilt nicht so schnell, wie ich gehofft hatte. Es wurde in der Falle übel zugerichtet. Dr. Adams sagt, dass der Kleine immer lahmen wird. Ich kann ihn nicht freilassen. Er würde in der Wildnis nicht überleben." Wenn ich daran denke, was dem kleinen Frettchen zustoßen könnte, läuft mir ein kalter Schauer über den Rücken. Als ich den Teig fertig ausgerollt habe, suche ich in der Schublade nach dem kreisförmigen Ausstecher. Er muss irgendwo in dem Chaos aus Küchenutensilien liegen. Ich sollte diese Schublade dringend mal aufräumen!

Unterdessen wäscht sich Mama die Hände und trocknet sie ab. Sie durchdenkt immer alles sehr gründlich. Wenn ihre Entscheidung einmal feststeht, ändert sie ihre Meinung nicht mehr. „Du musst das Frettchen von den Gästen fernhalten. Nicht jeder ist so tierlieb wie du, mein Schatz. Aber ich glaube nicht, dass wir es in die Scheune verbannen müssen."

„Ich könnte ein stabiles Schloss an die Käfigtür hängen und den Schlüssel an einer Halskette mit mir herumtragen." Während ich Kreise aus dem Teig aussteche, überlege ich, wie ich das kleine Frettchen nennen soll. Annie hat immer gute Vorschläge, ich werde sie später fragen.

Sarah hebt den Kopf und kichert. „Ein Schloss wird unsere Miss Annie auch nicht aufhalten, wenn sie sich einmal in den Kopf gesetzt hat, mit dem kleinen Fellknäuel zu spielen." Sie reicht mir eine Schüssel mit der Füllung für die Teigtaschen. Ich verteile die Masse, die aus ein paar Schmorbratenresten und vielen Karotten, Erbsen und Kartoffeln besteht, auf dem Teig. Als die Schüssel leer ist, klappen Sarah und ich die Teigkreise zusammen, drücken die Ränder fest und bestreichen die Pasteten dann mit etwas verdünntem Eigelb. Schließlich schiebt Sarah die Bleche in die beiden Öfen.

Als ich die Backtheke abwische, beugt Sarah sich zu mir herüber und flüstert: „Habe ich dir erzählt, dass Annie das Frettchen neulich in die Küche gebracht hat? Ich habe ihm ein bisschen Hackfleisch gegeben. Nachdem der Kleine es gegessen hatte, hat er meine Schürzentasche durchsucht. Dann hat er sich darin zusammengerollt und ist eingeschlafen." Sie blinzelt zu meiner Mutter hinüber, um sicherzugehen, dass sie nicht zuhört. „Er ist zuckersüß. Mein Bruder hatte auch mal ein Frettchen als Haustier, als wir klein waren. Er hat damit Hasen gejagt." Sarah zwinkert mir zu. „Eine gute Hasenpastete ist doch nicht zu verachten."

Ich werfe ihr ein dankbares Grinsen zu. Vielleicht kann ich meinem Frettchen auch beibringen, Hasen zu jagen. Das würde Daddy gefallen.

Als die Teigtaschen fertig sind, haben die Küchenmädchen je einen Apfel und einen eingepackten Keks auf die Servietten verteilt und die Körbe bereitgestellt. Unsere Mieter essen besser als die meisten Arbeiter in der Spinnerei. Die anderen haben oft Sandwiches mit Kartoffelbrei und Würstchen oder mit Erdnussbutter und Mayonnaise dabei. Ein kleiner Junge isst zweimal die Woche eine mit Erdnussbutter gefüllte Zwiebel. Unwillkürlich rümpfe ich die Nase, während ich einen Blick auf die Küchenuhr werfe. Noch zehn Minuten bis Mittag.

„Los geht's, Mädchen." Sarah und Mama verteilen rasch die Teigtaschen auf die Servietten. Danach schnüren die Küchenmädchen die Bündel zusammen und packen sechs davon in jeden Korb. Anschließend nimmt jede von uns einen Korb und macht sich auf den Weg zur Spinnerei, die keine fünf Minuten entfernt ist.

In dem Moment, als wir die Eingangstür zur Fabrik öffnen, erklingt der Pfeifton, der die Mittagspause ankündigt. „Genau rechtzeitig." Wir teilen uns auf und gehen zu den jeweiligen Orten, wo wir unseren Mietern ihr Mittagessen überreichen. Wenn sie ihr Essenspaket geleert haben, geben sie uns die Serviette zurück. Die Mädchen haben die strikte Anweisung, nicht ohne Serviette zu gehen. Wir können es uns nicht leisten, ständig neue zu kaufen.

Während ich durch die Spinnerei laufe, um die Essenspakete zu verteilen, sehe ich mich in der riesigen Halle nach Tommy um, aber ich kann ihn nirgends sehen. Ich weiß nicht, womit ich das Glück verdient habe, dass Tommy sich in mich verliebt hat. Mein Herz klopft schneller. Nach diesem ereignisreichen Vormittag hätte ich zu gerne einen Blick auf ihn erhascht, aber ich werde mich wohl zusammen-reißen müssen, bis wir uns heute Abend am Amberbaum treffen. Ich bete, dass nichts dazwischenkommt.

2

Annie und ich eilen von der Spinnerei nach Hause. Unser Vater wird auch bald kommen. Er isst mittags immer mit uns – eins seiner Privilegien als Ladenleiter. Als ich in die Küche trete, reicht Mama mir die Teller für unseren Familientisch. Er steht in der Ecke zwischen der Hintertür und einem Fenster, damit wir in den heißen Monaten ab und zu eine kühle Brise abbekommen. Ich vergewissere mich, dass Daddys Zeitung neben seinem Teller liegt.

Die Hintertür geht auf. „Hallo! Wie geht es meinen Mädchen?"

Wie gelingt es Daddy bloß, immer so fröhlich und energiegeladen zu sein? Heute Morgen hat er es in seiner Rolle als Pastor sicherlich nicht leicht gehabt. Ich stelle die Teller ab und umarme ihn.

Mama begrüßt ihn mit einem Kuss. „Zwei von deinen Mädchen sind gar nicht da. Lillian ist auf der Arbeit und Annie … na ja, ich weiß auch nicht genau, wo sie ist." Mit einer gehobenen Augenbraue schaut meine Mutter mich an.

„Sie hat ihren Korb neben der Hintertür abgestellt und ist verschwunden. Ich vermute, dass sie wieder mal bei Fannie Spencer ist." Die beiden Mädchen hängen zusammen wie die Kletten.

Daddy runzelt die Stirn. „Ich weiß nicht, ob es mir gefällt, dass sie so oft bei den Spencers ist." Er schaut mich von der Seite an. „Annie neigt dazu zu reden, bevor sie nachdenkt. Wenn ihr etwas rausrutscht und Benjamin Spencer von unserer Beteiligung am Arbeiter–"

Ich schüttele den Kopf. „Nein, das wird ihr nicht passieren." Da bin ich mir ganz sicher, aber Daddy sieht nicht überzeugt aus. „Sie weiß, dass diese Sache unbedingt geheim bleiben muss", füge ich hinzu.

Mama nimmt seinen Hut und legt ihn auf die Garderobe neben der Hintertür. „Setzt euch bitte, damit wir essen können."

Mein Vater dankt Gott für das Essen. Nach dem „Amen!" stürzen wir uns auf das panierte Rindersteak mit Specksoße und Erbsen. Das „Steak" ist ein zähes Stück Rindfleisch, das Sarah mit einem neuen Holzhammer weich geklopft hat, der ein Karomuster auf dem Fleisch hinterlässt. Normalerweise essen wir Hähnchen oder Schwein, da wir diese Tiere selbst züchten, um unsere Mieter versorgen zu können. Das Rindfleisch ist ein seltener Leckerbissen.

Daddy schluckt einen Happen hinunter. „Köstlich. Und eine willkommene Abwechslung, Emma. Sarah, das Fleisch ist richtig zart. Gut gemacht!"

Wie immer, wenn Daddy ihr ein Kompliment macht, wird Mama rot. „Danke, Schatz. Ich habe gehofft, dass es dir schmecken würde."

Sarah nickt nur lächelnd, da sie den Mund voll hat.

Eine sanfte Brise bewegt die Vorhänge über der Spüle und weht durch die Hintertür herein. Daddy reibt sich den Nacken mit seinem Taschentuch, während er mit einem Finger auf die Zeitung tippt. Er ermutigt uns immer, das aktuelle Weltgeschehen zu verfolgen. Deshalb dreht sich unser Gespräch auch bald um die heutigen Schlagzeilen, die Bankenkrise und schließlich um Ruthies Unfall.

Daddys Miene wird ernst. „Ruthie geht es gar nicht gut. Wir sollten ein Gebetstreffen für sie abhalten."

Mama windet sich. „Bitte, Frank. Nicht beim Mittagessen."

Mein Vater faltet die Zeitung zusammen und legt sie wieder neben seinen Teller. „Tut mir leid, Emma. Bitte verzeih mir." Er stößt einen tiefen Seufzer aus. „Aber ich wünschte, Spencer würde aufhören, Fünfjährige einzustellen. Kinder gehören in die Schule."

Ich habe einen hervorragenden Vorschlag für einen Themenwechsel: „Da wir das Frettchen behalten werden, braucht es einen Namen. Hat jemand eine gute Idee? Übrigens hat Sarah erzählt, dass man Frettchen für die Hasenjagd nutzen kann."

„Hm, nun ja …" Daddy wischt sich den Mund mit der Serviette ab und legt sie dann auf seinen Schoß zurück. „Ich werde drüber nach–"

In diesem Moment fliegt die Hintertür auf und schlägt krachend gegen die Küchentheke. Unsere kleine Schauspielerin tritt ein, lehnt sich an den Türpfosten und hebt ihre Hand in einer dramatischen Geste an die Stirn. „Gib mir einen Whiskey mit Ginger Ale und sei nicht knausrig, Kleiner." Annie wirft uns einen prüfenden Blick zu, um zu sehen, ob wir ihre Darbietung von Greta Garbo aus dem Film *Anna Christie* angemessen würdigen. „Denn ich habe gerade mein Herz verloren." Sie grinst und lässt sich dann auf ihren Stuhl fallen.

Mama verdreht die Augen, holt Annies Teller aus dem Warmhaltefach und stellt ihn vor sie auf den Tisch.

Daddy kneift ein Auge zu und starrt meine kleine Schwester an. „Und an wen hast du dein Herz verloren? Doch hoffentlich nicht an Charlie Spencer?"

Annie wiehert, obwohl sie den Mund voller Erbsen hat. „Pfui, nein, Daddy!" Sie schluckt. „Das war aus *Grand Hotel*. Aber du hast es mir abgenommen." Ihr Grinsen ist ansteckend. „Und das ist die Hauptsache. Ich *muuuss* einfach Schauspielerin werden!"

Wir lachen über ihre Allüren, aber ich kann Daddy ansehen, dass er immer noch besorgt ist. Wenn Annie den Spencers vom Frettchen erzählt oder – schlimmer noch – unser Engagement für neue Arbeitsgesetze erwähnt, könnte uns das große Probleme einhandeln.

Tommy nimmt meine Hand, als wir die Veranda verlassen, und verschränkt seine Finger mit meinen. Seine kleine Schwester Vera umklammert meine andere Hand, während sie von ihrem Tag erzählt. Der Abend ist schwül, sodass sich ein feuchter Schleier auf unsere Haut legt, als wir die Main Street entlangschlendern. In Sweetgum ist alles fußläufig erreichbar außer ein paar abgelegenen Häusern, die Geschäftsinhabern gehören. Fast niemand hat hier ein Auto.

Anstatt die Straße zum Kino zu überqueren, steuert Tommy auf das Stadtrondell zu. Ich möchte sowieso lieber mit ihm und Vera plaudern, als einen Film zu schauen. Während ich ihn von der Seite mustere, seufze ich innerlich. Tommy ist hochgewachsen, hat sandfarbenes Haar und muskatbraune Augen. Seine Wangenknochen sehen wie gemeißelt aus, und wenn er lächelt, ist meine Welt in Ordnung. Heute Abend ist er ruhiger als sonst. Doch das überrascht mich nicht, schließlich sind wir alle in Gedanken bei Ruthie.

Als wir an *Evans Diner* vorübergehen, späht Josie Evans gerade zum Fenster heraus und winkt uns zu. Ich stupse Vera an, um sie darauf aufmerksam zu machen, und wir winken beide zurück.

Fröhlich schwinge ich die Hand des kleinen Mädchens vor und zurück und lächele es an. „Ich muss dir eine Geschichte vom Frettchen erzählen."

Vera reißt ihre Hand los und klatscht begeistert. Als ich ihr die heutige Eskapade schildere, kichert sie vergnügt.

„Mrs Grundy ist so lustig." Veras Nase kräuselt sich immer, wenn sie lacht. Tommy gluckst leise, sagt aber nichts. Irgendetwas belastet ihn. Hat es mit der Spinnerei zu tun?

Ich versuche, einen lockeren Ton anzuschlagen. „Wie war die Arbeit heute?"

Vera zerrt an meinem Arm. „Mein Freund Billy hat seinen großen Zeh in einer Spinnmaschine verloren."

Noch ein Unfall? Mein Blick schießt zu Tommy. „Hanks kleiner Bruder?" Manche Unfälle sind nicht so schlimm, dass man die Sanitäter rufen muss. Und wenn die Glocke nicht geläutet wird, bekommen wir anderen nichts davon mit.

Tommy nickt bloß, sieht seine Schwester an und hebt mahnend den Zeigefinger an die Lippen. Die süße Vera nickt mit feierlicher Miene. Obwohl sie erst 6 ist, weiß sie schon, dass man manches in dieser Stadt besser nicht laut ausspricht. Das ärgert mich.

Mein Herz zieht sich zusammen. „Erst Ruthie und dann auch noch Billy. Zwei an einem Tag?"

Tommys Finger schließen sich fester um meine. Mit seiner freien Hand hält er Daumen und Zeigefinger einen Zentimeter auseinander. „Er war so nah dran, seinen ganzen Fuß zu verlieren."

„Wie ist es passiert?"

Vera schiebt ihre Unterlippe vor. „Er ist ausgerutscht."

Tommy nickt. „Die Fußböden sind mit Baumwollfasern bedeckt." Er spannt den Kiefer an. „Spencer teilt nie genug Leute zum Fegen ein." Nun beugt sich Tommy vor und flüstert Vera etwas ins Ohr. Sie grinst und hüpft dann zum Stadtrondell voraus, um Blumen zu pflücken.

Ihr Bruder folgt ihr mit dem Blick. „Gott sei Dank war ein Mann in der Nähe. Er hat Billy in letzter Sekunde festgehalten, bevor sein restlicher Fuß in die Maschine gezogen wurde. Billy ist so klein, dass sein ganzes Bein …"

Glücklicherweise beendet Tommy seinen Satz nicht. Ich atme zischend aus. „Der arme Kleine! Wir *müssen* dafür sorgen, dass ein neues Gesetz verabschiedet wird, und zwar bald. Was, wenn niemand in der Nähe gewesen wäre, so wie bei Ruthie?"

Tommy nickt einmal, sagt aber wieder eine ganze Weile nichts. Er durchdenkt immer alles ganz genau, wie Mama. „Ich werde morgen mit deinem Vater sprechen. Ich habe eine Idee." Er drückt meine Hand. „Willst du eigentlich den Film sehen?"

Ich lehne meinen Kopf für einen Augenblick an seine Schulter. Der frische, männliche Duft seines *Aqua Velva* hüllt mich ein und gibt mir das Gefühl von Sicherheit. „Nicht heute Abend." Ich lächele ihn an. „Ich möchte lieber mit dir über unsere Zukunft sprechen."

Das Stadtrondell befindet sich in der Mitte der Kreuzung. Als die Spinnereibetreiber unsere Stadt nach dem Bürgerkrieg errichtet haben, war ihnen bestimmt nicht bewusst, dass der runde Platz einmal Leben retten würde. Wahrscheinlich wollten die jungen Männer damals einfach Pferderennen veranstalten und bauten deshalb ein Rondell.

Vera kehrt mit einem Blumensträußchen zurück und schenkt es mir. Dann setzen wir uns auf eine der Holzbänke unter dem alten Baum. Tommy legt einen Arm um mich und zieht mich näher an sich heran. Als ich den Kopf an seine Schulter lehne, spüre ich seine Muskeln vom Baseballspielen. Dann erinnert uns ein Kichern daran, dass Vera auch noch da ist. Tommy holt einen kleinen Gummiball aus der Tasche und reicht ihn ihr. Sofort fängt sie an, den Ball gegen den breiten Stamm des Amberbaums zu werfen und wieder aufzufangen.

Es ist Vollmond – Gottes Licht, das verborgene Gefahren aufdeckt. Ich möchte Tommy ein wenig aufheitern. „Gegen wen spielen die *Weavers* am Wochenende?"

Ein kleines Lächeln umspielt seine Mundwinkel. „Gegen die *Super Twisters* von den Atco Mills."

Eine starke Mannschaft. „Denkst du, dass ihr gewinnen werdet?"

Er spannt den Bizeps seines anderen Arms an. „Ich werde mein Bestes geben. Es heißt, dass Talentsucher auf unsere Liga aufmerksam geworden sind." Hoffnung und Entschlossenheit schwingen in seiner Stimme mit. Er sieht mich an und lächelt. „Wenn ich von einem Scout unter Vertrag genommen werde, können wir heiraten. Dann nehme ich dich mit, wohin auch immer es mich verschlägt."

Mein Puls rast. Tommys Traum, einmal in der Profiliga zu spielen, könnte wirklich wahr werden. Er ist gut genug. Dann würden wir Sweetgum und Mr Spencer endlich entkommen.

Aber tief in meinem Innern schreien leise Stimmen: *Was ist mit uns?*

Zärtlich streiche ich mit den Fingern über Tommys Arm. „Aber wer wird den Kindern helfen, wenn wir Sweetgum verlassen?", frage ich mit einem Nicken in Veras Richtung. Ihr Gummiball hat den Stamm verfehlt und sie verschwindet gerade hinter den Baum, um danach zu suchen.

Tommy drückt meine Hand, aber sein Blick ist auf etwas in weiter Ferne gerichtet, das ich nicht sehen kann. „Dein Vater. Mit der Hilfe von deiner Mutter und deinen Schwestern."

„Vermutlich." Ich hoffe es zumindest.

Es ist schwer, die Leute davon zu überzeugen, ihre Kinder nicht arbeiten zu schicken. Die Eltern brauchen das Geld, und wenn sie noch keine Erfahrung mit der Arbeit in einer Spinnerei haben, kennen sie die Gefahren nicht. Viele Kinder wollen einfach nur bei ihren Eltern sein und flehen sie an, sie mitzunehmen. Manchmal habe ich das Gefühl, dass wir die Einzigen in der Stadt sind, die etwas gegen Kinderarbeit unternehmen wollen.

Tommys Kiefer mag wie gemeißelt aussehen, aber seine Augen sind sanft. Er schaut kurz zu Vera, die uns den Rücken zugewandt hat, und neigt dann den Kopf zu mir. Als seine Lippen meine berühren, stockt mir der Atem.

„Ich kann euch sehen!", ruft Vera gespielt vorwurfsvoll. Lachend unterbrechen wir unseren Kuss. Dann lehnt Tommy seine Stirn an meine. „Ich liebe dich, Jane."

Mein Herz macht einen Satz. „Ich liebe dich auch." Das hat sich nicht geändert, seit ich 16 war. Meine Liebe ist nur stärker geworden. Jetzt, mit 22, bin ich bereit zu heiraten. Die meisten Mädchen in meinem Alter sind bereits unter der Haube. Lillian wird noch als alte Jungfer enden, wenn sie nicht aufpasst. Sie sagt, dass ich mir den besten Mann in Sweetgum geangelt habe. Hank Barnett hat ein Auge auf sie geworfen, aber Lillian lässt ihn links liegen. Sie sagt, dass sie keinen Mann heiraten will, der in der Spinnerei arbeitet.

3

Als mein Wecker klingelt, reißt er mich aus einem Traum, in dem ich durch die Kirche geschritten bin, um Tommy zu heiraten. Ich habe Mamas Hochzeitskleid getragen und Tommy sah in seinem Smoking einfach umwerfend aus – wie einer von Annies Filmstars. Ich will nicht aufstehen, aber es ist 4:00 Uhr und meine kleine Schwester und ich müssen noch vor Sonnenaufgang die Eier einsammeln. Es gibt einiges zu tun, bevor um 5:30 Uhr das Frühstück für die Gäste serviert wird. Seit Daddy Laternen im Hühnerhaus aufgehängt hat, ist es einfacher geworden. Jetzt legen die Hennen nämlich, wann *wir* es wollen. Aus irgendeinem Grund legen Hühner normalerweise erst nach Sonnenaufgang, manche sogar erst sechs Stunden später. Verrückte Vögel. Wissen sie denn nicht, dass Eier zum Frühstück gegessen werden?

Ich befreie mich aus meiner Decke und eile ins Badezimmer, um mich zu waschen. Zehn Minuten später bin ich wieder in unserem Zimmer und werfe einen Hausschuh nach Annie, die immer noch tief in ihrem Bett vergraben ist.

„Aufstehen, Schlafmütze! Zeit, die Eier zu holen!"

Ein Stöhnen dringt unter dem Kopfkissen hervor. Meine kleine Schwester hat die alberne Angewohnheit, mit dem Kopf unter dem Kissen zu schlafen statt darauf.

Mit einem Ruck ziehe ich ihr die Decke weg. „Steh jetzt auf, sonst brauche ich das ganze heiße Wasser auf und du musst kalt baden."

Das zeigt Wirkung. Annie springt sofort auf und rennt kichernd ins Bad. Ich werde ihr nicht verraten, dass sie mir nicht wirklich zuvorgekommen ist. Stattdessen schlüpfe ich in eins meiner vier Arbeitskleider, das ich aus dem grün-weiß karierten Stoff eines Mehlsacks von *Gingham Girl* genäht habe.

Als Annie ins Schlafzimmer zurückkehrt, holt sie ein gelb, grün und rosa geblümtes Kleid aus dem Schrank. Es war früher mal ein Hühnerfuttersack – sehr passend.

Im Hühnerhaus teilen wir uns auf: Annie übernimmt die eine Seite und ich die andere.

Behutsam greift sie unter eins unserer „Mädchen", um ein Ei hervorzuholen. „Wetten, dass ich heute mehr schaffe als du?"

„Die Wette gilt!", erwidere ich. Trotzdem versuche ich, nicht allzu schnell zu machen, weil sonst die Hühner nach mir picken. Annie kann das am besten. Sie verärgert die Hennen nie – im Gegensatz zu mir. Ich bin einfach zu oft abgelenkt. Lillian lassen wir gar nicht mehr hier rein. Sie scheucht die Hühner auf, indem sie die Tiere zur Seite schubst und zu grob anpackt. Lillian wird so sehr gepickt und gekratzt, dass sie blutet, wenn sie aus dem Stall kommt. Und am nächsten Tag legen unsere „Mädchen" dann keine Eier.

Nachdem alle Mieter gefrühstückt haben – Mrs Grundy wirft Annie und mir immer noch böse Blicke zu –, eilen sie zur Spinnerei. Wenn jemand auch nur eine Sekunde zu spät zur Arbeit kommt, zieht Mr Spencer gleich eine ganze Stunde vom Gehalt ab.

Den restlichen Morgen verbringen wir damit, das Mittagessen zu kochen und die Essenspakete vorzubereiten. Endlich haben wir ein bisschen Zeit, um uns auszuruhen. Annie übt entweder Filmszenen vor dem Spiegel oder geht mit Fannie ins Kino. Ich lese dann immer gerne, aber heute habe ich eine Mission.

Bevor ich aufbreche, setze ich mein Barett auf. Dass eine Frau nie ohne Handschuhe aus dem Haus gehen sollte, sehe ich inzwischen nicht mehr so eng. Zumindest hier in Sweetgum trage ich unter der Woche keine Handschuhe mehr. Schließlich sind wir moderne Frauen. Sonntags ist das etwas anderes.

Sarah hält mich auf, bevor ich zur Tür hinausschlüpfe. „Du gehst in den Laden, um mit deinem Vater zu reden, stimmt's?"

Ich nicke und warte.

„Sei vorsichtig, *Lass*. Und nimm den Mund nicht zu voll."

„Ja." Oder sollte die Antwort besser *Nein* lauten? Ich weiß nie, was ich auf Sarahs kleine Predigten antworten soll. Ich drücke ihr einen Kuss auf die Wange und eile davon. Es fasziniert mich, wie Sarahs irischer Akzent über die Jahre weicher geworden ist und jetzt Elemente der nasalen Sprechweise der Südstaaten enthält. Es ist ziemlich witzig. Sarah rollt das R, wenn es am Anfang oder in der Mitte eines Wortes steht, aber am Wortende spricht sie es amerikanisch aus. Außerdem nennt sie uns Mädchen immer noch *Lass,* wie es in Irland und Schottland üblich ist.

Der Gemischtwarenladen liegt ebenfalls an der Main Street, schräg gegenüber dem Hotel. Man braucht keine Minute, um hinüberzulaufen. Als ich in den Laden trete, stellt mein Vater gerade Dosensuppe von *Campbell's* in die Regale.

Ich sehe mich flüchtig um, kann aber niemanden außer der Köchin der Pattersons sehen. Mit gesenkter Stimme sage ich: „Hat Tommy dir erzählt, dass Ruthies Unfall gestern nicht der einzige Zwischenfall war?"

Daddys Kopf schießt hoch. Als er mich ansieht, kann ich eine deutliche Warnung in seinem Blick lesen. Dann deutet er mit dem Kinn in Richtung Nachbargang und seine Lippen formen lautlos den Namen „Duckworth".

Die Haushälterin der Spencers. Ich nicke und helfe Daddy, die Regale aufzufüllen, bis die Frau sich etwas entfernt hat. Dann flüstere ich: „Ich nehme an, dass du davon gehört hast?"

Er nickt. Je weniger wir sagen, desto besser. Daddy tippt auf seine Uhr. „Heute Abend." Dann scheucht er mich hinaus.

Ich gehe, aber es frustriert mich, warten zu müssen. Geduld gehört nicht zu meinen Stärken. Da ich noch etwas Zeit habe, gehe ich zu

Adam's Feed Store. Im hinteren Bereich des Ladens betreibt Dr. Adams seine kleine Tierklinik. Er möchte sicherlich gerne wissen, wie es dem Frettchen geht.

Als ich eintrete, winke ich Leroy Allman zu. Er wohnt im Hotel, arbeitet aber nicht in der Spinnerei, sondern hier im Tierfutterladen. Ich vermute, dass er in eine Mietwohnung umziehen wird, sobald er ein paar Mitbewohner für eine Wohngemeinschaft gefunden hat. Ich eile am Hühnerfutter vorbei und öffne die Tür zur Klinik.

Dr. Adams' Frau, Katie, sitzt am Empfang. Ein Lächeln erhellt ihr Gesicht, als sie mich sieht. „Guten Morgen, Janessa. Wie geht's dem Frettchen?"

„Den Umständen entsprechend gut, aber ich fürchte, dass es immer lahmen wird. Ich werde es behalten müssen."

Das Telefon klingelt. Während Katie rangeht, winkt sie mich durch. Ich stoße die Tür auf und schließe sie dann wieder hinter mir. Nun bin ich in Dr. Adams' Labor. Es ist eigentlich nur ein breiter Flur, durch den man in die beiden Untersuchungszimmer gelangt. Dr. Adams steht gerade an einem Tisch auf der Seite und späht in ein Mikroskop. Als er mich hört, hebt er den Kopf. Obwohl er Ende 30 ist, hat er noch dichtes, dunkelblondes Haar ohne eine einzige graue Strähne.

„Komm und sieh dir das an, Janessa." Er tritt zurück, um mich ans Mikroskop zu lassen.

Ich senke den Kopf und schaue hinein. Faszinierende kleine schnörklige Dinger wackeln über den Objektträger. „Was ist das?"

„Ohrmilben."

„Also keine Bakterien."

„Richtig. Es sind Parasiten, die oft Hunde befallen." Er nimmt den Objektträger heraus und legt ihn zur Seite. „Wie geht's dem Frettchen?"

„Es ist ziemlich flink, trotz Gips und allem. Aber nicht flink genug, um freigelassen zu werden. Deshalb werde ich es behalten." Die beiden Untersuchungsräume sind leer und Dr. Adams' Tasche steht bereit. „Wurden Sie auf eine Farm gerufen?" Nicht viele Leute in Sweetgum haben Haustiere. Es ist schon schwierig genug, die eigene Familie zu ernähren, geschweige denn ein Haustier. Deshalb verdient der Tierarzt seinen Lebensunterhalt überwiegend durch Nutzvieh.

„Ja, zu einer Stute, die bald fohlen wird. Es ist ihr erstes Fohlen und wir wollen sicherstellen, dass alles gut geht. Möchtest du mitkommen?"

„Ich würde sehr gerne mitkommen, aber bald ist Zeit fürs Mittagessen und ich werde in der Küche gebraucht." Widerwillig wende ich mich zum Gehen. Dann fällt mir Billys Zeh ein. „Ich habe noch eine Frage. Welche Pflanze hilft gegen Infektionen?"

„Bei Menschen?"

„Ja. Billy Barnett hat gestern seinen großen Zeh verloren. Ich möchte seiner Mutter etwas geben, um die Wunde zu behandeln. Sie können sich keine Medizin leisten."

„Ich habe von Billy gehört und auch, dass Ruthie Ralston einen Arm verloren hat. Ein trauriger Tag für die Spinnerei." Er denkt einen Moment nach. „Ringelblume. Du kannst eine Salbe aus einer halben Tasse Ringelblumenöl und ungefähr einer halben Unze ausgelassenem Schweinefett mischen." Dr. Adams nimmt seine Brille ab und reibt die Gläser mit einem Taschentuch. „Es wäre ratsam, auch etwas Kanadischen Blutwurz hinzuzugeben, falls die Wunde sich bereits entzündet hat. Eine Kombination aus beiden Pflanzen ergibt ein gutes Heilmittel."

„Danke, Doc. Mrs Barnett wird sich bestimmt freuen." Ich winke und öffne dann die Tür.

„Denk dran, die Salbe erst an einer anderen Körperstelle auszuprobieren. Manchmal kommt es zu allergischen Reaktionen."

„Ja, ich werde es mir merken."

Auf dem Heimweg danke ich Gott für Dr. Adams und seine Bereitschaft, sein Wissen mit mir zu teilen. Ohne ihn wäre ich verloren.

Und Sweetgum auch. Leider heitert mich dieser Gedanke nicht wirklich auf. Tief in meinem Innern fürchte ich, dass Sweetgum bereits verloren ist. Und ich kann nichts tun, um es zu retten.

Als ich in die Küche komme, ist es Zeit, die Essenspakete auszuliefern. Die anderen Mädchen und ich schnappen uns je einen der Körbe.

„Miss Janessa?" Die zwölfjährige Belulah wippt auf ihren Zehen auf und ab, während sie darauf wartet, dass ich ihr meine Aufmerksamkeit schenke. Es muss wichtig sein. Hoffentlich will sie nicht kündigen. Wir sind eigentlich auf der Suche nach mehr Helfern, seit Lillian ganztags in Mr Nortons *Five & Dime* arbeitet.

„Was ist los, Belulah?" Da sich der Henkel des Korbs in meine Finger gräbt, nehme ich ihn in beide Hände.

„Meine Schwester Charity wird nächste Woche mit der vierten Klasse fertig. Danach könnte sie im Hotel aushelfen – Tische abräumen, fegen und Betten machen. Wenn Sie also noch jemand suchen …"

Gott sei Dank! „Das ist großartig, Belulah! Sag ihr, dass sie am Samstag vorbeikommen kann. Dann werde ich ihr alles zeigen."

Belulah grinst breit, sodass ich ihre schönen weißen Zähne sehen kann. „Ja, Ma'am. Danke, Miss Janessa." Dann hüpft sie fröhlich voraus.

Auch mein Gang ist nach dieser Neuigkeit etwas beschwingter. Nachdem wir die Essenspakete ausgeteilt haben, eilen Annie und ich nach Hause.

Sarah und Mama sind gerade damit beschäftigt, unser Mittagessen zu servieren. Eine große Terrine steht mitten auf dem Tisch. Dem Duft nach zu urteilen handelt es sich um Sarahs Mehlklöße mit Hähnchen. Ich liebe die dicke, cremige Brühe, in der die Klöße und das Fleisch schwimmen.

Ich hebe den Deckel und schnuppere genüsslich. „Unsere Mieter werden sich heute Abend freuen." Da die Arbeiter mittags nur eine Kleinigkeit essen können, bringen wir ihnen meistens ein Sandwich oder eine Pastete – mit oder ohne Fleisch, je nachdem, was gerade vorrätig ist. Abends bekommen die Mieter dann das, was wir mittags gegessen haben.

Annie sitzt bereits an ihrem Platz, als Daddy nach Hause kommt. Mama stellt eine Schüssel mit Erbsen auf den Tisch und setzt sich dann ebenfalls hin. Nach dem Gebet sind wir alle ein paar Minuten still und genießen das köstliche Essen.

Während ich einen Kloß mit meinem Löffel zerteile, frage ich: „Hat jetzt jemand eine Idee, wie wir das Frettchen nennen können? Ich habe mir den Kopf darüber zerbrochen, aber mir ist noch nichts Passendes eingefallen."

Daddy schmiert Butter auf ein Brötchen und sieht mich dabei an. „Wie wäre es, wenn du ihn nach einem Gangster benennst? Schließlich sind Frettchen notorische Diebe."

Ich rümpfe die Nase. „Nur, wenn es ein süßer Name ist. Al Capone ist nicht süß. Bugsy oder Baby Face würde gehen, aber das ist zu einfallslos. Kann ich bitte die Erbsen haben, Sarah?"

Sie reicht mir die Schüssel. Als ich einen Löffel auf meinen Teller gebe, kommt mir plötzlich der Name eines meiner Lieblingskomiker in den Sinn. Ich lache laut auf. Alle hören auf zu essen und starren mich verwundert an.

„Oh, Entschuldigung. Ich glaube, ich habe den perfekten Namen gefunden." Ich grinse Annie an. Meine Idee wird ihr garantiert gefallen. „Buster. So wie Buster –"

„Keaton!", platzt es aus Annie heraus – zusammen mit einer Erbse, die mitten auf dem Tisch landet. Schnell legt Annie eine Hand darüber. „Huch, Entschuldigung. Buster ist genial, Jane! Fannie wird sich kaputtlachen, wenn ich ihr davon erzähle."

Ich halte vor Schreck die Luft an. Lillian lässt ihre Gabel fallen. Daddy atmet scharf ein und beginnt zu husten. Sogleich springt Mama auf und klopft ihm auf den Rücken.

Nach ein paar Sekunden hebt er die Hand und nimmt einen

Schluck Wasser. „Annie, du solltest Fannie besser gar nichts vom Frettchen erzählen."

Sie reißt die Augen auf. Ihr Mund öffnet sich, aber kein Ton kommt heraus.

O nein, bitte nicht! Ich lasse die Gabel sinken und starre Annie an. „Hast du ihr etwa schon von Buster erzählt?"

„Vielleicht, vielleicht auch nicht." Sie hebt den Löffel und schiebt sich ein Stück Hähnchenfleisch in den Mund.

Während Daddy ihr einen Vortrag darüber hält, wie gefährlich es sein kann, den Spencers Details aus unserem Privatleben zu verraten, denke ich über ein gutes Versteck für Buster nach.

Mama sieht mich an. Sie kennt mich so gut, dass sie genau weiß, was ich denke. Plötzlich grinst sie Daddy an. „Ich habe eine Idee."

Die Liebe in Daddys Augen, wenn er Mama ansieht, ist rührend. „Ja?"

„Wie wäre es, wenn Jane und du unter der hinteren Veranda ein Gehege für das Frettchen baut? Dort ist es in Sicherheit, niemand kann es sehen. Und trotzdem kommt man gut hin."

Das wäre perfekt! „Außerdem müsste ich dann nicht immer den weiten Weg bis zur Scheune laufen." Jetzt setze ich die Schauspielmethoden meiner kleinen Schwester ein: Ich hebe die Augenbrauen, setze einen flehenden Blick auf und drehe mich zu meinem Vater um. „Würdest du mir bitte dabei helfen?"

Er faltet seine Serviette und legt sie über seine leere Schüssel. „Na gut." Dann wirft er Annie einen strengen Blick zu. „Aber das war das letzte Mal, dass du den Spencers von unseren Familienangelegenheiten erzählt hast." Seine Miene verfinstert sich noch mehr. „Ich verstehe nicht, warum du es überhaupt getan hast."

Annie senkt den Blick. „Es ist mir einfach rausgerutscht." Dann hebt sie das Kinn und fügt schnell hinzu: „Fannie erzählt halt immer von ihrem geliebten Percy." Sie verzieht das Gesicht und verdreht dabei die Augen.

Ich beobachte Annie nur zu gerne dabei, wie sie versucht, sich herauszureden. Sie braucht fast keine Worte – ihr Gesicht ist ausdrucksstark genug.

Daddy kratzt sich an der Schläfe. „Wer ist Percy und was hat er mit dem Frettchen zu tun?"

„Percy ist Fannies fetter, übellauniger Mops, der immer schnauft wie eine Dampflok." Sie schaudert. „Ich wollte Fannie nur klarmachen, was ein wirklich lustiges Haustier ist."

Mama und ich beißen uns auf die Lippen, um nicht loszuwiehern. Daddy legt seine Hand auf Annies. „Du hast ein weiches Herz, mein Schatz, aber du musst lernen nachzudenken, bevor du sprichst."

„Ja, Daddy." Sie sieht mich an. „Tut mir leid, Jane."

„Alles gut. Ist ja nichts Schlimmes passiert."

Abgesehen davon, dass Mr Spencer wahrscheinlich einen weiteren Minuspunkt hinter dem Namen Taylor notiert hat.

Sarah deutet mit einem Holzlöffel auf ein Glas, das in einem Schmor-topf in einem der Warmhaltefächer über dem Herd steht. „Was in St. Patricks Namen ist das?"

„Das ist Ringelblumenöl, das ich gestern hergestellt habe." Ich öff-ne die Tür des Eisschranks und hole die Dose mit dem Schweinefett heraus. „Ich mache eine Salbe für Billy Barnetts Fuß."

„Ach so. Das ist eine gute Idee. Seine Eltern können sich keine Medizin leisten."

Sarah holt das Glas mit dem Öl aus dem Topf und stellt es für mich auf den Tisch. „Ich erinnere mich noch gut daran, wie meine liebe Mutter – Gott hab sie selig – medizinische Öle auf diese Weise hergestellt hat."

Nachdem ich die Flüssigkeit gesiebt und die Blütenblätter weg-geworfen habe, schmelze ich eine halbe Unze Schweinefett. Wenn es abgekühlt ist, werde ich es mit vier Unzen Ringelblumenöl und ein wenig Kanadischem Blutwurz mischen, das Ganze in ein kleines Glas-gefäß geben und es dann Billys Mutter bringen.

An der Küchentheke neben der Spüle steht Mama und dreht die Kurbel des Fleischwolfs. Sie zerkleinert Schweinefleisch für das irische Gericht, das es morgen geben wird – *Shepherd's Pie,* ein Auflauf aus Kartoffelpüree, Hackfleisch und Gemüse. Während Billys Salbe ab-kühlt, schneide ich Kohl, Karotten und Zwiebeln für den Auflauf. Charity gibt das gehackte Gemüse in eine große Schüssel.

„Danke, Charity." Sie lernt schnell und ist ein gutes Küchenmäd-chen.

Als ich mit dem Gemüse fertig bin, wasche ich mir die Hände, stelle die Schüssel in den Eisschrank und verschließe dann das Salbenglas. „Wenn du mich jetzt nicht mehr brauchst, gehe ich schnell zu Mrs Barnett rüber und bringe ihr die Salbe."

Mama hört einen Moment auf zu kurbeln. „Richte ihr aus, wie leid mir das mit Billy tut." Sie runzelt die Stirn. „Es ist schwer, die richtigen Worte zu finden. Einerseits würde ich Billys Mutter gerne fragen, was sie sich dabei gedacht hat, einen Fünfjährigen in der Spinnerei arbeiten zu lassen. Andererseits verstehe ich, dass sie das Geld brauchen. Aber der Preis dafür …" Mama beißt sich auf die Lippe und verstummt.

Sie trauert um Ruthie. Wie wir alle. Heute früh haben wir erfahren, dass Ruthie letzte Nacht heimgegangen ist. Ihre Verletzungen waren zu schwer und sie hat zu viel Blut verloren.

„Ist Daddy drüben bei den Ralstons?", frage ich, während ich die Salbe zusammen mit ein paar von Sarahs Keksen für Billy in einen kleinen Korb packe.

„Ja. Er hilft ihnen, die Beerdigung vorzubereiten." Mama wirft einen flüchtigen Blick auf die Uhr. „Ich mache mir Sorgen, weil er so viel arbeitet. Hast du heute die Zeitung gelesen? Es heißt, dass die Arbeitslosenquote jetzt bei 24 Prozent liegt." Händeringend starrt Mama zum Fenster hinaus. „Im ganzen Land gibt es so viele Menschen, die in ihren Autos leben – wenn sie eins haben – oder in Zelten am Flussufer."

Ich stelle den Korb ab und lege meiner Mutter einen Arm um die Schulter. „Alles wird gut werden. Ganz bestimmt. Denk an die Spatzen."

Jetzt erreicht Mamas Lächeln auch ihre Augen und sie entspannt sich. „Du hast recht, mein Schatz. Wie immer. Manchmal denke ich, dass du den stärksten Glauben von uns allen hast. Und jetzt geh zu Billy."

Mir ist ein wenig leichter ums Herz, als ich mich auf den Weg zu den Ralstons mache. Dafür, dass wir noch Frühling haben, ist es ziemlich heiß draußen und die Luft ist feucht. Meine Füße wirbeln kleine Staubwolken auf, als ich die Church Street entlanglaufe, um zu den Unterkünften der Spinnerei zu gelangen. In der ersten Häuserreihe, der First Row, lebt meine beste Freundin Mary Patterson. Ihr Vater ist ein Aufseher der Spinnerei, deshalb dürfen sie in einem der größeren Häuser wohnen. In den ersten beiden Reihen sind alle Häuser weiß gestrichen. Sie sehen völlig identisch aus, wie die Kekse, die Sarah mit ihrer runden Plätzchenform aussticht.

Hinter den weißen Häusern erstrecken sich mehrere Reihen von Arbeiterbaracken. Sie sind wesentlich kleiner und ihre Innenwände sind ungestrichen, während sie von außen nur mit einer dünnen Tüncheschicht bedeckt sind. Die gewöhnlichen Arbeiter leben hier oder in einem der Mietshäuser. Ich biege in die Fourth Row ab, die bloß eine schmutzige Gasse zwischen zwei Häuserreihen ist. Hier und da ist ein schlammiges Rasenstück zu sehen. Vor der Nummer 11 bleibe ich stehen und klopfe an die Tür.

Ein Hund bellt. Mrs Barnett beruhigt ihn mit leiser Stimme. Dann öffnet sie die Tür.

„Janessa! Ich habe mir schon gedacht, dass du kommen würdest, um nach Billy zu sehen." Sie weicht einen Schritt zurück. „Komm doch rein."

Billys Hund springt an mir hoch, um gestreichelt zu werden. Ich beuge mich zu ihm hinunter und tue ihm den Gefallen. „Hallo, Rover." Nachdem ich ihm gründlich die Ohren gekrault habe, kehrt der Hund zufrieden hechelnd auf seinen Teppich in der Ecke zurück.

An einer der kahlen Holzwände hängt ein Foto, an der anderen ein gerahmter botanischer Druck. Der Druck sieht aus, als wäre er aus einer Zeitschrift gerissen worden. Er muss Mrs Barnett sehr gefallen haben. Ich werde Lillian bitten, ein paar Blumen zu pressen, um einen echten Blumendruck für Mrs Barnett herzustellen. Es lässt sich bestimmt etwas altes Glas finden, zwischen das wir die Blumen stecken können, und Daddy könnte einen Rahmen basteln.

„Ich habe eine Salbe für Billys Fuß dabei. Sie verhindert, dass sich die Wunde entzündet und heilt vorhandene Infektionen." Ich reiche ihr den Korb. „Da sind auch ein paar Kekse für Billy drin."

Mrs Barnett schiebt eine kleine Vase mit zwei Gänseblümchen zur Seite, um den Korb auf den Tisch zu stellen. „Danke, meine Liebe. Ich hatte gehofft, dass du uns helfen kannst. Der Arzt hat uns zwar ein Rezept gegeben, aber das Mittel ist sehr teuer."

Obwohl das Fenster im Hauptzimmer geöffnet ist, steht die Luft still. „Wie geht es Billy?"

Seine Mutter drückt mir einen Fächer in die Hand und blickt zu einer der beiden geschlossenen Schlafzimmertüren. Mit hängenden Schultern erklärt sie: „Er schläft gerade. Letzte Nacht hatte er starke Schmerzen. Ich hab ihm etwas Zichorienwurzel-Saft gegeben. Das hat dann irgendwann geholfen." Sie strafft die Schultern. „Aber Kinder sind robust und ihre Wunden heilen schnell. Ich bin dankbar, dass Billy noch am Leben ist." Ihre Miene verdunkelt sich. „Ich habe von Ruthie gehört."

Ich fächele mir Luft zu, um die stickige Luft erträglicher zu machen, während Mrs Barnett die Tür zum Schlafzimmer öffnet und hineinspäht. Alle Arbeiterhäuser sind gleich aufgebaut: Es gibt einen großen Raum mit Herd, Spüle, Wasserpumpe und einem Schrank in einer Ecke. Ein einfacher hölzerner Esstisch mit Stühlen nimmt den mittleren Teil des Raums ein. Auf der anderen Seite stehen ein Sofa und ein Sessel. Neben dem Hauptraum gibt es zwei Schlafzimmer. Die Toilette ist draußen im Hof.

Leise schließt Mrs Barnett die Tür hinter sich. „Er schläft immer noch, sonst würde ich dich reinlassen. Er hat dich sehr gern."

„Kein Problem. Ich muss sowieso zum Hotel zurück." Ich lege den Fächer auf den Tisch und stehe auf. „Ach ja, das hätte ich fast vergessen: Probieren Sie die Salbe erst an seinem Handgelenk aus, um sicherzugehen, dass er nicht allergisch reagiert. Warten Sie ein paar Minuten. Wenn die Stelle juckt oder rot wird, tragen Sie die Salbe nicht auf seinen Fuß auf, sondern geben Sie mir Bescheid, dann probieren wir etwas anderes."

Auf dem Heimweg bete ich, dass die Salbe wirkt. Ansonsten könnte der arme Billy seinen ganzen Fuß verlieren. Als ich an der Spinnerei vorbeigehe, bete ich erneut. Diesmal bitte ich Gott um Bewahrung für alle Menschen darin.

Der Sonntag ist mein Lieblingstag der Woche. Samstags haben wir immer viel zu tun, weil wir das Essen für Sonntag vorkochen, sodass wir es nur noch aufwärmen müssen. Sonntags servieren wir im Hotel nur Frühstück und Abendessen, weil es immer ein gemeinsames Mittagessen auf dem Rasen hinter der Methodistenkirche gibt. Das Gelände wird von allen drei Kirchen in Sweetgum genutzt. Fast die ganze Stadt nimmt am Picknick teil und jeder trägt etwas dazu bei. Unsere Mieter bringen meistens Getränke, eingemachtes Gemüse, Kekse oder eingelegte Schweinefüße mit – Dinge, die sie im Gemischtwarenladen kaufen können.

Nachdem die letzten Töne des letzten Lieds verklungen sind und mein Vater den Schlusssegen gesprochen hat, strömen alle zu den Picknicktischen hinaus. Die allgemeine Stimmung, die im Gottesdienst noch ernst und nachdenklich gewesen ist, wird nun festlich und ausgelassen. Ich hole unsere Teller aus dem Picknickkorb und verteile sie auf einem der Tische. Da Tommy heute ein Baseballspiel hat und vorher nie etwas isst, halte ich ihm keinen Platz frei.

„Jane!"

Ohne mich umzudrehen, antworte ich: „Hallo, Mary." Wir sind schon beste Freundinnen, seit wir die Kinderkrippe der Kirche zusammen unsicher gemacht haben. Sobald ich fertig bin, wirbele ich herum und hake mich bei Mary ein.

Sie trägt ein keckes rotes Barett auf ihrem hellbraunen Haar, das sie nach hinten gekämmt und zu einer Banane gerollt hat. Arme Mary. Sie wickelt ihr glattes Haar über Nacht immer mit Stoffstreifen ein, aber spätestens um 10:00 Uhr morgens sind die Locken wieder verschwunden. In Zeitschriften haben wir schon viel über Dauerwellen gelesen, aber obwohl Marys Vater Aufseher in der Spinnerei ist, können sie sich solchen Firlefanz nicht leisten. Mary wäre tatsächlich bereit, sich einem dieser Furcht einflößenden Geräte auszusetzen, deshalb gibt sie nicht auf und fragt ihren Vater immer wieder.

Jetzt sieht sie sich um. „Macht Tommy sich schon für das Spiel bereit?"

„Ja, aber ich kann nicht hin." Obwohl ich versuche, es zu verhindern, sinken meine Mundwinkel nach unten. Schnell mache ich mich daran, das Besteck neben die Servietten zu legen.

„Warum nicht? Du hast doch noch nie eins seiner Spiele verpasst."

Ich erzähle Mary, was mit Buster und Mrs Grundy vorgefallen ist. Sie schlägt die Hand vor den Mund und kichert.

„Ich kann sie förmlich auf dem Polsterhocker stehen sehen."

„Daddy und ich bauen nach dem Essen ein Gehege für Buster."

„Wenn du willst, kann ich euch helfen. Vielleicht werden wir dann fertig, bevor das Spiel vorbei ist." Sie hilft mir, das Wachspapier von den Schüsseln zu ziehen.

„Das wäre toll!"

Wenig später trommelt mein Vater alle für das Gebet zusammen. Wir halten uns an den Händen und neigen die Köpfe. Nach dem „Amen!" geht Mary ihre Eltern suchen, damit wir zusammen essen können. Vera entdeckt mich und kommt zu mir gerannt, um mich kurz zu umarmen.

„Tommy hat gesagt, dass ich dich von ihm drücken soll, aber ich will dich selbst drücken." Sie schlingt ein zweites Mal ihre Arme um mich. Ich erwidere ihre Umarmung, bevor ich sie zu ihrer Mutter zurückschicke.

Mr Patterson zieht an seiner Krawatte, um sie zu lockern, während er neben uns auf der Bank Platz nimmt. Sogleich fangen er und Daddy an, über Baseball zu sprechen. Mrs Patterson setzt sich neben

Mama. Sie unterhalten sich darüber, wie man den Barnetts und Ralstons helfen könnte.

Mrs Patterson legt schnell eine Hand auf die Tischdecke, als ein plötzlicher Windstoß die Ecken anhebt. „Ich nehme an, dass Joe Ralston heute nicht spielen wird, oder?"

Daddy schüttelt den Kopf. „Nein. Ruthies Beerdigung ist morgen."

Damit ist das Gespräch beendet. Es ist immer eine Gratwanderung, mit einem Spinnereiaufseher über solche Dinge zu sprechen. Mr Patterson und mein Vater sind zwar schon seit Jahren befreundet, aber bei diesem Thema halten sich alle in Sweetgum bedeckt. Ich schaue zu Mary hinüber, die genüsslich in ihren Kartoffelsalat vertieft ist.

Mr Patterson nimmt eine Essiggurke von seinem Teller. „Wie wäre es, wenn ich euch mit dem Gehege für das Frettchen helfe?"

„Das wäre großartig. Danke, Irving", erwidert mein Vater erfreut.

Mr Patterson zwinkert Mary zu. „Vielleicht können wir unseren Mädchen noch ein paar neue Kniffe beibringen. Und wenn wir uns beeilen, schaffen wir es noch zum Baseballspiel." Zufrieden schiebt er sich die Essiggurke in den Mund.

Mein Vater lehnt ein paar lange Bretter an die Wand eines leeren Verschlags in der Scheune. Währenddessen stellt Mr Patterson zwei Sägeböcke in etwa 1 Meter Abstand auf und legt eins der langen Bretter darauf. Dann reicht er Mary eine Säge.

„Schneid das Brett in der Mitte durch."

Mary starrt die Säge in ihrer Hand an, als wäre sie eine Giftschlange. Schmunzelnd nehme ich ihr die Säge ab. „Hol bitte das Maßband", sage ich, während ich auf Daddys Werkzeuggürtel deute. Sie holt das Maßband und reicht es mir. „Jetzt zeichne die Mitte ein."

Schmunzelnd nimmt Mary das Maßband, misst die Hälfte des Bretts ab und zeichnet die Linie ein. Dann säge ich es durch und stelle anschließend die Säge neben den Verschlag. „Siehst du? War doch ganz einfach."

Mary nimmt die Säge in die Hand. „Ich will es auch mal versuchen." Sie sieht sich nach einem anderen Brett um. Daddy und Mr Patterson stellen die Sägeböcke 2 Meter auseinander und legen dann mehrere Bretter darauf.

„Schneidet von diesen zehn Brettern je 10 Zentimeter ab." Daddy deutet auf das Holz, das an der Wand lehnt.

Sobald alle Bretter zugeschnitten sind, setzen wir den Käfig für Buster zusammen. Der Boden wird mit Brettern ausgelegt, damit das Frettchen keinen Tunnel graben kann. Der fertige Käfig ist 2,5 Meter lang, etwa halb so breit und etwas über 30 Zentimeter hoch. Der Deckel, der mit Scharnieren befestigt wird, besteht aus einem Holzrahmen mit einem engmaschigen Drahtgeflecht, sodass Buster nicht entwischen kann.

Ich bin begeistert. „Da drin ist Buster in Sicherheit. Außerdem hat er es schön kühl unter der Veranda. Ich gehe etwas Streu für ihn holen – und seine Toilette."

Während unsere Väter den Käfig auf eine Plane unter die hintere Veranda stellen und den Boden mit Holzspänen auslegen, gehen Mary und ich in mein Zimmer, um uns frisch zu machen. Zehn Minuten später machen wir uns gemeinsam auf den Weg zum Baseballfeld. Als wir die lauten Rufe der Zuschauer hören, packe ich Mary an der Hand.

„Komm!" Wir rennen los.

Das Baseballfeld liegt hinter der Schule. Wir eilen die Main Street entlang, am Stadtrondell vorbei und quer über die Schoolhouse Road. Als wir um die Ecke des Schulgebäudes biegen, hören wir, wie jemand kräftig gegen den Ball schlägt. Wieder jubelt die Menge. Mein Herz beginnt schneller zu schlagen. Hoffentlich war das einer von unseren Jungs.

Wenig später hüpfen Mary und ich auf die Zuschauertribüne. Ich achte gar nicht darauf, wo unsere Väter sich hinsetzen. Meine Augen sind fest auf das Spielfeld gerichtet. Tommy steht auf der zweiten

Base. Ich schaue zur Anzeigetafel, um den aktuellen Spielstand zu erfahren: *Weavers 4. Super Twisters 3.*

Dann lasse ich den Blick über die Zuschauer gleiten. Vera hüpft auf der Tribüne auf und ab und winkt mir aufgeregt zu, bis Mrs Mack sie auffordert, sich wieder zu setzen. Obwohl ich jeden im Dorf kenne, entdecke ich einen Mann, den ich noch nie gesehen habe. Er könnte ein Verwandter sein, der zu Besuch ist. Oder aber der Scout der *Detroit Tigers.*

Als Mary mich mit dem Ellenbogen anstupst, richte ich meine Aufmerksamkeit wieder aufs Spielfeld. „Ich hoffe, wir können die Führung halten." Sie lässt ihren Blick über die Spieler schweifen.

Ich ergreife die Gelegenheit, um sie ein wenig mit ihrem neuen Schwarm aufzuziehen. „Suchst du etwa nach Leroy?" Er wohnt im Hotel und Mary ist ihm vor ein paar Monaten zum ersten Mal begegnet.

Ihre Wangen werden rot und sie nickt verlegen. Nun konzentriere ich mich wieder auf Tommy.

„Hey, Batter, Batter, Batter!", rufen die Fans der gegnerischen Mannschaft. Sie versuchen damit, Hank Barnett aus der Fassung zu bringen, der gerade auf der Home Plate steht und auf den nächsten Wurf wartet. Er ist ein großartiger Batter, deshalb hoffe ich, dass er den Ball weit genug schlägt, um einen Homerun zu erzielen.

Der Pitcher holt aus und lässt den Ball durch die Luft fliegen. Hank trifft, aber der Ball fliegt ins Aus – ein *Foul Ball.* Der Schiedsrichter hält einen Finger seiner rechten Hand hoch, während er die linke Hand zu einer Faust ballt: ein *Strike* und noch kein *Ball.*

Tommy schleicht sich unauffällig von der zweiten Base und bewegt sich langsam auf die dritte zu. Ich halte die Luft an. Doch plötzlich schaut der Pitcher über die Schulter und entdeckt Tommy. Schnell dreht er sich um und wirft den Ball zur zweiten Base, aber Tommy kann sich mit einem Hechtsprung auf die Base zurück retten. *Puh, das war knapp!* Ich atme erleichtert auf, während Tommy aufsteht und sich den Staub von der Kleidung klopft.

Die Luft ist feucht und spannungsgeladen. Die Sonne scheint erbarmungslos auf uns herab und ich bin froh, dass ich einen großen Sonnenhut trage. Obwohl ich mir mit einem Fächer Luft zufächele, bringt das kaum Abkühlung.

Der Pitcher holt wieder aus und wirft den Ball. Hank trifft ihn erneut. Diesmal fliegt der Ball in die linke Hälfte des Spielfelds und landet hinter den Fängern. Ein Homerun! Jubelnd springen wir auf. Tommy läuft an der dritten Base vorbei zur Home Plate. Ich höre, wie Vera ihren Bruder aufgeregt anfeuert. Hank umrundet in lockerem Tempo das Feld. Als er die Home Plate erreicht, ändert sich der Punktestand der *Weavers* auf 6 Punkte.

In diesem Moment erblicke ich Lillian und Annie weiter unten auf der Tribüne. Annie winkt mir zu, während Lillians Augen auf Hank ruhen. Seit wann würdigt sie ihn eines Blickes? Sie hat immer so getan, als würde sie sich für keinen der Jungs aus Sweetgum interessieren. Ich werde sie heute Abend mal fragen, ob sich das geändert hat.

Da die nächsten beiden Spieler der *Weavers* nach je drei *Strikes* ausscheiden, werden die Seiten gewechselt. Tommy ist jetzt als Pitcher an der Reihe. Er stellt sich auf die Werferplatte, während das restliche Team auf dem Feld in Position geht.

Mary stupst mir den Ellenbogen in die Rippen. „Siehst du jemanden, der wie ein Scout aussieht?"

„Woher soll ich wissen, wie ein Scout aussieht?"

„Hey, Batter, Batter, Batter!", provoziert Mary den Schlagmann der *Twisters*. „Ich dachte, Tommy hätte es dir vielleicht gesagt."

„Nein, aber …" Ich deute mit dem Kopf auf den Tribünenabschnitt zu unserer Rechten. „Ich habe einen Mann bemerkt, den ich noch nie gesehen habe."

„Wo?"

Als ich in die Richtung deute, kann ich den Mann nicht mehr sehen. „Ich nehme an, dass er gegangen ist. Wer auch immer er war."

Tommy wirft so gut, dass drei Batter der gegnerischen Mannschaft ziemlich schnell hintereinander ausscheiden. Wir jubeln und pfeifen vor Begeisterung. Die *Weavers* haben eine hervorragende Bilanz: nur zwei Niederlagen in dieser Saison. Und es sieht so aus, als würden wir dieses Spiel ebenfalls gewinnen.

Als das Spiel vorbei ist, liegen wir mit drei Punkten in Führung. Bevor ich nach Hause gehe, warte ich, bis Tommy zu mir kommt. Als er vom Spielfeld auf mich zuschlendert, laufe ich ihm entgegen.

„Ich bin so stolz auf dich", sage ich und drücke seine Hand. „Hast du zufällig den Mann gesehen, der da drüben saß?" Ich deute auf den Platz, wo ich den Fremden gesehen habe.

Tommy grinst. „Allerdings. Er arbeitet als Scout für die *Detroit Tigers*."

Mein Herzschlag beschleunigt sich. „Hast du mit ihm gesprochen?"

„Nein. Er hat heute nur zugesehen. Aber ich denke, dass er noch mal kommen wird. Es war ein großartiges Spiel." Tommy schaut sich flüchtig um. Als er sieht, dass uns niemand Beachtung schenkt, senkt er den Kopf, um mir einen schnellen, aber zärtlichen Kuss zu geben. „Wir sehen uns morgen Abend. Um sieben am Amberbaum?"

„Wie immer."

Mit einem vor Liebe überquellenden Herzen blicke ich Tommy hinterher, der jetzt auf die Reservebank des Teams zuläuft. Dann mache ich mich auf den Heimweg. Wir müssen den Hotelgästen bald das Abendessen servieren. Plötzlich kommt mir ein neuer Gedanke: Hat der Scout die Stadt schon verlassen oder wird er die Nacht vielleicht im Hotel verbringen?

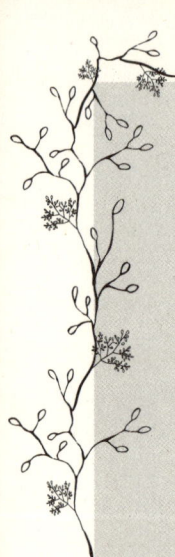

Shepherd's Pie

1. Schicht
1 Pfund Schweinehackfleisch
1 kleine Zwiebel, gewürfelt
2 Knoblauchzehen, gehackt
1 Tasse Reis, gekocht
½ Tasse Bratensoße oder ¼ Tasse Hühnerbrühe
½ TL Salz
½ TL getrockneter Thymian

2. Schicht
1 mittelgroße Karotte, gewürfelt
1 kleine Zwiebel, gehackt
2 EL Butter oder Margarine
6 Tassen Kohl, gehackt
1 Tasse Hühnerbrühe
½ TL Salz
¼-½ TL Pfeffer

3. Schicht
3 Tassen gestampfte Kartoffeln
¼ Tasse geriebener Cheddar

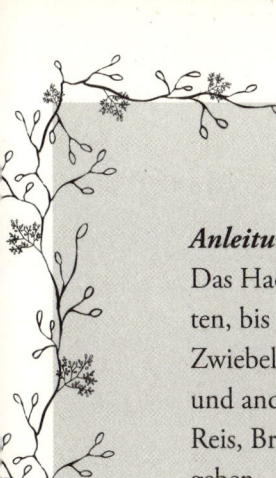

Anleitung

Das Hackfleisch bei mittlerer Hitze anbraten, bis es nicht mehr rosa ist.

Zwiebel und Knoblauchzehen hinzugeben und andünsten, Flüssigkeit abgießen.

Reis, Bratensoße, Salz und Thymian hinzugeben.

Alles in eine eingefettete Ofenform geben (28 × 22 cm).

In derselben Pfanne die Karotte und Zwiebel in Butter bei mittlerer Hitze 5 Minuten anbraten.

Kohl hinzugeben und noch 1 Minute anbraten.

Mit Brühe, Salz und Pfeffer würzen, abdecken und 10 Minuten köcheln lassen.

Kohlmischung als zweite Schicht in der Ofenform verteilen.

Zum Schluss die gestampften Kartoffeln in die Ofenform geben und mit Käse bestreuen.

Ohne Deckel für 45 Minuten bei 175 °C backen, bis der Käse braun wird.

5

Der Abend ist mild und perfekt, um Buster umzuquartieren. Hoffentlich wird er sich in seinem neuen Zuhause wohlfühlen. Ich habe eine große Tierbabyflasche von Dr. Adams besorgt und mit Draht an einer Seite des Geheges befestigt, damit Buster trinken kann. Er darf nur nicht am Sauger knabbern. Wenn er das macht, wird er geduscht.

Als ich mit dem Frettchen aus dem Schlafzimmer trete, begegne ich Annie. „Wo bringst du Buster hin?", fragt sie.

Ich kraule das Köpfchen des kleinen Tiers. „Er hat jetzt ein neues Zuhause. Aber bitte lass ihn nie wieder ohne mich raus, Annie."

Sie streckt die Hand aus und streichelt Buster. „Ganz bestimmt nicht. Versprochen. Ich will, dass er bei uns bleibt. Er ist so süß." Als das Frettchen Annies Finger abschleckt, kichert sie.

Wenig später setze ich Buster in sein Gehege, zusammen mit ein paar Spielsachen, etwas Stroh und einer Kiste mit Streu, die ihm als Toilette dient. Sein Fressnapf ist neben dem Wasser an der Käfigwand befestigt. Er ist ein schlaues Tierchen und trinkt direkt aus der Schüssel. Dann schnuppert er kurz an der Flasche, die darüberhängt, verliert aber schnell das Interesse daran. Gut so. Ich lasse ihn weiter sein neues Gehege erkunden und kehre ins Haus zurück.

In unserem Wohnzimmer hat Daddy das Radio eingeschaltet, um Nachrichten zu hören. Ich setze mich mit einer Zeitschrift aufs Sofa und höre mit einem Ohr zu.

„Walt Disney hat eine neue Figur nach dem kürzlich entdeckten Planeten Pluto benannt. Disney sagt: ‚Aufgrund des zunehmenden Interesses am Weltall hielten wir es für eine gute Idee, Micky Maus einen neuen Freund zu schenken: den Hund Pluto.‘ Die Kinobesucher scheinen der gleichen Meinung zu sein und überhäufen Disney mit begeisterten Briefen. Wir werden Pluto bald in den Cartoons sehen, kündigte Disney an.“

„Janessa?“ Daddys Stimme reißt mich aus meinen Gedanken über Pluto und das Weltall.

„Ja?“

„Würdest du gerne mitkommen zu meinem Termin mit dem Abgeordneten Davis?“

Ich habe Daddy noch nie bei seiner Lobbyarbeit begleitet. Überrascht lasse ich die Zeitschrift sinken und richte mich auf. „Klar! Aber warum ausgerechnet jetzt?“

Er zuckt die Schultern. „Es ist an der Zeit. Du bist erwachsen. Außerdem nehmen Frauen gerade mehr und mehr ihren rechtmäßigen Platz in der Politik ein.“

In diesem Moment klingelt es an der Rezeption. *Mist.* Hastig springe ich auf. „Ich übernehme das.“ Wir erwarten heute keine neuen Mieter von der Spinnerei. Könnte das der Baseballscout sein?

Der Mann, der am Empfang wartet, ist definitiv nicht der Talentsucher, der beim Spiel war. Er ist größer und sein Anzug und seine Weste sehen nagelneu aus – keine Spur von Abnutzung zu erkennen. Der vornehme Herr scheint sich in seinem Anzug pudelwohl zu fühlen, als hätte er keinen Tag seines Lebens außerhalb der maßgeschneiderten Ärmel seines Jacketts verbracht. Ganz anders als die Männer hier, die schon vor Stolz platzen, wenn sie eine neue Latzhose haben.

Meine Wangen werden heiß, als mir plötzlich bewusst wird, dass ich den Mann mustere wie einen aufgespießten Junikäfer in einer Insektensammlung. Ich räuspere mich und hebe das Kinn. „Kann ich etwas für Sie tun, Sir?“

„Ja, bitte.“ Seine Augenbrauen senken sich ein wenig, während er mich anstarrt. „Sie sind doch sicherlich nicht die Hoteldirektorin, oder?“

Warum denken Leute von außerhalb immer, dass ich ihnen nicht weiterhelfen kann? „Nein, ich bin die Tochter. Brauchen Sie ein Zimmer, Sir?", frage ich mit einem zuvorkommenden Lächeln, in der Hoffnung, dass er sich von mir helfen lässt. Daddy braucht etwas Ruhe.

„Ich würde lieber mit dem Direktor sprechen, wenn Sie so freundlich wären, ihn zu holen. Ich bin hier, um das Hotel zu inspizieren. Und ja, später brauche ich auch ein Zimmer."

Das Hotel inspizieren? Fast hätte ich gefragt, warum, aber aus Anstand halte ich mich zurück. Stattdessen deute ich auf einen geblümten Sessel. „Setzen Sie sich doch, während ich meinen Vater holen gehe." Ich drehe mich um und kehre in unsere Wohnung zurück. Mein Vater ist gerade in eine Zeitung vertieft.

„Daddy, da ist ein Mann, der sagt, dass er hier ist, um das Hotel zu inspizieren." Ich versuche, nicht die Hände zu ringen, und knacke stattdessen mit den Knöcheln.

Er lässt die Zeitung sinken. „Hast du ihn gefragt, warum?"

„Nein. Hätte ich das tun sollen? Er wollte dich sprechen."

Daddy steht auf und legt die Zeitung auf seinen Sessel. „Nein, du hast alles richtig gemacht. Wollen wir zusammen gehen?"

Der fremde Herr steht im Durchgang zum Speisesaal. Als er unsere Schritte hört, dreht er sich um. Daddy streckt ihm die Hand entgegen.

„Frank Taylor. Wie kann ich Ihnen helfen?"

„Darrell Forsythe." Die Art und Weise, wie er sich vorstellt und Daddy die Hand schüttelt, ist sehr angenehm. „Ich bin ein Teilhaber der Spinnerei von Sweetgum und ich bin hier, um das Hotel zu inspizieren."

Mein Vater neigt fragend den Kopf zur Seite. „Ich hatte noch nie eine Inspektion. Gab es eine Beschwerde?"

Mr Forsythe schiebt die Hand in seine Brusttasche und holt ein Taschentuch hervor, mit dem er sich die feuchte Stirn abtupft. „Ich versuche, alle Unterkünfte der Spinnereien zu begutachten, in die ich investiert habe."

Wirklich geschickt, wie er Daddys Frage ausweicht. Ich verwette meine Sonntagshandschuhe darauf, dass Mrs Grundy ihre Drohung wahrgemacht hat, sich bei Mr Spencer zu beschweren.

Mr Forsythe deutet in Richtung Speisesaal. „Können wir?"

Ich gehe voran und überfliege alles schnell mit den Augen. Gott sei Dank haben Lillian und Annie die Tische schon fertig eingedeckt. Alles glänzt, vom Besteck bis hin zu den Gläsern. Mr Forsythe streicht mit dem Finger über einen Tisch, reibt ihn gegen seinen Daumen und nickt dann zufrieden. Diesen Vorgang wiederholt er an ein paar weiteren Tischen. Danach wendet er seine Aufmerksamkeit dem Schrank zu, wo wir das Servierbesteck aufbewahren.

Als Mr Forsythe fertig ist, bittet er darum, den Aufenthaltsraum der Gäste sehen zu dürfen. Dort treffen wir auf ein paar Mieter, die gerade lesen oder Karten spielen. Sie blicken auf und lächeln. Mr Forsythe nickt ihnen höflich zu. Dann geht er zum Fenster und schaut hinaus. Dabei fährt er ganz beiläufig mit der Hand über die Fensterbank. Als er auf seine Finger hinabsieht, hebt er eine Augenbraue.

Es ist Sonntag! Da haben unsere Angestellten frei. Sie müssen nur das Essen für die Gäste servieren. Entrüstet schaue ich zu Daddy hinüber. Das ist nicht fair. Wir folgen Mr Forsythe aus dem Wohnzimmer.

„Ich würde gerne den Außenbereich sehen."

Daddy und ich werfen einander einen vielsagenden Blick zu. *Buster*. Ich hatte recht. Jetzt bin ich mir ganz sicher. Es war Grundy. Wir führen Mr Forsythe zur Haustür hinaus und um das Hotel herum in den Hinterhof. Er begutachtet den Schweinepferch und rüttelt prüfend an den Pfählen. Im Moment haben wir vier Säue und siebenunddreißig Ferkel. Als Nächstes wirft Mr Forsythe einen Blick in die Scheune, um nach unseren beiden Ziegen und den drei Milchkühen zu sehen. Was sucht er bloß?

Nach einem kurzen Blick in den Hühnerstall hebt er fragend eine Augenbraue. „Warum leuchtet da drinnen Licht?"

Voller Stolz höre ich zu, wie mein Vater erklärt, dass die Hühner durch das Licht dann Eier legen, wann wir es wollen.

Mr Forsythe sieht sich die Petroleumlampe genauer an. „Haben Sie keine Angst, dass eins der Hühner die Lampe vom Haken schlagen könnte?"

Daddys Mundwinkel zucken kaum merklich. „Hühner können nicht gut fliegen. Auf die Hühnerstange schaffen sie es gerade noch, aber höher nicht, Mr Forsythe. Und wie Sie sehen, hängt die Laterne weiter oben. Es besteht also keine Gefahr."

„Ach so. Ehrlich gesagt habe ich noch nie über die Flughöhe von Hühnern nachgedacht", gibt er grinsend zu. „Sie haben also jeden Tag frische Eier für die Arbeiter?"

„Genau", antwortet mein Vater selbstbewusst.

Als wir zum Hotel zurückgehen, bleibt Mr Forsythe plötzlich stehen und deutet auf die Veranda. „Was ist das da unter der Veranda?"

„Das ist das Gehege des Frettchens. Meine Tochter hat ein Händchen für verwundete Tiere. Der örtliche Tierarzt bringt ihr oft welche vorbei und manchmal rettet sie auch selbst eins. Dann pflegt sie es wieder gesund."

„Und die Tiere werden hier draußen gehalten? Nicht im Hotel?"

Daddy zögert. Dann seufzt er. „Gelegentlich wird eins der Tiere für ein, zwei Stunden in unsere privaten Zimmer mitgenommen. Dieses Frettchen – meine Tochter hat es Buster getauft – lahmt und kann nicht wieder in die freie Wildbahn entlassen werden. Buster ist zu einem Haustier geworden."

„Danke für Ihre Ehrlichkeit, Mr Taylor. Darf ich es sehen?"

Als Daddy mir zunickt, öffne ich den Käfig. Buster kommt sofort zu mir gerannt und schnuppert an meinem Hals, als ich ihn herausnehme. Dann reiche ich ihn Mr Forsythe.

Der Hotelinspektor nimmt Buster sanft hoch und setzt ihn auf seinen Arm. Das Frettchen scheint zu spüren, dass von dem Mann keine Gefahr ausgeht. Es versucht sofort, Mr Forsythes Westentasche zu durchforsten. Dieser lacht über Busters Neugier. „Als Kind hatte ich auch mal ein Frettchen. Dieser kleine Bursche ist sehr sauber. Baden Sie ihn oft?", fragt er mich.

„Ja, Sir. Er liebt Wasser."

Mit einem Lächeln, das auch seine Augen erreicht, gibt Mr Forsythe mir Buster zurück. Dann ist er wieder ganz der Geschäftsmann. „Ich hätte gern ein Zimmer, bitte."

Ich öffne den Mund, aber Daddy legt eine Hand auf meinen Arm. „Natürlich."

Wir kehren in die Lobby zurück, wo Daddy das Gästeregister öffnet und es Mr Forsythe zuschiebt. „Bitte füllen Sie das aus, während ich Ihren Schlüssel hole. Haben Sie Gepäck, Sir?"

„Ja, ich habe eine kleine Reisetasche im Auto. Ich werde sie gleich holen." Als er seine Daten ins Buch eingetragen hat, reicht Daddy ihm den Schlüssel zu Zimmer 210.

„Wenn Sie möchten, kann meine Tochter Ihre Tasche holen, während ich Ihnen das Zimmer zeige."

Mr Forsythe sieht mich an und nickt dann, greift in seine Tasche und holt seine Schlüssel hervor. Als er den richtigen Schlüssel ausgewählt hat, reicht er ihn mir. „Der ist für das Vorhängeschloss am Kofferraum. Dort finden Sie meine Tasche."

Ich nehme den Schlüssel entgegen und gehe nach draußen. Am Straßenrand vor dem Hotel steht ein schicker 1929 Cadillac Touring. *Wow, der Typ hat Kohle.* Nachdem ich die Reisetasche aus dem Kofferraum geholt habe, schließe ich ihn wieder sorgfältig ab.

Dann eile ich die Treppe hinauf zu Daddy und Mr Forsythe in Zimmer 210. Der Inspekteur dreht sich um, als ich eintrete.

„Ah, da ist sie ja. Vielen Dank, junge Dame." Er nimmt seine Tasche und stellt sie aufs Bett. „Das Zimmer ist gut. Wann gibt es Frühstück? Ich werde mit den Arbeitern essen."

Mein Vater schiebt mich sanft zur Tür hinaus. „Um 5:30 Uhr."

„Gut, ich werde da sein. Und danke", sagt Mr Forsythe, bevor er die Tür schließt. Daddy hebt warnend einen Finger an die Lippen und führt mich die Treppe hinab. Ich warte, bis wir in unserer Wohnung sind.

„Was hat er gesagt, während ich die Tasche geholt habe? Hat er dir verraten, ob wir die Inspektion bestanden haben?"

„Nein, aber er kann nichts gefunden haben, das uns in ein schlechtes Licht rückt. Trotzdem bin ich froh, dass wir gestern Busters Käfig gebaut haben. Mrs Grundy muss Spencer von ihm erzählt haben."

Wut steigt in mir auf. „Ich wünschte, sie würde heiraten und in ein Haus ziehen. Vielleicht sollte ich einen netten alten Witwer für sie suchen. Nur leider kann ich mir nicht vorstellen, dass irgendjemand einen Sauertopf wie sie zur Frau nehmen würde."

„Janessa …", sagt Daddy mahnend.

Ich höre auf zu lästern. „Na schön. Aber meiner Meinung nach ist sie unser ‚Stachel im Fleisch', wie Paulus es bezeichnet hat."

Er lacht und umarmt mich. „Geh jetzt schlafen. Es ist schon spät … und ehe du dichs versiehst, ist es schon wieder Zeit aufzustehen."

An diesem Morgen erziele ich einen seltenen Sieg: Ich schaffe es, mehr Eier als Annie einzusammeln. Als ich wieder in der Küche bin, stelle ich die Körbe in den Eisschrank für die Milchprodukte. Wir haben so viele Vorräte, dass wir drei große Eisschränke benötigen. Ich wünschte, wir hätten Strom in Sweetgum. Dann könnten wir uns ein elektrisch betriebenes Kühlhaus zulegen. Mr Spencer hat zwar ein Wasserkraftwerk für die Maschinen in der Spinnerei bauen lassen, aber obwohl wir in der Nähe wohnen, wurde nichts außerhalb der Spinnerei an sein Stromnetz angeschlossen. Der Mann ist ein elender Geizkragen.

Sarah und meine Mutter bereiten das Frühstück zu: weiche Brötchen mit Specksoße, Rührei mit Rohschinkenwürfeln und Maisbrei mit Ziegenkäse, den Mama aus der Milch von Nanny und Belle hergestellt hat. Um Punkt 5:30 Uhr steht das Essen auf den Tischen.

Kurz nachdem Annie die Glocke geläutet hat, sind donnernde Schritte auf der Treppe zu hören.

Als Mr Forsythe sich an Mrs Grundys Lieblingstisch setzt, beiße ich mir auf die Lippe, um nicht loszulachen. Annie prustet hörbar durch die Nase, bewahrt aber zum Glück die Fassung. Wir laufen mit Kaffeekannen herum und füllen die Tassen auf, damit wir das Feuerwerk nicht verpassen, wenn Mrs Grundy kommt.

Mr Forsythe genießt gerade sein Frühstück, als der Grund für unsere Erheiterung hinter ihm erscheint. Sie räuspert sich laut. Doch Mr Forsythe ist so sehr in sein Essen vertieft, dass er sie gar nicht bemerkt. Da streckt Mrs Grundy die Hand aus und schnipst ihm ans Ohr.

„Au!" Er reißt den Kopf herum und starrt sie entgeistert an. Da er ein echter Gentleman ist, steht er auf. „Darf ich fragen, womit ich das verdient habe, Madam?"

Sie verschränkt die Arme und reckt das Kinn. „Sie sitzen an meinem Tisch."

Ich stupse Annie mit dem Ellenbogen an und flüstere: „Schau dir das an!"

Mr Forsythe sucht den Tisch ab. Dann runzelt er verwirrt die Stirn. „Ich sehe nirgends ein Schild mit Ihrem Namen." Jetzt hat er ihr unhöfliches Benehmen offenbar satt, denn er setzt sich hin und isst weiter.

Mrs Grundy schnaubt und stemmt eine Hand in ihre knochige Hüfte. In der anderen Hand hält sie ihren Teller. „Ich brauche kein Schild. Wissen Sie eigentlich, wer ich bin?"

Er blickt sie streng an. „Nein, Madam, weiß ich nicht. Wissen Sie denn, wer ich bin?"

Einen Moment lang wirkt Mrs Grundy verunsichert, aber da sie nicht so schnell klein beigibt, sagt sie bloß mit eiskalter Miene: „Nein, aber es ist mir auch egal." Dann stolziert sie zu einem anderen Tisch hinüber, an dem bereits zwei junge Männer sitzen. Sogleich nehmen die beiden ihre Teller und ziehen sich auf die leeren Plätze am anderen Ende des Speisesaals zurück.

Mr Forsythe sieht mich an und hebt fragend eine Augenbraue. Ich lächele verstehend. Dann hebt er seine Kaffeetasse und ich eile zu ihm, um sie aufzufüllen.

Mit leiser Stimme sagt er: „Ich nehme an, das ist Mrs Grundy? Diejenige, die sich über Buster beschwert hat?"

Plötzlich habe ich ein schlechtes Gewissen. „Ja, aber sie tut mir ein bisschen leid. Vor vier Jahren ist ihr Mann gestorben. Danach ist sie bei uns eingezogen. Ich bin mir sicher, dass ihr Verhalten den Umständen geschuldet sind." Ich schenke ihm Kaffee ein.

Mr Forsythe erwidert mit einem warmen Lächeln: „Sie sind eine sehr nette junge Dame, Miss Taylor. Ich werde in meinem Bericht schreiben, dass ich im *Sweetgum Hotel* nichts als vollkommene Sauberkeit und hervorragenden Service angetroffen habe."

Ein Stein fällt mir vom Herzen. „Danke, Sir. Ich werde es meinem Vater weitergeben."

Ich reiche ihm eine Tageszeitung, bevor ich in die Küche gehe, um den Freudenschrei loszulassen, der mir in der Kehle sitzt. Sarah und Mama drehen sich überrascht zu mir um.

Mama zwinkert Sarah zu. „Irgendwas hat unser Mädchen sehr glücklich gemacht."

„Mr Forsythe wird einen sehr guten Bericht über uns schreiben. Er hat nichts zu beanstanden." Ich lache laut auf. „Er hat Mrs Grundy kennengelernt. Er saß auf ihrem Platz …"

Mama schlägt die Hand vor den Mund und kichert, während Sarah wiehernd lacht und sich dabei auf die Oberschenkel klopft. „Das hätte ich zu gerne gesehen."

Dann kehren sie mit einem schadenfrohen Lächeln an ihre Arbeit zurück.

Auch ich fahre mit meinen täglichen Aufgaben fort, aber ich habe kein gutes Gefühl. Mrs Grundy gilt als sehr rachsüchtig. Ich kann nur hoffen, dass Mr Forsythe das Ziel ihrer Rache sein wird und nicht mein Vater oder Buster.

6

Da Belulahs Schwester Charity jetzt bei uns arbeitet, lasse ich sie heute an meiner Stelle die Essenspakete zur Spinnerei bringen. Sobald die Mädchen sich auf den Weg gemacht haben, werden Daddy und ich nach Rome aufbrechen. Mr Davis, der Abgeordnete unseres Countys, hält sich heute im Büro der Bezirksverwaltung auf. Mein Vater hat einen Termin bei ihm vereinbart, um mit ihm über bessere Gesetze zum Kinderschutz zu sprechen.

Während Daddy den alten Truck des Gemischtwarenladens ankurbelt, warte ich im Wagen. Als der Motor angesprungen ist, klettert mein Vater auf den Fahrersitz und wir verlassen Sweetgum. Dabei ziehen wir eine dunkle Qualmwolke hinter uns her. Ich habe meinen Blazer nicht angezogen, weil es selbst mit offenen Fenstern ziemlich heiß im Truck ist. Glücklicherweise habe ich daran gedacht, meinen Hut mit Haarklammern festzustecken. Der Wind, der durch die Fenster hereinströmt, zerzaust mein Haar und bietet ein wenig Abkühlung von der schwülen Hitze. Die Straße führt uns erst am Fluss Etowah entlang, dann entfernen wir uns ein Stück, um etwas später wieder an den Fluss zu gelangen. Doch die schöne Landschaft geht völlig an mir vorbei. Der Grund für unseren Ausflug bedrückt mich.

„Was geht dir durch den Kopf, Jane?"

Mir entweicht ein Seufzer. „Ich komme mir manchmal wie eine Verräterin vor. Wenn wir den Kindern helfen, schaden wir den Eltern." Ich drehe mich um und lehne mich mit dem Rücken an die Tür, um meinen Vater anzusehen. „Ich wünschte, es gäbe einen anderen Weg."

Seine langen Finger trommeln auf das Lenkrad. „Ich bin in derselben Lage, mein Schatz. Einerseits verlieren die Eltern wegen mir das zusätzliche Einkommen, das sie durch ihre Kinder hatten. Aber andererseits sorge ich für die Bildung und Gesundheit ihrer Kinder. Leider sehen die meisten nur das Hier und Jetzt. Sie haben nichts, was ihnen Hoffnung auf eine bessere Zukunft geben würde."

Ich schaue zum Fenster hinaus, während ich über seine Worte nachdenke. Das Ackerland ist inzwischen Häusern gewichen. Wir nähern uns Rome. Ein altes, verlassenes Bauernhaus steht in einiger Entfernung von der Straße. Etwa 100 Meter weiter sehe ich eine schiefe, baufällige Scheune. Haben die Eigentümer ihr Land verlassen, um in einer Spinnerei zu arbeiten? Viele Leute treffen diese Entscheidung aus ebendiesem Grund, den Daddy genannt hat. Aber wenn sie dann nach Sweetgum kommen, merken sie, dass sie bei Weitem nicht so viel verdienen, wie sie sich erhofft hatten. „Warum ist die Spinnerei von Porterdale so viel besser als die in Sweetgum?"

„*Bibb Mill* ist die größte Spinnerei der Südstaaten – vielleicht sogar des ganzen Landes. Sie stellen mehr Produkte her." Daddy wirft mir einen Blick zu. „Und sie tun viel mehr für ihre Arbeiter, als Spencer tun kann oder will. Ah, da sind wir ja schon."

Wir fahren auf einen Parkplatz. Das beeindruckende zweistöckige Verwaltungsgebäude vor uns ist aus roten Ziegelsteinen gebaut und wird von hohen, weißen Säulen geziert. Der Motor des Trucks geht stotternd aus.

„Was tut *Bibb Mill* denn genau für die Arbeiter, Daddy?"

Er schaut auf seine Armbanduhr und dann auf den Kirchturm in der Ferne. „Zum einen haben sie in jedem Dorf einen Sozialarbeiter, der Vereine und Sportprogramme organisiert – mehr als nur Baseball. Er koordiniert auch die medizinische Versorgung." Daddy zieht an der Krone seiner Armbanduhr und verstellt die Zeiger. „Die Spinnerei kommt für alles auf. Zum anderen zahlt sie höhere Löhne als Spencer."

Als wir aussteigen, schlüpfe ich in meinen Blazer. „Unsere *Weavers* mussten sogar ihre Trikots selbst bezahlen."

Daddy sieht erneut auf die Kirchturmuhr.

„Was machst du da?"

„Ich stelle meine Uhr immer nach der Kirchturmuhr, wenn ich hier bin. Die geht nie falsch." Er nimmt meine Hand. „Gehen wir. Nicht, dass wir zu spät kommen."

Im Eingangsbereich erwartet uns ein elegant gekleideter, gepflegter Mann, der etwa Anfang 30 sein muss. Er stellt sich als persönlicher Assistent des Abgeordneten vor und führt uns dann in einen Konferenzraum.

„Mr Davis wird bald zu Ihnen stoßen. Kann ich Ihnen einen Kaffee, Eistee oder Wasser anbieten?" Seine Worte hallen von den hohen Decken und Marmorfußböden wider.

„Danke. Ich hätte gern ein Wasser." Daddy wendet sich an mich. „Du auch, Janessa?"

Ich nicke bloß, eingeschüchtert von dem hallenden Raum. Außer dem Konferenztisch und einigen Stühlen gibt es keine Möbel darin. Die untere Hälfte der Wände ist mit dunklem Holz getäfelt, während die obere Hälfte in einem hellen Cremeweiß gestrichen ist. Mehrere Porträts von Männern zieren die Wände, aber ich erkenne nur zwei davon – Präsident Hoover und Gouverneur Hardman.

Der Assistent kehrt mit einem Tablett zurück, auf dem drei Gläser und ein Wasserkrug stehen. Hinter ihm tritt ein hochgewachsener Mann ein, der bereits einige graue Haare an den Schläfen und im Schnurrbart hat. Seltsamerweise sind seine Augenbrauen noch komplett schwarz. Ob er die grauen Härchen auszupft?

Er streckt meinem Vater die Hand entgegen. „Freut mich, Sie zu sehen, Mr Taylor." Dann wendet er sich zu mir um. „Und Sie müssen Janessa sein. Sie sind erwachsen geworden."

Meine Wangen werden heiß. Ich kann mich nicht erinnern, den Mann schon mal gesehen zu haben. Hilfe suchend schaue ich zu meinem Vater.

Er zwinkert mir zu. „Auf einem Jahrmarkt haben Kinder keine Augen für Erwachsene. Wenn Sie eine Ziege oder ein Huhn gewesen wären, würde Janessa sich bestimmt erinnern."

Ich stöhne innerlich. Hoffentlich hat Mr Davis nicht gesehen, wie ich die Augen verdreht habe.

Er gluckst nur. „Setzen wir uns." Als wir Platz genommen haben, schenkt er uns Wasser ein. Dann lehnt er sich in seinem Stuhl zurück. „Erzählen Sie mir, was in letzter Zeit so in Sweetgum passiert ist."

Daddys Unterarme ruhen auf dem Tisch. „Nichts Gutes, fürchte ich. Ein Junge hat seinen großen Zeh und einen Teil seines Fußes verloren und ein Mädchen ist gestorben, nachdem ihr ein Arm abgetrennt wurde."

Der Abgeordnete zuckt zusammen und schließt für einen Moment die Augen.

Mein Vater wartet, bis er die Augen wieder öffnet. „Diese Kinder waren viel zu jung, um zu arbeiten. Sie hätten in der Schule sein müssen. Wie viele Kinder müssen noch verstümmelt oder getötet werden, bis wir endlich strengere Gesetze bekommen?"

Mr Davis holt ein kleines Notizbuch und einen Stift hervor. „Die Spinnereien haben sehr überzeugende Lobbyisten." Er notiert etwas in sein Buch. „Ich muss allerdings zugeben, dass die Zahl solcher Zwischenfälle in Sweetgum ungewöhnlich hoch ist – höher als sonst wo in Georgia." Er steht auf. „Sie haben mir ja die Telefonnummer des Hotels gegeben, Mr Taylor. Ich habe eine Idee, die ich mit ein paar meiner Kollegen besprechen möchte. Sobald ich mehr sagen kann, melde ich mich bei Ihnen."

Das war alles? Nach weniger als fünf Minuten ist das Treffen beendet? Daddy steht auf und schüttelt Mr Davis die Hand. Ich warte, bis wir das Gebäude verlassen haben, dann frage ich: „Verlaufen alle deine Treffen mit ihm so? Das hätten wir auch am Telefon sagen können."

„Er ist ein viel beschäftigter Mann, Jane." Daddy kurbelt den Motor an, während ich einsteige.

Ich schüttele den Kopf. „Scheint mir eine sehr lange Fahrt für ein fünfminütiges Treffen."

Mein Vater legt den Gang ein. „Deshalb verbinde ich die Treffen meistens noch mit anderen Erledigungen. Ich gehe zum Beispiel für den Laden oder das Hotel einkaufen. Aber dieses Treffen war an sich schon wichtig genug. Es ist immer gut, Mr Davis unsere Gesichter neu in Erinnerung zu rufen. Nur einer von tausend Menschen würde seinem Abgeordneten je einen Brief schreiben. Aus diesem Grund spricht ein einziger Brief für tausend Menschen. Wenn man bedenkt, wie wenig Leute persönlich bei einem Abgeordneten vorsprechen, stehen unsere Gesichter stellvertretend für mehrere tausend Menschen, die so denken wie wir – und damit auch für mehrere tausend Wählerstimmen."

Der Abend ist herrlich. Ein Gewitter hat die Temperatur am Nachmittag um gute 10 Grad gesenkt. Als ich zum Amberbaum komme, nimmt mich Tommy sogleich bei der Hand.

„Lass uns spazieren gehen." Er führt mich in Richtung Fluss. Die Sonne wird erst in frühestens einer Stunde untergehen, also haben wir reichlich Zeit, bis es auf dem Pfad dunkel wird.

„Wo ist Vera heute Abend?"

„Unsere Mutter hat gesagt, dass Vera zu Hause bleiben soll. Sie weiß, dass wir Zeit für uns brauchen." Glucksend fährt er fort: „Der kleine Frechdachs vergöttert dich. Sie hat versucht, sich aus dem Haus zu schleichen und mir zu folgen, aber Ma hat sie erwischt."

Nun verlassen wir die Straße und überqueren eine Wiese, auf der zahllose Wildblumen blühen – hellrosa Dreiblattspiere, gelbes Natternkraut, weiße Seidenpflanzen und viele mehr. Tommy bückt sich, pflückt einen Blütenzweig von einem korallenfarbenen Geißblatt ab und reicht ihn mir.

„Ich danke Ihnen, werter Herr."

Er lacht, während ich mir die Blüten ins Haar stecke. Als wir eine ruhige, geschützte Stelle finden, an der wir unsere Füße im Wasser baumeln lassen können, halten wir an. Ich öffne meine Sandalen und ziehe sie aus, während Tommy die Socken in seine Schuhe stopft.

Kaltes Wasser fließt über meine Füße. Ich wackele vergnügt mit den Zehen. „Aah, das fühlt sich so gut an!"

Tommy nimmt erneut meine Hand. „Ich will, dass unsere Kinder auch an einem Fluss aufwachsen. Aber nicht in einer Spinnereistadt." Seine Augenbrauen senken sich. „Ich will nicht, dass eins unserer Kinder je in einer Spinnerei arbeitet. Es ist schon für einen Erwachsenen gefährlich genug."

Manchmal ist Tommy ein richtiger Träumer, aber gerade das mag ich so an ihm. „Welcher Beruf wäre dir denn lieber?"

Er reißt einen Süßgrashalm aus und steckt ihn in den Mund. „Pastor, wie dein Vater. Oder Arzt vielleicht." Er lehnt sich zurück und stützt sich auf seine Ellenbogen. „Wenn ich einen Baseball-Vertrag bekomme, können wir vielleicht genug ansparen, um eins unserer Kinder aufs College zu schicken." In seiner Stimme liegt eine Ernsthaftigkeit, die ungewöhnlich für ihn ist. „Ich will, dass unsere Kinder eine Wahl haben, Jane. Und das geht nur mit Bildung."

„Ich auch. Unsere Töchter sollen – genau wie unsere Söhne – die Möglichkeit haben … nun ja, Tierärztinnen zu werden, wenn sie das wollen. Deshalb werde ich auch arbeiten gehen, bis wir Kinder bekommen. Dann können wir meinen Lohn sparen, um das College für sie zu bezahlen."

Tommy kneift amüsiert die Augen zusammen. „Von wie vielen Kindern sprechen wir hier eigentlich?"

Ich kann nicht anders, als ihn zu necken. „Ach, ich weiß nicht. Ein halbes Dutzend vielleicht?"

Tommy zieht so scharf die Luft ein, dass er fast den Grashalm verschluckt, auf dem er herumgekaut hat. Er hustet und spuckt ihn aus. „Du machst Witze, oder?"

„Ja, natürlich. Irgendwie schon." Ich hebe die Füße und sehe zu, wie das Wasser hinabtropft, bevor ich sie wieder in den Fluss sinken lasse. „Ich habe mir immer vorgestellt, mindestens drei Kinder zu haben."

Tommy stützt sich wieder auf seine Ellenbogen. „Das ist eine gute Zahl."

„Oder vier – zwei Jungs und zwei Mädchen." Seufzend stelle ich mir kleine Jungen mit Tommys Gesicht vor. Und die Mädchen würden wie Annie aussehen – hinreißend.

„Wenn wir neun hätten, könnten wir ein eigenes Baseballteam gründen."

Ich lache. „Dazu musst du mich erst fangen." Blitzschnell springe ich auf, schnappe mir dabei meine Sandalen und renne los. Es dauert keine Minute, bis Tommy mich am Arm erwischt und mich auf der Wiese im Kreis dreht. Als wir langsamer werden, zieht er mich an seine Brust. Er schließt die Augen und senkt den Kopf, um mich zu küssen. Mein Herz schlägt so laut, dass ich es hören kann, und für einen wundervollen Augenblick vergesse ich die Spinnerei mit all ihren Gefahren.

Am Abend stehe ich vor meinem Frisiertisch und bürste mir die Haare. Ich muss sie bald wieder schneiden, damit sie mir nur bis knapp unters Schulterblatt reichen. Wenn sie länger sind, kann ich sie kaum bändigen.

Lillian sitzt neben meinem Bett auf dem Boden, während Annie hinter ihr auf der Matratze hockt und ihr die Haare flicht. Unsere Lillian ist manchmal ziemlich widersprüchlich. Einerseits behauptet sie, eine moderne Frau zu sein, andererseits wehrt sie sich gegen eine Bobfrisur. Ich habe mich diesbezüglich noch nicht entschieden. Jeden Sommer wäge ich es erneut ab. Annie hat sich heute Nachmittag einen Bob schneiden lassen. Sie sieht total süß aus und ich stelle es mir angenehm kühl vor, keine Haare im Nacken zu haben. Aber ich habe die lockige Mähne von Mamas Seite der Familie geerbt. Es wäre schwierig, meine Haare glatt und in Form zu halten.

Lillian bindet eine Schleife um das Ende ihres Zopfes, als Annie fertig ist. „Was habt ihr heute Abend gemacht, Tommy und du?"

„Wir haben darüber gesprochen, wie viele Kinder wir haben wollen."

„Auf wie viele habt ihr euch geeinigt?", fragt Annie, während sie eine Filmzeitschrift aufschlägt.

„Ich habe drei oder vier gesagt. Tommy will ein Baseballteam."

Lillian keucht. „Will er dich zu einer Gebärmaschine machen?"

Ich lache über ihr Entsetzen. „Das war doch bloß ein Scherz."

Annie starrt uns beide an und rümpft die Nase. „Ich will gar keine Kinder. Ich weiß nicht mal, ob ich überhaupt heiraten will. Alles, was ich will, ist ein Filmstar werden." Sie verschwindet wieder hinter ihrer Zeitschrift.

Lillian und ich werfen uns einen Blick zu. Arme Annie. Wir fürchten, dass ihre Träume niemals in Erfüllung gehen werden. Hier in Sweetgum kann man keine Ausbildung zur Schauspielerin machen. Ich habe auch keine Ahnung, wie ich ihr helfen könnte. Und mit ihren 17 Jahren hat Annie noch keinen Jungen getroffen, der ihr Herz erobert hätte.

Bei diesem Gedanken kommt mir Hank in den Sinn. „Lillian, hast du am Sonntag den Scout der *Detroit Tigers* beim Spiel gesehen? Ich glaube, dass er Tommy und Hank beobachtet hat."

Lillian legt ihre Nagelfeile beiseite und nimmt ein Fläschchen Nagellack zur Hand. „Na klar. Wenn Hank einen Vertrag bekommt, mache ich *ihm* einen Antrag."

Entsetzt starre ich sie an. „Das würdest du nicht tun!"

„Und ob! Ich mag Hank. Er würde einen guten Ehemann abgeben, aber ich heirate keinen Mann, der in der Spinnerei arbeitet. Ich will raus aus Sweetgum. Wenn Hank einen Vertrag bekommt, werdet ihr sehen, wie schnell ich mit ihm von hier verschwinde."

„Auch wenn du ihn nicht liebst?"

Sie zuckt die Schultern. „Unsere Großeltern hatten auch eine arrangierte Ehe. Sie haben einander lieben gelernt."

Annie reißt sich von ihrem Magazin los. „Wenn du Hank heiratest, könntet ihr vielleicht nach Kalifornien ziehen und mich mitnehmen."

Nachdem ich die Bürste auf den Frisiertisch gelegt habe, setze ich mich zu meiner großen Schwester auf den Boden. Ich umfasse meine Beine und lege den Kopf auf die Knie. „Lillian und Hank würden nicht nach Kalifornien ziehen. Detroit liegt in Michigan. Und das Farmteam der *Tigers* ist in Texas. Dort würde Lillian dann wohnen. Und ich auch, wenn Tommy einen Vertrag bekommt."

Annie schnappt sich ein Fläschchen roten Nagellack von ihrem Nachttisch und schraubt es auf. „Na ja, Texas ist schon mal näher an Kalifornien als Georgia. Ich würde trotzdem mitgehen und mich dann bis nach Hollywood durchschlagen." Sie beginnt sich die Fußnägel zu lackieren.

„Gib her", sagt Lillian. Sie zieht sich einen Stuhl vom Frisiertisch heran, setzt sich hin und nimmt Annie den Nagellack ab. „Ich mach das. Du malst dir ja die Zehen an." Annie lässt ihren Fuß auf Lillians Schoß plumpsen.

Während Lillian Annie die Nägel lackiert, hänge ich meinen Gedanken nach. Ich stelle mir vor, wie ich zu Tommy nach Texas ziehe. Doch sosehr ich mich auch anstrenge, werde ich die dunkle Wolke nicht los, die über meinem Tagtraum zu schweben scheint. Wie werden Mama, Daddy und Sarah zurechtkommen, wenn wir Sweetgum verlassen?

7

Der alte Schreibtisch in Daddys spärlich eingerichtetem Büro in der Kirche trägt die Spuren mehrerer Generationen von Pastorenkindern, die an dem Tisch herumgekritzelt haben, während ihre Väter arbeiteten. Es gibt drei schmucklose, wacklige Holzstühle im Raum und an der Wand steht eine schrecklich vernachlässigte Kirchenbank, die an einigen Stellen schon ganz rissig ist, weil sie nie eingeölt wird.

Tommy hört auf, im Raum auf und ab zu gehen, und stellt sich zu meinem Vater ans Fenster, das zum Friedhof hinausgeht. Ruthies Grab ist jetzt mit frisch gesprossenem Gras, etwas Unkraut und ein paar Wiesenblumen bewachsen.

Da ich Pfeffer im Hintern habe, beginne ich, auf und ab zu laufen, während Tommy eine Hand auf Daddys Schulter legt. „Allein in dem Monat seit Ruthies Tod haben drei Kinder ihre Finger, Zehen oder sogar einen ganzen Fuß verloren."

Daddy nickt und holt ein Taschentuch aus seiner Gesäßtasche, um sich den Schweiß von der Stirn zu wischen. „Mr Davis hat Janessa und mir gesagt, dass Sweetgum die höchste Unfallrate im ganzen Bundesstaat hat." Er verzieht das Gesicht. „Kein Rekord, den wir gerne halten. Wir müssen etwas unternehmen – aber was?" Jetzt beginnt Daddy ebenfalls umherzulaufen. „Wir haben schon zu lange darauf gewartet, dass die Gesetze sich ändern. Die Politik ist wie ein langsamer, schwerfälliger Güterzug. Und durch die Finanzkrise ist alles noch schwieriger geworden. Alle sagen, dass sie mehr Geld brauchen – deshalb müssen die Kinder weiterhin arbeiten gehen."

Tommy starrt immer noch zum Fenster hinaus und wippt dabei mit dem Fuß. „Ich denke, ich werde mir ein paar Tage freinehmen und die *Bibb Mill* in Porterdale besuchen." Er dreht sich um, lehnt sich an die Fensterbank und überkreuzt die Beine. „Ich kenne ein paar der Jungs aus ihrem Baseballteam. Vielleicht können wir irgendwie ein Treffen organisieren."

Daddy schiebt den Stuhl zurück und setzt sich an seinen Schreibtisch. Dabei zieht er die Augenbrauen so eng zusammen, dass sie wie eine einzige Braue aussehen. „Was für ein Treffen?"

Die alte Kirchenbank quietscht protestierend, als Tommy sich darauf sinken lässt. Er sieht erst zu mir und dann wieder zu meinem Vater. „Ich denke, dass wir es mit einem Arbeiterstreik versuchen sollten." Er hebt die Hand, um unsere Einwände im Keim zu ersticken. „Ich weiß, dass es riskant ist. Aber diese anderen Unfälle so kurz nach Ruthies Tod haben die Leute wachgerüttelt."

Daddy sieht nicht überzeugt aus. „Damit beschwören wir eine Menge Probleme herauf, Tommy."

Ich setze mich neben Tommy und nehme seine Hand. „Glaubst du, dass es wirklich etwas bringen würde?" Ich schaue zu Daddy hinüber. „Hat irgendwer schon mal versucht, einen Arbeiterstreik in Sweetgum zu organisieren?"

Mein Vater senkt das Kinn und schüttelt den Kopf. „Nicht hier. *Jeder* müsste bereit sein, alles zu riskieren. Die Arbeiter könnten ihre Jobs und ihr Zuhause verlieren. Oder sie belassen die Dinge, wie sie jetzt sind, und verlieren vielleicht ihre Kinder." Er schließt wieder die Augen und schweigt. Es ist wirklich ein Dilemma.

Tommy starrt ihn an, dann zieht er fragend eine Augenbraue hoch. Ich hebe die Hand, um ihm zu signalisieren, dass er noch warten soll. Mein Vater bittet gerade Gott um Weisheit. Nach einer Weile nickt er und öffnet die Augen.

„Zuerst sollten wir eine Woche lang darüber beten. *Wenn* wir alle das Gefühl haben, dass dieser Weg Gottes Wille ist, werden wir einige der einflussreicheren Männer der Spinnerei befragen. Janessa, du sprichst mit den Frauen, deren Kinder in Unfälle verwickelt waren.

Ich werde deine Mutter bitten, mit Ruthies Mutter zu sprechen. Am Ende der Woche werde ich den Abgeordneten Davis anrufen und ihm unsere Entscheidung mitteilen. Bitte vergesst nicht, dass wir uns damit große Schwierigkeiten einhandeln könnten."

Wenn Mr Spencer herausfindet, dass wir einen Streik anstiften, werden wir unsere Arbeit und unser Zuhause verlieren.

Wie die letzten drei Tage stehe ich auch heute eine halbe Stunde früher auf und knie mich neben mein Bett, um zu beten. Leider habe ich noch nicht die Spur einer Antwort erhalten. Aber man kann Gott nicht drängen, auch wenn man es noch so sehr möchte. Heute breche ich beim Beten in Tränen aus, weil ich wieder an Ruthies Tod denken muss. Offenbar bin ich doch noch nicht so abgehärtet, wie ich meine Mutter glauben lassen wollte. Tief in meinem Innern weiß ich: Gott will, dass wir etwas unternehmen. Ich weiß nur nicht, was – noch nicht.

Danke, Herr, für dein Versprechen, unsere Gebete zu erhören.

Nach dem Beten eile ich ins Bad. Nur Sarah und Mama sind vor mir auf den Beinen und bereits in der Küche zugange. Das Badezimmer gehört mir allein.

Als ich zurück in Annies und mein Schlafzimmer komme, wecke ich meine kleine Schwester. Wie gewöhnlich springt sie sofort auf, als ich ihr mit einem kalten Bad drohe. Ich finde es lustig, dass sie meinen Schwindel noch nicht durchschaut hat. Aber solange es funktioniert, werde ich diesen Trick auch weiterhin verwenden. Und falls Annie irgendwann dahinterkommen sollte, habe ich schon eine andere Idee parat: Ich werde behaupten, dass Clara Bow unten an der Rezeption steht. Das sollte Annie im Nullkommanichts in Schwung bringen.

Nachdem die Mieter gefrühstückt haben und zur Spinnerei aufgebrochen sind, setzen wir uns für fünf Minuten an den Küchentisch und trinken noch eine Tasse Kaffee. Sarah hat extra Zimtschnecken für die Familie gebacken. Als ich mir gerade eine nehmen möchte, erklingt das laute Läuten der Alarmglocke. Vor Schreck kippe ich meinen Kaffee über den Teller mit den Zimtschnecken.

„O nein!", rufe ich aus, während ich mich vom Tisch abstoße.

Meine Mutter springt auf. „Diesmal gehe ich. Du bleibst hier."

Ihre Worte erschrecken mich fast so sehr wie das Läuten der Glocke. „Du machst mir Angst. Warum sollte ich nicht gehen?"

Sie starrt mich eine Sekunde lang an. „Ich weiß es nicht. Ich habe einfach das Gefühl, dass ich gehen sollte. Dann komm eben mit. Wir gehen zusammen."

Im nächsten Moment stürmen wir zur Haustür hinaus. Lillian und Annie folgen uns den Hügel hinauf. Daddy ist bereits dort und wartet an der riesigen Eingangstür der Spinnerei.

Er legt seine Hände fest auf meine Schultern und stellt sich mir in den Weg. „Geh nicht rein. Du auch nicht, Annie."

Mein Magen zieht sich zusammen und das Blut gefriert mir in den Adern. „Nicht Tommy! Bitte sag mir, dass es nicht Tommy ist!"

Er schüttelt den Kopf. Seine Augen sind gerötet und er hält nur mühsam die Tränen zurück. „Es ist nicht Tommy, mein Schatz. Aber es ist seine kleine Schwester. Vera."

Lieber Gott, nein! Es fühlt sich an, als würde meine Brust zerquetscht werden. „Wie schlimm ist es?"

Wieder schüttelt Daddy bloß den Kopf und schließt die Augen. Dann zieht er mich in seine Arme. Normalerweise fühle ich mich in seiner Umarmung sicher und geborgen. Aber diesmal nicht. Sie fühlt sich wie ein Gefängnis an. Ich will mich befreien, aber Daddy hält mich fest.

Tränen strömen über mein Gesicht. „Aber sie ist nicht … oder?"

Diesmal nickt mein Vater. Ein erschütternder, roher Klagelaut steigt in mir auf. Aber es ist nicht mein Wehklagen, das an meine Ohren dringt. Ich kenne diese Stimme. Es ist Mrs Mack, Tommys Mutter. Ich hebe den Kopf und schaue meinem Vater in die Augen. Er umschließt mein Gesicht mit seinen Händen. „Janessa, es ist der schlimmste Unfall, den ich je gesehen habe. Du willst da nicht reingehen."

„Wie könnte ich hier draußen bleiben? Sie ist Tommys Schwester!" Ich versuche, mich loszureißen.

„Du kannst ihm jetzt nicht helfen. Er hat alle Hände voll mit seiner Mutter zu tun."

Es muss schlimm sein. Wirklich schlimm. Daddy hat noch nie versucht, mich vor dem Anblick eines Unfalls zu schützen. Plötzlich will ich es nicht mehr wissen. Ich will nur noch wissen, warum Gott unsere Gebete auf diese Weise erhört hat. Glühender Zorn steigt in mir auf.

Um mich nicht auf meinen Vater zu übergeben, reiße ich mich los und renne weg. Als ich den Fluss erreiche, biege ich ab und laufe am Ufer entlang. Schließlich falle ich im hohen Gras auf meine Hände und Knie und entleere meinen Magen.

Als ich fertig bin, beuge ich mich über den Fluss und schöpfe mit den Händen etwas Wasser, um mir den Mund zu spülen. Dann lege ich mich auf den Rücken. Am Himmel sammeln sich Gewitterwolken.

Wo bist du, Gott? Warum hast du das zugelassen?

Die Fragen wirbeln durch meinen Kopf und bringen meine Schläfen zum Pochen. Mein Verstand sagt mir, dass Gott das Ende von Anfang an kennt, aber mein Herz fragt sich, warum er diese Katastrophe nicht verhindert hat. Warum muss Tommy leiden, wenn er doch versucht, den Kindern zu helfen?

Schnelle Atemzüge und Schritte nähern sich. Dann lässt sich Lillian neben mir ins Gras fallen. „Wie geht es dir?"

„Ich weiß es nicht." Veras Unfall war ein schwerer Schlag für meinen Glauben. Ich schließe die Augen.

Meine große Schwester legt meinen Kopf auf ihren Schoß und beginnt, meine Stirn zu streicheln. Ich spüre, wie meine Anspannung allmählich nachlässt.

„Du hast mich gefragt, warum ich keinen Mann heiraten will, der in der Spinnerei arbeitet. Das ist der Grund. Ich will nicht, dass meine Kinder auf diese Weise sterben."

Ich öffne die Augen, um sie anzusehen. „Ich mache mir Sorgen um Tommy. Darum, was er jetzt tun wird."

Ihre Finger halten inne. „Tommy ist kein gewalttätiger Mann. Er wird nicht auf Spencer losgehen, falls du das meinst."

„Ich weiß, dass er Spencer nicht körperlich angreifen wird. Aber er spricht in letzter Zeit von einem Arbeiter–"

„Pst! Sag es nicht, Jane. Es ist zu gefährlich."

Ich setze mich auf. „Alle kuschen vor Spencer. Sie trauen sich nicht, ihm die Stirn zu bieten und bessere Sicherheitsmaßnahmen zu verlangen."

Lillians Gesicht verdunkelt sich und ein harter Ausdruck tritt in ihre Augen. „Leider hat er kein Gewissen. Alles, was ihn interessiert, ist sein Profit. Wusstest du, dass er die niedrigsten Löhne aller Textilfirmen in ganz Georgia zahlt?"

Nein, das wusste ich nicht. „Was sollen wir *deiner* Meinung nach tun?" Ich brauche jetzt den Rat einer großen Schwester. Aber Lillian ist nicht immer die zuverlässigste Ratgeberin gewesen.

Ihr Gesicht wird weich und sie legt mir einen Arm um die Schulter. „Bete, wie Daddy gesagt hat. Und denk daran: Gottes Wege sind nicht unsere Wege." Sie drückt mich. „Es ist wirklich schlimm, was mit Vera passiert ist. Ich weiß, dass ihr gebetet habt. Aber ich weiß auch, dass Gott souverän ist und nach wie vor auf seinem Thron sitzt." Sie dreht sich zur Seite, um mir ins Gesicht zu schauen. „Jane, es wird ganz bestimmt etwas Gutes hieraus erwachsen. Gott hat es versprochen und er bricht nie ein Versprechen."

Lillian hat recht. Jetzt fühle ich mich zwar nicht viel besser, aber ich bin dankbar für meine Schwester. „Ich hab dich lieb, Lillian."

Sie zieht mich auf die Füße. „Ich dich auch."

Mit neu gestärktem Glauben folge ich Lillian nach Hause. Das Leben in Sweetgum geht weiter. Wir müssen die Essenspakete packen, auch wenn sich mir der Magen umdreht, wenn ich daran denke, sie zur Spinnerei zu bringen.

Und wir müssen mit den Leuten über unsere Streikpläne sprechen.

Eine Woche später hängt die Trauer um Vera immer noch wie eine dunkle Wolke über meinem Kopf und wirft einen Schatten über meine Welt. Aber wenigstens wissen wir jetzt, was zu tun ist. Daddy, Tommy und ich glauben, dass Gott uns in einen Streik führen möchte. Aus diesem Grund versammelt sich die ganze Familie nach dem Abendessen am Küchentisch, um die Einzelheiten zu besprechen.

Ich starre auf den Salzstreuer in meiner Hand und drehe ihn zwischen meinen Fingern. Salz. Wir sollen Salz sein. „Daddy, du hast vor ein paar Jahren in einer Predigt gesagt: ‚Jede Generation hat die Verantwortung, die Welt zu einem besseren Ort für die nächste zu machen. Wer das nicht tut, verfehlt den Zweck, zu dem er auf dieser Erde lebt.'"

Er zwinkert meiner Mutter zu. „Wenigstens meine Kinder hören zu."

Mama legt ihre Hand auf seine. „Da ist was dran, Frank. Gott hat dir diese Worte nicht umsonst in den Mund gelegt."

„Tommy ist auch meiner Meinung."

Mein Vater nickt. „Ich kann die Fingerzeige nicht ignorieren, die ich beim Bibellesen empfange." Er blickt in die Runde. „In Ordnung. Wenn wir die Leute zu einem Treffen überreden können, wo halten wir es dann ab?"

Als Mama lächelt, bilden sich kleine Fältchen um ihre Augen. „Im Keller der Kirche."

Überrascht starren wir sie an.

Sie zuckt die Schultern. „Lass die Leute Essen mitbringen und bezeichne es als gemeinsames Abendessen."

Annie sieht Mama an, als würden ihr Brote aus den Ohren wachsen. „Ein geheimes Treffen in der Kirche?" Ihre Augen werden groß. Unsere kleine Schauspielerin wittert ein Drama.

Aber Lillian schüttelt den Kopf. „Das wäre gelogen. Vielen würde das nicht gefallen. Mir auch nicht. Und ich kann nicht glauben, dass du so etwas vorgeschlagen hast, Mutter."

Mutter? Welche Laus ist Lillian denn jetzt über die Leber gelaufen?

Sarah steht vom Tisch auf. Sie holt einen Krug mit Eistee aus dem Eisschrank und stößt die Tür mit ihrer breiten Hüfte wieder zu. „Ich glaube, mich an einen Propheten aus dem Alten Testament zu erinnern, der sich verkleidet, um König Ahab eine Falle zu stellen." Sie stellt den Krug auf den Tisch. „Stimmt's, Frank?"

Daddy klopft sich lachend auf die Schenkel. „Ja, zum Donnerwetter, das stimmt! Sarah, du bist brillant. Das steht in 1. Könige 20,38." Er nimmt den Krug und schenkt uns allen Eistee ein. „Jetzt haben wir eine Bibelstelle, die wir jedem entgegenhalten können, der mit uns über die Lokalität des Treffens streiten will."

Nun muss sogar Lillian grinsen. „Da lag ich wohl falsch. Tut mir leid, Mama."

Daddy trinkt sein Glas in einem Zug aus. „Also … sind wir uns alle einig?"

Sechs Köpfe nicken, sogar Sarahs.

„Gut, dann fangen wir heute Abend an. Wir treffen uns um 21:00 Uhr wieder hier."

Während Mama zu den Ralstons und ich zu den Flynns gehe, bleiben Annie und Lillian zu Hause, um Sarah bei den Essensvorbereitungen für morgen zu helfen.

Als ich das Haus der Flynns erreiche, öffnet Miss Eileen mir die Tür. Während ihr Kleid, das aus einem Mehlsack genäht wurde, sauber und noch relativ neu ist, sieht sie selbst ziemlich mitgenommen aus. Sie wirkt älter als ihre 34 Jahre. Obwohl die Flynns auch in unsere Kirche gehen, habe ich plötzlich einen trockenen Mund und suche nach Worten. *Herr, hilf mir!*

Eileen blickt über die Schulter und schlüpft dann durch die halb geöffnete Tür auf die Veranda. „Komm, wir setzen uns. Hier draußen ist es ein kleines bisschen kühler." Sie geht auf zwei Schaukelstühle zu und wir nehmen Platz. „Ruthies Beerdigung war herzzerbrechend, nicht wahr?"

Meine Zunge löst sich. *Danke, Herr.* „Ja, Ma'am. Genau deshalb bin ich hier. Wir brauchen einfach bessere Sicherheitsvorkehrungen in der Spinnerei. Sie haben ja selbst zwei kleine Kinder, die dort arbeiten." Ihre Kinder sind fünf und sechs Jahre alt.

Eileens Hand zittert, als sie sich mit einem Papierfächer Luft zufächelt. „Ja. Jeden Tag, wenn wir zur Arbeit gehen, bete ich für sie. Aber das hat Nellie Ralston auch getan." Sie presst die Lippen zusammen. „Und wir wissen ja alle, was dann passiert ist." Sie wirft einen flüchtigen Blick in die Gasse, bevor sie mich wieder ansieht. „Ich würde das außer dir niemandem sagen, Janessa. Aber irgendwie habe ich das Gefühl, dass du mich verstehen wirst. Ich glaube, dass Gott Ruthie aus einem bestimmten Grund heimgeholt hat – um andere Kinder zu retten."

Ich blinzele verwirrt. Habe ich richtig gehört? So viel Weisheit und Gottvertrauen hätte ich von einer Frau ohne jegliche Schulbildung nicht erwartet. „Ich denke, dass Sie recht haben, Miss Eileen. Aus diesem Grund bin ich hier." Leise erzähle ich ihr von unseren Plänen.

Doch als ich ihr erzähle, wo wir das Treffen abhalten wollen, kneift sie die Augen zusammen. „Ich bin mir nicht sicher, ob der Herr das gutheißen würde."

„Ich verstehe Ihre Bedenken, aber wir haben es lange im Gebet bewegt und mein Vater wäre strikt dagegen, wenn Gott uns nicht einen Präzedenzfall gegeben hätte." Ich stehe auf. „Schlagen Sie 1. Könige 20,38 auf und beten Sie darüber. Wenn Sie das Gefühl haben, dass Gott unser Treffen segnen wird, sagen Sie mir Bescheid und helfen Sie uns bitte, die Nachricht zu verbreiten."

Entschlossen beiße ich die Zähne zusammen und sehe Eileen direkt in die Augen. Hoffentlich begreift sie es. „Wir brauchen die Unterstützung von jedem Einzelnen, sonst wird es nicht funktionieren."

Es dauert eine Weile, aber schlussendlich nickt sie. Ein Hoffnungsschimmer keimt in meinem Herzen auf. Uns steht ein Kampf bevor, aber gemeinsam können wir es schaffen. Für Ruthie. Und Vera. Und zahllose andere Kinder, deren Gesichter und Namen noch unbekannt sind und die vielleicht durch unsere Anstrengungen gerettet werden – wenn wir Erfolg haben.

In den nächsten zwei Wochen wird im Dorf viel geflüstert und diskutiert. Am vereinbarten Abend versammeln wir uns im Keller der Kirche. Es sind so viele Leute da, dass man die Luft schneiden könnte. Die Temperatur bleibt bei etwa 30 Grad, obwohl die Sonne bereits untergegangen ist. In dem vergeblichen Versuch, mein Gesicht zu kühlen, wedele ich den Papierfächer von Ruthies Beerdigung. Daddy und Tommy stehen vorne und warten auf die letzten Nachzügler, die sich gerade in den Raum quetschen. Auf manchen Tischen stehen noch die Überreste des Abendessens.

Ich richte meine Aufmerksamkeit auf den Mann neben Tommy – ein Arbeiter der *Bibb Mill* in Porterdale. Er trägt eine Latzhose, die nicht abgetragen ist, und ein frisches, kariertes Hemd. Ich schätze ihn auf Mitte 30. Er ist größer als der durchschnittliche Baseballspieler, aber so athletisch und muskulös wie Tommy. In diesem Moment ertappt mich mein Freund dabei, wie ich den Mann mustere, und zwinkert mir zu. Hitze steigt mir in die Wangen.

Als der Typ aus Porterdale etwas zu Tommy sagt, lasse ich den Blick über die Menge schweifen. Meine grobe Zählung ergibt, dass mindestens dreißig Frauen da sind. Das freut mich. Einige von ihnen sind Witwen, andere haben ihre Ehemänner herbegleitet.

Endlich scheinen alle da zu sein, denn Tommy nickt und die Tür wird abgeschlossen. Dann deutet er allen, sich wenn möglich zu setzen. Diejenigen, die keinen Platz mehr finden, lehnen sich an die Wände.

Tommy tritt vor. „Danke, Pastor Taylor, dass Sie uns erlauben, den Keller der Kirche zu nutzen. Wie wir alle wissen, ist es entscheidend, dass dieses Treffen geheim bleibt. Ich möchte Ihnen Daniel Kitchens von der *Bibb Manufacturing Company* in Porterdale vorstellen. Dan arbeitet in der Spinnerei und spielt in deren Baseballteam, den *Blue Caps*, daher kenne ich ihn."

Nun überblickt Tommy die Menge. Ich weiß nicht, was oder wen er sucht, aber dann nickt er und fährt fort: „Ich bin vor ein paar Wochen nach Porterdale gefahren. Dort gibt es Sicherheitsmaßnahmen, die viele der Unfälle hier in Sweetgum verhindert hätten. Darum habe ich Dan gebeten, uns mehr davon zu erzählen."

Nachdem Daniel die Regeln und Vorkehrungen seines Arbeitgebers erklärt hat, übernimmt Tommy wieder das Wort. „Dan hat mir von anderen Spinnereien erzählt, die gestreikt haben, um mehr Arbeitssicherheit zu fordern. Ich glaube, dass wir das auch tun sollten. Spencer muss unbedingt einige dieser Maßnahmen einführen. Die Spinnerei von Sweetgum hat den schlechtesten Ruf im ganzen Bundesstaat. Wollen wir zulassen, dass noch mehr unserer Kinder verstümmelt oder getötet werden?"

Wie aus einem Mund ertönt ein lautstarkes „Nein!".

Tommy nickt. „Dann müssen wir uns auf ein Datum einigen. Ich denke, der Streik sollte möglichst bald stattfinden. Wir stempeln uns ein und gehen eine halbe Stunde später wieder raus. Jeder Arbeiter fertigt ein Schild mit den Worten *Mehr Arbeitssicherheit* an. Heute ist Freitag. Das Überraschungsmoment ist entscheidend, deshalb finde ich, dass wir schon am Montag in vierzehn Tagen streiken sollten. Sind alle einverstanden?" Tommy hebt den Arm. Überall im Raum schießen Arme in die Höhe und Köpfe nicken feierlich.

„In Ordnung. Und denkt daran: kein Wort zu niemandem."

Es ist ungewöhnlich, dass wir an zwei aufeinanderfolgenden Tagen zum Sportplatz gehen. Gestern Abend haben sich bereits alle mit Wassermelonen, Wunderkerzen und Feuerwerk hier getroffen, um den Unabhängigkeitstag zu feiern. Der Sportplatz ist der sicherste Ort für ein Feuerwerk, da es hier nichts Brennbares gibt. Heute sind wir für ein Spiel hier, das in ein paar Minuten beginnen wird.

Mary, Lillian und ich finden einen guten Platz auf der Tribüne. Annie steht bei Fannie Spencer, sagt aber nichts. Ihre Augen sind weit aufgerissen und es sieht aus, als würden die beiden streiten. Fannie zumindest. Ihr Mund bewegt sich so schnell, dass Spucke durch die Luft fliegt. Annie weicht zurück, wirbelt herum und stampft dann wütend davon. Sie schwingt energisch die Arme, während sie auf uns zumarschiert. Ich habe ein ungutes Bauchgefühl. Ist ihre Freundschaft mit Fannie jetzt beendet? Spencers Tochter hat den Ruf, sehr nachtragend zu sein.

„Weißt du, was Fannie gesagt hat? Dass Buster ein blödes Haustier ist!" Schnaubend lässt sie sich neben mich fallen. „Das zeigt doch, dass sie keine Ahnung hat. Aber sie hat gesagt: Wenn ich nicht zugebe, dass ihr blöder Percy besser ist, will sie nicht mehr meine Freundin sein. Erstens ist das so was von kindisch. Und zweitens – was für eine Freundin macht so was? Ehrlich, ich bin fertig mit ihr."

Ich bin erleichtert, schaue aber auch besorgt zu Mary hinüber. Da ihr Vater Aufseher ist, könnte sie für Fannie Partei ergreifen. Doch Mary zeigt keine Spur von Missbilligung. Stattdessen wendet sie sich um und stützt ihren Ellenbogen neben Annie auf die Bank.

„Eine gute Freundin stellt einem kein Ultimatum. Ich glaube, sie hat sich einer Clique drüben in ihrem Reitklub angeschlossen. Du bist ohne sie besser dran, Annie."

Lillian stupst mich mit dem Ellenbogen an und zeigt auf die gegenüberliegende Tribüne. „Ist das nicht der Scout der *Tigers*?"

Ich wende den Blick von Mary und Annie ab und folge Lillians Finger. Mein Herz schlägt schneller. „Ja, das ist er." Aufgeregt umklammere ich Lillians Hand. „Jetzt bin ich echt nervös."

Sie zwinkert mir zu. „Keine Sorge. Unsere Jungs sind großartig."

Unsere Jungs? Ich sehe sie von der Seite an. „Gehst du etwa mit Hank aus?"

Verlegen fingert Lillian an ihrem Haarknoten herum. „Ich habe ihm erlaubt, mich abends auf dem Heimweg zu begleiten."

„Du Heimlichtuerin!" Ich stupse sie mit dem Ellenbogen an. „Warum hast du mir nichts davon erzählt?" Lillian hebt eine Schulter. „Es ist keine große Sache. Jedenfalls noch nicht."

Jetzt rennt die Mannschaft aufs Spielfeld. Wir erheben uns für den Fahneneid und das Bittgebet, das vor jedem Spiel gesprochen wird. Diese Woche ist der katholische Priester an der Reihe.

Direkt nach dem Amen ruft der Schiedsrichter: „Los geht's!" Dann wirft er Tommy den Ball zu. Das gegnerische Team ist zuerst in der Offensive. Ich schaue zur Anzeigetafel hinüber, da ich noch gar nicht weiß, gegen wen wir heute spielen. Es ist die Mannschaft der Spinnerei von Porterdale. Sie sind ziemlich gut. Ich kreuze die Finger und schicke ein Gebet zum Himmel – für unser Team und den bevorstehenden Streik. Ich weiß nicht, wer den Spielplan festlegt, aber es ist schon interessant, dass heute ausgerechnet Porterdale hier ist.

Tommy wirft so gut, dass die ersten zwei Schlagmänner bald *out* sind. Der dritte schlägt einen flachen, schnellen Ball und schafft es zur ersten Base. Doch Tommy verhindert, dass der nächste Batter einen vernünftigen Schlag hinbekommt. Da nun drei Batter ausgeschieden sind, werden die Seiten gewechselt.

„Gut, jetzt können wir hoffentlich ein paar Punkte machen", sagt Lillian und faltet gespannt die Hände unter ihrem Kinn. Joe Ralston geht als erster Batter für unser Team an den Start. Er trifft den zweiten Ball, aber dieser fliegt ins Aus. Am Ende hat Joe drei *Strikes* und muss dem nächsten Batter weichen.

Ich beuge mich zu Mary hinüber. „Sieht aus, als würde es ein hartes Spiel werden."

„Armer Joe. Normalerweise schafft er ein paar Bases."

Nachdem unsere nächsten beiden Batter ebenfalls *out* sind, ist Tommy wieder als Pitcher dran. Während der nächsten Innings verhindert er erfolgreich, dass die *Blue Caps* mehr als eine Base schaffen.

Am Ende des sechsten Innings geht Hank als Batter an den Start. Joe steht auf der ersten und Tommy auf der dritten Base. Beim ersten Wurf verfehlt der Pitcher die Strike Zone und Hank lässt den Ball durch. Beim zweiten Wurf schwingt Hank den Schläger durch die Luft und versetzt der kleinen Lederkugel einen kräftigen Schlag. Sie fliegt über das gesamte rechte Spielfeld und landet hinter dem Zaun. Drei Punkte für unser Team!

Tommy schließt das Spiel ab, ohne dass die gegnerische Mannschaft einen Punkt erzielen kann. Die *Blue Caps* verlassen mit hängenden Schultern und Köpfen das Spielfeld.

„Jane, sieh nur!" Lillian deutet auf die Mannschaftsbank. Der Scout ist mit Tommy und Hank in ein ernstes Gespräch vertieft. Meine Schwester und ich halten uns an den Händen.

„Er gibt ihnen Umschläge." Ich starre Lillian an. „Meinst du, dass das Verträge sind?"

Meine große Schwester wendet die Augen nicht von den Männern ab. „Ich verwette mein schönstes Barett darauf."

Nachdem der Scout auf einige Dinge in den Papieren gedeutet hat, reicht er Tommy und Hank die Hand. Dann tippt er sich mit einem breiten Grinsen an den Hut und geht. Tommy und Hank jubeln vor Freude und werfen ihre Kappen in die Luft. Der Scout schaut lachend zurück, während er seine Hände zusammenschlägt und triumphierend über den Kopf hält.

Tommy kommt zu mir gerannt, hebt mich hoch und wirbelt mich herum. „Unser Traum ist wahr geworden, Jane. Hank und ich wurden beide unter Vertrag genommen!" Er setzt mich wieder ab und küsst mich. „Willst du mich immer noch heiraten?"

Ich bin völlig außer Atem und ganz kribbelig vor Aufregung. „Ach, Tommy, das weißt du doch. Natürlich will ich!"

„Gut, ich komme später zu euch und rede mit deinem Vater. Dann machen wir es offiziell."

Ich schaue mich nach Lillian um, aber sie ist anscheinend schon mit Hank gegangen. Also mache ich mich allein auf den Heimweg. Ich bin so überglücklich, dass ich wie auf Wolken schwebe.

Unruhig laufe ich im Flur vor unserem Wohnzimmer auf und ab. Tommy und mein Vater sind jetzt schon mindestens seit 20 Minuten da drin. Warum dauert es so lang? Es ist doch reine Formsache, oder? Lillian läuft auf dem Weg ins Schlafzimmer an mir vorbei. Sie nickt mir zu und formt lautlos die Worte: „Viel Glück!" Brauche ich denn Glück? Hat Daddy seine Meinung etwa geändert? Ich beginne wieder auf und ab zu laufen. Wahrscheinlich habe ich die ganze Politur vom Boden abgetragen, bis die beiden endlich fertig sind und mich hineinlassen.

Endlich geht die Tür auf. Ich springe zurück und strahle erwartungsvoll. Lächelnd gibt mir Daddy einen Kuss auf die Wange, bevor er in die Küche verschwindet. Tommy nimmt mich bei der Hand und zieht mich ins Wohnzimmer.

„Daddy hat Ja gesagt, oder?"

Tommy beantwortet meine Frage mit einem atemberaubenden Kuss. Danach setzen wir uns aufs Sofa.

„Dein Vater hat Ja gesagt. Wir haben darüber gesprochen, wie ich für dich sorgen will, und er hat mir ein paar gute Ratschläge gegeben. Jetzt liegt es an uns, ein Datum auszusuchen. Wie wäre es mit morgen?"

„Was? Machst du –"

Er lacht. „War nur Spaß. Aber wir müssen uns schon etwas beeilen. Ich muss in sechs Wochen ins Trainingslager."

„Das lässt uns nicht viel Zeit, aber ich bin mir sicher, dass wir das schaffen." Ich gehe zum Schreibtisch und hole einen Kalender aus der Schublade. „Samstag in sechs Wochen ist der 9. August. Wir könnten zwei Wochen vorher heiraten, am 26. Juli. Dann hätten wir vier Wochen für die Vorbereitungen." Ich nehme seine Hand und ziehe ihn hoch. „Komm, wir gehen meine Mutter fragen."

Als wir die Küchentür aufstoßen, tanzen Daddy und Mama gerade zur Musik aus dem Küchenradio. Ich bleibe auf der Türschwelle stehen und beobachte sie eine Weile, dann blicke ich über die Schulter zu Tommy.

Seine Augen sind auf meine Eltern gerichtet. „Ich hoffe, dass wir noch genauso verliebt sind wie sie, wenn wir in ihrem Alter sind", flüstert er mir ins Ohr, um die beiden nicht zu stören.

Wir warten, bis das Lied vorbei ist, dann setzen wir uns alle an den Tisch. „Können wir über die Hochzeit sprechen?" Ich schaue über die Schulter zu Sarah, die gerade Kaffeepulver in den Filterkorb gibt. „Sarah, komm doch bitte auch dazu. Du gehörst zur Familie … und du musst unbedingt einen deiner fantastischen Kuchen für uns machen, ja?"

Sie nimmt sich einen Stuhl und lässt sich darauf sinken. „Aber natürlich, mein Kind."

Als Annie und Lillian sich zu uns gesellt haben, schaue ich in die Gesichter meiner geliebten Familie. Wie ich sie vermissen werde, wenn ich weg bin! „Glaubt ihr, dass wir in einem Monat eine Hochzeit auf die Beine stellen können?"

Mama nickt. „Solange du nichts Ausgefallenes willst."

„Will ich nicht. Mein einziger Wunsch ist, dass ich dein Brautkleid tragen darf." Es ist wunderschön und hat einen femininen, schmeichelnden Schnitt.

Mamas Augen füllen sich mit Tränen. „Ich war mir nicht sicher, ob du das überhaupt willst."

Ich versuche, es ihr zu erklären. „Es birgt das Versprechen einer tiefen, beständigen Liebe." Mit einem Blick zu Tommy füge ich hinzu: „Die Art von Liebe, die wir uns wünschen."

Schlussendlich legen wir fest, dass die Hochzeit und der Empfang in der Kirche stattfinden sollen, da es nur Kuchen und Punsch geben wird. Mama und ich sprechen auch schon über den Brautstrauß. Er soll aus drei Sonnenblumen bestehen – meinen Lieblingsblumen–, die wir mit grünen und gelben Bändern zusammenbinden werden. Ich bin ganz kribbelig vor Aufregung und kann es kaum erwarten, dass der Monat vorbeigeht. Tommy und ich werden endlich heiraten!

Und ich werde Sweetgum verlassen.

9

Die Spannung ist so groß, dass die Luft im Speisesaal förmlich vibriert. Da wir den heutigen Tag für den Streik ausgesucht haben, sind alle nervös und angespannt. Schließlich mussten wir unsere Aufregung jetzt schon seit zwei Wochen in Schach halten. Als ich mit einer frischen Kanne Kaffee in den Speisesaal zurückkehre, hält Mrs Grundy ihre Tasse hoch, damit ich ihr nachschenke. Sie mustert mich durch zusammengekniffene Augen. Ich weiß nicht, wie, aber irgendwie scheint sie zu spüren, dass etwas nicht stimmt. Während ich ihr Kaffee einschenke, wendet sie ihren Blick von mir ab und lässt ihn durch den Speisesaal schweifen. Die Mieter, die in der Spinnerei arbeiten, sind ganz zappelig und das übliche morgendliche Geplauder ist sehr zurückhaltend.

Ich werfe Annie einen verzweifelten Blick zu – wir brauchen dringend eine Ablenkung. Sie nimmt einen Wasserkrug und zwinkert mir zu. Was hat sie vor? Meine kleine Schwester durchquert gelassen den Speisesaal und lächelt dabei jedem zu, an dem sie vorübergeht. Als sie an Mrs Grundys Tisch kommt, nimmt sie ihr halb volles Glas, um es aufzufüllen. Doch als sie den Krug neigt, rutscht er ihr fast aus der Hand und sein Inhalt schwappt in einer Flutwelle über Mrs Grundy.

Augenblicklich wird es still im Raum.

„Dumme Göre! Sieh nur, was du angerichtet hast!" Mrs Grundy springt auf und schmeißt ihre Serviette auf den Boden. „Jetzt muss ich mich umziehen und werde zu spät zur Arbeit kommen. Wenn mir deshalb der Lohn gekürzt wird, kannst du dich drauf verlassen, dass ich das Geld von meiner Miete abziehen werde." Schäumend vor Wut verlässt sie den Saal.

Ein kaum unterdrücktes Prusten erklingt aus Irene Harps Richtung. Sie schlägt die Hände vors Gesicht und bricht dann in schallendes Gelächter aus. Daraufhin fangen mehrere Leute an, leise zu kichern, bis niemand mehr an sich halten kann. Lautes Lachen erfüllt den Raum und folgt Mrs Grundy sicherlich die Treppe hinauf.

Annie schlägt mit einem Löffel an den Wasserkrug. „Jetzt machen Sie sich aber lieber aus dem Staub. Und vergessen Sie Ihre Schilder nicht!"

Erleichtert stoße ich die Luft aus, die ich angehalten habe, und lege einen Arm um meine Schwester. „Du bist die Beste, Annie. Danke." Kopfschüttelnd füge ich hinzu: „Das war einen kleinen Mietverlust wert. Wenn es überhaupt dazu kommt, was ich bezweifle."

Annie zwinkert. „Ich bin froh, dass ich auch etwas beitragen konnte."

Ich werfe einen Blick auf meine Uhr. „Es ist 6:10 Uhr. In zwanzig Minuten stempeln sie sich ein, also beginnt der Streik in fünfzig Minuten." Mein Magen zieht sich zusammen. „Wir müssen uns an die Arbeit machen. Die normale Routine aufrechterhalten. Ich gehe erst mal die Zeitungen holen, dann treffen wir uns in der Küche."

Annie runzelt die Stirn. „Ist Lillian schon zur Arbeit gegangen?"

„Noch nicht. Ihre Schicht fängt erst um 10:00 Uhr an. Sie hat versprochen, die Tische abzuräumen, bevor sie geht." Ich kann mir ein Grinsen nicht verkneifen. „Ich denke, sie will auch etwas vom Streik mitbekommen."

In diesem Moment kommt unsere große Schwester in die Küche. „Morgen." Sie schenkt sich einen Kaffee ein und nimmt ein Brötchen von der Platte auf dem Tisch. „Wie waren die Eingeborenen heute Morgen drauf?" Sie schmiert eine dicke Schicht Butter auf ihr Brötchen und tröpfelt etwas Honig darüber.

„Ziemlich unruhig. Mrs Grundy hat gemerkt, dass etwas im Busch ist, aber Annie hat sie abgelenkt, indem sie ihr einen ganzen Krug Wasser übergekippt hat."

Lillian klappt der Mund auf, sodass wir das halb zerkaute Brötchen darin sehen können – ein ungewöhnlicher Anblick von unserer sonst so würdevollen Schwester. Ich kichere. Sofort schließt Lillian den Mund. Dann heben sich ihre Mundwinkel und kurz darauf bricht sie in Lachen aus – hinter einer Serviette natürlich.

„O Mann, das hätte ich zu gern gesehen! Annie, das war schlau von dir."

Annie zuckt mit einer Schulter. „Ich tue, was ich kann."

Während wir frühstücken, sind wir in Gedanken bei den Spinnereiarbeitern und bekommen kaum einen Happen herunter.

Um Punkt 7:00 Uhr läutet die Glocke – Joe Ralstons Vorschlag, um den Grund für den Streik zu verdeutlichen. Ich renne hinaus auf die Veranda. Die Tür der Spinnerei wird schwungvoll geöffnet, dann strömen die Arbeiter heraus. Fast jeder von ihnen hält ein Schild aus einfachem Papier oder Karton in die Höhe.

Wie vereinbart stellt sich Joe gegenüber der Eingangstür vor die Streikenden und wartet darauf, dass die Aufseher herauskommen. Er hat sich freiwillig für diese Aufgabe gemeldet mit der Begründung: „Da ich keinen Vertrag von den *Detroit Tigers* bekommen habe, mache ich es. Tommy und Hank dürfen nicht riskieren, ihren Vertrag zu verlieren."

Ich suche in der Menge nach Tommy, kann ihn aber nirgends finden. Ich musste ihm versprechen, auf der Veranda zu bleiben, falls die Gemüter sich erhitzen und es hässlich wird.

Es dauert nicht lang, bis die Glocke verstummt und die Türen wieder auffliegen. Etwa zwölf Aufseher strömen heraus und bauen sich vor den Arbeitern auf, die Hände in die Hüften gestemmt. Ich kann Marys Vater nicht sehen, aber ich vermute, dass er auch dabei ist. Einer von ihnen, Manny Holland – der Yankee, den Mr Spencer letztes Jahr eingestellt hat –, hält ein Megafon in der Hand.

„Ich weiß nicht, was das soll, aber alle müssen jetzt an ihre Arbeit zurückkehren. Sofort!"

Joe tritt vor und hebt sein eigenes Megafon. „Nicht, bevor neue Sicherheitsmaßnahmen diskutiert werden. In unserer Spinnerei passieren mehr Unfälle als in jeder anderen in Georgia."

Hinter der Menge der Protestierenden erklingt eine neue Stimme. „Sagt wer?"

Mein Blick fliegt in die Richtung, aus der die Stimme kam. Es ist einer von Spencers Schergen. Ich habe mich so auf die Spinnerei und die Arbeiter konzentriert, dass ich die Männer nicht kommen sah. Vermutlich auch sonst niemand. Das ist Spencers Strategie. Seine Männer rücken in drei geordneten Reihen von je vierzehn Mann an, wenn ich richtig gezählt habe. Jeder von ihnen hat einen Gummiknüppel in der Größe eines Baseballschlägers dabei und klopft sich damit drohend in die offene Handfläche. Zweiundvierzig von Spencers bezahlten Handlangern gegen vielleicht hundert von unseren Leuten. Ich halte die Luft an. Zweiundvierzig *bewaffnete* Schläger gegen hundert friedliche Männer … und Frauen.

Überrascht dreht sich die Menge um. Spencers Männer bewegen sich geschlossen auf die Arbeiter zu. Ein paar Frauen schlüpfen an den Aufsehern vorbei zurück ins Gebäude. Andere bleiben bei den Männern stehen. Joes Vater legt mit stolzer Miene einen Arm um seine Frau. Dann schiebt er sie sanft in Richtung Spinnerei, bis sie schließlich nickt und hineingeht.

In diesem Moment entdecke ich Tommy. Er steht ganz vorne in der Menge, direkt vor Spencers Männern. „Wir protestieren hier *friedlich* gegen mangelnde Arbeitssicherheit. Das ist unser gutes Recht!" Ich dachte, Tommy wollte sich im Hintergrund halten. Mir dreht sich der Magen um und das Herz schlägt mir bis zum Hals. *Sei vorsichtig, Liebster!*

„Wir werden euch schon zeigen, was euer Recht ist!", schreit einer von Spencers Schergen.

Joe tritt vor. „Ist es euch egal, dass Kinder da drin sterben?"

Rufe wie „Ihr kriegt uns nicht klein!" und „Mörder!" fliegen durch die Luft. „Wir haben einen sicheren Arbeitsplatz verdient!"

Einer der Schlägertypen, der in der Mitte der ersten Reihe steht, schreit: „Ihr habt gar nichts verdient!"

Eine Flasche fliegt durch die Luft und trifft den Kerl an der Schläfe. Sofort schaue ich zu den Arbeitern. Wer hat die Flasche geworfen? Der Verletzte fasst sich an den Kopf. Blut quillt zwischen seinen Fingern hervor. „Schnappt sie euch!", ruft er.

Die Randalierer schwärmen mit schwingenden Knüppeln aus. Galle steigt mir in die Kehle, während ich entsetzt zusehe. Knüppel sausen durch die Luft und landen krachend auf den Schädeln der Streikenden. Das Blut spritzt und mehrere Arbeiter gehen schon in den ersten dreißig Sekunden zu Boden. Steine und Flaschen fliegen auf Spencers Mafia zu, doch die Arbeiter kommen nicht gegen die bewaffneten Männer an.

Schreie und Hilferufe erklingen über dem allgemeinen Lärm. Es ist schrecklich anzusehen, wie die beiden Gruppen zu einer einzigen pulsierenden, kämpfenden Masse verschmelzen. Mehr und mehr Arbeiter gehen zu Boden. Ich beuge mich so weit über das Geländer, dass ich fast ins Blumenbeet unter mir stürze. Trotzdem kann ich Tommy nicht sehen.

Nach einigen Minuten ist alles vorbei. Die Einzigen, die noch stehen, sind Spencers Männer.

Sheriff Jackson trifft ein und nimmt mehrere Leute fest. Bei manchen zögert er, doch Spencer, der jetzt, wo der Kampf vorüber ist, endlich auf der Bildfläche erscheint, lässt keine Milde walten.

Obwohl ich die Menge verzweifelt mit den Augen absuche, kann ich Tommy nicht finden. Am liebsten würde ich hinlaufen, aber ich bleibe wie angewurzelt stehen – als erinnerten sich meine Füße an das Versprechen, das ich Tommy gegeben habe. Plötzlich legt sich ein Arm um meine Schulter. Es ist Lillian.

„Tommy ist in der Küche. Er muss genäht werden."

Ich starre sie an. Worauf ich warte, weiß ich selbst nicht genau. Vielleicht auf Lillians Versicherung, dass Tommy in Ordnung ist?

Sanft dreht sie mich zur Haustür um und gibt mir einen leichten Schub. Endlich lösen sich meine Füße vom Boden. Ich renne in die Küche, wo meine Mutter sich gerade über Tommy beugt und einen Eisbeutel auf seine Stirn legt.

„Tommy!" Ich gehe neben ihm in die Hocke und hebe den Eisbeutel ein Stück an, um die Verletzung zu begutachten. Die Wunde ist mindestens 5 Zentimeter lang und reicht von seiner Augenbraue bis zum Haaransatz. „Ich rufe Doc Adams an. Er wird nicht so viel zu tun haben wie die Ärzte im Krankenhaus und kann genauso gut nähen. Außerdem wird er nichts verraten."

„Ich gehe ihn holen", bietet Annie an. „Dann bekommt die Telefonistin nichts mit."

„Gute Idee." Lillian schiebt Annie in Richtung Hintertür. „Beeil dich."

Während wir warten, schimpft Tommy auf Spencer und seine Handlanger. „Irgendwie hat Spencer Wind vom Streik bekommen. Seine Schläger waren viel zu schnell da und dann noch mit Knüppeln bewaffnet. Manche von ihnen hatten sogar Messer. Einer hat auf George Chambers eingestochen. Es sah nicht gut aus."

George Chambers ist Dotties Vater. „Ich hoffe, der Kerl wurde festgenommen."

Tommy schüttelt den Kopf, dann zuckt er zusammen. „Hast du ein Aspirin für mich?"

Ich hole ihm zwei Tabletten und ein Glas Wasser. „Hast du eine Vermutung, wer uns verraten hat?"

„Ich habe mehrere Verdachte und Elmer Dyer steht ganz oben auf der Liste. Er arbeitet an der Ballenpresse und hält sich meistens abseits." Ich bleibe an Tommys Seite, während er einen großen Schluck Wasser trinkt.

Mama und Sarah wechseln einen Blick. Ein harter Ausdruck tritt in Sarahs Augen. „Wir müssen ab jetzt besonders vorsichtig sein mit dem, was wir sagen."

Das ist doch selbstverständlich. Warum hat Sarah es noch mal gesagt? Ich schaue von ihr zu Mama. Die beiden führen etwas im Schilde. Bevor ich fragen kann, trifft jedoch Doc Adams ein und stellt seine Tierarzttasche auf dem Tisch ab.

Während er ein paar Instrumente hervorholt, flüstert Sarah meiner Mutter zu: „Wie wär's mit einer Finte, um den Verräter ausfindig zu machen?" Ich beiße mir auf die Lippen, um nicht in lautes Lachen auszubrechen. Spencers Spione sollten sich vor diesen beiden Frauen in Acht nehmen.

Obwohl Doc Adams ganz auf seine Arbeit konzentriert ist, hat er ein Funkeln in den Augen. „Dann lass mal sehen, Tommy." Er entfernt den Eisbeutel. „Da hast du einen ordentlichen Schlag abgekriegt, was?"

Der Tierarzt untersucht gründlich Tommys Kopf um die Wunde herum. Ich schaue aufmerksam zu. „Wonach suchen Sie?"

Er beugt sich zu mir herüber und flüstert: „Ich will sichergehen, dass er keinen Schädelbruch hat."

Ich keuche erschrocken.

„Keine Sorge, Janessa. Er scheint einen Dickschädel zu haben. Es ist nichts gebrochen."

„Können Sie das ohne Röntgen mit Sicherheit sagen? Vielleicht braucht er …"

Der Doc bringt mich mit einem eindringlichen Blick zum Verstummen. „Ich bin mir so sicher, wie ich sein kann, ohne Tommy in Spencers Blickfeld zu rücken. So, Tommy, das könnte jetzt wehtun." Er sticht eine Nadel in Tommys Kopfhaut.

Als der Bereich betäubt ist, näht der Doc die Wunde mit acht Stichen. Dann verbindet er sie. „Die Wunde darf ein paar Tage nicht nass werden. Und komm bitte am Samstag in meiner Praxis vorbei."

Nachdem der Doc gegangen ist, eilt Tommy nach Hause, um seiner Mutter zu sagen, dass es ihm gut geht. Und um sie und Willie zum Abendessen zu holen. Ein paar Minuten später kommt mein Vater nach Hause.

Ich renne ihm entgegen. „Hast du etwas über den Streik gehört?"

Er schließt mich fest in die Arme. „Es geht das Gerücht, dass Spencer nach den Anstiftern sucht." Daddy lässt mich los und legt beide Hände auf meine Schultern. „Bis jetzt ist Tommys Name noch nicht gefallen, aber mach dich lieber drauf gefasst." Er holt tief Luft. „Spencer ist wütend. Sein *makelloser* Ruf steht auf dem Spiel."

Mama bindet sich die Schürze los. „Hat er mit dir geredet, Frank?"

„Bisher nicht, Gott sei Dank."

Bevor er noch etwas sagen kann, kommen Mrs Mack, Tommy und sein siebenjähriger Bruder Willie an. Nachdem wir uns gesetzt haben – Mrs Mack zwischen Tommy und mir –, spricht Daddy ein Tischgebet. Er dankt Gott für das Essen und bittet um Gnade für alle, die am Streik beteiligt waren. Willie zuliebe beschränken wir die Gesprächsthemen beim Essen auf unsere bevorstehende Hochzeit.

Mrs Mack legt ihre Hand auf meine. „Ich könnte mir keine bessere Ehefrau für meinen Tommy vorstellen. Willkommen in unserer Familie, Janessa."

Tommy beugt sich herüber und drückt seiner Mutter einen Kuss auf die rechte Wange.

Ich küsse ihre linke Backe. „Danke."

Wieder einmal wundere ich mich darüber, dass Tommy nicht die Haarfarbe seiner Mutter geerbt hat. Willies Haar ist rotbraun, aber Tommys dunkle Mähne enthält keine Spur von Rot.

Daddy lächelt uns an, doch seine Stirn bleibt gefurcht. Da ist etwas, was er verschweigt. Als Tommy, Willie und Mrs Mack nach dem Essen vom Tisch aufstehen, bietet mir Tommys Mutter an, dass ich sie ab jetzt Mama Kara nennen darf. Daddy nimmt währenddessen Tommy beiseite und flüstert ihm etwas ins Ohr. Tommy blickt meinem Vater tief in die Augen. Dann nickt er langsam.

Mein Gefühl sagt mir, dass sie nichts Gutes zu besprechen haben. Andererseits war nichts an diesem Tag gut. Und ich frage mich …

Wird es in Sweetgum je wieder sein wie zuvor?

10

Etwas hat mich geweckt. Ich starre in die Dunkelheit und lausche. Keine Grille zirpt. Keine Eule ruft. Nichts. Alles ist still.

Warum habe ich dann Gänsehaut auf den Armen?

Unfähig, das gespenstische Gefühl abzuschütteln, schlüpfe ich aus dem Bett und gehe an mein Fenster, von dem aus man die Spinnerei und den Wald überblickt. Nichts Ungewöhnliches. Ich will gerade in mein Bett zurückkehren, als ich innehalte und noch einmal genauer hinsehe. Diesmal wickele ich meine Finger um den Vorhang, ziehe ihn zurück und spähe in Richtung Arbeiterviertel. Ein schwacher, orangefarbener Lichtstreifen schimmert oberhalb des Kinos am Horizont. Ich werfe einen Blick auf meine Armbanduhr – erst kurz nach Mitternacht. Das kann nicht die Morgendämmerung sein.

Erschrocken ziehe ich die Luft ein und renne dann mit bleiernen Füßen in die Lobby hinunter. Ein Blick aus dem vorderen Fenster bestätigt meine Befürchtung.

Über den Häusern der Arbeiter lodern Flammen in den Nachthimmel. Die Hütten bestehen quasi nur aus Holz und Karton – sie brennen wie Zunder.

Sofort eile ich in unsere Wohnung zurück und reiße die Tür zum Schlafzimmer meiner Eltern auf. „Es brennt im Dorf! Steht auf!"

Dann stürme ich in mein Zimmer, schnappe mir einen Morgenmantel und rufe nach meinen Schwestern. Da ich noch nicht die Glocke des Feuerwehrautos gehört habe, renne ich zum Telefon, drücke den Schalthebel und rufe die Telefonistin an. Ich gebe ihr keine Gelegenheit zu sprechen. „Feuer im Dorf!"

„Verstanden!" Sie legt auf.

Daddy kommt in die Lobby gerannt. Seine Haare sind zerzaust, sein Hemd hängt aus der Hose und er ist noch dabei, den zweiten Hosenträger zu befestigen. „Ihr Mädchen müsst hierbleiben. Trommelt die anderen Frauen im Hotel zusammen und bildet eine Eimerkette. Annie, du gehst aufs Dach, falls dort Funken landen. Die anderen können dir die Eimer reichen. Ihr müsst das Dach ordentlich nass machen." Als er zur Tür hinausstürmt, folgt ihm Mama auf den Fersen.

Lillian läutet die Feuerglocke im Hotel und weist die wenigen männlichen Mieter an, Daddy zu folgen. Dann scheuchen wir die Frauen in die Scheune, um die Eimer zu holen, die wir zu genau diesem Zweck dort aufbewahren. Lillian und ich lehnen die Leiter an die Seitenwand des Hotels und Annie klettert aufs Dach. Agnes Floyd bedient die Wasserpumpe.

„Füllt alle Eimer mit Wasser. Reicht die ersten schon mal an Annie durch. Lillian und ich gehen von Tür zu Tür, um die Leute zu wecken und aus den Häusern zu holen."

Wir überqueren die Main Street und rennen die Church Street entlang, bis wir an den Häusern der Aufseher vorbei sind. In den ersten beiden Reihen ist alles in Ordnung, aber für den Fall, dass der Wind dreht, wecken wir auch hier alle auf. Dann eilen wir weiter auf die brennenden Häuser zu. Die Feuerwehr ist jetzt da, aber die Flammen fallen wie ein Rudel hungriger Wölfe über die Hütten her.

„Sind alle draußen?", schreie ich Mrs Barnett über das Brausen des Feuers und die Rufe der Feuerwehrleute zu. Dichter Rauch erfüllt die Luft und macht das Atmen schwer. Meine Stimme versagt und ich muss husten.

„In dieser Straße schon. Deine Mutter kam zuerst hierher."

„Haben Sie meine Eltern seitdem noch mal gesehen?"

„Nein." Sie deutet auf die nächste Häuserreihe. „Sie sind dahin gegangen."

Lillian und ich preschen vor. Asche schwebt durch die Luft und hinterlässt einen bitteren Geschmack in meinem Mund. In der dritten Reihe brennen mehrere Häuser und in der vierten haben schon mindestens sechs Dächer Feuer gefangen. O nein! Das Feuer ist jetzt auch in die fünfte Reihe übergesprungen.

Tommy wohnt in der siebten Reihe. Ich will zu seinem Haus rennen, aber die Menschen hier sind in größerer Gefahr. Die Hitze der Flammen ist so intensiv, dass ich meinen Kopf wenden muss, um Luft zu holen.

Lillian zerrt an meinem Arm. „Komm, Jane, beweg dich!"

Herr, bitte schütze Tommy und seine Familie!

Hinter uns stürzt ein Haus mit lautem Getöse zusammen. Funken wirbeln durch die Luft und eine weitere Hütte beginnt zu brennen. Wir rennen zwischen zwei Baracken in der Fourth Row hindurch. In der fünften Straße wende ich mich nach rechts und Lillian nach links.

„Wir treffen uns in der Mitte." Ich kann nicht glauben, dass die Leute hier immer noch schlafen. Doch dann wird mir bewusst, dass erst wenige Minuten vergangen sind, seit ich aufgewacht bin.

Ich klopfe an eine Tür und schreie: „Feuer!" Sobald ich von drinnen Schritte höre, renne ich zum nächsten Haus weiter. Ich klopfe und schreie, bis ich eine Reaktion höre, dann eile ich weiter. Wieder und wieder. Meine Augen brennen so sehr, dass ich kaum etwas sehen kann.

Als ich wieder auf Lillian stoße, nimmt sie meine Hand und wir rennen weiter. Es kommen immer mehr Leute hinzu, die uns helfen, alle aufzuwecken. Als wir die sechste Reihe erreichen, schaue ich zurück. Das Feuer ist nicht weit entfernt.

Und es rast auf uns zu.

„Lillian?" Ich blinzele meine Tränen weg und schaue mich panisch um. Im dichten Rauch habe ich meine Schwester aus den Augen verloren. „Lillian, wo bist du?"

Ich kann kaum einen Meter weit sehen. Alles ist verschwommen und meine Kehle brennt wie verrückt. So schnell ich kann, renne ich vor dem Feuer davon.

Doch plötzlich lodert eine Feuerwand vor mir auf.

Ich bin eingekesselt.

Die Luft ist glühend heiß. Die Häuser schmelzen förmlich in den Flammen wie Eis in der Sonne. Ich weiß nicht, in welche Richtung ich laufen soll. Dann erscheint ein Feuerwehrauto in der Gasse zwischen der sechsten und siebten Reihe.

Danke, Herr!

Ich folge dem Auto, das in die Richtung von Tommys Haus fährt. Plötzlich packt mich jemand am Arm, sodass ich fast das Gleichgewicht verliere, und schlägt mir mehrmals mit der flachen Hand auf den Kopf.

Es ist Lillian. Sie starrt mich mit angsterfüllten Augen an. „Deine Haare haben gebrannt!"

Ich taste meine Kopfhaut mit den Fingern ab, aber sie ist unversehrt. „Danke. Hast du Mama und Daddy gesehen?"

Sie schüttelt stirnrunzelnd den Kopf. „Nein. Und sonst hat sie auch niemand gesehen. Jedenfalls seit einer Weile nicht mehr."

„Was sollen wir machen?"

„Da helfen, wo wir gebraucht werden. Vorne in der First Row."

In den nächsten paar Stunden haben wir alle Hände voll zu tun. Wir schleppen Eimer mit Trinkwasser heran und versorgen die weniger schweren Verbrennungen mit Salbe. Wir trösten die Leute, die ihr Zuhause verloren haben, und bieten ihnen Kleidung und Essen an. Wenn nötig, werden wir unsere Scheune in ein vorübergehendes Schlaflager verwandeln. Wenigstens wären die Leute dort vor Wind und Wetter geschützt.

Es kommen immer mehr Dorfbewohner hinzu, deren Häuser verschont geblieben sind. Sie bieten den Betroffenen Kleider oder ein Paar Schuhe an – was immer sie haben. Als das Feuer endlich gelöscht ist, dämmert es bereits. Von achtundfünfzig Häusern ist nichts als ein Aschehaufen übrig und etliche weitere wurden beschädigt. Das bedeutet, dass achtundfünfzig Familien alles verloren haben und viele andere die Hälfte ihres Besitzes. Vier Personen wurden mit Verletzungen ins Krankenhaus eingeliefert. Außerdem meldet der Feuerwehrhauptmann einen Todesfall. Die Person ist jedoch noch nicht identifiziert.

Es bricht mir das Herz.

Im ersten Licht der Morgendämmerung durchwühlen Männer die schwarzen, rauchenden Trümmerhaufen auf der Suche nach Glutherden oder Dingen, die noch zu gebrauchen sind. Alles, was nicht komplett verkohlt ist, wird auf der Straße gesammelt, damit die Eigentümer es abholen können.

Kraftlos und mit brennenden Augen und Lungen trotten Lillian und ich nach Hause. Ich würde am liebsten Tommy und meine Eltern suchen und sie fragen, ob sie etwas über die Brandursache herausfinden konnten.

Als wir gerade eine Straße überqueren, stoße ich mit Tommy zusammen. Er schlingt die Arme um mich. Ich klammere mich an ihn und breche in Tränen aus. „Ich habe mir solche Sorgen um dich gemacht. Geht es dir gut? Hat euer Haus gebrannt? Was ist mit deiner Mutter und Willie?" Tommys Familie kann keinen weiteren Verlust verkraften.

„Ich habe überall nach dir gesucht. Ich wusste, dass du versuchen würdest, den Leuten zu helfen." Sein Gesicht ist rußverschmiert. Meins vermutlich auch. Er sieht abgespannt und erschöpft aus.

„Du denkst nicht daran, arbeiten zu gehen, oder?"

„Nein. Ich glaube, nicht mal Spencer wird heute irgendwen erwarten. Höchstens die Arbeiter, die im Hotel oder in den Mietshäusern wohnen." Tommy sieht sich verstohlen um, dann zieht er mich nah an sich heran und flüstert mir ins Ohr: „Das Feuer hat sich unnatürlich schnell ausgebreitet. Ein paar von uns haben sich auf die Suche gemacht und Benzinkanister hinter Joes Haus gefunden. Es ist ein Wunder, dass er und seine Familie es lebendig rausgeschafft haben."

Ich blinzele. „Willst du damit sa—"

Er legt seine Fingerspitzen auf meinen Mund und schüttelt den Kopf. „Pst. Kein Wort. Noch nicht." Er küsst mich. „Geh jetzt nach Hause." Dann verschwindet er zwischen zwei halb abgebrannten Häusern.

Als Lillian und ich uns dem Hotel nähern, kommt Annie uns entgegengerannt und wirft sich schluchzend in unsere Arme. „Ich hatte solche Angst. Ihr seid nicht nach Hause gekommen und Mama und Daddy auch nicht."

Ich reibe ihr in kleinen kreisenden Bewegungen den Rücken. „Schhh, ist ja gut. Wir sind jetzt da und Mama und Daddy werden auch bald kommen. Du weißt doch, dass sie immer anderen helfen und sie trösten."

Lillian schlingt die Arme um uns beide. „Genau das tun sie, Süße. So wie wir alle."

Annie schnieft und atmet zitternd ein. „Ich weiß, dass ihr recht habt, aber ich hatte solche Angst. Ich habe vom Dach aus zugesehen, in der Hoffnung, euch zu entdecken, aber das Feuer war so riesig und hat alles verbrannt."

Der Gestank meines angesengten Morgenmantels steigt mir in die Nase. „Ich stinke nach Ruß und Rauch. Ich wasche mich schnell, während wir auf Daddy und Mama warten. Ruft mich, wenn sie kommen. Lillian, macht es dir etwas aus, wenn ich zuerst gehe?"

Sie schüttelt den Kopf. Ich gehe ins Bad, wasche mich hastig mit einem Schwamm und spüle meine blutunterlaufenen Augen mit kaltem Wasser aus. Dann werfe ich meinen Pyjama und den Morgenmantel in den Wäschekorb. In einem sauberen Kleid eile ich nach draußen in der Erwartung, wenigstens meine Mutter dort anzutreffen. Doch Lillian und Annie sitzen allein auf der Veranda.

Sarah kommt heraus und gesellt sich zu uns. „Kinder, ich brauche eure Hilfe beim Frühstück. Feuer hin oder her – Mr Spencer erwartet, dass unsere Mieter heute arbeiten gehen. Und wir sind sowieso schon spät dran."

Ich nicke. „Du hast recht. Komm, Annie. Wir bereiten die Soße und die Brötchen vor, während Lillian sich wäscht."

Wir gehen in die Küche. Nach wenigen Minuten stößt Lillian zu uns. Sie nimmt eine große Servierschüssel, die mit Käsemaisbrei gefüllt ist, und erklärt: „Wir servieren das Frühstück heute als Selbstbedienungsbüfett. Ich frage mich, was Mr Spencer jetzt wegen der Häuser unternehmen wird." Sie blickt sich verstohlen um. Noch ist niemand im Speisesaal. Flüsternd fährt sie fort: „Ich weiß nicht, ob du es bemerkt hast, aber der Brand ist bei Joe Ralstons Haus ausgebrochen."

Ich nehme eine Platte mit Brötchen und eine Schüssel mit Specksoße. „Tommy hat es mir erzählt."

Sie legt einen Finger an die Lippen und nickt. Ich stelle gerade die Brötchen und die Soße auf den Büfetttisch, als Mrs Grundy und ein paar andere Mieter in den Speisesaal kommen.

Während die Mieter sich selbst bedienen, nehmen wir uns ein paar Minuten Zeit, um zu frühstücken. Sarah schenkt uns Kaffee ein.

„Den werdet ihr heute brauchen." Sie stellt jedem von uns einen Teller mit Eiern und Maisbrei hin.

Dann treffen die Küchenmädchen ein. Heute bin ich besonders dankbar für die fünf jungen Frauen. Nachdem ich Sarah geholfen habe, die Pasteten zuzubereiten, packen die Mädchen die Essenspakete und liefern sie aus.

Energisch drückt Sarah die Fäuste in den Brotteig, den sie gerade knetet. „Mrs Mack ist hier gewesen, während du dich gewaschen hast. Sie hat gesagt, dass sie später vorbeikommt, um beim Kochen zu helfen. Sie ist wirklich eine gute Frau."

Der Herr segne meine zukünftige Schwiegermutter. „Das ist wundervoll. Ich kann mich kaum noch auf den Beinen halten." Mein Blick wandert zur Tür. Wir warten immer noch auf Mama und Daddy.

Lillian legt den Arm um mich. „Jane, ich gehe gleich zu Mr Norton, um Bescheid zu sagen, dass ich heute nicht zur Arbeit kommen kann. Dann gehe ich unsere Eltern suchen, ja?"

Ich seufze. „Danke. Ich verstehe nicht, warum sie noch nicht zu Hause sind."

„Bestimmt sind sie immer noch dabei, Leuten zu helfen." Sie umarmt mich kurz, bevor sie die Küche verlässt. Dann schiebe ich das letzte Blech mit Pasteten in den Ofen.

Doch nur wenig später kehrt Lillian mit aschfahlem Gesicht zurück, dicht gefolgt von Annie. Ihre hübschen Gesichtszüge sind verzerrt und sie hat Tränen in den Augen. Sarah hebt erschrocken eine Hand an die Wange, als sie die beiden sieht. Mein Magen verkrampft sich.

Ich umklammere meine Schürze. Obwohl ich Angst vor der Antwort habe, presse ich hervor: „Was ist passiert?"

„Mama ist im Krankenhaus. Daddy … Daddy …" Schluchzend bricht Lillian zusammen.

Ich packe sie an den Schultern. „Was ist mit Daddy? Sag es mir!"

Annie wirft sich laut heulend in meine Arme. „Er ist …" – sie schluchzt etwas Unverständliches – „ge…gangen!"

Gegangen? Was soll das heißen?

Ich schiebe Annie von mir weg und starre sie an. „Wohin gegangen?"

Eine hässliche Wahrheit brennt in ihren Augen – so furchtbar wie das Inferno der vergangenen Nacht. Das Zittern beginnt in meinen Beinen und breitet sich dann bis in meine Arme aus. „Er ist doch nicht etwa … er kann doch nicht …" Ein Kloß bildet sich in meinem Hals. Ich kann es nicht laut aussprechen. Unmöglich! Nicht Daddy. Nicht *mein* Daddy. Er ist doch so stark. Ein Fels in der Brandung. Unser Fels. Ich packe Annie an den Armen und schüttele sie. „Hör auf damit, Annie. Hör sofort auf!"

Doch ihre Tränen strömen immer weiter und ihre Lippen hören nicht auf zu beben.

Lillian reißt mich von Annie los. „Das Feuer hat Daddy eingeholt, Jane, während er ein paar Leuten geholfen hat, zu entkommen. Erinnerst du dich an das erste Haus, das in unserer Nähe eingestürzt ist? Er war da drin." Ihre Stimme ist rau und von Trauer belegt.

„Neeiiin!"

Ein durchdringender Klagelaut dringt an meine Ohren. Ich brauche ein paar Sekunden, bis mir bewusst wird, dass er von mir stammt.

Sarah drückt uns alle an sich. „Meine armen Kinder." Sie bricht ebenfalls in Tränen aus.

Ich kann mir kein Leben ohne Daddy vorstellen. *Mama!* Sie wird völlig verloren sein ohne ihn. Ich bemühe mich, mit dem Schluchzen aufzuhören.

„Lillian?"

Sie versucht, ihre Fassung wiederzugewinnen. Schluchzend wischt sie sich mit dem Ärmel übers Gesicht. „Wa… was?"

„Du hast gesagt, dass Mama ins Krankenhaus gebracht wurde. Was ist passiert? Wird sie wieder gesund?"

Lillian sieht jeden von uns kurz an, dann holt sie zitternd Luft. „Sie hat einer Familie aus einem brennenden Haus geholfen und ist zurückgegangen, um ein Kleinkind zu retten. Gerade, als sie den Kleinen an seine Mutter übergeben hatte, ist eine Wand auf sie gefallen. Jemand hat sie rausgezogen, aber sie hat schwere Verbrennungen auf der rechten Seite."

Lillian und ich stehen am Fußende von Mamas Bett und sehen zu, wie ihre Brust sich hebt und senkt. Die Ärzte haben sie stark sediert. Wegen der Schmerzen, sagen sie. Über ihr ist eine Art Schutzkorb, damit die Bettdecke ihre Verbrennungen nicht berührt. Ein Arm ist mit weißer Gaze verbunden und ihr Hals sowie ihre rechte Gesichtshälfte sind mit Brandblasen übersät. Meine Tränen tropfen auf ihre Bettdecke.

Der Arzt – groß, stattlich und mit einer Adlernase – notiert ein paar Dinge in ihrer Krankenakte. „Können wir draußen im Gang sprechen?" Er bedeutet uns, voranzugehen. Ich schaue Lillian an. Sie nickt und schiebt mich zur Tür.

Draußen im Gang führt der Arzt uns zu einer Sitzgruppe aus hartem, unbequemem Holz. „Ihre Mutter hat schwere Verbrennungen am rechten Bein und Arm erlitten, die bis tief in die Muskeln reichen. Das bereitet mir große Sorgen. Wahrscheinlich werden wir ihr Bein dicht oberhalb des Knies abnehmen müssen. Der Arm wird im besten Fall erhalten bleiben, aber stark beeinträchtigt sein. Die Verbrennungen auf der linken Körperhälfte sind bei Weitem nicht so schlimm."

Alle Luft weicht aus meinen Lungen.

Lillian keucht erschrocken. „Können Sie nichts tun, um ihr Bein und ihren Arm zu retten?"

Der Arzt seufzt. Ich nehme an, dass er häufig mit Amputationen konfrontiert wird, vor allem in einer Spinnereistadt. „Ich werde die Verbrennungen beobachten, aber machen Sie sich keine allzu großen Hoffnungen." Er steht auf. „Mein herzliches Beileid wegen Ihres Vaters."

Ich kann mit dem Kloß in meinem Hals nicht sprechen. Lillian nickt, während der Arzt vor meinen Augen verschwimmt. Als er gegangen ist, hakt sie sich bei mir ein. „Komm, wir holen Annie und gehen nach Hause."

Unsere kleine Schwester durfte nicht zu Mama ins Zimmer, weil sie noch zu jung ist. Sie sitzt im Wartezimmer neben dem Haupteingang und zappelt nervös herum. Ihr Kopf schießt hoch, als wir eintreten. Sie springt auf.

„Wie geht es ihr?"

„Sie ist sediert, Annie. Sie war nicht wach und hat gar nicht mitbekommen, dass wir da waren." Ich nehme sie bei der Hand. „Lass uns nach Hause gehen." Den Rest erzähle ich ihr erst, wenn wir unter uns sind.

Als wir ankommen, scheint die halbe Kirchengemeinde in der Lobby versammelt zu sein. Tommy wartet schon auf mich. Ich falle in seine Arme und durchnässe sein Hemd mit meinen Tränen.

„Komm, wir gehen raus auf die hintere Veranda." Er führt mich von der Menschenmenge weg. „Alle wollen helfen, aber niemand weiß so recht, wo er anfangen soll. Deine Eltern haben solche Aktionen sonst immer angeleitet."

Ich gehe zu Busters Käfig und hole ihn heraus. Tommy reinigt die Toilette des Frettchens und füllt sein Wasser und Futter auf, während ich Buster streichle. Der Kleine scheint vom Feuer nichts mitbekommen zu haben. Er stellt sich auf die Hinterbeine und schnuppert an meinem tränennassen Gesicht.

Während ich sein seidiges Fell streichle, blicke ich zu Tommy hinauf. „Es gibt etwas, das ich dich fragen wollte. Letztens, bevor du gegangen bist, hat Daddy dir noch etwas zugeflüstert. Kannst du mir erzählen, was er gesagt hat?"

Tommy seufzt, während er das Glas mit Busters Trockenfutter wieder zuschraubt. „Er hat mich gewarnt, auf der Hut zu sein." Er runzelt die Stirn. „Wir haben alle gewusst, dass Spencer etwas tun würde, aber nicht, dass es so tödlich enden würde." Er stellt das Glas auf der Veranda ab.

Ich schließe die Augen und kämpfe gegen die Tränen an. „Wir müssen etwas unternehmen, Tommy. Wie können wir gegen Spencer ankommen?"

„Jane, Schatz?" Tommy setzt sich auf die Stufen zur Veranda. „*Wir* gar nicht. Ich muss gehen, Liebling. Noch heute Abend. Jetzt gleich."

„Wohin?" Buster windet sich in meinen Armen. Ich gebe ihm ein Stückchen Trockenfutter.

„Nach Texas."

Ich ziehe die Stirn in Falten. „Ich dachte, du musst erst nach unserer Hochzeit dort sein."

„Das ist nicht der Grund." Er lässt den Blick über den Hof gleiten, dann schaut er über die Schulter. „Wir sind uns sicher, dass der Brand eine Vergeltungsaktion für den Streik war." Er senkt die Stimme. „Es hätte noch viel schlimmer kommen können."

„Was meinst du damit?" Wie in aller Welt könnte es noch schlimmer sein?

„Zwei weitere Benzinkanister wurden gefunden. Einer war leer, der andere halb voll. Die einzigen Personen in Sweetgum, die ein Auto besitzen, sind Doc Adams, Spencer und ein paar der Aufseher. Dein Vater hatte auch Zugang zu einem Auto."

„Wir wissen, dass es nicht Daddy war und Doc Adams ganz bestimmt auch nicht. Dann bleiben nur –"

„Genau." Tommy streckt den Arm aus und krault Busters Bauch.

Ich runzele die Stirn. „Aber ich verstehe nicht, was das mit dir zu tun hat. Warum musst du jetzt schon gehen?"

„Spencer hat mich im Verdacht, den Streik angestiftet zu haben. Irgendwie hat er rausgefunden, dass Dan Kitchens hier war, um mit uns zu sprechen. Und er hat Dan mit Joe, Hank und mir in Verbindung gebracht. Wir waren alle dort. Joes Haus wurde angesteckt und Hanks ebenfalls. Wir haben es nur deinem Vater zu verdanken, dass unseres verschont wurde. Aber Mama und Willie zuliebe muss ich die Stadt sofort verlassen."

„Aber würde das nicht beweisen, dass du etwas mit dem Streik zu tun hattest?"

„Ich weiß es nicht, aber Spencer könnte mich festnehmen lassen und dann würde ich das Trainingslager verpassen. Ich weiß nicht, ob er mich lange festhalten könnte, aber er kann mir das Leben zur Hölle machen. Und seine Handlanger könnten falsche Beweise gegen mich vorbringen. Ich *muss* gehen." Er nimmt meine Hände. „Ich will, dass du mitkommst. Wir können in Texas heiraten."

Wie könnte ich Mama jetzt im Stich lassen? Andererseits – wie könnte ich *nicht* mit Tommy gehen?

Herr, warum jetzt? Das ist nicht gerecht!

Plötzlich höre ich Daddys Worte in meinem Herzen: *Das Leben ist nicht gerecht, mein Kind. Aber was dich nicht umbringt, macht dich stärker.*

Mein Herz wird in zwei Teile gerissen – Liebe und Verpflichtung. Ich öffne den Mund, aber die Worte wollen nicht über meine Lippen kommen. Ich muss sie herauszwingen. „Ich … kann nicht. Mama … und Daddy …" Ich mache eine vage Handbewegung über die Schulter. „Ich kann jetzt nicht gehen. Sie brauchen mich. Sarah … Lillian. Annie."

Seine Augen füllen sich mit Tränen. „Ich hab's irgendwie gewusst. Aber ich kann nicht bleiben, mein Schatz."

Er küsst mich und drückt mich fest an sich.

Ich hätte nicht gedacht, dass ich noch Tränen übrig habe, aber hier sind sie und laufen heiß über meine Wangen. Buster windet sich zwischen uns und versucht, sich zu befreien. Ich schniefe. „Was wird jetzt aus uns?"

„Jane, ich liebe dich. Das wird sich nie ändern. Vielleicht werden wir eines Tages, wenn es deiner Mutter besser geht …" Er lässt den Rest unausgesprochen.

Ich bemühe mich zu lächeln, aber mein Versuch ist wenig erfolgreich. „Vielleicht sagt uns Gott auf diese Weise, dass wir noch warten sollen."

Tommy steht auf und zieht mich mit sich hoch. „Janessa, ich verspreche dir, dass ich einen Weg für uns finden werde." Er umarmt mich und küsst mich noch einmal. Seine Lippen schmecken nach Kummer und Verzweiflung.

Plötzlich wird hinter uns eine Tür zugeknallt. Dann hallt die dröhnende Stimme des Sheriffs durchs Haus.

„Wo ist Tommy Mack? Ich habe einen Haftbefehl gegen ihn."

11

Tommy verschwindet mit fliegenden Rockschößen um die Ecke des Hotels, sodass ich mit Buster allein zurückbleibe. Ich renne ins Haus und setze das Frettchen auf dem Boden ab. „Gib dein Bestes, kleiner Freund", flüstere ich, bevor ich mich ein Stück entferne und die Leute beobachte.

Mrs Mack, die Buster schon öfter gestreichelt hat, zwinkert mir zu und kreischt dann: „Hilfe! Ungeziefer im Haus!"

Die Menge stiebt auseinander. Frauen kreischen. Männer schimpfen. Alle schreien durcheinander.

Der Sheriff zuckt zusammen und seine Hand bewegt sich in Richtung Waffe. „Wo ist es? Was ist es?"

Ein Polizeibeamter, Deputy Limehouse, klettert mit gezogener Waffe auf die Empfangstheke. „Es ist da lang!", ruft er, während er mit seiner Pistole in Richtung Aufenthaltsraum fuchtelt.

„Stecken Sie die Waffe weg, Dummkopf!", brüllt der Sheriff seinen Deputy an.

„Nein, es ist dorthin gerannt." Lillian deutet auf den Speisesaal.

Der sommersprossige, siebenjährige Willie rennt im Kreis herum. „Ich fange es, ich fange es!"

„Lassen Sie es bloß nicht in die Küche!", schimpft Gladys Grundy, die nun ebenfalls auf der Empfangstheke steht und sich an Deputy Limehouse klammert. Ich weiß nicht, wie sie da hochgekommen ist, aber Daddy hätte jetzt mit Sicherheit gelacht. Der Raum verschwimmt, als meine Augen sich wieder mit Tränen füllen.

Ein brauner, pelziger Blitz schießt zwischen den Knöcheln der Anwesenden hindurch. Kreischend heben die Frauen ihre Füße an.

Dann flitzt Buster auf die Hintertür zu. Er weiß, wo er in Sicherheit ist. Ich renne ihm nach und bringe ihn in seinen Käfig zurück. „Gut gemacht, Buster." Zur Belohnung gebe ich ihm zwei Rosinen aus der Dose mit Leckerlis, die neben dem Käfig steht.

Als ich zurück in die Lobby komme, geht Mrs Mack gerade auf den erötenden Sheriff los. „Sheriff Jackson, Sie sollten sich schämen!" Sie unterstreicht jedes ihrer Worte, indem sie dem Sheriff mit dem Zeigefinger auf die Brust tippt. Er weicht bei jedem Pikser ein Stück weiter zurück. Jackson müsste eigentlich wissen, dass mit einer verärgerten Südstaatlerin nicht zu scherzen ist. Und erst recht nicht mit einer rothaarige Südstaatlerin! „Die ganze Stadt ist in Trauer. Es wäre doch viel sinnvoller, wenn Sie die Person suchen würden, der diese Benzinkanister gehören."

Mehrere Leute schnappen nach Luft und ein Murmeln geht durch die Reihen: „Benzinkanister?"

Mrs Mack schnaubt und verschränkt herausfordernd die Arme.

Der Sheriff kneift die Augen zusammen, wobei ein nervöser Tic sein linkes Auge zucken lässt. „Was für Benzinkanister?"

Mr Patterson tritt mit vier Kanistern in den Händen vor. „Die hier, Sheriff. Zwei wurden letzte Nacht hinter Joe Ralstons Haus gefunden" – er hebt die linke Hand – „wo das Feuer ausgebrochen ist. Die anderen beiden" – er hebt die rechte Hand – „lagen hinter dem Haus der Barnetts."

Deputy Limehouse springt von der Theke und lässt Mrs Grundy ganz allein dort oben zurück. Dann stolziert er auf Mr Patterson zu. „Woher wollen Sie wissen, dass nicht einer von denen den Brand gelegt hat?"

Doc Adams tritt mit drei langen Schritten auf den Deputy zu und baut sich vor ihm auf. „Limehouse, das ist so ziemlich das Dümmste, was ich je gehört habe. Warum sollten die beiden ihre eigenen Häuser niederbrennen und ihre Familien in Gefahr bringen? Außerdem wurden beide Männer von Pastor Taylor aus dem Bett geholt."

Der Deputy verzieht den Mund. Dann öffnet er ihn. Schließt ihn wieder. Wie ein Fisch. Schließlich kräuselt er die Lippen. „Ist das so?"

„Halten Sie die Klappe, Limehouse." Sheriff Jackson streckt die Hand aus. „Ich nehme die Kanister mit." Dann wendet er sich an meine Schwestern und mich und tippt sich an den Hut. „Meine Damen, es tut mir leid, dass ich Sie in Ihrer Trauer gestört habe."

Mr Patterson hilft Mrs Grundy von der Theke. Nachdem er, der Sheriff und der Deputy – der einen hochroten Kopf hat – gegangen sind, hakt sich Mrs Mack bei mir ein. „Geniale Ablenkung, Jane", flüstert sie. „Er hat seinen Haftbefehl völlig vergessen."

Das beklemmende Gefühl in meiner Brust will einfach nicht verschwinden. Ich schlucke die Tränen hinunter, die sich wieder anbahnen, und nicke mühsam.

„Ich werde nicht fragen, wie es dir geht. Es tut mir so leid, dass die Dinge so gekommen sind, Jane. Tommy liebt dich sehr. Zweifle nie daran."

Ich lehne den Kopf an ihre Schulter. „Danke. Ich liebe ihn auch, aber momentan kann ich nicht über den heutigen Tag hinausdenken. Meine Schwestern und ich müssen irgendwie die Kraft finden, dieses Hotel ganz allein zu führen. Mama wird noch für lange Zeit außer Gefecht sein." Wenn sie überlebt. *Bitte, Herr, nimm sie uns nicht auch noch weg.*

„Ihr könnt auf meine Hilfe zählen. Und auf die vieler anderer."

Lillian bahnt sich einen Weg durch die restliche Menschenmenge. Sie hat ein Notizbuch und einen Bleistift in der Hand. Etwas an ihr hat sich verändert.

„Ich habe Elmer Dyer gebeten, mit Leroy Allman ein Zimmer zu teilen." Sie beugt sich vor und fügt im Flüsterton hinzu: „Leroy wird ein Auge auf Mr Dyer haben und ihm wenn nötig falsche Informationen zustecken." Sie richtet sich wieder auf. „Ein paar andere Männer sind in die Mietshäuser gezogen und werden dort zusammenwohnen. Dadurch wird der Schlafsaal im zweiten Stock frei. Wir können mindestens vier Familien darin unterbringen."

„Aber da haben sie doch gar keine Privatsphäre, Lillian. Denk doch mal nach. Es ist ein offener Schlafsaal, um Himmels willen."

„Darum habe ich mich schon gekümmert. Mr Patterson hat gesagt, dass er und ein paar andere helfen werden, provisorische Trennwände oder Vorhänge anzubringen."

Der immense Verlust lastet wie ein schweres Gewicht auf meinen Schultern. Ich *weiß*, dass es nicht meine Verantwortung ist, aber ... „Damit helfen wir nur vier Familien. Was ist mit den anderen?" Ich weiß die Weitsicht meiner Schwester zu schätzen. Einerseits wünschte ich, sie hätte keine andere Arbeitsstelle, weil sie dann mehr im Hotel helfen könnte, aber andererseits würden wir ohne ihr Gehalt nicht über die Runden kommen.

Eine Haarsträhne fällt Lillian in die Stirn, als sie auf ihre Liste hinabschaut. Sie streicht die Strähne aus ihren Augen. „Ich habe gehört, wie jemand gesagt hat, dass Mr Spencer Zelte bereitstellt, bis die Häuser wiederaufgebaut werden können. Es wäre besser für ihn, wenn er sich um den Wiederaufbau kümmert. Er braucht schließlich die Arbeitskräfte und bei diesem Chaos wird bestimmt niemand von außerhalb herkommen."

Nachdem alle fort sind, gehen Lillian, Annie und ich in die Küche, um die Essenspakete fertigzustellen. Belulah, Charity, Grace und Glory haben bereits die Servietten ausgebreitet. Egal, was passiert, das Leben geht weiter in Sweetgum. Die Arbeiter bekommen heute nur Erdnussbutter-Sandwiches, aber sie werden es sicher verstehen.

Annie öffnet eine große Dose Erdnussbutter, während Lillian Brötchen aufschneidet und die Hälften nebeneinanderlegt. „Annie, bestreich sie nicht so dick. Jeder bekommt zwei."

Ich bücke mich und hebe einen schweren Korb mit Äpfeln hoch. Sollen wir die in die Essenspakete packen? Plötzlich erinnere ich mich daran, wie wir mit Daddy Äpfel gepflückt haben, und der Raum verschwimmt wieder vor meinen Augen. Ein Nebelschleier legt sich über meinen Verstand. Ich versuche, meine Gedanken zu sammeln, aber sie sind wie eine Pusteblume im Wind. Wie kann das Leben einfach weitergehen, wenn Daddy nicht hier ist? Wir haben ihn noch nicht mal begraben. Tränen kullern über meine Wangen.

Belulah nimmt mir den Korb mit den Äpfeln ab. „Ich mach das schon, Miss Janessa."

„Danke."

Meine Schwestern kommen weinend zu mir. Es ist an der Zeit, Annie zu erzählen, dass Mama ihr Bein und vielleicht auch ihren Arm verlieren könnte.

Sie weint bitterlich, nimmt es aber relativ gut auf. „Wenigstens ist sie am Leben."

Sarah tröstet Annie, dann scheucht sie uns aus der Küche. „Geht ins Wohnzimmer, Kinder. Mrs Mack und Mrs Patterson sind hier, um zu helfen. Ich werde Mr Pugh anrufen und ihn bitten herzukommen, um euch beizustehen."

Ich wische mir mit dem Ärmel über die Augen. „Ich habe gar nicht an die Diakone gedacht. Danke, Sarah."

Im Wohnzimmer holt Lillian, die Listenschreiberin, wieder einen Block und einen Bleistift hervor. „Wir müssen alles aufschreiben, was wir zu erledigen haben. Erstens …" Sie knabbert an dem Stift. Warum macht sie das? „… Daddys Be… Beer…" Sie bricht wieder in Tränen aus. „Ich höre immer wieder, wie das brennende Haus hinter uns einstürzt. Und Daddy war da drin …"

Das Atmen fällt mir schwer. Ich habe immer noch Husten vom Rauch in der vergangenen Nacht. Und meine Tränen wollen einfach nicht versiegen. Haben wir eine bestimmte Menge an Tränen in uns? Und fängt Gott sie in einem Gefäß auf, wie manche behaupten? Was macht er dann damit?

Annie nimmt meine Hand und zieht mich zu Lillian aufs Sofa. Als wir uns dicht aneinanderdrängen, fühle ich mich etwas gestärkt durch die Gewissheit, nicht allein zu sein.

Meine kleine Schwester atmet zitternd ein. „Wir müssen jetzt praktisch denken und dürfen uns nicht gehen lassen. Schließlich müssen wir uns um das Hotel kümmern und um Mama."

Lillian und ich sehen uns über Annies Kopf hinweg an und bringen ein kleines Lächeln zustande. Ich drücke Annies Schulter. „Du hast recht. Wir müssen uns zusammenreißen. Lillian, die Liste?"

Sie nickt. „Erstens, den Bestatter anrufen." Sie hält inne und begegnet meinem Blick. „Oh, Jane, es ist mir jetzt erst bewusst geworden. Tommy ist ja auch weg. Du Arme …"

Während meine Träume wie Sand zwischen meinen Fingern zerrinnen, zerbricht mein Herz in tausend Stücke.

Der Morgen bricht heiß und stickig an. Selbst der Hahn kräht nicht so laut wie sonst. Ich öffne die Augen, als die Schlafzimmertür geschlossen wird. Es ist Annie … mit nassem Haar!

Ich setze mich auf und befreie meinen Oberkörper aus der Bettdecke. „Ich kann nicht glauben, dass du vor mir auf bist."

Einer ihrer Mundwinkel hebt sich zu einem halben Lächeln, das jedoch schnell wieder verfliegt. Sie zuckt die Achseln. „Ich konnte nicht mehr schlafen. Das Bad gehört jetzt dir."

„Ist Lillian wach?"

„Keine Ahnung. Ihre Tür ist noch zu." Annie rubbelt ihr Haar mit dem Handtuch trocken, während sie vor dem Kleiderschrank steht.

Ich schlüpfe in meinen Bademantel. „Was suchst du?"

Sie wendet sich stirnrunzelnd um. „Mein Trauerkleid. Es ist nicht hier."

„Sarah hat es gestern Abend mitgenommen. Meins und Lillians auch. Sie wollte die Kleider bügeln."

Annie knotet den Gürtel ihres Morgenmantels zu. „Ich gehe sie holen, während du badest."

Es ist seltsam, wie banal unser Gespräch ist. Ich setze mich auf den Rand der Badewanne, während sie sich mit kaltem Wasser füllt. Ein

Eimer mit heißem Wasser aus dem Wasserschiff des Herds steht schon neben der Wanne bereit. Annies Fürsorge rührt mich. Während ich das Wasser in die Wanne gieße, erinnere ich mich daran, wie Mama Lillian und mich gebadet hat, als wir klein waren. Als ich ins lauwarme Wasser sinke, bete ich im Stillen für Mamas Genesung. Es graut mir schon davor, ihr von Daddy zu erzählen. *Herr, bitte bewahre sie vor einer Infektion. Und hilf uns durch den heutigen Tag.*

Wenig später sitzen wir alle angezogen in der Küche. Sarah lässt nicht locker, bis wir etwas Maisbrei gegessen haben. „Ich will nicht, dass eine von euch während des Gottesdienstes umkippt. Ihr werdet heute viel Kraft brauchen."

Ich versuche zu lächeln und nicke. Mein Magen kann sich nicht entscheiden, ob er rebelliert, weil er Nahrung braucht oder weil er keine will. So oder so fällt es mir schwer, auch nur einen Happen herunterzuwürgen. Doch überraschenderweise hat Sarah recht. Nach zwei Löffeln beruhigt sich mein Magen endlich. Ich kann mich nicht erinnern, ob ich gestern überhaupt etwas gegessen habe.

Ich sehe meine Schwestern an. „Habt ihr auch so alberne, banale Gedanken?"

Annie legt den Löffel in ihre Schüssel. „Ja, und es fühlt sich sonderbar an. Als sollte ich jetzt nicht an so gewöhnliche Dinge denken. Aber dann tue ich es wieder."

„Meine Gedanken springen hin und her." Lillian verzieht das Gesicht. „Von Daddy zum Wäscheschrank, von Mama zu den Geschäftsbüchern des Hotels. Apropos, wer wird sich jetzt darum kümmern?" Sie schlägt die Hand vor den Mund. „Seht ihr?" Tränen steigen ihr in die Augen und strömen über ihre Wangen.

Sarah stellt sich hinter sie und legt ihre Hände auf Lillians Schultern. „Kinder, ihr solltet kein schlechtes Gewissen wegen eurer Gedanken haben. Sie sind vollkommen normal. Ich denke, Gott verhindert auf diese Weise, dass wir im Sumpf der Trauer versinken und nicht mehr rauskommen."

Nach einer Weile nicke ich, gefolgt von Lillian und Annie. Sarah stößt den Atem durch ihre aufgeblasenen runden Wangen aus. „Gut. Wir müssen jetzt los."

Der Trauergottesdienst ist wunderschön sehr andächtig. Daddys Sarg ist geschlossen, aber ich beuge mich trotzdem darüber und flüstere: „Ich werde nie vergessen, was du mir beigebracht hast, Daddy."

Bud Pugh, der Leiter der Diakone, spricht wortgewandt über alles, was mein Vater für die Kirche und die Stadt getan hat. Mehrere Leute erzählen von dem Einfluss, den Daddy auf ihr Leben hatte. Ich habe bestimmt schon ein halbes Dutzend Taschentücher verbraucht. Glücklicherweise hat Sarah einen großen Vorrat eingepackt.

Jetzt, am Grab, erzählen ein paar Leute lustige Geschichten über Daddy, die uns alle zum Lachen bringen. Das hätte ihm gefallen. Schließlich nehmen wir Mädchen auf Anweisung von Mr Bud eine Handvoll Erde und streuen sie auf den Sarg. Dann flüstern wir unsere Abschiedsworte.

Lillian hakt sich bei Annie und mir ein. „Es ist kein wirklicher Abschied. Daddy lebt in unseren Herzen weiter und wir werden ihn wiedersehen. Vergesst das nicht."

Ich lehne den Kopf an ihre Schulter. „Ich bin so froh, dass du meine große Schwester bist. Ich hab dich lieb."

Annie lächelt durch ihre Tränen. „Ich auch. Euch beide."

Dann kommt Sarah auf uns zu. „Lasst uns nach Hause gehen. Wir müssen uns um das Essen kümmern und nach eurer Mutter sehen. Das Leben in Sweetgum bleibt nicht stehen, damit man in Ruhe trauern kann." In ihren Worten schwingt ein Hauch von Bitterkeit mit.

„Mama? Bist du wach?" Ich stehe neben ihrem Bett und lege meine Hand sanft auf ihren unverletzten Arm. Ihre Augen bleiben geschlossen und ihre Wimpern zeichnen sich dunkel von ihren blassen

Wangen ab. Der Arzt sagt, dass sie ihren Arm wahrscheinlich behalten kann, aber ihr Bein wurde gestern amputiert. Es sieht seltsam aus, wie die Bettdecke an der Stelle, wo Mamas Unterschenkel sein sollte, flach auf der Matratze liegt. Mama ist immer noch sediert, weil die Schmerzen noch zu groß sind und nun auch noch „Phantomschmerzen" hinzukommen, wie der Arzt es genannt hat.

Annie steht neben mir und streichelt Mamas Schulter. Der Arzt hat sie ins Zimmer gelassen, nachdem wir ihm versichert haben, dass Annie keine Szene machen würde. Lillian läuft im Zimmer umher und notiert sich die Namen von den Karten an den Blumensträußen. Die meisten Blumen wurden in Gärten oder auf Wiesen von Hand gepflückt – schlicht, aber mit Bedacht und viel Liebe ausgewählt. An jedem Strauß ist ein Stück liniertes Papier befestigt, an manchen sogar eine Karte mit Genesungswünschen. Mr Spencer hat auch einen Strauß geschickt, der offensichtlich von einem Floristen stammt und höchstwahrscheinlich von Spencers Sekretärin, Mrs Grundy, bestellt wurde. Die Blüten riechen nach nichts.

Eine stämmige Krankenschwester, die mich an einen Gewichtheber erinnert, platzt herein. Wir treten von Mamas Bett zurück, damit die Schwester ihrer Arbeit nachgehen kann. Sie misst den Puls, liest die Akte, überprüft die Verbände und macht Notizen.

Als sie die Krankenakte gerade zurück an den Haken am Fußende des Betts hängt, tritt Annie an sie heran. „Ist Mama schon mal aufgewacht?"

Mrs Harmon – wie ihr Namensschild verrät – wirft uns ein routiniertes Lächeln zu. „Noch nicht. Es ist auch besser so. Sie sollte schlafen, bis die schlimmsten Schmerzen überstanden sind." Sie dreht sich um und geht auf die Tür zu.

„Warten Sie bitte kurz." Ich strecke die Hand aus, um sie zurückzuhalten. „Rufen Sie uns an, wenn Mama nach uns oder Daddy fragt?"

In ihren Augen schimmert ein zartes Mitgefühl. „Ich bin nicht immer hier, aber ich werde eine Nachricht am Empfang hinterlegen."

Lillian schaut von ihrem Notizblock auf. „Wenn sie aufwacht und nach Daddy fragt, was sagen Sie ihr dann?"

Mrs Harmon kehrt an unsere Seite zurück und nimmt Lillians Hand zwischen ihre Hände. „Auf keinen Fall würden wir mit der Nachricht vom Tod Ihres Vaters herausplatzen. Auch von der Amputation würden wir nichts sagen. Vor allem nicht an diesem Punkt ihrer Genesung. Das überlassen wir der Familie oder den Ärzten."

Mein „Danke" klingt schwach in meinen Ohren.

„Wenn ihr drei einen Moment wartet, frage ich den Arzt, ob er kurz mit euch sprechen kann."

Ich streichele Mamas linke Stirnhälfte. Auf der rechten Seite sind ein paar kleinere Brandblasen. Das Ohrläppchen ist auch von einer Blase bedeckt. *Armes Öhrchen.* Annie lehnt sich ans Fußende des Betts und Lillian an die Fensterbank.

Kurz darauf tritt der Arzt ein. „Was möchten Sie wissen?"

Ich werfe Lillian einen kurzen Blick zu und trage dann unsere Frage vor: „Wann wird sie aufwachen?"

„In ein paar Tagen, wenn ihre Genesung etwas weiter fortgeschritten ist, werden wir beginnen, die Beruhigungsmittel abzusetzen."

Lillian durchquert den Raum und stellt sich zwischen den Arzt und Mamas Bett. „Bitte stellen Sie sicher, dass niemand ihr von unserem Vater erzählt. Das ist unsere Aufgabe und wir können es ihr so schonend wie möglich beibringen."

Er nickt mit gehobenen Augenbrauen. „In Ordnung. Ich werde es in ihrer Akte notieren und der Oberschwester mitteilen." Er kritzelt etwas auf das Krankenblatt. „Wenn sie mich allerdings nach ihrem Bein fragt, werde ich ihr die Wahrheit sagen. Es ist nicht klug, diese Nachricht zu verschweigen. Ihre Mutter ist eine intelligente Frau."

Ich hindere Lillian daran, noch etwas zu sagen. „Das ist in Ordnung, danke, Herr Doktor. Eine Frage noch: Glauben Sie, dass sie es schafft?"

„Wenn ihr Arm weiterhin so gut heilt, wird sie ihn behalten können. Aber denken Sie daran, dass die Muskeln beschädigt sind. Der Arm wird stark beeinträchtigt sein. Die anderen Verbrennungen sind nicht lebensbedrohlich und Ihre Mutter ist eine starke Frau. Eine Kämpferin."

Seine Worte lassen mich neuen Mut fassen. Doch die wichtigste Frage, die mir schon die ganze Zeit auf der Zunge brennt, ist noch nicht beantwortet. Ich gehe zu meinen Schwestern und stelle mich in ihre Mitte. „Wann können wir sie nach Hause holen?"

„In frühestens einer Woche. Ich möchte, dass sie zuerst etwas zu Kräften kommt."

Die Vorfreude, die in mir aufsteigt, wird im nächsten Moment von einer Welle der Furcht gedämpft. Welche besondere Unterstützung wird Mama brauchen, von der wir jetzt noch gar nichts wissen? Werden wir überhaupt in der Lage sein, für sie zu sorgen?

12

Unser Tagesablauf ist jetzt strenger getaktet als je zuvor. Aber obwohl meine Glieder schwer wie Blei sind, bin ich froh über den Stress. So bleibt mir wenig Zeit, um darüber nachzudenken, wie sehr ich Tommys Gesicht oder Daddys Lachen vermisse. Die Trauer holt mich immer dann ein, wenn ich es am wenigsten erwarte. Gestern bin ich beim Kneten des Brotteigs plötzlich in Tränen ausgebrochen, wodurch Sarah und Annie auch weinen mussten. Sogar die Küchenmädchen bekommen feuchte Augen, sobald eine von uns weint.

Annie und ich sind für alle Aspekte des Hotels zuständig, außer für das Essen. Sarah hat die Planung aller Mahlzeiten übernommen. Sie bestellt die Lebensmittel, schlachtet und rupft die Hühner und hat immer im Blick, wie viel Schweinefleisch noch in der Räucherkammer ist.

Allerdings hat Sarah erwähnt, dass sie Hilfe beim Schlachten und Zubereiten der Hühner braucht. Belulah kann ihr helfen, aber es dauert zu lang, wenn sie und Sarah alles allein machen müssen. Also hat sich Lillian freiwillig gemeldet. Es ist der wohl lustigste Anblick auf Erden, wenn meine große Schwester einem Huhn den Hals umdreht. Sie schneidet eine Grimasse und schaut in die entgegengesetzte Richtung, aber sie hat im wahrsten Sinne des Wortes den Dreh raus. Eine geschickte Bewegung des Handgelenks und der Vogel hängt schlaff in ihren Händen – auf dem Weg in den Hühnerhimmel.

„Die letzten Hühner liegen auf der Veranda – bereit, gerupft zu werden." Lillian wäscht sich die Hände an der Spüle. „Ich gehe jetzt zur Arbeit. Wir sehen uns beim Abendessen. Morgen habe ich frei."

O weh. Hoffentlich … „Du setzt aber nicht deinen Job aufs Spiel, indem du dir freinimmst, oder?"

„Wohl kaum. Mr Norton hat kaum genug …" Lillian schnaubt und verstummt.

Hm … Was verschweigt sie? „Genug was?"

„Nichts. Mama kommt morgen nach Hause. Ich sollte hier sein." Sie dreht sich um und läuft zur Tür hinaus.

Mama kommt! Ich kann es kaum erwarten. Der Brand ist jetzt einen Monat her. Als wir unserer Mutter von Daddys Tod erzählt haben, hat sie uns damit überrascht, dass sie es schon wusste.

Sichtlich verärgert hat Lillian die Hände in die Hüften gestemmt. „Hat dir das eine Krankenschwester erzählt?"

Mamas wehmütiges Lächeln hat mir einen Stich versetzt. „Nein, mein Schatz. Ich habe euren Daddy im Traum gesehen. Er hat mir gesagt, dass er glücklich ist und auf mich wartet. Dann ist er wieder verschwunden." Einen Moment lang hatte sie Tränen in den Augen.

Ihre Worte haben uns alle zum Schweigen gebracht. Mama sagt, dass sie ihren Frieden mit Daddys Tod geschlossen hat, aber das Licht, das früher in ihren Augen leuchtete, ist verloschen und Kummer hat seinen Platz eingenommen. Eine feine, aber eindeutige Veränderung hat in Mama stattgefunden. Es ist, als wäre sie ohne Daddy nicht mehr vollständig.

Apropos unvollständig – der Arzt hat erzählt, dass Mama die Nachricht von der Amputation recht gut aufgenommen hat. Ob sie nachts weint, wenn sie allein ist, weiß niemand. Meine Mutter hat noch nie zu den Menschen gehört, die ihre Gefühle öffentlich zur Schau stellen.

Das Krankenhaus hat einen Rollstuhl für sie bestellt. Wie wir den bezahlen sollen, weiß ich nicht. So bescheiden Daddys Gehalt von der Kirche und dem Gemischtwarenladen auch war, es fehlt uns jetzt an allen Ecken und Enden. Dank der Arbeit im Hotel haben wir Essen und ein Dach über dem Kopf, aber so knausrig wie Mr Spencer ist, verdienen wir fast kein Geld damit. Ich hoffe, dass er wenigstens für den Rollstuhl aufkommen wird.

„Annie, hast du zufällig gehört, was die Krankenschwester über Mamas Mahlzeiten gesagt hat?" Ich lasse einen Klumpen Brotteig in eine eingefettete Schüssel plumpsen.

Meine kleine Schwester, die gerade Karotten schneidet, hält in ihrer Bewegung inne. „Sie darf essen, was sie will. Gestern hat sie gesagt, dass sie Lust auf Hähnchen mit Klößen und Succotash hat. Das Krankenhausessen ist furchtbar. Mama hat ganz schön abgenommen."

„Ich bin nur froh, dass die Nachricht von Daddys Tod kein vernichtender Schock für sie war." Ich decke die Schüssel mit einem Geschirrtuch ab und stelle sie ins Warmhaltefach des Herds, damit der Teig aufgeht. „Hat sie dir noch etwas über ihren Traum von Daddy erzählt?"

Annies Augen leuchten auf. „Ja. Daddy hat ihr gesagt, dass ihn Gott nach Hause gerufen hat und sie es allein schaffen würde, weil Jesus bei ihr wäre. Sie hat auch gesagt, dass sie im Traum gesehen hat, wie Daddy auf die Tore des Himmels zugelaufen ist, und als sie sich geöffnet haben, ist er verschwunden."

Hat Mama das alles Annie zuliebe erfunden? Vielleicht hat sie geahnt, dass Daddy tot ist, weil niemand ihn erwähnt hat. Oder sie hat gesehen, wie das Haus über ihm eingestürzt ist. Wir haben noch nicht darüber gesprochen. Vielleicht werde ich sie eines Tages fragen, ob der Traum echt war.

Wenigstens ist Mama noch bei uns. *Danke, Herr, dass du sie noch nicht zu dir geholt hast.*

Ich nehme den nächsten Teig in Angriff. „Annie, wenn du hier fertig bist, könntest du dann nachsehen, was wir noch im Gemüsegarten haben? Wenn es noch genug Tomaten gibt, pflück bitte ein paar grüne. Mama liebt frittierte grüne Tomaten."

„Ist gut. Oh!" Sie wühlt in ihrer Tasche und holt dann einen Umschlag hervor. „Tut mir leid, ich habe völlig vergessen, ihn dir zu geben." Ein breites Lächeln erscheint auf ihrem Gesicht. „Er ist von Tommy."

Ich streiche rasch das Mehl von meinen Händen, setze mich an den Tisch und reiße den Umschlag auf.

Meine liebe Janessa,
ich sehne mich danach, Deine Stimme zu hören und Deine Hand zu halten. Wie geht es Deiner Mutter? Ich habe noch keinen Brief von Dir bekommen und warte gespannt auf Neuigkeiten. Meine Mutter hat mir geschrieben, aber es ging hauptsächlich um Willie. Es ist seltsam – ich habe mir so große Sorgen darum gemacht, wie sie mit der Trauer um Vera klarkommen würde, aber meine überstürzte Abreise und die großen Probleme Deiner Familie haben geholfen, sie ein wenig von ihrer Trauer abzulenken. Sie fühlt sich gebraucht. Das heißt natürlich nicht, dass wir froh darüber sind, was Deinen Eltern zugestoßen ist, Jane. Ganz und gar nicht. Aber Gott hat bereits etwas Gutes daraus entstehen lassen, falls Dich das irgendwie tröstet.

Hinter dem Wort *tröstet* ist ein Schmierfleck. Tommy hat etwas anderes geschrieben, es dann aber durchgestrichen und versucht, es auszuradieren. Was könnte es gewesen sein?

Das Trainingslager ist toll. Die anderen Jungs sind nett und der Coach hervorragend. Er sagt, dass ich eine wertvolle Ergänzung für das Team sein werde. Es fühlt sich gut an – als Baseballspieler wertgeschätzt zu werden, meine ich. Das Essen ist reichlich und gut.
Ich vermisse Dich, Liebling. Wenn Du doch nur hier bei mir sein könntest! Ich weiß, dass Du Sweetgum jetzt nicht verlassen kannst, aber vielleicht dauert es nicht mehr allzu lang.
Bitte schreib mir bald. Ich vermisse Dich.
In Liebe
Tommy

Ich schiebe den Brief in den Umschlag zurück. Wie gut, dass Mrs Mack sich wieder gebraucht fühlt. *Moment* ... Ich ziehe den Brief wieder heraus und überfliege ihn noch einmal. „Er erwähnt gar nicht, dass Spencer seine Mutter und Willie aus dem Haus geworfen hat."

Annie holt einen Korb für das Gemüse. „Wahrscheinlich hat er es noch nicht erfahren. Weißt du, was Mrs Mack jetzt vorhat?"

„Nein ..." Ich stecke den Brief in die Schürzentasche. „Aber ich habe eine Idee. Geh bitte und hol das Gemüse für den Salat, ich muss noch ein paar Einzelheiten klären, bevor ich euch davon erzähle."

Die hintere Veranda ist auf Sitzhöhe und hat bloß zwei Stufen, deshalb tragen Lillian und ich Mama mitsamt Rollstuhl dort hinauf. Das ist nicht leicht, obwohl Mama abgenommen hat. Da ihr rechter Arm noch verbunden ist und in einer Schlinge steckt, kann sie sich nur mit der linken Hand an der Armlehne festklammern. Die Angst steht ihr ins Gesicht geschrieben, aber sie sagt keinen Ton. Trotzdem können Lillian und ich ihre Furcht sehen und sind besonders vorsichtig. Dabei wird mir klar, dass eine Person allein das unmöglich schaffen kann. Behutsam setzen wir den Rollstuhl auf der Veranda ab.

Lillian öffnet die Hintertür. „Wir könnten Mr Patterson bitten, uns zu helfen, eine Rampe zu bauen. So wie die, die wir im Laden für die Sackkarren der Lieferanten haben, weißt du? Dann können wir Mama hoch- und runterschieben, statt sie und den Stuhl zu tragen."

„Großartige Idee, Lillian!" Ich schiebe Mama in die Küche, wo Sarah, Annie und die Küchenmädchen sie herzlich empfangen. Dampfende Schüsseln mit all ihren Lieblingsspeisen stehen auf dem Tisch.

Mamas Lächeln ist süß, aber wehmütig. „Meine Güte! Vielen Dank für den herzlichen Empfang! Es fühlt sich an, als wäre ich ein ganzes Jahr fort gewesen statt nur einen Monat." Sie versucht offenbar, fröhlich zu klingen, aber ihre Stimme zittert wie die einer alten Frau. Das war vorher nicht so.

Wir schieben sie an den Tisch. Als wir unsere Plätze eingenommen haben, fällt mein Blick auf Daddys leeren Stuhl. Er sollte jetzt hier sein und das Tischgebet sprechen. Ein Kloß bildet sich in meinem Hals. Als ich die Augen abwende, sehe ich, dass Mama und meine Schwestern ebenfalls seinen Stuhl anstarren. Dann räuspert sich Lillian und spricht das Tischgebet. Mama tupft ihre Augenwinkel verstohlen mit einer Serviette ab. Ich lege meine Hand auf ihre und drücke sie sanft.

Lillian schneidet Mamas Essen in kleine Stückchen. Als sie sich den ersten Bissen Hähnchenfleisch mit Klößen in den Mund schiebt, schließt sie genussvoll die Augen. Sie schluckt und lächelt. „Mhmm, wie ich das Essen hier vermisst habe! Die Köche im Krankenhaus könnten etwas Nachhilfe von dir gebrauchen, Sarah."

Als Mama noch im Krankenhaus war, habe ich das Thema „Schlafzimmer" angesprochen. Ich war mir nicht sicher, ob sie in ihrem alten Zimmer würde bleiben wollen, das sie mit Daddy geteilt hat. Jetzt muss ich an unser Gespräch zurückdenken.

„Natürlich will ich in unser altes Zimmer. Dort fühle ich mich deinem Daddy näher", hat Mama geantwortet.

„Wird es dich nicht traurig stimmen?"

„Vielleicht, aber das ist mir lieber, als seine Nähe ganz zu verlieren."

Vermutlich würde ich mich genauso entscheiden.

Wir essen schweigend. Das einzige Geräusch ist das Klirren des Bestecks. Viel zu früh schiebt Mama ihren halb leeren Teller von sich.

„Sarah, es schmeckt wirklich fabelhaft, aber ich kann einfach nicht mehr so viel essen wie früher." Sie legt ihre Serviette auf den Tisch. „Wir sollten uns über ein paar notwendige Veränderungen unterhalten. Der Arzt hat mich gewarnt, dass es noch lange dauern wird, bis ich wieder ganz zu Kräften komme – wenn überhaupt." Sie hat dunkle Ringe unter den Augen. „Und hiermit" – sie deutet mit dem Kopf auf ihren verletzten Arm – „kann ich nicht viel tun, außer als Mutter für meine Mädchen da zu sein. Ich kann euch meine Rezepte beibringen, aber sonst bin ich in der Küche keine große Hilfe mehr. Wir werden eine zusätzliche Hilfskraft benötigen, die euch unterstützen kann."

Sobald Spencer erfährt, wie schlimm Mamas Verletzungen sind, werden wir ihren Lohn auch noch verlieren. Wenn ich an die Krankenhausrechnungen denke, wird mir übel. Die Angestellten der Spinnerei werden kostenlos behandelt, aber das sind wir ja nicht. Eigentlich wurde Mama bei dem Versuch verletzt, Spencers Arbeiter zu retten, aber Mitleid und Pflichtgefühl sind Fremdwörter für diesen Mann – solange es nicht um ihn selbst geht.

Während Mama und Sarah überlegen, wer uns in der Küche unterstützen könnte, erhebe ich mich vom Tisch und bringe die Teller zur Spüle. Dann drehe ich mich um und lehne mich an die Küchentheke. „Mrs Mack und Willie wurden aufgefordert, ihr Haus zu räumen. Mr Spencer sagt, dass sie nicht länger dort wohnen dürfen, weil sie jetzt keine vierköpfige Familie mehr sind."

Mama seufzt. „Arme Kara. Verwitwet mit drei Kindern, dann stirbt Vera, Tommy geht nach Texas und jetzt das." Tränen glitzern in ihren Augen. „Hat sie dir erzählt, was sie jetzt vorhat?"

Meine Mutter und Kara Mack sind eng befreundet, seit Mama als junge Braut hierhergezogen ist. Ich bin mir sicher, dass ihr meine Idee gefallen wird.

„Ich habe Mrs Mack noch nichts davon erzählt, aber was hältst du davon, wenn sie hier einzieht? Du weißt, dass sie eine gute Köchin ist. Sie muss nur noch unsere Rezepte lernen und das Kochen in großen Mengen. Sie und Willie haben in der Spinnerei gekündigt, als Spencer sie aus dem Haus geworfen hat. Sie braucht also eine neue Stelle. Willie könnte zur Schule gehen und nachmittags im Hotel aushelfen. Was meinst du?"

Wie immer, wenn ich aufgeregt bin, rede ich ohne Punkt und Komma. Aber Mama lächelt mich dankbar an.

„Ich glaube, das ist ein guter Gedanke, Jane. Vielleicht …" Sie sieht uns der Reihe nach an. „Lillian, würdest du das Zimmer mit mir teilen? Dann könnten Kara und Willie in deins ziehen. Wäre das in Ordnung für dich?"

Normalerweise würde Lillian, die unserer Mutter in dieser Hinsicht sehr ähnlich ist, nicht sofort antworten, sondern erst die Vor- und Nachteile abwägen. Aber nicht jetzt. Ohne zu zögern, erwidert sie lächelnd: „Das ist eine geniale Idee." Dann streckt sie die Hand aus und legt sie Mama auf die Schulter. „So bin ich in deiner Nähe und kann dir nachts helfen, wenn du mich brauchst."

Mama sieht mich an und hebt warnend den Zeigefinger. „Aber ich möchte zuerst mit Kara darüber sprechen, Janessa. Der Vorschlag muss ihr so unterbreitet werden, dass sie ihn nicht als Almosen empfindet. Kannst du sie fragen, ob sie nach dem Abendessen vorbeikommen möchte?" Mama hält die Hand vor den Mund, um ein Gähnen zu verbergen. „Ich muss mich jetzt erst mal ein wenig ausruhen."

Annie springt auf. „Ich bringe Mama in ihr Zimmer, während ihr das Geschirr abwascht."

Ich grinse über Annies Art, sich vor dem Abwasch zu drücken. Andererseits verstehe ich, dass unsere kleine Schwester jetzt auch etwas Zeit mit ihrer Mutter braucht, nachdem Lillian und ich sie aus dem Krankenhaus abgeholt haben.

„Aber bitte bring sie nicht um den Schlaf, den sie so dringend braucht", mahne ich.

Während Annie Mama aus der Küche schiebt, trage ich das restliche Geschirr zur Spüle. Charity steckt den Stöpsel in den Abfluss, während Grace einen Eimer ins Wasserschiff taucht. Sie werden das Geschirr spülen, während Belulah, Glory und Delilah mit Sarah zusammen das Abendessen für die Mieter zubereiten.

Ich nehme Sarah am Arm und ziehe sie einen Moment beiseite. „Sarah, jetzt, wo Mama zu Hause ist, glaubst du, dass sie vielleicht wieder die Bestellungen übernehmen will? Ich will ihr das Gefühl geben, dass sie sich irgendwie nützlich machen kann. Die Bestellungen sind nur eine kleine Aufgabe, aber eine, die sie erledigen könnte. Ich werde versuchen, dir mehr beim Backen zu helfen, aber ich muss mich auch um die Dinge kümmern, die Daddy früher übernommen hat." Mir wird ganz schwindelig, wenn ich an die viele zusätzliche Arbeit denke. Wie soll ich das bloß alles schaffen?

„Darum werden wir uns kümmern, wenn es so weit ist, Janessa. Vergiss nicht, dass Mrs Mack vielleicht zu uns zieht. Sie wäre uns eine große Hilfe."

„Ich hoffe, dass Mrs Mack den Vorschlag annimmt, wenn er von Mama kommt."

„Bis wann muss sie ausziehen?"

„Bis morgen."

Sarah grinst. „Der Herr hilft spätestens rechtzeitig."

Mrs Mack wäre uns wirklich eine große Hilfe. Wenn sie zustimmt. Sie und Tommy haben den gleichen sturen Stolz, wenn es um Dinge geht, die sie als Almosen empfinden. Ich kreuze die Finger und bete, dass Tommys Mutter erkennt, wie sehr sie uns helfen würde.

Während ich den letzten Teigklumpen knete, stelle ich mir vor, er wäre Mr Spencer, und drücke meine Fäuste tief hinein. Dann halte ich inne. Wird es Spencer ärgern, wenn wir Mrs Mack und Willie einstellen – ganz zu schweigen davon, dass wir sie bei uns wohnen lassen? Wenn ja, was wird er dann tun?

Die Fragen überschlagen sich in meinem Kopf, aber sosehr ich mich auch anstrenge, kann ich keine Antworten finden.

13

Ich lehne mich an die Küchentheke, während Mama und Mrs Mack am Tisch sitzen. Als Tommys Mutter hier ankam, war ihr Gesicht sorgenerfüllt, aber bei Mamas Vorschlag glimmt ein Hoffnungsschimmer in ihren Augen auf.

„Es ist ein ernst gemeintes Stellenangebot, Kara." Mama deutet auf ihren rechten Arm und ihr rechtes Bein. „Meine Tage in der Küche sind vorbei. Sarah braucht jemanden, der kochen kann, was auf dich zutrifft. Meine Mädchen haben viel Erfahrung, aber das reicht noch nicht. Außerdem müssen sie sich jetzt auch um die anderen Hotelangelegenheiten kümmern."

Ich trete an den Tisch heran. „Sie hat recht, Mrs Mack. Und außerdem braucht Mama bestimmt Hilfe beim Waschen, Anziehen und so weiter." *Bitte sag Ja*. Ich setze ein möglichst ermutigendes Lächeln auf. „Es wäre die perfekte Lösung. Und Willie könnte uns bei den Tieren helfen."

Willie strahlt und hüpft begeistert auf und ab. „Können wir, Mama? Biitteee?" Er umklammert ihren Arm, um seiner Bitte mehr Nachdruck zu verleihen. „Ich will mich um die Tiere kümmern!" Seine Augen strahlen vor Glück. Der Junge liebt Tiere, vor allem unsere Ziegen. Das war schon so, als Tommy ihn als Kleinkind zu uns gebracht hat, um die neugeborenen Zicklein zu sehen. Statt Angst zu bekommen, hat Willie glucksend gelacht, als die Ziegen versuchten, sein Shirt aufzufressen.

Mrs Mack erwidert mein Lächeln. Nun ist auch die letzte Spur von Sorge aus ihrem Gesicht verschwunden. „In Ordnung. Ihr habt mich überzeugt." Sie wuschelt durch Willies Haare. „Willst du in die Schule gehen?"

Willies leuchtende Augen erinnern mich so sehr an Tommy, dass es mir einen Stich versetzt. „O ja, Mama! Ich will unbedingt *Huckleberry Finn* lesen!"

Ich lege einen Arm um seine schmalen Schultern. „Dann ist es abgemacht. Lillian ist bereit, in Mamas Zimmer umzuziehen. Jetzt müssen wir nur noch ein Bett für Willie finden. Oben auf dem Dachboden haben wir ein paar Rollbetten, die wir nicht brauchen. Danach gehen wir zu euch und holen eure Sachen."

Willie streckt die Brust raus. „Ich kann dir mit dem Bett helfen, Miss Jane."

Ich schüttele seine kleine Hand. „Okay! Legen wir los!"

„Jane?" Mrs Mack legt eine Hand auf meinen Arm.

„Ja, Ma'am?"

„Ich weiß zwar, dass eure Hochzeitspläne erst mal auf Eis gelegt sind, aber ich möchte trotzdem, dass du mich Kara nennst." Sie sieht mir in die Augen. „Wenn dir das unangenehm ist, kannst du auch Miss Kara sagen."

„Danke, Miss Kara. Komm, Willie, legen wir los!"

Während Annie Mama hilft, sich bettfertig zu machen, holen Willie und ich ein Bett vom Dachboden und stellen es im vordersten Schlafzimmer auf, das nun ihm und Miss Kara gehört.

Willie ist begeistert von den Rollen unter seinem Bett. „Ich hab noch ein rollendes Bett gesehen. Es gefällt mir, Miss Jane." Er klopft auf die Matratze. „Und ich kann aus dem Fenster gucken und beobachten, wer in der Spinnerei kommt und geht." Er springt vom Bett und läuft zur Kommode hinüber. „Und meine Schatzkiste kann ich hier hinstellen." Er deutet auf den Boden neben der Kommode.

„Gute Idee. Was ist denn in deiner Schatzkiste?" Ich muss an die Spielzeugtruhe denken, die wir als Kinder hatten. Sie war kaum kleiner als eine Aussteuertruhe. Annie und ich haben uns darin immer vor Lillian versteckt, bis sie sich eines Tages draufgesetzt hat und wir den Deckel nicht mehr aufbekommen haben. Die Erinnerung bringt mich zum Lächeln.

„Meine Bücher und Spielsachen." Er schaut zu mir auf und runzelt die Stirn. „Können wir sie holen gehen? Ich habe Angst, dass Mr Spencer sie wegwirft."

„Natürlich. Wir können jetzt gleich gehen, wenn deine Mama fertig ist."

Eilig beziehen Willie und ich sein Bett. Nachdem ich meiner Mutter eine gute Nacht gewünscht habe, gehen Miss Kara, Annie, Willie und ich zum Haus der Macks hinüber. Wir nehmen den Gepäckwagen mit, um alles transportieren zu können.

Unterwegs schaue ich mich wachsam nach allen Seiten um. Ich möchte den Umzug möglichst schnell hinter mich bringen, weil ich keine Lust habe, Mr Spencer in die Arme zu laufen. Es würde zu ihm passen, wenn er seine Schergen beauftragt hätte, den Auszug der Familie zu überwachen – obwohl es in den Hütten der Arbeiter nun wirklich nichts Wertvolles gibt.

Wir betreten das sechste Haus in der siebten Reihe. Ein erschreckend kleines Häufchen Besitztümer erwartet uns. „Was ist mit Ihren Möbeln, Miss Kara?"

Sie schüttelt den Kopf. „Die nächste Familie kann sie haben. Das Einzige, was ich gerne mitnehmen würde, ist der Schreibtisch. Er hat meiner Großmutter gehört. Hab ich dir je erzählt, dass sie Schriftstellerin war?"

„Nein." Ich streiche mit den Fingern über die Tischplatte. „Wie faszinierend. Ich habe mich oft gefragt, wie Schriftsteller es schaffen, sich so viele Geschichten auszudenken."

„Es war immer mein Traum, mal ein Buch zu schreiben, aber ich hatte nie Gelegenheit dazu."

Ihr schüchternes Lächeln rührt mich. „Na, vielleicht haben Sie jetzt Zeit."

Sie schüttelt den Kopf und streicht ebenfalls zärtlich über den

Tisch. „Nein, ich werde alle Hände voll damit zu tun haben, unseren Unterhalt zu verdienen."

Ich lasse die Kleidung fallen, die ich aufgesammelt habe, und lege Mrs Mack die Hände auf die Schultern. „Miss Kara, Sie sind meine zukünftige Schwiegermutter. Sie und Willie gehören zur Familie. *Natürlich* werden Sie Zeit zum Schreiben haben. Jeden Abend und Sonntagnachmittag nach dem Gottesdienst."

Ihre Augen strahlen – genauso wie Tommys, wenn er sich freut. „Das hört sich himmlisch an. Ein wahr gewordener Traum."

Nach all dem Kummer der letzten Jahre hat sie es verdient, ihren Traum zu verwirklichen.

Annie deutet auf einen Kleiderstapel. „Jane, leg deine Sachen hierhin, dann heben wir den Schreibtisch auf den Wagen." Sie dreht sich zu Willie um. „Hast du deine Schatzkiste?"

„Ja, Miss Annie." Er hält eine 45 Zentimeter lange Kiste hoch. Annie und ich werfen uns über seinen Kopf einen Blick zu. Die Kiste ist ziemlich klein dafür, dass sie den gesamten weltlichen Besitz eines Jungen enthält, auch wenn es nur Spielsachen und Bücher sind. Ich habe nie wirklich bemerkt, wie wenig die Macks besitzen. Nach Mr Macks Tod wurde es vermutlich ziemlich eng für sie. Tommy hat sich jedoch nie etwas anmerken lassen und ich bin schockiert, dass es mir nie aufgefallen ist.

Wir stellen Willies Kiste auf den Schreibtisch und legen die Kleidung darüber. Als wir zur Tür hinausgehen, sehe ich mich noch einmal um. „Ist das wirklich alles?"

Miss Kara nickt. „Den Rest brauchen wir nicht." Sie zwinkert Willie zu. „Wir werden bei den Taylors im Hotel viel glücklicher sein als hier, stimmt's?"

„Darauf kannst du wetten!", ruft Willie stolz.

Wir kommen an mehreren Grundstücken in der vierten Reihe vorbei, wo die Überreste der abgebrannten Häuser abgerissen und weggeräumt worden sind. Leider werden nur auf den wenigsten Grundstücken neue Holzhütten errichtet, auf den anderen stehen Zelte. Das Viertel ist viel ruhiger als früher. Die Bewohner haben sich zurückgezogen. Vor dem Brand haben sie jeden Abend draußen auf der Veranda gesessen oder sind durch die Gassen spaziert, um mit ihren Nachbarn zu plaudern. Die Kinder haben auf den staubigen Straßen zwischen den Häuserreihen gespielt.

Es ist, als hätte das Feuer ihnen jegliche Freude genommen. Werden sie je wieder fröhlich sein?

Miss Kara und Willie wohnen erst seit zwei Wochen im Hotel, aber es kommt mir vor, als hätten sie immer schon zur Familie gehört. Morgens hilft Willie Annie und mir, die Eier einzusammeln. Er hat großen Spaß daran. Außerdem füttert er liebend gern die Tiere, deshalb erledigen wir diese Aufgabe gemeinsam, bevor ich Willie zur Schule bringe. Sein absolutes Lieblingstier – noch vor den Ziegen – ist Buster. Willie hat dem Frettchen ein kleines Geschirr gebastelt, um es an der Leine Gassi zu führen. Und Buster liebt es, die Welt zu erkunden. Es ist der wohl lustigste Anblick in ganz Sweetgum, wie Willie mit Buster die Main Street entlangläuft. Das Frettchen schaut gerne in die Geschäfte hinein und lässt sich von den anderen Kindern streicheln – den wenigen, die nicht arbeiten müssen.

Die Tatsache, dass immer noch so viele Kinder in der Spinnerei arbeiten, belastet mich sehr. Sie sollten zur Schule gehen. Es ist traurig, wie klein Willies Klasse ist. Ich muss unbedingt Mr Davis schreiben, um ihn zu fragen, wie es mit dem Gesetzesentwurf aussieht.

Jetzt, da Willie bei uns wohnt, träume ich oft von einer Zukunft, in der Tommy und ich Kinder haben. Momentan liegt diese Zukunft noch in weiter Ferne. Tommys letzter Brief war voller Erleichterung darüber, dass seine Mutter und Willie jetzt bei uns leben.

Mama wird leider nicht kräftiger, was mir Sorgen bereitet. Aber es tut ihr gut, ihre beste Freundin um sich zu haben. Lillian hat mir erzählt, dass Mama nachts immer noch leise weint, wenn auch nicht sehr lange. Auch sie macht sich Sorgen um unsere Mutter und meint, dass sie jetzt nur noch eine Zuschauerin ist, die nicht mehr aktiv am Leben teilnimmt.

Willie stürzt den Rest seiner Milch hinunter, stellt das Glas lautstark auf dem Küchentisch ab und grinst uns mit seinem Milchbart an. „Fertig, Miss Jane."

„Gut, dann komm. Es ist Zeit für die Schule. Gib deiner Mama und Tante Emma einen Kuss, dann schwingen wir die Hufe." Ich bringe ihn zum Kichern, indem ich meine Worte demonstriere.

Schnell drückt Willie unseren beiden Müttern einen Kuss auf die Wange. Es ist so süß, wie behutsam er mit Mama umgeht. Er ist fasziniert von ihrem Rollstuhl und fährt gerne damit herum, wenn sie auf dem Sofa im Wohnzimmer sitzt.

Die Luft an diesem Septembermorgen ist immer noch heiß und schwül, sodass wir auf dem Schulweg ein wenig ins Schwitzen kommen. Willie blickt zu mir hoch und zieht die Nase kraus. „Miss Janessa? Du musst mich nicht immer zur Schule begleiten. Nächste Woche werde ich schon 7."

Mit gespielter Überraschung sehe ich ihn an. „7? Nächste Woche? *Ts, ts, ts.* Und ich dachte, du wärst 34."

Er grinst. „Du bist albern."

„Findest du?"

„Ja."

„Wenn du meinst. Verrätst du mir, was du dir zum Geburtstag wünschst?"

Er bleibt stehen und starrt mich an. „Was meinst du?"

Ist ein Geschenk etwas so Fremdes für diesen kleinen Kerl? Wie traurig. „Wir versuchen immer, dem Geburtstagskind etwas zu schenken, was es besonders gerne haben möchte. Im Rahmen des Möglichen natürlich."

Er nickt und läuft weiter. „Ich werde darüber nachdenken, wenn ich in der Schule bin."

Ich streiche über seinen Haarwirbel. „Mach das." Dann begleite ich ihn auf die andere Straßenseite, wo Willie sich mit seinen neuen Freunden trifft – einem kleinen, flachsblonden Jungen und einem größeren mit Zahnlücken und Sommersprossen. Die drei stecken sofort die Köpfe zusammen und tauschen ihre neuesten Geheimnisse aus, während sie ins Schulgebäude schlendern.

Auf dem Rückweg gehe ich im Gemischtwarenladen vorbei, um ein paar Dinge für Sarah zu besorgen. Als ich eintrete, erfasst mich eine Welle der Trauer. Daddy ist nicht mehr hier. Es gibt einen neuen Leiter und eine neue Ordnung im Laden. Ich kann nichts finden. Tränen steigen mir in die Augen.

„Kann ich Ihnen helfen?"

Erschrocken fahre ich zusammen. Ein Mann steht hinter mir und starrt mich mit verschränkten Armen an. Er hat schmale, dunkle Augenbrauen und ein gekünsteltes Lächeln. Ein geölter Schnurrbart, der an den Enden gezwirbelt ist, bedeckt seine Oberlippe.

„Suchen Sie etwas Bestimmtes oder schauen Sie sich nur um?"

„Ich versuche … ich brauche ein Fläschchen Vanilleextrakt. Es steht nicht mehr da, wo es früher war."

„Wir haben einige Veränderungen vorgenommen. Bitte kommen Sie mit, ich hole Ihnen ein Fläschchen."

Zögernd folge ich ihm. Mein Vater hat den Laden ziemlich fortschrittlich geführt. Er war der Meinung, dass die Leute mehr und mitunter auch spontan einkaufen, wenn sie die Ware anfassen können. Der neue Leiter hat fast alles wieder hinter die Ladentheke gebracht – wie es in altmodischen Läden üblich ist.

„Darf ich fragen, warum Sie den Aufbau verändert haben?"

„Wenn die Ware im Laden frei zugänglich ist, verschwinden Dinge – unbezahlt."

Ich trete einen Schritt zurück. „Wollen Sie damit sagen, dass die Leute Sie bestehlen?"

„Nein, weil ich ihnen keine Gelegenheit dazu gebe. Als ich hier angefangen habe, war die Auslage das Erste, was ich verändert habe. Der frühere Ladenleiter muss verrückt gewesen sein oder etwas an den Diebstählen mitverdient haben." Er holt ein Fläschchen Vanilleextrakt aus dem Regal hinter ihm. „Das macht dann 25 Cent."

Ich blinzele, um meine Enttäuschung über die Veränderungen im Laden zu verbergen. Daddy wäre entsetzt. Ich lege einen Vierteldollar auf die Theke und warte, bis der Mann mir das Päckchen reicht. „Wissen Sie, es hat nie einen Diebstahl in diesem Laden gegeben. Und ich wäre Ihnen sehr dankbar, wenn Sie nicht so über den ehemaligen Ladenleiter sprechen würden."

Er strafft die Schultern und schaut mich von oben herab an. „Ach ja? Und woher wollen Sie das wissen?"

„Der frühere Ladenleiter war auch der Pastor der Baptistengemeinde." Ich wende mich zum Gehen, bleibe aber an der Tür noch einmal stehen und blicke zurück. „Und mein Vater."

Den restlichen Weg lege ich bewusst langsam zurück, damit ich mich beruhigt habe, bis ich die Küchentür erreiche. Ich will Mama noch nichts von dem unangenehmen neuen Ladenleiter sagen. Sie wird es noch früh genug erfahren. Irgendjemand wird ihr garantiert irgendwann davon erzählen.

In der Küche kneten Charity und Grace gerade Brotteig. Belulah schneidet Gemüse, während Delilah die Servietten bügelt. Die Einzige, die aus der Reihe tanzt, ist Sarah. Sie sitzt mit dem Rücken zur Tür am Tisch und hält sich an einer Tasse Tee fest. Sarah macht immer zu den Mahlzeiten Pause, aber es ist noch nicht Zeit fürs Mittagessen. Es ist äußerst ungewöhnlich, dass sie untätig herumsitzt. Ich stelle das Fläschchen Vanilleextrakt auf die Küchentheke und gehe zu Sarah hinüber.

„Alles in Ordnung, Sarah?" Ihr Gesicht ist gerötet. Ich lege meinen Handrücken auf ihre Stirn. „O weh. Du hast Fieber."

„Ja, ich bin definitiv nicht ganz auf der Höhe."

Sie stößt sich vom Tisch ab. Als sich Schweißperlen auf ihrer Stirn bilden, macht sich Angst in mir breit. Daddy und ich haben vor einiger Zeit von einem neuen Polioausbruch gelesen. Das haben wir alle noch im Hinterkopf.

„Leg dich hin. Ich bringe dir gleich etwas Hühnerbrühe. Was muss noch fürs Mittagessen gemacht werden?"

„Miss Kara hat das Rezept für meinen Gemüsebraten. Ihr könnt Sandwiches damit belegen. Ich schlepp mich dann mal ins Bett. Wollte nur warten, bis du zurück bist, meine Liebe. Morgen geht's mir bestimmt schon besser."

„Brauchst du Hilfe?"

„Nein, ich komm schon zurecht. Ist bestimmt nur eine Erkältung. Ach ja, deine Mutter sitzt noch in der Badewanne. Sie will bestimmt bald raus." Mit diesen Worten verlässt Sarah schwerfällig die Küche.

Miss Kara stößt die Schwingtür des Speisesaals auf. Die strahlend weiße Schürze mit der Aufschrift *Sweetgum Hotel* steht ihr ausgezeichnet. Sie hat den Hotelnamen auf alle unsere Schürzen gestickt, gleich nachdem sie und Willie eingezogen sind. „Wo ist Sarah? Hast du sie dazu bewegen können, sich hinzulegen?"

„Ja … Ich mache mir Sorgen um sie. Ich kann mich nicht erinnern, dass sie je krank gewesen ist. Glauben Sie, dass es Polio sein könnte?"

„Mach dich nicht verrückt, Jane. Wir haben kein Schwimmbad in Sweetgum und niemand hier hat Polio. Ich bin mir sicher, dass sie bloß erkältet ist."

„Na gut. Was gibt es noch zu tun?" Ich schaue mich um.

Miss Kara holt ein gefaltetes Blatt Papier aus ihrer Schürzentasche. „Hier ist das Rezept, das ich von Sarah bekommen habe." Sie faltet es auseinander und liest vor: „Gewürfelte Karotten, gestampfte weiße Bohnen … Wir fangen besser sofort damit an. Charity, hol bitte" – sie schaut erneut auf das Rezept – „zwanzig Tassen weiße Bohnen und setz sie auf. Die Bohnen müssten dort sein." Sie deutet auf die Vorratskammer.

„Ja, Ma'am." Charity verschwindet in die Kammer und kehrt mit einer großen Schüssel voller getrockneter Bohnen zurück.

Miss Kara wirft erneut einen Blick auf das Rezept. „Jane, sind unsere Eier mittelgroß oder groß?"

„Meistens mittelgroß."

„Dann brauchen wir zwei Dutzend. Haben wir genug?"

„Klar." Ich hole die Schüssel mit den Eiern aus dem Eisschrank. „Delilah, hol bitte das restliche Brot von gestern und reiß es in kleine Stücke. Belulah, kannst du ihr helfen? Annie, du schneidest das Brot für die Sandwiches. Grace und Glory, ihr zwei macht die Essenspakete fertig. Vergesst nicht, dass wir jetzt mehr Mieter haben und siebenundvierzig Stück brauchen."

Delilah nickt und geht das Brot holen, dann setzen sie und Belulah sich an den Tisch und zerkrümeln es.

Miss Kara sieht wieder auf das Rezept. „Jane, du und ich schneiden die Karotten und Zwiebeln."

„Ich übernehme die Zwiebeln", biete ich an. Miss Kara hat empfindlichere Augen als ich. „Oh, was ist mit Mama?"

Miss Kara schlägt sich an die Stirn. „O nein, ich habe die arme Emma ganz vergessen. Bitte haltet hier die Stellung, bis ich zurück bin." Ihre Schuhe klackern über den Holzfußboden, als sie aus der Küche eilt.

Ich schneide die Zwiebeln, würfele die Karotten und gebe alles in eine große Schüssel. Dann sehe ich nach den Bohnen. Sie sind noch steinhart. Wie lange dauert es eigentlich, Bohnen zu kochen? Ich kann mich nicht daran erinnern, wie Sarah es macht.

„Annie, weißt du, wie Sarah Bohnen kocht? Immer, wenn es Bohnensuppe gibt, stehen die Bohnen schon auf dem Herd, wenn ich aufstehe."

Annie schneidet unbeirrt weiter. „Nö."

Na ja, wir haben noch Zeit. Es ist erst kurz nach halb neun und der Gemüsebraten muss bloß fünfunddreißig Minuten gebacken werden. Ich rechne aus, dass wir den Braten spätestens um 11:00 Uhr in den Ofen schieben müssen, damit wir genug Zeit haben, ihn abkühlen zu lassen, zu schneiden und die Sandwiches zu belegen. Je früher, desto besser. Ich hoffe, dass die Bohnen bald weich werden. Wenn die Mieter kein vernünftiges Mittagessen bekommen, werden sie sich bei Mr Spencer beschweren.

Und dann landet nicht nur Mrs Mack auf der Straße, sondern auch wir.

Gemüsebraten

Für 4–6 Personen

Zutaten

2 Tassen Karotten, gekocht und gewürfelt
2 ½ Tassen Limabohnen oder weiße Bohnen, gekocht und gestampft
2 große oder 3 kleine Eier
1 TL Salz
¼ TL Pfeffer
eine Prise Cayennepfeffer
¼ TL Worcestershiresoße
½ Tasse Milch
3 Tassen frische Brotkrümel
½ Zwiebel, fein gehackt
4 EL geschmolzene Butter
2 EL Petersilie, gehackt

Anleitung

In einer großen Schüssel Karotten und ge-
stampfte Bohnen mischen.
Die Eier leicht aufschlagen. Gewürze und
Milch hinzugeben.

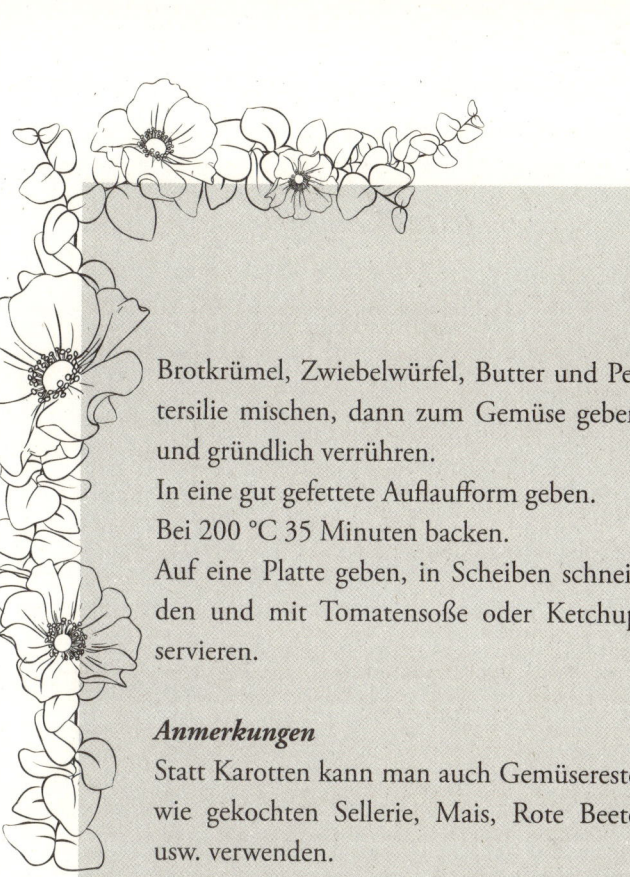

Brotkrümel, Zwiebelwürfel, Butter und Petersilie mischen, dann zum Gemüse geben und gründlich verrühren.

In eine gut gefettete Auflaufform geben.

Bei 200 °C 35 Minuten backen.

Auf eine Platte geben, in Scheiben schneiden und mit Tomatensoße oder Ketchup servieren.

Anmerkungen

Statt Karotten kann man auch Gemüsereste wie gekochten Sellerie, Mais, Rote Beete usw. verwenden.

Die gestampften Bohnen können teils oder ganz durch gestampfte Pastinaken, Steckrüben, Kartoffeln usw. ersetzt werden.

14

Miss Kara kehrt mit einem Stapel sauberer Servietten für die Essenspakete in die Küche zurück. „Deine Mama ist im Wohnzimmer und
stickt. Wie kommt ihr hier voran?"

Ich werfe einen kurzen Blick auf den riesigen Topf, der auf dem
Herd steht. „Wir warten darauf, dass die Bohnen weich werden. Und
das Brot habe ich gerade in den Ofen geschoben. Wir hätten also Zeit
für eine Partie Domino."

Diese schöne neue Tradition hat Miss Kara bei uns eingeführt. Die
nächste halbe Stunde verbringen Annie, Miss Kara, die Küchenmädchen und ich mit einer fröhlichen Runde Domino – so fröhlich, wie
es unter den Umständen eben möglich ist. Daddys Tod schwebt immer noch wie eine dunkle Wolke über uns.

Um 10:00 Uhr sehe ich erneut nach den Bohnen. „Was meinen
Sie, Miss Kara?" Ich strecke ihr einen Löffel mit einer Bohne hin.

Sie pustet kurz, dann probiert sie. Als es knackt und knirscht, sieht
Miss Kara mich skeptisch an. „Hm, noch nicht weich genug, aber es
schmeckt trotzdem."

„Dann vermischen wir jetzt alles und schieben den Braten in den
Ofen." Wir gießen das Wasser ab und stampfen die Bohnen so gut
es geht. Einige sind noch nicht durch, aber ich nehme an, dass sie
beim Backen weich werden. Wir befolgen das Rezept und schieben
um 10:50 Uhr die Bleche in den Ofen. Miss Kara blickt zweifelnd
drein, aber wir haben keine Zeit, um weiter darüber nachzudenken.

Als der Gemüsebraten fertig ist, beeilen wir uns, die Essenspakete
zu packen. Schließlich schicke ich Annie und die Küchenmädchen
mit je zwei Körben los.

Als sie zurückkommen, schiebt Annie unsere Mutter in die Küche, damit wir zusammen essen können. Es gibt eine Gemüsesuppe, die Sarah schon gestern vorbereitet hat. Sie ist reichhaltig und herzhaft. Unsere Mieter werden sich heute Abend freuen. Hoffentlich macht die Suppe eventuelle Mängel beim Mittagessen wieder wett.

Die Klingel an der Rezeption wird geläutet. Wieder. Und wieder. Ich schiele auf meine Armbanduhr. 17:00 Uhr. Im Laufe der Jahre habe ich gelernt, dass das nur zwei Dinge bedeuten kann: Entweder ein Hotelgast hat es eilig oder jemand möchte sich beschweren. Da wir heute niemanden erwarten, vermute ich, dass es sich um eine Beschwerde handelt. *Hm, worum könnte es gehen?* Ich husche in die Lobby.

Mrs Grundy steht an der Rezeption und wippt ungeduldig mit dem Fuß. *Großartig.* Ich setze ein gezwungenes Lächeln auf und trete hinter die Empfangstheke. „Wie kann ich Ihnen helfen, Mrs Grundy?"

Sie knallt ein halb aufgegessenes Sandwich mit Gemüsebraten auf die Theke. *Oh, oh!*

„Wer ist für dieses Desaster verantwortlich? Die Bohnen sind steinhart. Weiß eure Köchin denn nicht, wie man richtig Bohnen kocht?"

Mrs Grundy lebt schon seit mindestens sieben Jahren bei uns. Sie kennt Sarahs Namen. Bevor ich antworte, atme ich tief durch, wie Daddy es mir beigebracht hat. „Sarah ist krank, Mrs Grundy. Und Mrs Mack hat sich um Mama gekümmert, deshalb waren Annie und ich für das Mittagessen zuständig."

Sie kneift ein Auge zusammen und starrt mich an, als wolle sie herausfinden, ob ich die Wahrheit sage. Dann fällt mir eine von Daddys Predigten ein. Es ging darum, dass wir Böses mit Gutem vergelten sollen.

Zerknirscht senke ich den Kopf. „Wenn Sie wissen, wie man Bohnen richtig kocht, würde ich mich wirklich sehr freuen, wenn Sie es mir beibringen könnten."

Mrs Grundy zuckt leicht zusammen und beginnt, an ihrem Kragen herumzuspielen. „Oh! Wenn das so ist … Nun, ich denke schon …"

Bingo! Ich hole ein Blatt Papier aus dem Schreibtisch, schnappe mir einen Stift und schaue erwartungsvoll zu ihr hoch.

Langsam heben sich Mrs Grundys Mundwinkel zu einem Lächeln. Unglaublich! Ich habe diese Frau noch nie lächeln sehen.

Dann erklärt sie mir, dass man getrocknete Bohnen am besten über Nacht einweicht. *Über Nacht?* Wer weiß denn so was? Nun, Sarah und Mama vermutlich. Aber ich nicht.

„Das ist offenbar der Schritt, den du ausgelassen hast." Mrs Grundy streckt die Hand aus und tätschelt mir den Kopf. „Jetzt weißt du es fürs nächste Mal." Sie wendet sich zum Gehen, doch dann blickt sie noch einmal über die Schulter zurück. „Äh, was gibt es denn zum Abendessen?"

Ich kichere. „Keinen Gemüsebraten. Darauf können Sie wetten. Sarah hat eine köstliche Suppe zubereitet, bevor sie krank wurde."

Mrs Grundy lächelt noch einmal. „Gut. Richte ihr meinen Dank aus und dass ich für ihre Genesung bete."

Dann verschwindet sie die Treppe hinauf. Ungläubig schüttele ich den Kopf. *Daddy, du hattest mal wieder recht.*

Immer noch kichernd kehre ich in die Küche zurück. Annie und Miss Kara starren mich fassungslos an, als ich ihnen von dem Gespräch erzähle. „Als sie noch mal gelächelt hat, bevor sie nach oben gegangen ist, hätte ich fast meine Zunge verschluckt. Stellt euch das mal vor – Mrs Grundy lächelt zwei Mal an einem Tag!"

Miss Kara klappt der Mund auf. Sie schüttelt den Kopf. „Jane, du wusstest nicht, dass man Bohnen vorher einweichen sollte? Ich hatte ja keine Ahnung! Ich dachte, dass die Bohnen, die Charity geholt hat, schon eingeweicht waren. Tut mir leid, dass ich es nicht überprüft habe."

Annie grinst. „Es hat einem guten Zweck gedient. Denkt ihr, dass Mrs Grundy sich wirklich ändern könnte?" Meine kleine Schwester holt ein Blech mit Hefegebäck aus dem Ofen und schiebt zwei weitere hinein.

Ich denke über ihre Frage nach, während wir das Abendessen für unsere Mieter auf die Tische stellen. Hoffentlich ist etwas Freundlichkeit wirklich alles, was Mrs Grundy braucht. Vielleicht fallen mir noch ein paar Dinge ein, zu denen ich sie um ihre Meinung fragen kann.

Nachdem ich den letzten Korb mit Brötchen auf den Serviertisch gestellt habe, läute ich die Glocke. Während Mrs Grundy sich Suppe nimmt, ist ihre linke Hand die ganze Zeit in Bewegung. Ich sehe genauer hin. Ein goldener Ring glänzt an ihrem linken Ringfinger. Als ich die Augen hebe, begegne ich Mrs Grundys Blick.

„Nachdem wir gesprochen hatten, habe ich auf dem Weg nach oben ein Glitzern in der Ecke einer Stufe bemerkt, halb vom Teppich verdeckt." Sie wirft mir ein triumphierendes Lächeln zu. „Es war doch tatsächlich mein Ehering."

Es ist, als würde eine unsichtbare Hand mich anstupsen. Ich gehe auf Mrs Grundy zu, lege ihr einen Arm um die Schultern und drücke sie sanft. „Ich bin so froh, dass Sie ihn wiedergefunden haben."

Mrs Grundy blinzelt verwirrt, als wäre eine Umarmung – wenn auch bloß eine halbe – etwas völlig Neues für sie.

Das Abendessen ist vorüber und ich bin kurz vor dem Umfallen. Obwohl Miss Kara uns jetzt hilft, schaffen wir die Arbeit kaum – wahrscheinlich, weil wir noch keine Routine darin haben. Außerdem machen wir uns immer noch Sorgen um Mama. Ich trage ein Tablett mit Eistee ins Wohnzimmer, dann helfe ich Mama, sich aufs Sofa zu setzen, und schiebe ein Kissen unter ihren Oberschenkel. Die Wunde von der Amputation verheilt gut, sagt der Arzt. Ich wünschte nur, dass auch das alte Funkeln in Mamas Augen zurückkehren würde.

Willie liegt auf dem Boden und sieht sich die Spielsachen im Sears-Katalog an, während Annie Miss Kara einen Artikel in einem alten

Filmmagazin zeigt. Lillian ist noch auf der Arbeit und Sarah hat den ganzen Tag im Bett verbracht.

„Ich muss euch unbedingt erzählen, was ich heute mit Miss Grundy erlebt habe." Beim Abendessen habe ich nichts davon erzählt, weil ich mir die Geschichte für unsere abendliche Runde im Wohnzimmer aufheben wollte. Nun beschreibe ich Mrs Grundys Ärger über die harten Bohnen im Sandwich und ihr verändertes Verhalten, als ich sie um Hilfe gebeten habe. „Dadurch habe ich erkannt, dass die meisten unfreundlichen Menschen eigentlich bloß verletzt sind. Ich wünschte, ihr hättet sie sehen können, nachdem ich sie umarmt habe. Ihre ganze Haltung hat sich verändert. Später" – ich pausiere, um mir die ungeteilte Aufmerksamkeit zu sichern – „als sie zum Abendessen gekommen ist, hatte sie ihren Ehering wiedergefunden. Der Waschbär hat ihn gar nicht geklaut. Er ist ihr vom Finger gerutscht und im Treppenläufer hängen geblieben."

Mama lächelt. „Dein Vater wäre stolz auf dich, Janessa. Ich bin es auch. Es ist nicht leicht, jemanden zu lieben, der immer nur schimpft und kritisiert. Dein Vater und ich haben im Laufe der Jahre im Dienst für die Gemeinde gelernt, dass verletzte Menschen andere verletzen. Wenn ihr das im Hinterkopf behaltet, werdet ihr in der Lage sein, diesen Menschen zu helfen."

Annie dreht an den Radioknöpfen, bis sie den gewünschten Sender gefunden hat. „Ich kenne endlich alle Schritte für den Lindy Hop. Willst du sie lernen, Jane?"

Willie springt auf. „Ich will sie lernen!"

Lächelnd deute ich auf ihn. „Tanz doch mit Willie. Ich bin zu müde."

Annie lacht und nimmt Willies Hände. „Dann komm!" Das Lied *Lucky Lindy!* von Nat Shilkret wird gespielt. Willie bemüht sich, Annies Bewegungen nachzuahmen. Er lernt schnell und gibt einen passablen Tanzpartner ab. Bald haben beide ganz rote Backen vor Anstrengung.

Während ich sie beobachte, keimt Sehnsucht in mir auf. Ich vermisse Tommy mehr, als ich mir anmerken lasse. Zum ersten Mal in fast fünf Jahren können wir uns nicht jeden Abend treffen.

Mama lehnt den Kopf zurück und schließt die Augen. Bestimmt vermisst sie Daddy auch. Die meisten Leute wussten gar nicht, wie gern ihr Prediger mit seiner Frau getanzt hat.

Schließlich holt Miss Kara den Rollstuhl und hilft meiner Mutter hinein. „Komm, Willie! Zeit, ins Bett zu gehen. Du darfst Tante Emma für mich in ihr Zimmer schieben."

„Ja, Mama. Gute Nacht, Miss Annie. Danke, dass du mit mir getanzt hast. Das hat Spaß gemacht. Nacht, Miss Jane."

Da Annie heute an der Reihe ist, Mama beim Zubettgehen zu helfen, folgt sie den dreien aus dem Zimmer, sodass ich allein zurückbleibe. Ich hole Tommys neuesten Brief aus meiner Rocktasche, den ich erst gestern bekommen habe. Trotzdem habe ich ihn schon so oft gelesen, dass ich ihn fast auswendig kann.

Meine liebste Jane,
ich habe den Eindruck, dass meine Mutter und Willie sich schon gut bei Euch eingelebt haben. Danke, dass Ihr ihnen eine Arbeitsstelle angeboten habt. Mir ist ein großer Stein vom Herzen gefallen. Wird die Situation schon besser im Hotel? Was denkst Du, wann Du zu mir kommen kannst? Ich vermisse Dich und möchte Dich an meiner Seite haben.

Der Brief verschwimmt vor meinen Augen. Ich sehne mich so danach, Tommy zu sehen, dass ich den Brief an meine Brust drücke und versuche, Tommys Umarmung zu spüren.

Unser Team schlägt sich großartig. Wir spielen in kleinen Städten überall in Texas und anderen Staaten im Südwesten. Manche dieser Orte würden Dir bestimmt gefallen.

Vielleicht werden wir eines Tages einen kleinen Bungalow kaufen und uns in Texas niederlassen. Es ist ganz anders als Sweetgum. Gibt es was Neues wegen des Streiks? Haben unsere Anstrengungen irgendetwas bewirkt? Hast Du dem Abgeordneten Davis geschrieben oder ihn angerufen? Ich warte sehnsüchtig auf Neuigkeiten, Jane. Was ...

In diesem Moment wird die Tür geöffnet und Lillian tritt ein. „Hallo, Jane." Sie lässt sich auf einen Sessel fallen. „Noch ein Brief von Tommy?" Sie holt ein Taschentuch hervor und putzt sich die Nase.

Ihre Stimme klingt matt. Normalerweise interessiert sich Lillian mehr für Tommys Briefe, da Hank nicht viel schreibt.

„Es ist der von gestern." Ich falte ihn zusammen und stecke ihn wieder in meine Rocktasche. „Du hörst dich furchtbar niedergeschlagen an, Lillian. Was ist los?"

Sie schüttelt den Kopf. „Alles. Die Unfälle, Daddy, Tommys Abreise ... und nicht zu vergessen die Wirtschaftskrise im Land. Es wird keineswegs besser, sondern nur schlimmer." Sie schlägt die Beine übereinander. „Gestern habe ich unten am Fluss zwei Zelte gesehen, etwa 30 Meter vom Ufer entfernt."

Erstaunt hebe ich die Augenbrauen. „Wer könnte dort wohnen?"

Lillian zuckt die Schultern. „Wer weiß? Mein erster Gedanke war, dass dort wohl ein neues Barackenviertel entsteht. Spencer baut die Häuser nicht so schnell wieder auf, wie er sollte."

Das kann nicht alles sein, was sie bedrückt. Ich beuge mich vor und berühre ihr Knie. „Lillian, vermisst du Hank?"

Einer ihrer Mundwinkel hebt sich. „Nein, nicht wirklich. Ich habe Hank sehr gemocht, aber ich war nicht in ihn verliebt." Sie nimmt eine Zeitschrift, die Annie neben dem Sessel hat liegen lassen.

Gut, dann hat es also nichts mit Hank zu tun. „Annie und ich waren heute für das Mittagessen zuständig. Wir haben Gemüsebraten gemacht. Hast du schon mal getrocknete Bohnen gekocht?"

Ein wenig begeistertes „Mhm" ist die einzige Antwort, die ich erhalte. Ich bohre nach: „Wie macht man das?"

„Man kocht sie."

„Ah, du hast es also auch nicht gewusst. Ich frage mich, warum wir drei nie gelernt haben, dass man Bohnen erst über Nacht einweichen muss."

„Wahrscheinlich, weil Sarah das immer spätabends gemacht hat, als wir schon im Bett waren." Lillian lehnt den Kopf zurück und schließt die Augen. Auf den ersten Blick sieht sie entspannt aus, aber ihr Fuß wippt auf und ab, sie schläft also nicht.

„Lillian?"

Sie stößt einen langen Seufzer aus. „Ich habe meine Stelle im *Five & Dime* verloren."

Mein Herz setzt einen Schlag aus. Lillians Stelle bei Mr Norton war unsere letzte Bargeldquelle. „Warum? Was ist passiert?"

„Die Auswirkungen des Börsenkrachs kommen allmählich bei uns an. Spencer hat seit zwei Jahren niemandem mehr eine Gehaltserhöhung gegeben. Mr Norton tat es sehr leid, aber er musste zwei von uns entlassen. Er hat gesagt, dass die Leute fast nichts mehr kaufen." Sie dreht das Taschentuch zwischen ihren Fingern, bevor sie es auf ihrem Schoß zusammenknüllt. „Es tut mir so leid. Ich weiß nicht, was ich machen soll." Eine einsame Träne kullert über ihre Wange.

Ich springe auf, gehe zu Lillian hinüber und setze mich auf die Armlehne ihres Sessels. Dann lege ich ihr den Arm um die Schultern. „Wir schaffen das schon. Wie immer."

Lillian schüttelt den Kopf. „Unsere Situation war noch nie so aussichtslos." Sie springt auf und beginnt, im Zimmer auf und ab zu laufen. „Denk doch mal drüber nach. Wir haben Daddys Gehalt verloren, Spencer hat Mamas Gehalt gestrichen und jetzt das." Plötzlich bleibt sie stehen und dreht sich zu mir um. „Ich bin zwar kein Organisationstalent wie du, aber vielleicht kann ich Mamas frühere

Aufgaben in der Küche übernehmen. Glaubst du, dass Mr Spencer mich bezahlen würde?"

Würde er das? „Oder du übernimmst ein paar Aufgaben in der Küche und außerdem die Arbeiten, die Daddy erledigt hat. Kannst du eine klemmende Tür reparieren?"

Sie ballt die Hände zu Fäusten und stemmt sie in die Hüften. „Ich kann alles lernen, wenn ich es nur will."

„Davon bin ich überzeugt." Ich umarme sie. „Siehst du? Wir kommen schon klar." Gähnend füge ich hinzu: „Gehst du auch bald schlafen? Mama liegt schon im Bett und ich bin hundemüde."

„Geh ruhig vor. Ich warte, bis Mama tief und fest schläft, damit ich sie nicht aufwecke. Ich will ihr nicht heute Abend noch erzählen müssen, dass ich meine Arbeit verloren habe."

„Sei nicht so streng mit dir selbst. Es ist ja nicht so, als hättest du etwas falsch gemacht. Du kannst nichts dafür."

Sie tippt sich an den Kopf. „Hier oben weiß ich das. Aber hier?" Sie deutet auf ihr Herz. „Nicht."

Am nächsten Morgen herrscht geschäftiges Treiben in der Küche. Da Lillian vor der Arbeit immer mitgeholfen hat, wundern die anderen sich nicht über ihre Anwesenheit. Lillian und ich haben letzte Nacht vereinbart, dass wir es niemandem sagen, bis der richtige Zeitpunkt gekommen ist. Wir wollen Mama nicht unnötig belasten oder Miss Kara das Gefühl geben, dass sie nicht mehr gebraucht wird. Wohin sollten sie und Willie auch sonst gehen? Sie könnten höchstens zu Tommy nach Texas ziehen.

Lillian schiebt zwei weitere Bleche mit Brötchen in den Ofen, während ich mir eine Zange schnappe und die erste Ladung auf den Abkühlgittern verteile. Annie bereitet gerade unter Miss Karas Aufsicht die Speckssoße zu. Sie braten auch ein paar Würstchen an, um sie in die Soße zu geben. Wir haben nicht mehr viel Fleisch übrig. Sobald das Wetter kühler wird, werden wir ein paar Schweine schlachten müssen. *Ach, Daddy, ich vermisse dich!* Wie soll ich eine Schlachtung organisieren, wenn ich nichts davon verstehe?

Wenigstens das Frühstück bekommen wir hin. Trotzdem hoffe ich, dass es Sarah bald besser geht. Während ich die Ausstechform in den Teig drücke, werfe ich einen Blick auf die Uhr. „Wir müssen noch eine Ladung Brötchen backen, dann sind wir fertig."

Mein Blick wandert zu dem Tisch neben der Tür zum Speisesaal, wo wir das Essen anrichten. Nur Belulah, Charity und Delilah stehen bereit, um das Frühstück zu servieren.

„Wo sind Grace und Glory?" Die Mädchen weichen meinem Blick aus und sehen einander betreten an. „Belulah?" Sie arbeitet schon am längsten für uns. Wenn jemand etwas weiß, dann sie.

Ihr Blick huscht zu Annie, dann wieder zu mir, während sie verlegen ihre Schürzenbänder zwischen den Fingern dreht. „Sie arbeiten für die Spencers."

15

Der Speck für die grünen Bohnen brutzelt und zischt in der Pfanne und das Fett spritzt über den Rand. Die Flammen schießen hoch, um es zu verschlingen, dann ziehen sie sich wieder zurück, um auf den nächsten Spritzer zu warten. „Grace und Glory arbeiten für die Spencers?" Das ergibt keinen Sinn. Sie arbeiten doch hier. Für uns. „Was meinst du damit, Belulah?"

Sie weicht einen Schritt zurück, zieht die Stirn in Falten und flüstert: „Miss Fannie hat ihnen einen Dollar die Woche mehr angeboten, wenn sie noch heute anfangen."

Annies Löffel fällt ihr aus der Hand in den Topf, sodass Soße auf ihre Schürze spritzt. „Diese kleine Verräterin. Ich sollte –"

„Du sollst gar nichts, Annie, außer deine Schürze sauber machen. Glory und Grace können arbeiten, wo sie wollen." Mit einem tiefen Seufzen wende ich mich wieder den Brötchen zu.

Ich mache den beiden wirklich keinen Vorwurf. Wenn Fannie mir einen Dollar mehr angeboten hätte, wäre ich auch versucht gewesen, für sie zu arbeiten. Ich nehme mir einen Brotkorb und fülle die frischen Brötchen hinein, bis er randvoll ist.

Annie schnappt sich einen Lappen von der Spüle und reibt damit energisch ihre Schürze ab. „Aber das ist doch wirklich nicht fair." Sie fährt mit der Hand durch die Luft. „Du *weißt*, dass Fannie es absichtlich gemacht hat. Sie hätte jeden einstellen können." Missmutig brummelt Annie weiter vor sich hin.

Lillian schiebt unterdessen das letzte Blech mit Brötchen in den Ofen. „In zwölf Minuten servieren wir das Frühstück. Delilah, kannst du bitte in zwölf Minuten die Glocke läuten?"

„Ja, Miss Lillian."

Miss Kara legt eine Hand auf meinen Arm. „Jane, wenn ihr hier alles unter Kontrolle habt, gehe ich jetzt deiner Mama beim Aufstehen und Anziehen helfen. Dann sehe ich nach Sarah."

„Danke. Ich denke, wir kommen zurecht. Aber ich bin wirklich froh, dass Sie hier sind. Ohne Sie würden wir ganz schön in der Klemme stecken."

Auch mit Miss Karas Hilfe schaffen wir es kaum. Wir haben keine freie Minute mehr. Und ich habe behauptet, dass Miss Kara Zeit zum Schreiben haben würde. Ha! Wir sind schon froh, wenn wir abends eine halbe Stunde im Wohnzimmer sitzen können, bevor wir schlafen gehen. An manchen Abenden gehe ich direkt von der Küche in die Scheune und dann ins Bett. Trotzdem sollte ich dem Herrn dankbar für die Dinge sein, die wir haben – ein Dach über dem Kopf und Essen auf dem Tisch. Aber früher hatten wir Daddys Einkommen. Und Lillians. Jetzt sind wir Spencer auf Gedeih und Verderb ausgeliefert – einem Mann, dem man nicht trauen kann. Und nun hat Fannie auch noch …

„Miss Janessa?", unterbricht Belulah meine Grübelei.

„Ja?"

„Delilah hat gerade die Glocke geläutet. Wir müssen das Essen auf die Tische stellen."

„Natürlich. Danke."

Und danke, Herr, für Belulah.

Während Miss Kara und Lillian das Essen servieren, tragen Annie, Belulah, Delilah, Charity und ich die Teller in den Speisesaal. Als wir gerade den letzten Teller auf den Tisch stellen, kommen die Mieter herein.

Mrs Grundy hebt die Hand, um meine Aufmerksamkeit auf sich zu lenken. Ich eile zu ihr.

„Ja, Ma'am?"

Sie beugt sich vor und flüstert: „Ich will dir keine Umstände machen, Liebes, aber gestern Abend habe ich auf meinem Spaziergang am Fluss etwas sehr Trauriges gesehen." Verstohlen blickt sie sich um. „Es war ein Waschbär, jünger als der, den du mal hier hattest. Er war in einer Falle gefangen. Ich weiß, dass es da unten ein neues Barackenviertel gibt. Meinst du, dass jemand das Tier essen wird?"

„Nein, das bezweifle ich. Meistens wollen sie nur den Pelz für einen Hut."

Mrs Grundys Gesicht spiegelt ihr Entsetzen wider. „Das ist ja schrecklich."

„War der Waschbär tot?"

Sie setzt sich und trinkt einen Schluck Kaffee. „Ja. Die Falle hatte sich um seinen Hals zugezogen. Armes Tier." Sie blinzelt und schaut auf. „Denkst du, dass es Junge hatte?"

„Wenn es ein Weibchen war, möglicherweise, auch wenn das Tier noch jung war. Ich werde den Wald nach Welpen absuchen."

„Dann würde es mir besser gehen. Und Janessa?" Ihre Hand auf meinem Arm hält mich zurück. „Ich möchte dir dafür danken, dass du mich aus meinem … Selbstmitleid herausgeholt hast. Du hast mir wieder das Gefühl gegeben, gebraucht zu werden. Nachdem mein lieber William gestorben war, bin ich in Trauer versunken. Ich habe aufgehört, mich auf den Herrn zu verlassen."

Mir fällt ein Stein vom Herzen. „Das freut mich sehr. Es tut mir nur leid, dass ich so lange gebraucht habe, um zu erkennen, dass Sie leiden." Ich drücke Mrs Grundys Hand und lasse sie dann in Ruhe ihr Frühstück genießen.

In der Küche nehme ich Annie und Lillian beiseite und erzähle ihnen, was Mrs Grundy gesagt hat. „Das ist eine gute Lektion für uns alle."

Annie rümpft die Nase. „Außer für Leute wie Fannie. Sie ist nicht verletzt, sie ist einfach nur gemein."

„Vielleicht. Aber stell dir mal vor, du wärst Spencers Tochter. Glaubst du, dass du viele Freunde hättest? Und was wäre mit den

Freunden, die du hättest? Du würdest dich bestimmt immer fragen, ob sie wirklich deine Freunde sind oder nur versuchen, sich bei deinem Vater einzuschmeicheln."

Annie und Lillian starren mich an, als würden mir Federn aus den Ohren wachsen. Schließlich schüttelt Lillian verwundert den Kopf. „Du hörst dich schon an wie Daddy."

Das ist ein großes Kompliment für mich.

Miss Kara kommt in die Küche geeilt. „Ich habe eure Mama im Speisesaal gelassen, wo sie die Mieter bewirtet. Sie hat mich daran erinnert, dass wir die Betten abziehen und die Laken waschen müssen."

Erschrocken schlage ich mir die Hand vor den Mund. „Ach du meine Güte, das hab ich ja völlig vergessen! Belulah?" Mit flehendem Blick schaue ich sie an. „Du hast nicht zufällig noch irgendwo ein paar Schwestern versteckt, oder? Wir brauchen dringend Hilfe."

„Nein, aber wir schaffen das. Sie werden schon sehen. Miss Lillian ist hier und sie ist viel schlauer als Glory oder Grace."

Lillian prustet spöttisch. „Ich weiß nicht, wie mir das bei der Wäsche helfen soll. Aber ich habe zwei gesunde Hände."

Sie hat die letzten acht Jahre in Nortons Laden gearbeitet und musste sich deshalb nie um die Hotelwäsche kümmern. Ich kichere. Lillian hat keine Ahnung, was auf sie zukommt. Doch das Lachen vergeht mir wieder, als mir einfällt, dass wir auch bald Schweine schlachten und zerlegen und das Fleisch räuchern müssen. Bisher habe ich nur dabei geholfen, nach dem Brühen der Kadaver die Borsten abzuschaben. Wann und wo soll ich in den nächsten zwei Monaten den Rest lernen?

Überfordert sehe ich Lillian und Annie an. „Wir müssen die Arbeit aufteilen. Die Essenspakete müssen auch rechtzeitig fertig werden. Miss Kara, wir haben noch jede Menge gekochte Kartoffeln. Wie wäre es, wenn wir ,Jenny Lind'-Kartoffelpastete mit ein wenig Hähnchen drin machen?"

Tommys Mutter nickt zuversichtlich. „Das kriege ich hin. Sarah fühlt sich schon besser und wird morgen wahrscheinlich in die Küche zurückkehren. Wenn Belulah und Charity mir helfen, denke ich, dass wir es schaffen werden. Hoffentlich."

Ich hoffe es auch. „Gut, dann nehmen meine Schwestern und ich Delilah mit. Wir werden teilen und herrschen. Auf geht's, Ladys."

Die drei Küchenmädchen, meine Schwestern und ich gehen nach oben, um alle Betten abzuziehen. Sobald wir anfangen, die Laken zu waschen, werde ich Belulah, Charity und Delilah losschicken, um saubere Bettwäsche aus dem Wäscheschrank zu holen. Da jetzt mehr Leute als sonst im Hotel wohnen, hoffe ich, dass wir genug Laken haben. Ansonsten müssen wir mit den letzten Betten warten, bis die Wäsche getrocknet ist.

Draußen hinter der Scheune pumpen wir Wasser in Eimer und füllen dann die gusseiserne Wanne, die Daddy zu einem Wäschekessel umfunktioniert hat. Sobald das Wasser heiß ist, geben wir Laugenseife hinzu, werfen ein halbes Dutzend Laken hinein und beginnen, mit Paddeln darin zu rühren, um die Laken zu waschen. Bald sind wir alle vier klatschnass. An einem heißen Septembertag wie heute ist es erfrischend, aber in ein oder zwei Monaten werden wir das Waschen nicht mehr so genießen. Doch darum möchte ich mir jetzt noch keine Sorgen machen. Ich schiebe den Gedanken beiseite und amüsiere mich stattdessen mit meinen Schwestern. Annie nimmt etwas Schaum auf ihr Paddel und schleudert ihn in meine Richtung.

Als die ersten Laken gewaschen sind, werfen wir sie in eine Wanne mit sauberem Wasser und rühren wieder um. Dann dreht Delilah die Laken durch die Mangel.

Während Annie und ich die zweite Ladung waschen, nimmt Lillian die sauberen Laken und hängt sie an einer Wäscheleine auf. Sechs Laken sauber, sechs in der Wanne. Vierundzwanzig kommen noch. Meine Arme tun jetzt schon weh.

„Janessa?", dringt Mamas Stimme ein paar Stunden später von der Rezeption zu mir in den Speisesaal. „Ein Anruf für dich."

Wer könnte mich anrufen? Wohl kaum Tommy, oder? Ich stelle die Besteckwanne ab und eile in die Lobby. „Weißt du, wer dran ist?"

Sie schüttelt den Kopf. „Ich weiß, dass es nicht Tommy ist. Tut mir leid."

Ich nehme das Telefon und greife nach dem Hörer. „Hallo?"

„Janessa, hier ist Mr Davis. Ich wollte, dass Sie es als Erste erfahren. All die Arbeit, die Sie und Ihr Vater geleistet haben, hat sich endlich ausgezahlt. Das Parlament von Georgia hat heute eine Gesetzesänderung beschlossen, um die Kinderarbeit strenger zu regulieren. Einige der Schlupflöcher werden dadurch gestopft. Die jüngeren Kinder müssen zur Schule gehen, zumindest bis sie 8 Jahre alt sind. Wir konnten nicht alles durchsetzen, was wir wollten, aber es ist ein Anfang. Sie können stolz auf sich sein. Ich wünschte nur, dass Ihr Vater das noch miterlebt hätte."

Die Lobby verschwimmt vor meinen Augen. „Danke, Mr Davis. Ich hoffe, dass die Gesetzesänderung die Situation der Kinder wirklich verbessert." Ich lege auf, stelle das Telefon auf den Schreibtisch zurück und drehe mich langsam zu Mama um.

Bevor ich etwas sagen kann, fragt sie: „Das Kinderarbeitsgesetz?"

Ich nicke.

Mama faltet die Hände vor dem Mund, schließt die Augen und preist Gott. Obwohl ich natürlich dankbar für den Erfolg bin, fürchte ich, dass die Gesetzesänderung nicht ausreicht. Was stimmt nicht mit mir? Ich sollte völlig aus dem Häuschen sein. Vielleicht bin ich bloß traurig, weil Daddy diesen wichtigen Tag nicht miterlebt. Auf jeden Fall platze ich nicht gerade vor Freude. Ich frage mich, wie Spencer das Gesetz umsetzen wird – ob er es überhaupt umsetzen wird.

„Jane? Es ist ein Anfang, Schatz. Dein Daddy hat immer gesagt: ‚Versuch nicht, alles auf einmal zu bekommen. Freu dich über jeden kleinen Erfolg.'"

Ein winziges Lächeln umspielt meine Lippen. „Stimmt, das hat er oft gesagt. Danke, Mama." Ich schiebe das Telefon an seinen Platz zurück. „Hast du genug Beschäftigung?"

„Ja. Ich gehe gerade das Register und die Kassenbücher durch. Was ich früher gemacht habe, ist mir jetzt nicht mehr möglich, aber wenigstens diese Aufgabe kann ich dir abnehmen."

Ich zupfe mit den Fingern an meinen Rocktaschen herum. „Ich hoffe, dass die Bücher in Ordnung sind." *Bitte, Herr, ich kann nicht noch mehr Probleme gebrauchen!*

„Ja. Du hast das gut gemacht."

Erleichtert atme ich auf. „Gut, wenn du nichts mehr brauchst, werde ich jetzt mal nachsehen, ob die Wäsche schon trocken ist. Und wenn die Betten fertig sind, muss ich mich ums Abendessen kümmern."

Ein besorgter Ausdruck tritt in Mamas Augen und sie zieht die Brauen zusammen. „Es gefällt mir gar nicht, dass deine Schwestern und du so hart arbeiten müsst und keine Zeit habt, euch zu vergnügen. Das ist nicht normal."

Ich lege ihr eine Hand auf die Schulter. „Die Zeiten, in denen wir leben, sind nicht normal, Mama. Und wir sind noch besser dran als die meisten anderen."

Wenig später stehe ich auf dem Hof und fühle die Wäsche. Die Laken sind trocken. Bevor ich ins Haus zurückkehre, um die anderen zu rufen, schaue ich kurz nach Buster. Der kleine Racker rennt gerade unter dem alten Teppich herum, den wir auf den Boden des Käfigs gelegt haben. Sobald er das Schloss klappern hört, streckt er den Kopf heraus. Ich kuschele ein paar Minuten mit ihm, bevor ich ihn widerwillig in den Käfig zurücksetze.

„Später bringe ich dir ein Leckerchen vorbei, Buster." Jetzt, da Willie in der Schule ist, könnte das arme Frettchen einen neuen Spielgefährten gebrauchen.

Aber nun müssen wir erst mal die Laken falten. Ich trommele meine Schwestern, Belulah und Charity zusammen. Lillian arbeitet allein, während wir anderen jeweils zu zweit sind. Wir nehmen die Laken von der Wäscheleine und falten sie. Lillian ist so schnell, dass sie beinahe genauso viele Betttücher schafft wie wir.

Die gefalteten Laken legen wir in den Wäschewagen, den Daddy gebaut hat. Er besteht aus einem Holzgestell mit Maschendraht, unter das Daddy die Räder eines alten Bollerwagens geschraubt hat. Mit dem Wäschewagen können wir alle Laken auf einmal ins Haus bringen, wo wir sie im Wäscheschrank verstauen.

Es hat etwas länger gedauert, als ich gehofft hatte, deshalb eilen wir anschließend in die Küche, um Miss Kara und Delilah beim Abendessen zu helfen.

Annie stellt sich neben Tommys Mutter an den Herd. „Was können wir tun?"

Miss Kara streicht sich mit dem Handrücken über die Stirn. „Ihr könnt Brot und Brötchen backen. Ich habe Schälerbsensuppe auf dem Herd stehen. Übrigens habe ich den letzten Schinken aus dem Eishaus geholt, Jane. Durch die zusätzlichen Mieter verbrauchen wir mehr als sonst."

Lillian nimmt eine Handvoll Mehl aus dem Kübel. „Ich werde Mr Spencer fragen, ob wir ein paar Lebensmittel aus dem Laden haben können."

„Danke, Schwesterherz. Ich weiß nicht, ob ich momentan besonders höflich zu ihm sein könnte." Der Herr weiß, dass ich versuche, Mr Spencer zu vergeben. Aber jedes Mal, wenn ich denke, dass es mir gelungen ist, erinnert mich etwas an Vera, Ruthie, Billy – oder Daddy – und die Wut kocht wieder in mir hoch. „Ich arbeite daran, aber …"

Ein Blick auf die Uhr verrät mir, dass wir nur noch anderthalb Stunden Zeit haben. Wir werden es kaum schaffen, das Abendessen rechtzeitig fertig zu bekommen. Und das ist alles Fannie Spencers Schuld. Ich runzele die Stirn. Meine verbitterten Gedanken gefallen mir gar nicht. Eigentlich bin ich nicht so. *Herr, bitte hilf mir.*

„Jane?", unterbricht Miss Kara mein Gebet.

„Ja?"

„Erzähl mir doch bitte die Geschichte von euerm Eishaus. Ich habe noch nie eins gesehen, das unter einer Scheune liegt. Kommt mir reichlich seltsam vor."

Alle wundern sich über unser Eishaus. Lächelnd gebe ich die Geschichte genau so wieder, wie Daddy sie mir erzählt hat.

„Das Hotel wurde 1853 gebaut, kurz nach der Spinnerei. Ursprünglich lag das Eishaus hinter der Scheune, aber dann brach der Krieg aus und der Besitzer der Spinnerei traute den Yankees nicht über den Weg. Also grub er ein großes Loch unter der Scheune, stützte es mit Balken ab und verkleidete es mit Holz. Er brachte das Fleisch und Eis hinein, dann versteckte er den Eingang unter ein paar Sträuchern. Es stellte sich heraus, dass der Ort hervorragend für ein Eishaus geeignet war. Dort waren die Lebensmittel nicht nur vor den Yankees sicher, sondern das Eis hielt auch länger."

„Südstaaten-Raffinesse", kommentiert Miss Kara und rührt noch einmal die Suppe um, bevor sie den Topf mit dem Deckel zudeckt.

Dann bereiten wir gemeinsam den Teig für das Brot und die Brötchen zu. Während der Teig aufgeht, setze ich mich mit einem Glas Eistee an den Tisch. Ich nehme einen Schluck und lehne den Kopf an die Stuhllehne, um für einen Moment die Augen zu schließen.

Plötzlich steht Delilah neben mir. „Miss Janessa?"

Ich öffne ein Auge. „Ja?"

Sie zieht ihre Schürze aus und streckt sie mir hin. *Oh, oh. Das verheißt nichts Gutes.*

„Heute war mein letzter Tag hier. Miss Spencer hat mich eingestellt."

Mein Magen zieht sich zusammen. Wir kamen doch so schon kaum zurecht. Was sollen wir jetzt bloß tun?

„Jenny Lind"-Kartoffeln

Für 4 Personen

Zutaten
6 mittelgroße Kartoffeln
2 EL Butter
½ l heiße Milch
2 EL Mehl
Salz
Pfeffer
Petersilie, gehackt

Anleitung
Kartoffeln mit Schale kochen, anschließend schälen und in Scheiben schneiden.

Butter im Kochtopf erhitzen, das Mehl hineingeben und sofort stark mit einem Schneebesen verrühren (Klümpchengefahr). Nach und nach die kalte Milch dazugeben und weiterrühren. Wenn die Mischung angedickt ist, Salz, Pfeffer und Petersilie beigeben.

Immer abwechselnd eine Schicht der Soße und eine Schicht Kartoffelscheiben in eine eingefettete Ofenform geben. Die letzte Schicht besteht aus Soße.

Mit Crackerkrümeln bestreuen und 15 Minuten backen.

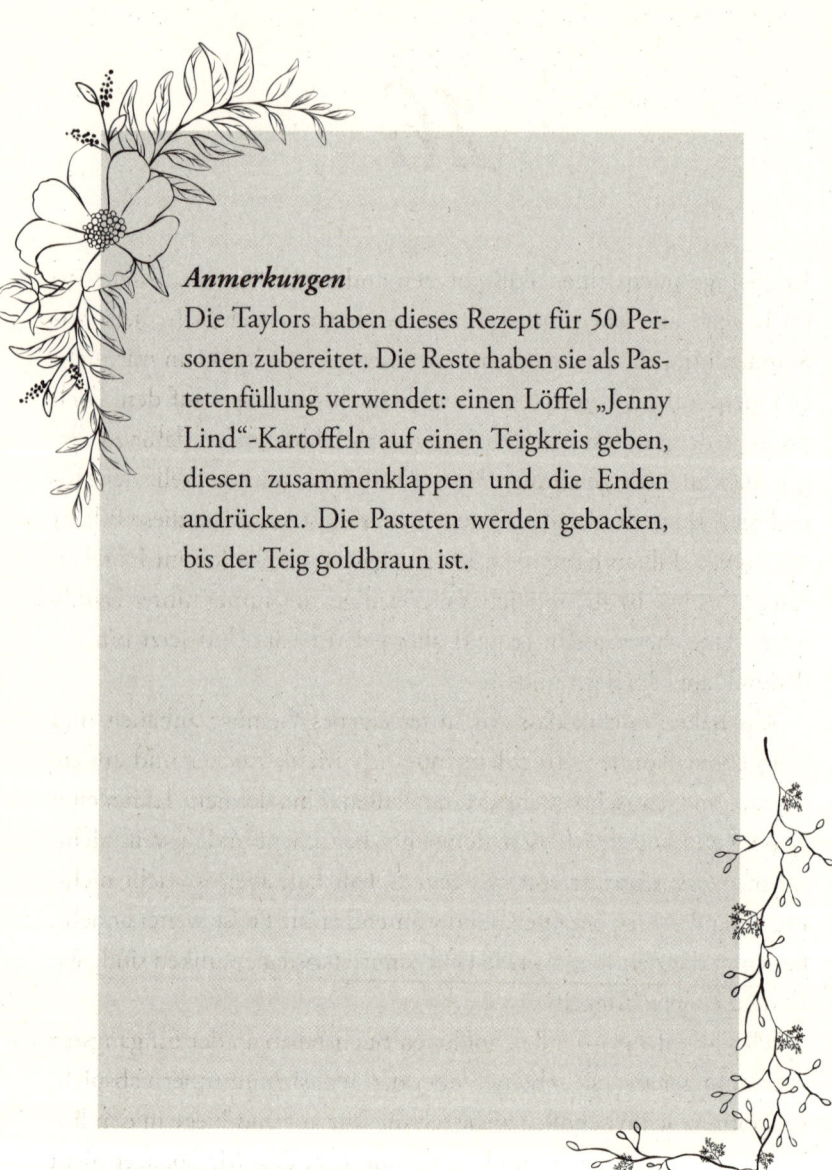

Anmerkungen

Die Taylors haben dieses Rezept für 50 Personen zubereitet. Die Reste haben sie als Pastetenfüllung verwendet: einen Löffel „Jenny Lind"-Kartoffeln auf einen Teigkreis geben, diesen zusammenklappen und die Enden andrücken. Die Pasteten werden gebacken, bis der Teig goldbraun ist.

16

Ich zwinge mich, einen Fuß vor den anderen zu setzen. Sosehr ich mich auch anstrenge, meine Beine wollen mich einfach nicht zur Spinnerei tragen. Zweimal mache ich kehrt. Aber ich kann mir nicht erlauben, aufzugeben. Ich muss schließlich das Essen auf den Tisch bringen, denn das ist die Aufgabe eines Hoteldirektors – dafür zu sorgen, dass alles wie geschmiert läuft. Auch wenn mir die Stelle der Hoteldirektorin nie offiziell übertragen wurde, ist klar, dass diese Pflicht mir zufällt. Lillian hatte nie mit den täglichen Abläufen im Hotel zu tun und Annie ist zu jung. Ich war diejenige, die immer hinter Daddy oder Mama hergelaufen ist und alles gelernt hat. Und jetzt bin ich dadurch ans Hotel gebunden.

Wir haben Glück, dass wir unser eigenes Gemüse anbauen und Vieh halten können. Trotzdem muss ich Mehl, Zucker und andere Vorräte im Gemischtwarenladen einkaufen. Und der neue Ladenleiter ist der gefühlloseste Mensch, dem ich je begegnet bin. Ich weiß nicht, welche Vorstellung er von unserem Gehalt hat, aber es reicht nicht, um seine Preise zu bezahlen. Und während er die Preise weiter anhebt, berichtet die Zeitung, dass die Lebensmittelkosten gesunken sind. Wo ist da die Gerechtigkeit?!

Ich starre die glänzenden goldenen Buchstaben an der Eingangstür zur Spinnerei an – sie scheinen über das, was sich im Innern abspielt, zu spotten. Schlussendlich ziehe ich die Tür auf und biege in den linken Gang ab. Insgeheim hoffe ich schon fast, dass Mr Spencer nicht im Büro ist. Als ich die Tür zum Vorzimmer öffne, hört Mrs Grundy auf zu tippen und lächelt mich an.

„Janessa, wie schön. Möchtest du zu mir oder zu Mr Spencer?"

Ich habe mich immer noch nicht an ihr Lächeln gewöhnt. Ob Mr Spencer die Veränderung an Mrs Grundy bemerkt hat? Vielleicht, aber nur vielleicht, wird mir das helfen. „Zu Mr Spencer, bitte. Wenn er da ist."

Sie nickt. „Er ist da. Setz dich, Kind." Leise klopft sie mit den Fingerknöcheln an eine Tür mit einer Glasscheibe, auf der Mr Spencers Name steht. Sie wartet einen Moment, bevor sie die Tür öffnet und im Büro verschwindet.

Mein Magen krampft sich zusammen. *Ich kann das nicht.* Am liebsten würde ich davonlaufen.

„Janessa? Du darfst eintreten." Mrs Grundy bleibt an der Türschwelle zum Büro stehen. Als ich mich nicht rege, neigt sie fragend den Kopf. „Jetzt?"

„Ach so, ja, danke schön." Ich atme tief ein, bevor ich mich in die Höhle des Löwen begebe – obwohl „Höhle" wirklich nicht das passende Wort ist. Spencers Büro ist ziemlich luxuriös eingerichtet, sogar noch luxuriöser als das Büro des Abgeordneten in Rome: poliertes dunkles Holz, ein dicker Teppich, Samtvorhänge, Lederstühle und der größte Schreibtisch, den ich je gesehen habe.

Mr Spencer schaut von seinem Papierkram auf und deutet mit der Hand auf einen Stuhl. Seine dunklen, dichten Augenbrauen ziehen sich zusammen. Sie stellen einen merkwürdigen Kontrast zu seinem immer lichter werdenden grauen Kopfhaar dar. „Setzen Sie sich. Ich bin in einer Minute für Sie da. Ich gehe gerade die Bücher des Hotels durch."

Wie kommt es, dass er eine Kopie davon hat? Haben wir ihm immer eine geschickt? Mit schlotternden Knien lasse ich mich auf die Stuhlkante sinken. Ich muss mich sehr zusammenreißen, um nicht die Hände zu ringen oder an meinem Rock herumzufingern. Nach ein paar Minuten, die mir wie Tage erscheinen, legt er endlich die Papiere ab.

„Die Bücher sind in Ordnung."

Natürlich. Was hatte er denn erwartet?

Als Mr Spencer die Stirn runzelt, erscheinen zwei senkrechte Falten über seiner Nase. Die eine ist etwas länger als die andere. „Warum sind Sie hier?"

Ich räuspere mich. „Momentan ist alles ziemlich knapp." Spencer wendet seine Aufmerksamkeit wieder den Papieren zu. Schnell fahre ich fort: „Wir haben mehr Mieter seit dem Brand …"

Sein Blick schnellt hoch und er sieht mich mit zusammengekniffenen Augen an.

Ich schlucke. *Das läuft ja nicht so gut.* Ich hole tief Luft und rede hastig weiter, um es möglichst schnell hinter mich zu bringen. „Wir müssen mehr Laken kaufen, weil wir mehr Gäste haben. Und es gibt noch ein paar andere Dinge, die erneuert werden müssen, außerdem müssen wir mehr Lebensmittel kaufen und … Wir brauchen mehr Geld." So, jetzt ist es raus.

Mr Spencer lehnt sich zurück und verschränkt die Arme vor der Brust. „Die Lebensmittelpreise sind in den letzten paar Monaten gesunken. Das sollte den Unterschied wettmachen."

„Nicht im Gemischtwarenladen. Der Ladenleiter hat die Preise angehoben." Darüber lächelt Mr Spencer bloß. Wütend beiße ich die Zähne zusammen. „Vergessen Sie nicht, dass wir diejenigen ernähren, die durch den Brand ihr Zuhause verloren haben."

„Werden Sie kreativ. Sparen Sie am Fleisch."

Was weiß er schon davon? Ich wette, in seinem Haus gab es noch nie eine Mahlzeit ohne Fleisch.

Ich kralle die Finger in meinen Rock. „Und noch etwas: Seit mein Vater gestorben ist, muss ich zusätzlich zu meinen eigenen Aufgaben auch seine übernehmen. Meiner Meinung nach habe ich eine Gehaltserhöhung verdient. Immerhin haben Sie jetzt nicht mehr zwei, sondern nur noch einen Lohn zu zahlen. Und wo ich schon bei dem Thema bin – Sie bezahlen meiner Mutter nichts mehr, obwohl sie jetzt die Bücher führt. Auch das war früher eine Aufgabe meines Vaters."

„Sie haben selbst entschieden, ihr diese Aufgabe zu übertragen. Ich zahle bereits für die Buchführung."

„Nein, tun Sie nicht. Daddy hat das gemacht und Sie haben aufgehört, sein Gehalt zu zahlen."

Mr Spencer starrt mich mit wachsamen Augen an. „Seien Sie froh, dass ich keinen neuen Hoteldirektor einstelle, um Sie alle zu beaufsichtigen." Er nickt selbstzufrieden. „Nein, es gibt keinen Grund für mich, doppelt zu zahlen." Ein fieses Grinsen umspielt seine Lippen.

Der Mann sitzt in seinem Elfenbeinturm und hat keine Ahnung vom wahren Leben. Ich starre ihn unverwandt an, um hinter seine Fassade zu schauen. Er blinzelt und wendet den Blick ab, aber in dieser Sekunde kann ich sie sehen: seine Gier. Nackt und hässlich. Und er hat etwas zu verbergen. Was ist sein Geheimnis?

Mr Spencer wendet sich mit seinem Drehstuhl um, sodass ich sein Gesicht nicht mehr sehen kann. „Ich glaube nicht, dass wir noch etwas zu besprechen haben."

Ich stehe auf und gehe auf die Tür zu.

„Miss Taylor?"

„Ja?", erwidere ich mit einem Blick über die Schulter.

„Ich nehme an, dass Sie Ihre Arbeit mögen?"

Was will er damit sagen? Dass er mich feuern und einen neuen Hoteldirektor einstellen will? Ich stelle mich dumm. „Entschuldigung, was haben Sie gesagt?"

„Ihre Arbeit als Hoteldirektorin. Ich nehme an, dass sie Ihnen gefällt?"

Ich werde mich nicht von diesem Mann unterkriegen lassen. „Es wäre mir lieber, wenn mein Vater noch am Leben wäre und weiterhin als Hoteldirektor arbeiten könnte."

Mr Spencer wird blass. Ich gestatte mir ein winziges Lächeln. Er soll ruhig merken, dass ich kein leichtes Opfer bin. Und dass ich ihn für den Tod meines Vaters verantwortlich mache. Mr Spencer nickt nur knapp.

Wir verstehen uns.

Aber wenn er je herausfindet, dass ich innerlich wie Espenlaub zittere, bin ich geliefert.

Außer Tommy und Daddy sitzen alle Menschen, die ich auf dieser Welt am meisten liebe, am Küchentisch – Mama, Sarah, Miss Kara und meine Schwestern. Sie warten darauf, dass ich ihnen von meinem Treffen mit Mr Spencer erzähle. Nur der kleine Willie fehlt. Er bekommt gerade Nachhilfe von Mrs Grundy im Wohnzimmer. Die beiden haben sich gesucht und gefunden.

Lillian nimmt einen Löffel von den Brombeeren, die sie und Annie am Fluss gepflückt haben. „Was hat Mr Spencer gesagt?", fragt sie, bevor sie sich die Früchte in den Mund schiebt.

Annie hat schon so viele Brombeeren im Mund, dass sie wie ein Eichhörnchen aussieht, das die Backen mit Eicheln gefüllt hat.

„Er hat mir gesagt, dass wir kreativ werden sollen. Das heißt, dass er uns nicht mehr Geld geben wird. Er hat versucht, mich einzuschüchtern, indem er angedeutet hat, dass er mich feuern und einen neuen Hoteldirektor einstellen könnte, um uns zu beaufsichtigen."

Mama wird blass und Lillian schnappt empört nach Luft. Eine Brombeere fällt aus Annies offenem Mund und Sarahs Gesicht versteinert zu einer Maske, der ich nicht im Dunkeln begegnen möchte. Miss Kara schüttelt bloß den Kopf. *Ach, wie ich meine Familie liebe!*

„Keine Sorge, ich hab's ihm heimgezahlt. Ich habe ihm gesagt, dass es mir lieber wäre, wenn mein Vater noch leben würde und seine alte Stelle innehätte. Mr Spencer hat vor Schreck fast seine Zunge verschluckt. Er weiß bestimmt, dass ich ihn für Daddys Tod verantwortlich mache. Und irgendwann werde ich das auch beweisen."

Mama legt ihre Hand auf meine geballten Fäuste. „Behüte dein Herz, Janessa. Wenn du so unversöhnlich bist, wird es noch hart wie Stein werden."

Ich lächele, um sie zu beruhigen. „Bis zu dem Moment war mir gar nicht klar, dass ich Mr Spencer die Schuld gegeben habe. Aber es war gut so. Ich glaube, er wird uns jetzt in Ruhe lassen." Ich beuge mich hinüber, um Mama einen Kuss zu geben. „Allerdings müssen wir uns etwas wegen des Budgets überlegen. Es wurde ein wenig angehoben, damit wir Essen für die zusätzlichen Mieter kaufen können, aber wir bekommen kein Geld für neue Bettwäsche. Das ist ein Problem." Ich schiebe meine leere Schüssel beiseite. „Woher bekommen wir neue Laken?"

Miss Karas Gesicht hellt sich auf. „Mehlsäcke."

Verständnislos wiederholt Annie: „Mehlsäcke?"

„Ja. Sie sind reißfest und weich. Das wissen wir alle, schließlich tragen wir sie als Kleider. Warum nutzen wir sie nicht auch als Laken?"

Sarahs Blick schweift hoch zur Zimmerdecke, während sie nachrechnet. „Wir verbrauchen so viel Mehl und Zucker, dass wir eine ganze Schatzkiste mit Säcken im Lagerraum haben müssten."

Sogleich springt Lillian auf und verschwindet. Wenig später erklingt ihre gedämpfte Stimme aus dem Lagerraum. „Wir haben hier einen riesigen Stapel." Sie kehrt mit einem Muster zurück. „Wir können sie wie eine Steppdecke zusammennähen. Wenn wir das alte Laken hintendran nähen, muss niemand auf den Nähten liegen. Dann haben wir zweilagige Laken. Was für ein großartiger Werbespruch!" Lillian lacht und posiert, wie Annie es tun würde. „‚Das von der Familie Taylor geführte *Sweetgum Hotel* hat die schönsten Bettlaken in ganz Georgia.' Das wird bestimmt die neue Mode: bedruckte Bettlaken!"

Zum Abschluss ihrer kleinen Vorstellung streckt Lillian theatralisch die Arme aus und verbeugt sich. Annie applaudiert und stupst mich an, damit ich es ihr gleichtue. Klatschend und jubelnd feiern wir unsere clevere Idee.

„Na, wie gefällt Ihnen das, Mr Spencer?" Ich streiche das Wort „Bettlaken" in meinem Notizbuch durch. „Ein Problem weniger. Hier kommt das nächste: Wie sollen wir die Schweine schlachten und zerlegen? Und wie viele brauchen wir überhaupt?"

„Schweine oder Männer?", witzelt Annie.

Ich fange an, die Augen zu verdrehen, aber dann merke ich, dass sie recht hat. Wir brauchen auch Männer, die uns bei der Schlachtung helfen. „Beides, um genau zu sein." Abgesehen von Willie sind wir ein reiner Frauenhaushalt. Gut, einige der Mieter sind Männer, aber ich will sie nicht um Hilfe bitten.

Wieder hat Tommys Mutter die Antwort. Sie deutet mit der Hand über die Schulter in Richtung Spinnerei. „Es arbeiten zwei Männer dort, die früher Bauern waren. Wenn wir ihnen für ihre Arbeit Fleisch anbieten, helfen sie sicherlich gerne."

Sarah steht vom Tisch auf und läuft durch die Küche zu einem der Eisschränke. Sie nimmt ein kleines Buch vom Schrank und blättert durch die Seiten. „Hier ist es. Ein 250 Pfund schweres Schwein ergibt etwa 120 Pfund Fleisch. Wenn wir die Knochen für Suppe verwenden und andere Teile zum Würzen, dann müssten acht Schweine reichen. Neun, wenn wir die Helfer mit Fleisch bezahlen wollen." Sie klappt das Büchlein wieder zu und stellt es auf den Eisschrank zurück. „Insgesamt brauchen wir sechs Männer. Jeder von ihnen bekommt 20 Pfund Fleisch plus Suppenknochen und Fett. Das ist eine gute Bezahlung."

In Gedanken gehe ich unsere Schweineherde durch. „Wir haben nur vier Schweine, die wir schlachten könnten. Die anderen zwei haben Ferkel. Wo sollen wir die restlichen Schweine herholen und wie viel werden sie kosten?"

Sarah kehrt auf ihren Platz zurück. „Irgendwas zwischen 4 und 12 Dollar."

4 Dollar sind machbar, aber 12? „Wovon ist der Preis abhängig?" Hoffentlich davon, wie schön die Schweine sind, denn es ist mir egal, wie sie aussehen, solange der Preis stimmt.

Sarah zuckt die Achseln. „Keine Ahnung. Ich kann mich nur daran erinnern, dass dein Vater diese Preisspanne mal erwähnt hat."

Ich stütze meine Unterarme auf dem Tisch ab und werfe meiner großen Schwester einen Blick zu. „Wo kann man Schweine kaufen?"

„Das können wir in den alten Rechnungen nachsehen", wirft Mama ein. „Annie, schieb mich bitte ins Büro, damit ich die Rechnung vom letzten Jahr suchen kann."

Gut. Aber jetzt wissen wir immer noch nicht, *wie* man Schweine schlachtet. „Lillian, du bist in den letzten Jahren öfter in der Bibliothek gewesen als ich. Meinst du, dass es dort ein Buch über das Schlachten von Schweinen gibt?"

Lillian runzelt nachdenklich die Stirn. Sie sollte sich das abgewöhnen, sonst bekommt sie noch Falten. „Nicht, dass ich wüsste."

Ein Seufzen entweicht mir. „Wo kann ich so was lernen? Ich will mich nicht einfach auf ein paar Männer verlassen. Was, wenn sie es doch nicht können?"

Plötzlich hellt sich Lillians Gesicht auf. „Erinnert ihr euch an die Kolumnistin, von der ich euch erzählt habe? Sie hat diese Zeitungskolumne mit Haushaltstipps. Ich habe sie zum ersten Mal gelesen, als ich mit Mrs Norton in Lawrenceville einkaufen war. Jedenfalls fand ich die Kolumne so gut, dass ich sie auch in unserer Zeitung haben wollte. Ich habe eine Ausgabe mit nach Hause genommen und sie Ralph Flournoy gegeben. Seitdem veröffentlicht er die Kolumne in den *Sweetgum News*."

Manchmal vergisst Lillian, worauf sie eigentlich hinauswill. Fragend blicke ich sie an. „Und?"

Sie blinzelt verwirrt. „Und was?"

„Gibt es einen Grund dafür, warum du diese Kolumne jetzt erwähnst?"

Sie lacht. „Ach so, ja. Es war mal ein guter Tipp dabei, wie man Blut aus einer Schürze bekommt. Die Kolumnistin hat geschrieben, dass sie mehrere Schweine für ihren Lebensmittelladen geschlachtet hat. Sie scheint sich auszukennen. Wir sollten sie fragen, ob sie uns vielleicht ein paar Tipps geben kann oder so."

Sarah und Miss Kara wechseln einen Blick, dann hebt Sarah eine ihrer buschigen grauen Augenbrauen. „Kennst du denn ihren Namen?"

Lillian strafft die Schultern. „Ja, tue ich. Sie heißt Maggie Parker. Und sie lebt in Rivers End, Georgia. Wir können ihr schreiben."

Ich seufze erneut. Es ist zwar nicht viel, aber es ist ein Anfang. Die Frage ist, ob diese Maggie Parker sich bereit erklären wird, uns zu helfen.

17

Jeden Tag, wenn ich meinen Schwestern, Charity und Belulah helfe, die Essenspakete in die Spinnerei zu bringen – was ich nur machen muss, weil Delilah jetzt auch für die Spencers arbeitet –, rechne ich damit, von *ihm* ins Büro gerufen zu werden. Ich werde von Albträumen geplagt, dass dieses Ungeheuer uns feuert und auf die Straße setzt. In meinen Träumen landen wir dann in den Zelten am Fluss, meine Mutter magert bis auf die Knochen ab und meine Schwestern laufen in Lumpen herum. Wenn ich aufwache, zittere ich am ganzen Körper und bin in Tränen aufgelöst.

Es ist jetzt drei Wochen her, dass ich mit Mr Spencer geredet habe. Ich weiß nicht, warum, aber er hat noch nichts unternommen. Und Fannie hat bisher auch nicht versucht, Belulah oder Charity abzuwerben. Sicherlich weiß Spencer von unserer Beteiligung am Arbeiterstreik. Ich kann nur hoffen, dass er uns – vorerst – in Ruhe lässt, weil er erkannt hat, dass ich ihn für Daddys Tod verantwortlich mache. Wir können uns nur still verhalten und auf den nächsten Schlag warten. Das gefällt mir gar nicht.

Mein Weg führt mich in den Raum mit der Ballenpresse, wo ich das letzte Bündel an Elmer Dyer übergebe. Während er sein Essen auspackt, sieht er mich seltsam an – als würde er ausrechnen, wie viel die Lebensmittel gekostet haben. Er ist ein Hinterwäldler aus Kentucky mit dem Aussehen eines Schwarzbrenners: groß und einschüchternd. Als er hier ankam, hatte er einen langen, ungepflegten Bart. Inzwischen hat er den aber abrasiert, um nicht in den Maschinen hängen zu bleiben.

Angespannt straffe ich die Schultern. „Stimmt etwas nicht, Mr Dyer?"

172

„Nein, alles in Ordnung. Ich denk nur über was nach." Er streckt mir die leere Serviette hin.

Da ich ihn verdächtige, der Spitzel zu sein, hake ich nicht weiter nach. „Na dann … guten Appetit."

Jetzt will ich aber weg von hier. Eilig wende ich mich um und gehe zur Tür. Während ich nach dem Türknauf greife, spähe ich noch einmal rasch über die Schulter. Mr Dyer hat sich nicht bewegt. Er sitzt immer noch am gleichen Ort und starrt mich an. Schnell trete ich durch die Tür und schließe sie schaudernd hinter mir. Der Kerl ist mir nicht geheuer.

Zu Hause begegne ich Annie in der Lobby. „Du hast einen Brief von dieser Zeitungskolumnistin." Sie hält mir zwei Umschläge hin. „Und einen von Tommy."

Ich nehme beide Briefe mit und mache es mir in Daddys Lieblingssessel bequem. Zuerst öffne ich Tommys Brief und schnuppere daran, weil ich hoffe, dass noch ein Hauch von seinem Geruch am Papier haftet.

Meine liebste Jane,

vielen Dank für Deinen Brief. Nach dem, was Du schreibst, scheint sich in Sweetgum trotz der Gesetzesänderung nichts verändert zu haben. Irgendetwas stimmt da nicht, aber ich kann beim besten Willen nicht sagen, was. Pass auf Dich und Deine Schwestern auf. Wir wissen beide, dass man Du-weißt-wem nicht trauen kann. Er ist kein ehrlicher Mensch.

Unsere Mannschaft schlägt sich gut. Ich habe letztes Wochenende einen Grand Slam geschlagen, der das Spiel entschieden hat. Dafür habe ich einen netten Bonus bekommen. Ich werde Mama einen Scheck zukommen lassen, um Euch etwas unter die Arme zu greifen.

Ich habe auch schon ein paar gute Freunde im Team gefunden. Ernie, mein Zimmergenosse, ist ein toller Typ. Er kommt aus South

Carolina und hat am selben Tag angefangen wie ich. Hank teilt das Zimmer mit einem Typen aus Virginia namens Bubba. Der ist ein bisschen faul, aber ein großartiger Schlagmann.

Ich vermisse Dich so, Jane, und möchte Dich endlich an meiner Seite haben. Wann kannst Du kommen? In Gedanken bin ich ständig bei Dir und meiner Familie, statt mich aufs Spielen zu konzentrieren. Bitte komm bald, mein Schatz. Ich brauche Dich.

In Liebe

Dein Tommy

Sein Flehen bricht mir das Herz. Aber wie könnte ich hier weg? Lillian mag die Älteste von uns sein, aber sie hat keine Ahnung, wie man das Hotel führt. Alles hängt von mir ab. Ob ich will oder nicht.

Ach, Daddy, wenn ich doch nur die Zeit zurückdrehen könnte! Dann wäre ich mit dir und Mama mitgegangen und hätte auf euch aufgepasst. Dann wärst du jetzt hier und ich wäre bei Tommy.

Momentan habe ich leider keine Ahnung, wann ich zu Tommy ziehen kann. Wird dieser Tag je kommen?

Eine Träne tropft auf seinen Brief und verschmiert die Tinte. Ich ziehe ein Taschentuch aus dem Gürtel meines Kleids und trockne mir die Wangen ab. Einen Moment später öffne ich den anderen Brief. Er ist von Mrs Parker. Ich falte zwei Seiten auseinander, die mit einer kursiven, schnörkligen Schrift beschrieben sind. Eilig überfliege ich die Zeilen. Ich kann nicht glauben, was ich da lese, also fange ich noch einmal von vorne an. Ja, ich habe richtig gelesen: Sie kommt her. Schon bald.

Schnell renne ich in die Küche.

Miss Kara steht gerade am Herd und rührt in einem Topf, während Sarah einen großen Klumpen Brotteig knetet. Annie schneidet Pfirsiche – hoffentlich für einen Pfirsichauflauf – und Lillian stellt mit Belulahs Hilfe Teller und Besteck in den Lagerraum. Charity ist heute mit Abräumen an der Reihe, deshalb hält sie sich momentan im Speisesaal auf. Als ich eintrete, blickt Mama von einer Rechnung auf.

„Ich kenne jetzt den Namen des Viehhofs, Janessa", sagt sie.

„Das ist gut. Wir werden nämlich fantastische Hilfe bekommen. Maggie Parker kommt und …" Ich werfe erneut einen Blick auf die Zeilen. „Ihre Freundin Sadie Moreland auch. Sie werden die Schlachtung anleiten."

Überrascht ruft Lillian aus: „Im Ernst?"

Ich schwenke den Brief durch die Luft und führe einen kleinen Freudentanz auf. „Es steht alles hier drin. Sie sagt, dass sie Ende des Jahres nach Lawrenceville fährt, um den Redakteur einer Zeitung zu treffen. Bis dahin sollte es kalt genug sein, um die Schweine schlachten zu können. Es ist also genau der richtige Zeitpunkt, um einen Abstecher hierher zu machen. Ihre Reise wird übrigens von der Zeitung bezahlt."

Mamas Gesicht strahlt. „Ich denke, da hatte Gott die Hand im Spiel, meine Lieben."

„Ich weiß bestimmt, dass es so ist. Ich habe Mrs Parker auch angeboten, sie für ihre Mühe und Beratung zu bezahlen. Aber sie will nichts dafür haben. Sie sagt, dass sie nichts braucht und dass es ihr einfach am Herzen liegt, anderen Frauen in dieser schweren Zeit zu helfen."

Sarah streicht sich mit dem Handgelenk eine Haarsträhne aus dem Gesicht. „Wie gut, dass Lillian vor Kurzem diese Kolumne gelesen hat."

Ich lege einen Arm um meine Schwester. „O ja. Jetzt werden wir lernen, wie man Schweine schlachtet, damit wir es nächstes Jahr selbst machen können."

In meiner Antwort an Mrs Parker schreibe ich, wie dankbar wir ihr und Miss Moreland für ihre Hilfe sind und dass wir sie im Dezember erwarten. Ich versiegele den Brief sofort, da ich ihn heute noch abschicken möchte. Dann öffne ich unseren Hotelbriefkasten. Zwei Umschläge warten darauf, versandt zu werden. Ich nehme sie mit und schaue dann noch einmal kurz in die Küche.

„Hat jemand von euch noch einen Brief, der zur Post muss? Ich gehe gleich meine Antwort an Mrs Parker abschicken."

Sarah wischt sich die Hände an der Schürze ab und holt dann einen Brief aus der Tasche. „Danke, Liebes. Ich wollte ihn in den Briefkasten werfen, bin aber noch nicht dazu gekommen. Und hier ist das Geld für das Porto." Sie reicht mir den Brief und zwei 5-Cent-Stücke.

Die kühle Oktoberluft ist eine wahre Wohltat nach der drückenden Sommerhitze. Nur wenige Leute schlendern um diese Zeit die Main Street entlang, überwiegend Frauen von Ladenbesitzern. Ich winke ihnen zu, als ich die Straße überquere.

Die Post liegt schräg gegenüber dem Hotel. Ich trete ein und stelle mich in die Schlange. Die Frau vor mir sieht verstohlen über die Schulter. Es ist Fannie Spencer. Als sie meinem Blick begegnet, wendet sie sich sofort wieder um.

Sollte ich etwas sagen? Aber was wäre angebracht? Alles andere als „Guten Tag" könnte einen Streit vom Zaun brechen. Da ich nicht wirklich weiß, was zwischen Annie und ihr vorgefallen ist, halte ich den Mund. Fannie kauft Briefmarken und wendet sich dann zum Gehen. Als unsere Blicke sich erneut begegnen, lächele ich und nicke ihr zu, doch sie reckt nur mit frostigem Blick das Kinn.

Hinter dem Tresen runzelt die Postmeisterin die Stirn. „Also wirklich, jemand sollte diesem Mädchen Manieren beibringen." Ihre grau melierten Locken hüpfen auf und ab, als sie den Kopf schüttelt.

Ich antworte mit einem Lächeln: „Guten Tag, Miss Wilma. Ich versuche, Fannie zu verstehen."

Miss Wilma schnaubt. „Was gibt es da zu verstehen? Sie ist einfach eine verzogene Göre."

Ich schaue kurz über die Schulter und beuge mich dann nah an Miss Wilmas Schalter heran. „Na ja, ich bin mir nicht sicher, ob Fannie überhaupt weiß, wer sie ist", sage ich, während ich die Briefe auf den Tresen lege.

Die Falten in Miss Wilmas Wangen werden noch tiefer, als sie ihr Gesicht verzieht. „Das überrascht mich gar nicht bei der Clique, mit der sie immer unterwegs ist. Ich hab sie schon ewig nicht mehr mit eurer Annie gesehen."

Ich will nicht näher darauf eingehen, aber wenn man Miss Wilma nicht irgendetwas preisgibt, wird sie nicht lockerlassen. „Nun ja, sie hatten eine Meinungsverschiedenheit … Ich hätte gern ein paar Briefmarken, bitte."

Sie klebt die Marken für mich auf die Umschläge, stempelt sie ab und wirft sie dann in einen Postsack. „Die gehen noch heute Nachmittag raus. Ich hab gesehen, dass Sarah ihren irischen Verwandten geschrieben hat. Hoffentlich lädt sie sie nicht nach Sweetgum ein."

„Keine Ahnung." Ich setze erneut ein Lächeln auf und wünsche ihr noch einen schönen Tag. Wilma Teague mag nur Menschen, die in Georgia geboren und aufgewachsen sind. Alle anderen sind für sie Außenseiter, die besser fernbleiben sollten. Ich schüttele den Kopf. Solche Ansichten kann ich nicht verstehen.

Kurz darauf schließe ich die Hoteltür hinter mir. Mama sitzt gerade am Empfang und telefoniert. Als sie mich sieht, deutet sie mir mit der rechten Hand, zu warten. Das ist das erste Mal, dass ich sehe, wie sie ihren verletzten Arm hebt. Nicht sehr hoch, aber immerhin. Ich stemme mich an der Theke hoch, um mich draufzusetzen, während sie ihr Telefonat beendet.

„Danke schön. Ich melde mich." Sie hängt den Hörer ein. „Das war der Viehhof. Wir bekommen die Schweine für je 5 Dollar. Ab dem sechsten Schwein zahlen wir nur 4 Dollar pro Tier. Aber wir müssen ja nicht mehr kaufen, als wir brauchen, nur um 1 Dollar zu sparen. Das ergibt keinen Sinn."

Das stimmt. „Hast du sie bestellt?"

Mama steckt einen Ohrclip zurück an ihr Ohr. Was auch gesche-

hen mag, sie trägt immer Ohrringe, weil ihre Mutter es ihr so beigebracht hat. In Gedanken höre ich meine Granny sagen: „Du bist erst
vollständig gekleidet, wenn du Ohrringe trägst." Heute hat Mama
sich für Ohrclips in der Form von Gänseblümchen entschieden.

„Nein, aber ich habe gesagt, dass wir uns bald wieder melden. Der
Mann meinte, dass es nur ein paar Tage dauert, bis sie geliefert werden. Wir werden die Tiere bestellen, sobald Mrs Parker uns ein genau-
es Datum genannt hat."

„In Ordnung." Ich will Mama gerade in unsere Wohnung schieben, als die Tür aufgeht. In der Erwartung, Annie oder Lillian zu sehen, blicke ich über die Schulter.

Ein hochgewachsener Mann in Lieferantenkleidung steht in der
Tür. Sein Blick springt von mir zu meiner Mutter und bleibt auf ihr
ruhen. „Mrs Taylor? Ich bin hier, um das Geld für das Petroleum ab-
zuholen."

„Natürlich. Meine Tochter wird sich darum kümmern. Einen Moment, bitte."

Ich schiebe Mama in die Küche und kehre dann in die Lobby zurück.

Während der Mann das neue Petroleumfass in die Scheune bringt,
schaue ich in die Geldkassette, die wir im Safe in unserem Wohnzimmer aufbewahren. Annie, die gute Seele, scheint heute Morgen ihr
Eiergeld hineingelegt zu haben. Ich beschließe, die Petroleumrech-
nung Mr Spencer zu bringen und ihn zu fragen, ob er uns das Geld
erstattet. Schließlich ist es keine private Ausgabe, sondern eine für das
Hotel.

Ich nehme das Geld heraus und schließe die Kassette. Abgesehen
von ein paar Münzen ist sie nun vollkommen leer. Wir müssen unbedingt einen Weg finden, unsere Kasse wieder zu füllen. Ich werde
Sarah um Rat bitten. Wie üblich finde ich sie in der Küche.

Als ich eintrete, schaut sie auf und lächelt. „Warum machst du so
ein finsteres Gesicht, Liebes?"

„Können wir die Eier etwas strecken, damit wir mehr an den Laden verkaufen können?"

Sie wirft mir einen fragenden Blick zu. „Aye. Ich könnte etwas Wasser oder Milch hinzugeben. Das würde nicht auffallen. So kannst du vielleicht ein Dutzend Eier mehr verkaufen."

Schnell rechne ich nach. Wir bekommen alle zwei Monate ein neues Petroleumfass. Wenn wir 15 Cent am Tag sparen, reicht das. „Sarah, wenn du das machst, könnten wir mit dem Geld für die zwölf Eier die Kosten für das Petroleum decken und hätten sogar noch etwas übrig."

Sollte Mr Spencer sich bereit erklären, das Petroleum zu bezahlen, können wir das Geld behalten und für andere Dinge nutzen, die er nicht übernehmen möchte.

„Ich verstehe Mr Spencer einfach nicht." Sarah drückt ihre Fäuste in den Teig, als handele es sich dabei um Mr Spencers Kopf. „All diese Dinge sind doch für seine Arbeiter. Je besser es ihnen geht, desto mehr können sie arbeiten. Begreift er das denn nicht?"

Resigniert hebe ich eine Schulter. „Nicht, wenn die Gier ihn blendet." Ich stehe vom Tisch auf. „Ich gehe jetzt Annie suchen, damit wir zusammen die Lampen auffüllen können."

Unser Petroleumverbrauch bereitet mir Sorgen. Seit wir die zusätzlichen Mieter haben, ist unser Vorrat immer ziemlich schnell aufgebraucht. Manche lassen ihre Lampen bis spät in die Nacht brennen. Aber erklärt das wirklich den hohen Verbrauch? Oder zapft jemand Petroleum ab und bunkert es irgendwo? Wenn ja, wozu?

Gott weiß, dass diese Stadt keinen zweiten Brand überstehen würde.

18

Annie und ich sammeln die Lampen im zweiten Stock ein und bringen sie mithilfe des Gepäckwagens in die Scheune. Während Lillian Petroleum schöpft und es durch einen Trichter in die Lampen füllt, gehen wir die nächste Ladung holen. Als wir in die Scheune zurückkehren, ist Lillian bereits fertig. Annie reicht ihr eine leere Lampe, während ich die vollen auf den Wagen lade. Dann kommt der schwierige Teil – die Lampen in die Zimmer zurückbringen, ohne Petroleum zu verschütten.

Auf dem Weg über den Hinterhof bleibt ein Rad in einem Loch hängen, sodass der Wagen bedenklich schwankt. Schnell halte ich den Griff einer Lampe fest, in deren Innern Petroleum hochschwappt. „Vorsicht!", warne ich Annie.

„'tschuldigung." Als sie den Wagen weiterzieht, weicht sie allen Furchen und Löchern auf dem Pfad von der Scheune zum Haus aus.

Mr Spencer sollte das Hotel – eigentlich die ganze Stadt – endlich an sein Wasserkraftwerk anschließen. Das würde die allgegenwärtige Gefahr eines Brandes deutlich verringern. Sogar Gaslampen wären sicherer als unsere Petroleumlampen.

Sorgfältig wischen Annie und ich jede Lampe ab, bevor wir sie in die Zimmer zurückstellen. Dann wiederholen wir den ganzen Vorgang, bis alle Lampen des Hotels aufgefüllt sind und wieder an ihrem Platz stehen.

In der Küche sind Miss Kara, Sarah, Belulah und Charity mit der Zubereitung des Abendessens beschäftigt.

Ich wasche mir die Hände, um den Petroleumgestank loszuwerden. „Wenn wir hier nicht gebraucht werden, gehen wir jetzt die Zimmer reinigen."

Mama hat eine Schüssel mit Bohnen auf dem Schoß und zwickt so gut sie kann die Enden ab. Dabei lächelt sie zufrieden. „Ja, geht ruhig. Ihr habt gerade noch genug Zeit, bevor alle nach Hause kommen."

Glücklicherweise müssen wir die Betten heute nicht frisch beziehen, sondern nur die Zimmer reinigen. Wir fangen im zweiten Stock an, wo die Familien wohnen, die beim Brand ihre Häuser verloren haben. Die provisorischen Trennwände bieten ihnen zwar etwas Privatsphäre, aber sie werden sich dennoch freuen, wenn endlich die neuen Häuser fertig sind. Trotzdem haben es die Familien, die bei uns wohnen, immer noch besser als die Leute in den Zelten am Fluss.

Als wir in das Zimmer von Leroy und Mr Dyer kommen, muss ich mich zusammenreißen, um nicht in Elmers Sachen herumzuschnüffeln. Leroy hat uns versprochen, uns Bescheid zu geben, wenn Elmer tatsächlich Spencers Maulwurf sein sollte. Wenn ich hier herumschnüffele, mache ich die Sache dadurch bestimmt nicht besser.

Als wir alle Zimmer gereinigt und das Abendessen für die Mieter serviert haben, bin ich so müde, dass ich kaum essen kann. Und wir sind noch nicht fertig für heute. Belulah und Charity arbeiten hart, aber wir brauchen mindestens fünf Küchenmädchen, damit alles rundläuft. Wenn es nach mir ginge, sogar sechs. Lillian, Annie und ich müssen momentan unsere eigenen Aufgaben zurückstellen, um die Arbeiten der „Deserteurinnen" zu erledigen. Wenigstens hilft uns Willie beim Füttern der Tiere, aber es ist trotzdem ein ständiger Kampf, alles zu schaffen.

Um Viertel vor neun ist alles Geschirr abgewaschen und die Tische sind fürs Frühstück eingedeckt. Jetzt muss ich mich schnell bettfertig machen. Bald ist es wieder 4:30 Uhr und der Wecker klingelt. Erschöpft schleppe ich mich ins Schlafzimmer.

Während ich mir die Haare kämme, denke ich wieder einmal darüber nach, mir einen Bob schneiden zu lassen. Dann könnte ich mir das Flechten abends sparen und noch früher ins Bett hüpfen. Als ich fertig bin, lege ich die Bürste auf den Frisiertisch und rappele mich auf. Es ist mir fast zu anstrengend, die paar Meter zu meinem Bett zurückzulegen.

Doch dann höre ich in der Ferne das Geräusch von zersplitterndem Glas.

„Hilfe! Feuer!"

Die Angst verleiht mir sofort neue Kraft. Ich springe auf, schnappe mir meinen Morgenmantel und stürme in den Flur. Weitere Hilfeschreie dringen von oben zu mir herunter. Ich kann nicht sagen, aus welcher Etage sie kommen. Alles, woran ich denken kann, ist der letzte Brand und Daddys Tod.

Als ich den Flur erreiche, ist Lillian bereits dort. „Mama! Kara! Feuer! Raus hier."

Willie und seine Mutter öffnen ihre Tür.

Ich zerre an Miss Karas Ärmel. „Holen Sie Mama und bringen Sie sie nach draußen!"

Miss Kara rennt sofort in Mamas Zimmer. Willie folgt ihr auf den Fersen, während ich wie angewurzelt stehen bleibe.

Lillian schüttelt mich. „Jane, Mama ist in Sicherheit. Wir müssen schnell den ersten Stock räumen. Ich glaube, das Feuer ist im Schlafsaal."

Im nächsten Moment rennen wir die Treppe hinauf. Auf einem der Absätze verliere ich einen Hausschuh, aber ich halte nicht an, um ihn zu holen. Es geht um Leben und Tod. Im ersten Stock tummeln sich schon alle Mieter auf dem Flur.

Ich scheuche sie die Treppe hinunter. „Das Feuer ist im zweiten Stock. Bildet eine Löschkette und ruft die Feuerwehr!" Mein Herz schlägt mir bis zum Hals, als ich über uns die Flammen knistern höre.

Leroy und Albert holen die Wassereimer unter der Treppe hervor, die wir dort zu genau diesem Zweck aufbewahren. Dann eilen sie mit den Eimern die Treppe hinauf.

Agnes und Irene – zwei der kräftigeren Frauen – laufen mit Lillian und mir nach unten. Sarah ist bereits in der Lobby und ruft die Feuerwehr, als wir an ihr vorbeieilen.

Ohne anzuhalten, renne ich weiter und rufe über die Schulter: „Schnell!"

In der Scheune schnappen wir uns die Eimer. Dort stößt auch Miss Kara zu uns.

„Eure Mutter und Willie sind in Sicherheit draußen auf der Straße." Zu zweit holen wir die Leiter und stellen sie an der Seite des Hotels auf.

In diesem Moment platzt eine Fensterscheibe von der Hitze des Feuers. Während ich den fallenden Scherben ausweiche, lodern Flammen aus dem Fenster. „Schnell! Und seid vorsichtig, hier liegen überall Scherben!"

Leroy öffnet ein Fenster in der Nähe des Feuers und beugt sich heraus. „Hierher!"

Wir stellen die Leiter an sein Fenster. Während Annie, gefolgt von ein paar anderen Frauen, hinaufklettert, halten Miss Kara und ich die Leiter unten fest. So schnell es geht, werden die Eimer gefüllt und hinaufgereicht. Unterwegs geht jedoch so viel Wasser verloren, dass die Eimer halb leer sind, wenn sie bei Leroy ankommen.

„Mehr! Wir brauchen mehr Wasser!"

Die leeren Eimer fliegen zum Fenster heraus und landen auf dem Boden. In der Ferne läutet eine Glocke – das Feuerwehrauto! Trotzdem können wir noch nicht aufhören. Flammen züngeln an der Seite des Hotels.

Leroy streckt die Hand nach einem weiteren Eimer aus. Sein Gesicht ist rußgeschwärzt. Hoffentlich hat er keine Verbrennungen.

Ich recke den Hals und schreie über das wütende Brausen des Feuers hinweg: „Sind alle draußen?"

„Ja, nur ich und Albert sind noch hier. Aber wir kommen nicht gegen das Feuer an. Lasst die Leiter stehen. Al und ich müssen bald hier raus." Er nimmt einen Eimer von Annie entgegen und verschwindet erneut im Hotel. Einen Augenblick später taucht er wieder am Fenster auf. „Die Feuerwehr ist da!"

Die Frauen steigen von der Leiter herab. Annie, Leroy und Albert folgen ihnen.

Als alle unten sind, rennen wir zur Straße vor, wo die restlichen Mieter sich auf dem Gehweg versammelt haben. Mama weint. Ich weiß, dass sie die Ereignisse des letzten Brandes gerade noch mal durchlebt. In ihrer Nähe steht Minnie Scott. Ihr Nachthemd ist halb verbrannt und sie wird von einem Arzt versorgt.

George, ihr Mann, steht weinend daneben. „Es tut uns so leid, Mrs Taylor. Minnie wollte mir ihren neuen Schal zeigen, und als sie sich umgedreht hat, hat sie aus Versehen die Lampe vom Tisch gestoßen."

Mama nimmt seine Hand. „George, es war ein Unfall."

So hat das Feuer also angefangen. Ich gehe zu ihnen. „Viel wichtiger ist: Wie geht es Minnie?"

Der Arzt blickt auf. „Sie wird wieder. Dank ihres Mannes hat sie bloß Verbrennungen ersten und zweiten Grades." Er trägt eine Salbe auf und verbindet dann Minnies Arm.

Als George ihr seinen Morgenmantel um die Schultern legt, sieht Minnie ihren jungen Ehemann mit schwärmerischem Blick an. „George hat mich schnell gepackt und in eine Decke gewickelt. Er hat mir das Leben gerettet."

Die offensichtliche Liebe zwischen den beiden treibt mir die Tränen in die Augen. Ich wende mich ab, als meine Sehnsucht nach Tommy so groß wird, dass sie mir die Luft abschnürt.

Als der Brand gelöscht ist, liegt der zweite Stock in Schutt und Asche. Auch einige Zimmer im ersten Stock sind beschädigt, wo das Feuer sich durch die Decke gebrannt hat oder Wasser durchgesickert ist.

Meine Schwestern und ich gehen zwischen den Mietern umher und trösten diejenigen, die nun schon zum zweiten Mal ihr Zuhause verloren haben. Und wo ist Mr Spencer? Ich überfliege die Menschenmenge, die sich auf der Straße versammelt hat. Er ist nirgends zu sehen. Aber Mr Patterson ist da. Sein Blick begegnet meinem, dann schließt er die Augen und schüttelt langsam den Kopf. Wird er sich bei Mr Spencer für uns einsetzen?

Als die Feuerwehr sichergestellt hat, dass es keine Gluherde mehr gibt, packen sie ihre Ausrüstung ein und fahren ab. Inzwischen ist es nach Mitternacht. Sarah hat Mama bereits in ihr Zimmer zurückgebracht und ich fordere nun alle auf, ebenfalls nach Hause zu gehen.

Lillian versammelt unsere Mieter. „Lasst uns alle ins Haus gehen. Wir werden Sie erst mal im Aufenthaltsraum unterbringen."

Zum Glück ist es nicht allzu kalt draußen. Wir können die Fenster über Nacht offen lassen, damit es nicht so nach verkohltem Holz stinkt.

Mrs Grundy wendet sich zu Irene Harp um und hakt sich bei ihr ein. „Kommen Sie, meine Liebe. Sie können in meinem Zimmer schlafen. Alles wird gut, Sie werden schon sehen."

Andere Damen, deren Zimmer noch bewohnbar sind, folgen Mrs Grundys Beispiel und laden eine oder zwei Frauen zu sich ein.

Ich tätschele Mrs Grundys Schulter. „Danke." Sie lächelt und führt Irene ins Haus.

Wieder hat ein Feuer unser aller Leben auf den Kopf gestellt. Am liebsten würde ich jetzt gleich an Mr Spencers Tür klopfen und verlangen, dass er endlich etwas unternimmt. Aber das wird bis morgen warten müssen. Erschöpft folge ich den letzten Gästen ins Haus.

Früh am nächsten Morgen sehe ich dankbar zu, wie Mr Patterson vorsichtig durch den Schlafsaal stapft und den Schaden begutachtet. Kurz nachdem die Mieter zur Arbeit gegangen sind, ist er mit Mr Spencer im Schlepptau hier aufgetaucht und hat mir so die unangenehme Aufgabe erspart, wieder in Spencers Büro betteln zu gehen.

Während Mr Patterson den Schaden begutachtet, bleibt Spencer an der Türschwelle stehen. „Wer hat diesen Brand verursacht?" Mit finsterem Blick und verzerrter Miene starrt er mich über die Schulter an, als wäre alles meine Schuld.

Marys Vater hebt eine Glasscherbe auf. „Niemand, es war ein Unfall. Wenn das Hotel Elektrizität hätte und die Gäste kein Petroleum nutzen müssten, wäre das alles nicht passiert. Aber das ist ein anderes Thema. Zunächst einmal müssen wir diesen Schaden so schnell wie möglich beheben. Unsere Arbeiter sollten nicht in Zelten im Wald leben müssen."

Mr Spencer starrt ihn an. Schließlich nickt er knapp. „Kümmern Sie sich drum." Mit diesen Worten dreht er sich so abrupt um, dass er fast gegen mich geprallt wäre, und geht.

Mr Patterson stößt einen Seufzer aus, dann legt er mir den Arm um die Schulter. „In Ordnung. Dann machen wir uns mal an die Arbeit, ja?" Er holt ein kleines Notizbuch und einen Stift hervor. „Wir brauchen ein neues Dach und eine komplette neue Etage. Die Vorderwand ist in Ordnung, aber die anderen Wände müssen ersetzt werden." Er macht sich Notizen. „Gehen wir mal nach unten in den ersten Stock. Ich will sichergehen, dass außer den Räumen, die du mir gezeigt hast, keine weiteren beschädigt sind."

„Danke. Sie wissen gar nicht, wie viel …" Meine Stimme versagt, weil sich ein Kloß in meinem Hals bildet.

Mr Patterson sieht mich voller väterlicher Fürsorge an und nimmt mich in den Arm. „Janessa, dein Vater war mein bester Freund."

Mehr sagt er nicht, aber ich verstehe ihn. Mr Patterson ist immer noch Aufseher in der Spinnerei. Sein Job und seine Familie sind von Mr Spencer abhängig. Wir lassen unausgesprochen, was wir beide über diesen Mann wissen.

Mr Patterson nimmt sich Zeit, um jedes Zimmer im ersten Stock zu begutachten. Er findet drei weitere Räume, die einen Wasserschaden an der Decke haben. „Alle diese Räume brauchen eine neue Decke. Komm, wir gehen zu deiner Mutter."

In der Küche schenkt Sarah ihm und Mama eine Tasse Kaffee ein.

Ich mache mich nützlich, indem ich beim Packen der Essenspakete helfe. Nach einer Weile wird es plötzlich still. Ich blicke über die Schulter zu Mr Patterson, der mit Mama am Tisch sitzt. Er runzelt die Stirn.

„Wo sind eure anderen Küchenmädchen?"

Bevor eine von uns etwas sagen kann, erwidert Charity: „Fannie Spencer hat ihnen mehr Geld angeboten." In ihren Worten schwingt Unzufriedenheit mit. Bei dem Gedanken, dass sie vielleicht auch über Fannies Angebot nachdenkt, werde ich nervös.

Mr Patterson hebt eine Augenbraue. „Ich werde sehen, was ich tun kann." Dann wendet er sich wieder Mama zu. „Wie geht es dir, Emma?"

Sie spielt mit ihrer gesunden Hand an ihrem Kragen. „Den Umständen entsprechend. Im rechten Arm habe ich gar keine Kraft, aber wenigstens bin ich in der Lage, Bohnen zu putzen. Ich bin eher eine Last als eine Hilfe."

Gestern hat Lillian erzählt, dass Mama nachts manchmal immer noch weint. Ich halte in meiner Bewegung inne und drehe mich um. „Sag das nicht, Mama. Du bist unsere mentale Unterstützung."

„Du hast recht, mein Schatz. Ich habe mich einen Moment lang gehen lassen." Sie lächelt Mr Patterson an. „Vielen Dank für deine Hilfe, Irving."

Er schiebt seinen Stuhl zurück. „Ich bekomme mehr mit, als du denkst, Emma. Ich weiß nur noch nicht, was ich dagegen unternehmen soll, aber ich arbeite daran. Jetzt brauche ich euer Telefon, um ein paar Anrufe zu erledigen. Wir müssen irgendwie das Dach abdichten, bis es repariert werden kann."

Während er seine Anrufe tätigt, bringen wir die Essenspakete zur Spinnerei. Als wir zurückkehren, ist Mr Patterson weg. Nach dem Mittagessen stehen auf einmal Mary und ihre Mutter vor der Tür. Ich blinzele ungläubig. Mary trägt eine Latzhose und Mrs Patterson ein Kleid aus einem Mehlsack! Die Knöpfe an der Vorderseite sind ziemlich straff gespannt. Mary grinst und zwinkert mir zu.

Mrs Patterson tätschelt Mama die Schulter. „Irving hat uns erzählt, dass eure Küchenmädchen gegangen sind, Emma. Wir sind hier, um zu helfen. Keine Widerrede. Du weißt genau, dass du an meiner Stelle das Gleiche tun würdest."

In Mamas Augen glitzern Freudentränen. „Danke, meine liebe Freundin."

Während Mrs Patterson in der Küche arbeitet, hilft Mary uns beim Putzen. Um den Rauchgeruch aus den Teppichen zu bekommen, bestreuen wir sie mit Backnatron. Dann rollen wir sie zusammen und laden sie auf einen Wagen, um sie zur Wäscheleine zu bringen. Dort werden wir sie zum Lüften aufhängen und anschließend ausklopfen. Wir müssen ein paarmal hin- und herlaufen, aber nach einiger Zeit hängen endlich alle Teppiche an der Wäscheleine.

Im Hof streckt uns Annie eine Handvoll Teppichklopfer hin. „Schnappt euch einen und dann geht's los!"

Lillian, die ihre Haare mit einem Schal zu einem Turban gewickelt hat, nimmt den Teppichklopfer wie einen Baseballschläger in beide Hände.

Lachend ruft Mary: „Hey, Batter, Batter!"

Meine Schwester kichert und schlägt dann energisch auf einen Teppich ein. „Ein fantastischer Schlag!"

Es dauert drei Stunden, bis wir alle Teppiche ausgeklopft haben, aber wenigstens haben wir Spaß dabei.

Ich schaue zum klaren Himmel auf. Keine Regenwolke in Sicht. „Wir lassen die Teppiche bis morgen hier draußen hängen, um sie ordentlich auszulüften."

Während wir zum Haus zurückgehen, trifft Mr Patterson mit einigen Männern ein. Sie haben ein paar große, eingeölte Segeltuchplanen dabei. Mr Patterson winkt uns zu, bleibt aber nicht stehen, um mit uns zu reden. Neugierig beobachte ich, wie die Männer Leitern aufstellen – höhere, als wir sie haben – und die Planen aufs Dach bringen. Nachdem sie die Planen über den Bereich ausgebreitet haben, der vom Feuer zerstört wurde, binden die Männer sie mit Seilen am Dachgesims fest.

Langsam schlendere ich aufs Haus zu. Mr Patterson ist ein guter Mann. Wenn er die Reparaturen beaufsichtigt, bedeutet das, dass sie sofort erledigt werden. Ich hoffe nur, dass sein Engagement kein Nachspiel für ihn haben wird – oder für uns.

19

Zwei Tage später köcheln ein paar Töpfe auf dem Herd munter vor sich hin und verströmen einen himmlischen Duft. Ich spähe in einen hinein und schnuppere anerkennend. Hühnersuppe mit Reis – ein neues Rezept, das Miss Kara gefunden hat. Wenn der Duft nicht täuscht, wird die Suppe köstlich. Ich lege den Deckel zurück auf den Topf.

Sobald das Frühstück für die Mieter auf dem Tisch steht, können wir selbst etwas essen und uns ein paar Minuten Ruhe gönnen, bevor die nächste Welle an Aufgaben zu erledigen ist. Mein Magen knurrt. Er freut sich schon auf die köstliche Quiche, die Sarah heute Morgen extra für uns gebacken hat. Ich setze mich auf meinen Platz am Tisch und stürze mich nach dem Gebet förmlich auf mein Stück. Die Chiliflocken verleihen dem herzhaften Kuchen das gewisse Etwas.

„Sarah, das schmeckt wunderbar!"

Sie wird rot. „Danke. Ich hab mir gedacht, dass es dir schmecken würde." Sie trennt ein großzügiges Stück mit ihrer Gabel ab. Ein paar Minuten lang essen wir schweigend und genießen den Leckerbissen.

Annie kratzt die letzten Krümel von ihrem Teller. „Ich hoffe, dass sie das Dach decken können, bevor es regnet. Es ist schrecklich, dass unsere Leute nicht in ihre Zimmer können. Ich meine …" Tränen glitzern in ihren Augen. „Diese Zimmer sind doch ihr Zuhause."

Mama lächelt ihre Jüngste liebevoll an. „Du hast ein weiches Herz, mein Schatz. Ich bin mir sicher, dass Mr Patterson die Männer zur Eile treiben wird. Wir dürfen nicht vergessen, dem Herrn dafür zu danken, dass wir einen Freund in der Führungsebene der Spinnerei haben."

Sie hat recht. Was für eine glückliche Fügung! „Mama, glaubst du, Gott hat gewusst, dass wir irgendwann Hilfe von einem Freund in der Spinnerei brauchen würden?"

„Natürlich." Sie legt ihre Gabel ab und nimmt ihre Kaffeetasse in die Hand. „Gott wusste schon seit Grundlegung der Welt, dass dieser Tag kommen würde und was wir brauchen würden."

„Mein Verstand weiß das, aber meinem Herzen fällt es oft schwer zu glauben, dass Gott sich für all die banalen Einzelheiten unseres Lebens interessiert – nicht, dass der Brand etwas Banales gewesen wäre. Aber trotzdem …" Verwundert schüttele ich den Kopf.

Lillian verzieht das Gesicht. „Gut, dass ich nicht Gott bin. Ich würde etwas Vernunft in Mr Spencer prügeln, statt ihn noch mehr Probleme verursachen zu lassen."

Ich boxe Lillian gespielt vorwurfsvoll in den Arm, aber insgeheim stimme ich ihr voll und ganz zu.

Während wir unseren Kaffee genießen, dreht sich das Gespräch um die Steppdecken, die Miss Kara und Mama für die Bewohner des Armenviertels am Fluss anfertigen. Als wir ihre Not bemerkt haben, ist unser Lakenproblem im Hotel erst einmal in den Hintergrund gerückt.

„Wir müssen mehr Mehlsäcke auftreiben. Unser Vorrat ist fast aufgebraucht", bemerkt Lillian, während sie nach der Zuckerschale greift.

Ich schiebe ihr die Schale entgegen. „Wie viele Decken macht ihr denn?"

„Vier unserer Mieter wohnen dort und sechs weitere Familien warten ebenfalls auf ein Haus."

Ich überschlage die Zahlen im Kopf, gebe aber schnell auf. „Meine Güte, das dürften eine Menge Decken sein."

Sie schüttelt den Kopf. „Nicht so viele, wie du denkst. Die meisten Familien kommen mit nur zwei Betten aus. Die Kinder schlafen alle zusammen, um sich gegenseitig zu wärmen."

„Das ist so traurig." Annie sieht aus, als würde sie gleich in Tränen ausbrechen.

Doch dann fährt ein Lieferwagen in den Hof. Annie springt auf und späht durchs Fenster. „Oh, gut! Mr Patterson verschwendet keine Zeit bei den Reparaturen."

Lillian zieht wütend die Augenbrauen zusammen. „Ich wette, auch das ist Mr Spencer ein Dorn im Auge. Ihm wäre es völlig egal, wenn alle seine Arbeiter in Zelten leben würden."

Ich verstehe den Mann einfach nicht. Er hat keinerlei Anstand. Ich knalle meine Tasse so fest auf den Tisch, dass Kaffee über den Rand schwappt und Mama mich stirnrunzelnd ansieht. „Weiß jemand, warum er so ist?"

Mama und Kara werfen einander einen vielsagenden Blick zu.

„Vor vielen Jahren …" Tommys Mutter gibt einen Löffel Zucker in ihren Kaffee. *Jetzt kommt eine Geschichte.* Lächelnd fährt sie fort: „Lange, bevor ich meinen Mann kennengelernt habe, hat Ben Spencer mir den Hof gemacht. Ja, Janessa, du kannst deinen Mund wieder schließen. Als ich Tommys Vater kennengelernt habe, wollte ich von allen anderen Jungs nichts mehr wissen."

Ich kann mir Miss Kara einfach nicht mit Mr Spencer vorstellen. Gespannt beuge ich mich vor.

Sie winkt ab. „Aber ich komme vom Hölzchen aufs Stöckchen. Früher war die Spinnerei noch nicht im Besitz der Familie Spencer. Nur der Gemischtwarenladen gehörte ihnen. Ben hat mit seinem Vater dort gearbeitet. Damals war er noch nicht so ehrgeizig oder habgierig wie jetzt. Das ist passiert, als er mit 17 nach Harvard auf die Universität gekommen ist." Sie hält inne, um einen Schluck Kaffee zu trinken. „Vier Jahre später kam Ben mit einer sehr reichen Ehefrau im Schlepptau nach Hause."

Ich wusste, dass die Familie viel Geld hat, aber nicht, woher. „Wie ist die Spinnerei dann in seinen Besitz gelangt?"

„Mit seinem neuen Wirtschaftsdiplom und dem Geld seiner Frau zogen sie nach Buckhead und Ben fing an, in Unternehmen rund um Atlanta zu investieren. Etwa zehn Jahre später kam der Eigentümer der Spinnerei von Sweetgum bei einem großen Zugunglück ums Leben. Ben entschied, die Firma zu kaufen."

Ich stehe auf und spähe zum Fenster hinaus. Mehrere Männer laden Holz ab und stapeln es im Hinterhof. Ich drehe mich um und lehne mich an die Fensterbank. „Hat er erwartet, dass die Spinnerei ihn noch reicher machen würde?"

„Wer weiß?" Miss Kara zuckt die Achseln. „Als seine erste Frau im Kindbett starb, erbte er ihr Geld und kehrte aus irgendeinem Grund nach Sweetgum zurück. Ein paar Jahre später heiratete er Fannies Mutter." Annie lässt ein Messer auf dem Tisch kreiseln. „Warum ist er ein solcher Geizhals, wenn er so viel Geld hat?"

Mama legt eine Hand auf das Messer und blickt mit einem milden Lächeln zu Annie, die schnell ihre Hände in den Schoß legt. „Man weiß nie genau, wann oder wie die Gier einen Menschen packt", erwidert Mama.

Ich kehre an den Tisch zurück und denke eine Weile darüber nach. „Vielleicht ist er einmal auf den Geschmack gekommen und wollte dann immer mehr? Oder der Tod seiner ersten Frau hat ihm das Herz gebrochen und er ist verbittert. Was meinen Sie, Miss Kara?"

„Ich weiß nur eins mit Sicherheit: Irgendwann hat Ben aufgehört, sich für andere zu interessieren, und ist zu einem Geizhals geworden. Immer, wenn größere Investitionen in die Spinnerei nötig waren, hat er geknausert."

Investitionen. *Mr Forsythe.* Ich kneife die Augen zusammen. Weiß Mr Forsythe, wie Spencer die Firma leitet? Er schien kein schlechter Mensch zu sein.

„Mama, hat Daddy dir gegenüber je einen Mr Forsythe erwähnt? Er ist der Mann, der vor ein paar Monaten das Hotel inspiziert hat. Ein Geschäftspartner von Mr Spencer." Ich will Mamas Meinung von Mr Forsythe nicht beeinflussen, deshalb sage ich nicht mehr.

„Er hat nicht viel erzählt – nur, dass Mr Forsythe sich umgesehen und einen anständigen Bericht über uns geschrieben hat. Warum?"

„Ich bin bloß neugierig. Irgendwie habe ich das Gefühl, dass er nicht aus demselben Holz geschnitzt ist wie Mr Spencer."

Annie runzelt die Stirn. „Was bedeutet das?"

Mama lächelt meine kleine Schwester an. „Es bedeutet, dass er eine andere Art Mensch ist."

Nachdenklich tippe ich mir an die Nase – so, wie Granny Taylor es immer gemacht hat, wenn etwas nicht stimmte. „Sie sind auf jeden Fall ungleiche Geschäftspartner. Aber ich *kenne* Mr Forsythe nicht wirklich."

Kennt er seinen Geschäftspartner wirklich?

In diesem Moment klopft es an der Hintertür und Mr Patterson tritt ein.

„Wir werden ein Gerüst an der Seite des Hotels aufstellen, damit die Bauarbeiter in die oberen Etagen gelangen, ohne euch und eure Mieter zu stören. Wir werden oben eine Türöffnung in die Außenwand machen, die später, wenn wir fertig sind, durch ein Fenster ersetzt wird."

Ich muss unseren Gästen Bescheid sagen. „Was denken Sie, wie lange Sie brauchen werden?"

„Der Bauunternehmer rechnet mit drei bis vier Wochen. Er hat seine Männer aus dem Arbeiterviertel abgezogen, wo sie die Häuser wiederaufbauen. Es fehlen immer noch einige Häuser, deshalb möchte er möglichst bald dort weitermachen."

Mama lächelt ihm zu. „Danke, Irving."

Als er gegangen ist, setze ich mich wieder hin, um meinen Kaffee auszutrinken. Ich werfe Lillian einen Blick zu. „Spencer schafft es nicht mal, die Häuser zeitnah wiederaufbauen zu lassen. Warum heuert er kein zweites Unternehmen an, selbst wenn er dafür in einer anderen Stadt suchen muss?"

Miss Kara schüttelt den Kopf. „Es bricht mir das Herz, wenn ich an unsere Freunde denke, die in den Zelten am Fluss leben. Die Nächte werden immer kälter."

Sie hat recht. Der Brand hat so viele von uns getroffen – fast die ganze Stadt. Alle außer die Spencers. Wieder wechsele ich einen Blick mit Lillian. In letzter Zeit ist sie zu meiner engsten Vertrauten und Ratgeberin geworden.

Ich stupse sie an. „Apropos zeitnah … Ich frage mich, wie der Sheriff mit seinen Ermittlungen vorankommt. Es gehen keine Gerüchte in der Stadt um."

Lillian reißt die Augen auf. „Du hast recht. Es ist jetzt schon drei Monate her."

Mama beobachtet mich mit einem intensiven Blick. „Was hast du vor, Janessa?"

Ich zucke die Schultern und gestehe dann: „Ich bin mir nicht sicher. Aber eines weiß ich genau: Es hätte schon längst eine Festnahme geben müssen. Glaubst du, dass der Sheriff von einem von Spencers Männern bestochen wurde?"

Miss Kara schüttelt vehement den Kopf. „Das kann ich mir nicht vorstellen. Ich kenne Roy Jackson schon seit meinem siebten Lebensjahr. Denk dran, dass er nicht einfach zum Sheriff ernannt wurde, Janessa. Er wurde ordnungsgemäß von den Einwohnern dieser Stadt gewählt."

„Ich weiß." Ein Seufzen entweicht mir. „Aber ich verstehe nicht, warum noch nichts passiert ist. Ich glaube, ich werde ihn mal fragen, was er herausgefunden hat."

Mama starrt mich einen Augenblick lang an, dann nickt sie. „Aber sei vorsichtig. Und wähle deine Worte mit Bedacht."

Als wir klein waren, haben Lillian und ich immer Annie vorgeschickt, wenn wir einen zweiten Keks haben wollten. Sie hat die Gabe, andere um den Finger zu wickeln, ohne ein Wort zu sagen. Deshalb habe ich sie auch gebeten, mich nach dem Mittagessen zu Sheriff Jackson zu begleiten. Gemeinsam stoßen wir die Tür zu seinem Büro auf.

Der Sheriff sitzt an seinem Schreibtisch und blättert in einer Zeitung. Deputy Limehouse ist nirgends zu sehen. Als wir eintreten, blickt Jackson auf.

Das ist das erste Mal, dass ich das Gefängnisgebäude betrete. Es ist aus Betonziegeln gebaut und wird im Sommer sicherlich so heiß wie ein Backofen. Mit einem kurzen Blick überfliege ich den winzigen Vorraum, in dem die Häftlinge registriert werden. Die Einrichtung ist spärlich und zweckmäßig. Neben dem Holzschreibtisch und dem Stuhl des Sheriffs gibt es einen Aktenschrank und einen wackligen Tisch an einem Ende des Raums mit einer Kaffeetasse und einer Zeitung darauf. Ein zweiter Stuhl ist an den Tisch geschoben. Türen mit Gitterstäben trennen das „Büro" von den beiden Gefängniszellen.

Der Sheriff legt die Zeitung ab und faltet seine Hände darüber. „Janessa. Annie. Was kann ich für euch tun?" Er bietet uns keinen Stuhl an. Ein mulmiges Gefühl macht sich in mir breit.

„Sheriff, darf ich fragen, wie die Ermittlungen vorangehen?"

„Welche Ermittlungen?", ertönt die Stimme des Deputys hinter uns. Der Sheriff seufzt.

„Ich glaube, dass die Taylor-Mädchen sich nach dem Brand erkundigen, Limehouse." Er lässt uns keine Sekunde aus den Augen. Wenn er versucht, uns einzuschüchtern, gelingt ihm das ganz gut.

Ich wische meine feuchte Handflächen an meinem Rock ab und fahre schnell fort: „Haben Sie herausgefunden, wer den Brand gelegt hat? Wer immer es war, hat nämlich unseren Vater auf dem Gewissen."

Der Deputy hebt eine Hüfte an und hockt sich auf eine Kante des Schreibtisches. „Das sind geheime polizeiliche Informationen."

Wenn er glaubt, dass ich jetzt aufgebe und nach Hause gehe, hat er sich getäuscht. Ich atme tief durch und durchbohre ihn mit meinem Blick. „Als Angehörige des Ermordeten – und glauben Sie mir, er *wurde* ermordet – haben wir das Recht, es zu erfahren."

Der Sheriff blickt zwischen dem Deputy und mir hin und her. Schließlich nimmt er seine halb leere Tasse, sieht hinein und reicht sie Limehouse. „Gehen Sie mir drüben im Café etwas frischen Kaffee holen." Er wartet, bis die Tür geschlossen ist, dann mustert er uns mit durchdringendem Blick. „Seht mal, es ist nicht so einfach, wie ihr euch das vorstellt. Wir konnten nur einen einzigen Fingerabdruck sicherstellen und der war nicht vollständig. Das Benzin, das im Kanister war, hat die meisten Abdrücke zerstört."

Annie schnaubt. „Und was unternehmen Sie jetzt konkret?"

Ihre Frage scheint ihn zu überraschen. „Ich … äh … Ich tue, was ich kann. Ich habe den Abdruck nach Washington geschickt."

Meine kleine Schwester beugt sich vor. „Um für den Kongress zu kandidieren?"

Er schnaubt. „Ich habe ihn zum FBI geschickt, damit sie nach einer Übereinstimmung suchen."

Annie runzelt die Stirn. „Das verstehe ich nicht. Warum sollte das FBI die Fingerabdrücke von jemandem aus Sweetgum haben?"

Sheriff Jackson verzieht den Mund und kratzt sich mit dem Zeigefinger an der Nase. „Alle Fingerabdrücke werden nach Washington geschickt. Wenn je die Fingerabdrücke eines Bewohners unserer Stadt registriert worden sind, sind sie dort."

Ich stütze meine Hände auf seinen Schreibtisch und beuge mich vor. „Aber wenn nicht – ich meine, wenn die Person, die das getan hat, nie ihre Fingerabdrücke geben musste, dann bekommen wir auch keine Antworten."

Er starrt auf meine Hände und hebt dann das Kinn. „Jetzt kennt ihr das Problem."

„Haben Sie denn Verdächtige?"

Lange mustert er mich. Ich halte seinem Blick stand, ohne zu blinzeln. Schließlich nickt er. „Ja."

Hurra! „Wirklich? Warum haben Sie ihnen noch nicht die Fingerabdrücke abgenommen?"

Er schüttelt den Kopf. „Das kann ich nicht. Es gibt keine konkreten Beweise."

Annie springt auf. „Mein Vater ist tot! Da haben Sie Ihren Beweis."

Der Sheriff erhebt sich grunzend. „In Ordnung, Mädchen. Dieses Verhör ist beendet. Geht nach Hause. Lasst mich meine Arbeit machen."

So viel dazu, dass Annie ihn ohne Worte um den Finger wickelt. Ich nehme ihre Hand. „Komm, Annie", sage ich und ziehe sie vom Schreibtisch weg. An der Tür blicke ich noch einmal über die Schulter. „Ich verstehe mehr, als Sie glauben, Sheriff."

Er neigt den Kopf, als würde ihm eine andere Perspektive helfen, meine Worte besser zu verstehen.

Ich schließe die Tür hinter uns. Doch statt nach Hause zurückzukehren, nehme ich Annie bei der Hand und führe sie in Richtung Arbeitersiedlung. Ich möchte mir in Erinnerung rufen, worum es hier eigentlich geht. Es geht um mehr als nur unseren Vater.

Annie lässt mich los und vergräbt ihre Hände in den Manteltaschen, um sie vor dem beißenden Wind zu schützen, der zwischen den Hütten weht. „Glaubst du, dass uns der Sheriff etwas verheimlicht?"

Mit Sicherheit. „Ja, aber nicht so, wie du denkst. Ich vermute, dass er ein paar Leuten auf der Spur ist, die Beweise vertuscht haben. Er ist ein ehrlicher Mann, da bin ich mir sicher."

Während wir weiterlaufen, wirbeln mir alle möglichen Gedanken durch den Kopf. Wen mag der Sheriff verdächtigen? In der Spinnerei gibt es acht Aufseher. Drei von ihnen kann ich ausschließen – allen voran Marys Vater.

Ich werfe einen verstohlenen Blick auf die Häuser der Aufseher in der First Row. „Annie, ich erinnere mich, dass außer Mr Patterson noch zwei andere Männer nicht gegen die Streikenden vorgegangen sind – Dougie Anderson und Lonnie Culpepper. Sie sind in die Spinnerei zurückgekehrt, als Spencers Schläger unsere Leute angegriffen haben. Damit bleiben nur fünf Aufseher, die ein Auto haben."

Annie sieht mich von der Seite an. „Was hat das mit dem Brand zu tun?"

„Weil diejenigen, die ein Auto haben, auch …" Ich verstumme. Annie hat recht! Vielleicht waren wir die ganze Zeit auf der falschen Spur. Ich werfe ihr die Arme um den Hals. „Da das Feuer mit Benzin gelegt wurde, gehen alle davon aus, dass es ein Autobesitzer gewesen sein muss. Ist das nicht eine hervorragende Methode, um den Verdacht vom wahren Täter abzulenken?"

Nachdenklich verzieht Annie das Gesicht. „Hey, was ist mit den Schlägertypen, die unsere Leute verprügelt haben?"

Die hatte ich völlig vergessen. „Kann gut sein, dass es einer von ihnen war. Vor allem, wenn Spencer sie bezahlt hat. Aber der Sheriff weiß davon, Annie. Er gibt sicherlich sein Bestes."

Missmutig schießt Annie ein Steinchen weg und geht weiter. „Ich wünschte, wir könnten irgendetwas tun."

Ich halte sie am Arm fest. „Warte! Wir können etwas tun. Das hatte ich ganz vergessen."

„Was hast du vergessen?"

„Tommy hat mir erzählt, dass Lonnie Culpepper und Dougie Anderson kurz nach dem Streik ihre Arbeit verloren haben."

Annie zwirbelt eine Haarsträhne zwischen ihren Fingern. „Meinst du, dass sie gefeuert wurden, weil sie nicht auf unsere Leute losgegangen sind?"

„Ich würde sogar mein Lieblingshalstuch darauf verwetten. Ich frage mich, ob der Sheriff die beiden je befragt hat."

Meine kleine Schwester hüpft vom Bordstein. „Vielleicht sollten wir es tun."

Ich lasse die Schultern hängen. „Es gibt nur ein Problem."

„Oh. Was denn?"

„Sie wohnen nicht mehr in Sweetgum. Sie sind umgezogen, nachdem sie ihre Arbeit verloren hatten."

Kaum haben diese Worte meinen Mund verlassen, schiebe ich diese

Überlegung jedoch schon wieder beiseite. Auch wenn ich bis ans Ende der Welt gehen muss, werde ich eine Möglichkeit finden, die beiden Männer zu befragen.

20

Feine Heustückchen tanzen in den Sonnenstrahlen, als Annie, Willie und ich den Heuboden nach Weihnachtsschmuck durchsuchen. Ich kann kaum glauben, dass die Festtage schon vor der Tür stehen. Girlanden aus Tannengrün zieren die Main Street und jede Straßenlaterne ist mit grünen Zweigen und großen hölzernen Zuckerstangen geschmückt. Die Geschäfte, die in Privatbesitz sind, haben Töpfe mit leuchtend roten Weihnachtssternen vor ihre Eingangstüren gestellt und in den Schaufenstern sind weihnachtliche Szenen und günstige Geschenkideen zu sehen.

Ich wünschte, ich könnte etwas mehr Begeisterung aufbringen. Normalerweise ist das Hotel im November und Dezember von Vorfreude und Gelächter erfüllt, aber dieses Jahr dämpft Trauer die Weihnachtsstimmung. Lillian, Annie und ich versuchen, Willie zuliebe etwas mehr Freude zu versprühen. *Ach, wie schön wäre es, noch einmal so jung zu sein!* Damals war die Trauer noch nicht unser ständiger Begleiter.

Thanksgiving haben wir ohne allzu viele Tränen überstanden. Mr Patterson hat eine Jagd auf wilde Truthähne organisiert und drei Vögel für das Festessen der Hotelgäste mitgebracht. Für unsere kleine Familie haben wir bloß ein Hähnchen gegrillt. Ein Truthahn ohne Daddys köstliche Füllung hätte Mama nur noch trauriger gestimmt. Da die meiste Arbeit am Vortag erledigt werden konnte, durften Belulah und Charity sich freinehmen und den Tag mit ihrer Familie verbringen.

Jetzt sind es nur noch zwei Wochen bis Weihnachten und wir müssen bald die Bäume im Aufenthaltsraum und im Wohnzimmer aufstellen. Die Lobby und das Treppenhaus haben wir bereits geschmückt, wie unsere Gäste und Mieter es erwarten und auch verdient haben – vor allem diejenigen, die das ganze Jahr über bei uns wohnen. Wir haben die Girlanden und Schleifen am Tag nach Thanksgiving aufgehängt, um die Rückkehr unserer Gäste in ihre Zimmer zu feiern.

„Siehst du die Schachtel mit der grünen Schleife, Willie?" Ich deute auf das andere Ende des Heubodens, wo wir den Weihnachtsschmuck, die Strümpfe und die Kamindekoration aufbewahren.

„Ja, Miss Jane, ich sehe sie."

„Bring sie mir, bitte. Und sei vorsichtig, da ist der Baumschmuck drin." Ich sehe mich nach meiner kleinen Schwester um. „Annie? Hast du die anderen Kisten gefunden?"

Ihr Kopf taucht zwischen zwei Heuballen auf der anderen Seite des Heubodens auf. „Ja. Es sind nur vier. Ich stapele sie gerade neben der Leiter. Wir können sie nachher Lillian und Miss Kara runterreichen."

Vorsichtshalber spähe ich in eine weitere Kiste, um sicherzugehen, dass wir nichts übersehen haben. Ich sollte alle Kisten der Familie mit einer Schleife markieren, so wie die Schachtel mit dem Baumschmuck, damit man sie von den Kisten mit der Hoteldeko unterscheiden kann. Dann wird es nächstes Jahr einfacher für … Niedergeschlagen sinke ich in mich zusammen.

Für *mich*. Ich werde nächstes Jahr hier sein und nicht bei Tommy in Texas.

In seinen letzten Briefen hat er mich immer wieder angefleht, zu ihm zu kommen, aber ich kann nicht weggehen. Ich habe hier zu viele Verpflichtungen. Lillian hat die Möglichkeit aufgegeben, zu Hank zu ziehen, um sich um Mama zu kümmern. Und ich muss das Hotel leiten. Nach einer Woche des Herzschmerzes und der Tränen habe ich Tommy schlussendlich geschrieben, dass ich unsere Verlobung auflöse. Ich bin die Worte so oft im Kopf durchgegangen, dass sie sich tief eingebrannt haben:

Liebster Tommy,

das ist das Schwerste, was ich je tun musste, aber ich kann Dich nicht länger an mich binden.

Du musst Dein Leben weiterleben. Finde eine Frau in Texas, die Dir ihr ganzes Herz schenken kann. Ich habe nur ein halbes zu vergeben. Die andere Hälfte gehört meiner Mutter und meinen Schwestern. Sie schaffen es nicht allein.

Deshalb, mein Liebster, löse ich hiermit unsere Verlobung auf. Du sollst wissen, dass ich Dich immer geliebt habe und nur das Beste für Dich will. Konzentriere Dich auf Baseball und verwirkliche Deine Träume.

Deine

Janessa

Nachdem ich den Brief abgeschickt hatte, habe ich Miss Kara davon erzählt und wir haben zusammen geweint. Sie hat gesagt, dass ich immer wie eine Tochter für sie sein werde und dass sie die Hoffnung nicht aufgibt. Sie betet, dass Gott uns doch noch zusammenführen wird.

Obwohl ich ihre Zuneigung und ihre Gebete zu schätzen weiß, sind sie in diesem Fall nutzlos. Ich bin an meine Familie gebunden und Tommy an sein Team. Ich kann – und *will* – seinem Traum nicht im Wege stehen.

„Hier ist die letzte Kiste." Willie steht neben mir und streckt mir stolz die Schachtel mit der grünen Schleife entgegen. Dann blickt er mich an und fängt an zu lachen. „Du hast Heu im Haar, Miss Jane."

Ich taste meinen Kopf ab. „Du hast recht", sage ich, während ich die Halme herauspicke, die ich finde. „Na, dann lass uns mal die Kisten runter ins Wohnzimmer bringen. Und heute Nachmittag holen wir uns einen Weihnachtsbaum."

Wir geben eine fröhliche Truppe ab, als wir auf den alten Heuwagen klettern. Mr Patterson hat zwei Pferde von einer Farm ausgeliehen, die etwas außerhalb von Sweetgum liegt. Kurz bevor wir abfahren, stoßen Mary und ihre Eltern zu uns.

Mrs Grundy nimmt neben … Clarence Nesbitt Platz? Wie konnte mir das bis jetzt entgehen? Als er eine Wolldecke über ihre Beine breitet, lächelt sie zu ihm auf. Die Frau wirkt auf einmal etliche Jahre jünger. Ich blinzele überrascht. Kann ich meinen Augen wirklich trauen?

„Lillian", flüstere ich so leise, dass nur meine Schwester mich hören kann, „siehst du das auch?"

Ihre Lippen verziehen sich zu einem Grinsen. „Allerdings. Ist das nicht urkomisch? Zwei alte Käuze finden eine neue Liebe."

Ich klopfe ihr auf die Hand. „Hör auf! Ich finde es süß. Und ich freue mich für Mrs Grundy. Es ist schon über sieben Jahre her, dass ihr Mann gestorben ist. Und so alt sind sie auch wieder nicht – Mitte 50 vielleicht."

Lillian beugt sich zu mir herüber und gibt mir einen Kuss auf die Wange.

Erstaunt sehe ich sie an. „Wofür war das denn?"

„Wenn du nicht so nett zu ihr gewesen wärst, wäre sie noch genauso verbittert wie früher. Und wir würden nicht von ihrer wiedergefundenen Freude profitieren. Wusstest du, dass sie mir letzten Samstag im Garten geholfen hat? Sie hat Unkraut gejätet, Beete umgegraben und gemulcht."

„Ich glaube, dass wir in gewisser Weise wie eine Familie für unsere Mieter sind. Zumindest für diejenigen, die es zulassen." Als der Wagen mit einem Ruck losfährt, greife ich nach Lillians Hand.

Mary, die auf meiner anderen Seite sitzt, nimmt lachend meine andere Hand. Bald rollen die Räder gleichmäßig und tragen uns in wenigen Minuten zur Stadt hinaus. Mary lässt meine Hand wieder los. „Was gibt es Neues von Tommy? Es hat mich überrascht, dass er an Thanksgiving nicht nach Hause gekommen ist."

Ich habe Mary noch nichts erzählt und hier ist auch nicht der richtige Ort dafür. Nicht in einem Wagen voller Leute. „Ich nehme an, dass er keine Zeit zwischen den Spielen hatte, um nach Hause zu kommen."

Sie runzelt die Stirn. „Aber …"

Mary blickt an mir vorbei und verstummt. Ich weiß nicht, wer oder was sie zum Schweigen gebracht hat, aber ich bin froh darüber. Obwohl meine Lippen zittern, zwinge ich mich zu einem Lächeln.

Während ich die Decke enger um meine Beine schlinge, frage ich in die Runde: „Was für ein Baum soll es denn dieses Jahr werden?"

Zum Glück löst meine Frage eine Diskussion über die Vor- und Nachteile eines hohen Baums im Vergleich zu einem kleineren, aber volleren Baum aus. Unsere Mieter dürfen kleine Bäume in ihren Zimmern aufstellen, solange niemand Kerzen verwendet. Seit dem Brand muss ich mir darum aber keine Sorgen mehr machen. Unter viel Gelächter werden eifrig Meinungen ausgetauscht, sodass ich mich in mein Schneckenhaus zurückziehen kann. Lillian drückt meine Hand. Die Liebe zu und von meiner Schwester ist Balsam für mein gebrochenes Herz.

Als wir den Waldrand erreichen, dauert es nicht lang, bis wir die gewünschten Bäume finden. Mrs Grundy steuert auf einen kleinen, dicken Baum zu. Die Pattersons suchen sich einen 2,5 Meter hohen aus. Lillian findet eine Tanne, die etwa gleich hoch und sehr dicht ist. Wir werden sie in der Lobby aufstellen. Dann wählen wir noch einen rund 2 Meter hohen Baum für den Aufenthaltsraum aus.

Unterdessen sucht Willie nach dem „richtigen Baum" für unser Wohnzimmer. Von mir aus bräuchten wir dieses Jahr keinen Baum, aber das wäre nicht schön für Willie.

„Hier drüben! Ich hab ihn gefunden!", schallt Willies Stimme über einen kleinen Hügel durch den Wald.

„Ich sehe ihn." Annie zeigt in seine Richtung. „Mir nach!"

In einer Mulde finden wir Willie neben seinem perfekten Baum stehend. Und für ihn ist er wirklich perfekt. Die Tanne ist fast 1,5 Meter hoch und hat volle, dicht bewachsene Äste. Sie ist genau richtig.

Als wir nach Hause kommen, nageln die Männer Holzkreuze unter die Bäume, um sie aufzustellen. Dann schleppen Clarence und Leroy den Hotelbaum in den Aufenthaltsraum, damit die Mieter ihn schmücken können. Sarah bringt Schüsseln mit Popcorn und Cranberrys, die aufgefädelt und dann als Girlanden in den Baum gehängt werden.

Willie und Annie haben großen Spaß dabei, unseren Baum zu schmücken. Mama sieht ihnen andächtig zu. Es gibt nur einen kurzen Moment der Trauer, als Annie Willie hochhebt, damit er den Stern auf die Baumspitze setzen kann. Mamas Augen werden feucht. Wenig später lacht sie jedoch schon wieder, als Willie seine Spielzeugeisenbahn rund um den Baum aufbaut. Beim Spielen verfangen sich immer wieder Tannennadeln in seinen Haaren.

Annie geht die Post holen. Als sie zurückkehrt, winkt sie mit einem Brief in ihrer Hand. Mein Herz rast. Ich könnte es nicht ertragen, wenn er von Tommy ist. Es wäre einfacher, nichts mehr von ihm zu hören. „Von Maggie Parker."

Danke, Gott!

Ich reiße den Umschlag auf und überfliege die kurze Nachricht, bevor ich den Inhalt wiedergebe. „Sie wird am 19. Dezember spätnachmittags hier eintreffen. Das ist perfekt, weil es ein Freitag ist. So haben wir den ganzen Samstag und Sonntag nach dem Gottesdienst Zeit. Sie sagt, dass anderthalb Tage reichen, wenn wir genug Leute sind." Ich lege den Brief auf den Beistelltisch. „Dann werde ich die Schweine für Freitag bestellen." Vorher muss ich aber überprüfen, ob der alte Pferch in gutem Zustand ist. Nicht, dass die Viecher entwischen.

Da die meisten Mieter damit beschäftigt sind, den Baum im Aufenthaltsraum zu schmücken, kann ich in Ruhe den Lieferanten anrufen. Schon beim zweiten Klingeln geht jemand ran und ich gebe ihm meine Anweisungen.

„Ja, bitte liefern Sie die Tiere am 19. Dezember. Schicken Sie die Rechnung an die Spinnerei von Sweetgum. Ja. Benjamin Spencer. Danke." Ich lege den Hörer zurück auf die Telefongabel und drücke ganz fest beide Daumen, während ich ein Gebet zum Himmel schicke, dass Spencer die Rechnung ohne Diskussion bezahlen möge.

Seine Gier und Ungerechtigkeit ärgern mich. War es immer schon so? Ich suche Mama und finde sie bei Sarah in der Küche.

„Was kann ich machen?" Lillian, Annie, Belulah und Charity haben einen Großteil des Abendessens bereits auf die Tische im Speisesaal gestellt.

„Läute die Glocke und bring noch das letzte Brot raus." Sarah reicht mir den Korb, der mit einem Tuch abgedeckt ist.

Als die Mieter die Treppe herunterkommen, unterhalten sie sich fröhlich.

„Mama?", frage ich, während ich mit meinem Stuhl an den Tisch heranrücke. „Hat Mr Spencer schon immer erwartet, dass ihr das Essen für die Mieter von euerm Lohn bezahlt? Ich kann mir nicht vorstellen, dass Daddy das mitgemacht hat."

Sie schüttelt den Kopf. „Nein, das Essensgeld ist Teil der Miete, die Spencer von den Gehältern unserer Gäste abzieht. So habe ich es immer verstanden."

Sarahs Augenbrauen senken sich, während sie ihre Suppe löffelt. „Ich erinnere mich, dass Frank eine Bemerkung über Mr Spencers Gier gemacht hat. Ich glaube, Mr Spencer hat vor etwas über einem Jahr damit angefangen, unser Budget zu kürzen." Sie tupft ihren Mund mit ihrer Serviette ab. „Ja, es war kurz vor Thanksgiving letztes Jahr."

Aha! Das bringt etwas mehr Licht in die Sache. „Also kurz nach dem Börsenkrach. Denkt ihr, dass er viel Geld verloren hat?"

Annie blickt durch ihre Wimpern auf, während sie einen Löffel Suppe zum Mund führt. Dabei liegt ein Karottenstückchen gefährlich nah am Rand des Löffels. „Fannie hat nie viel über den Börsenmarkt gesprochen. Sie hat immer nur mit dem Geld ihres Vaters angegeben." Die Karotte fällt von Annies Löffel, plumpst in ihre Schüssel und spritzt Suppe auf ihre Bluse. Annie rümpft die Nase und tupft den Fleck schnell mit ihrer Serviette ab. „Fannie hat mal was von Investitionen erzählt, aber ich habe nicht wirklich zugehört. Solche Dinge interessieren mich nicht."

Mich schon, wenn es um Investitionen in die Mahlzeiten seiner Arbeiter geht. „Es hilft uns nicht weiter, zu wissen, wie es früher war. Die Sache ist, dass Mr Spencer jetzt von uns erwartet, dass wir das Essen der Mieter von unseren Gehältern bezahlen. Dabei verdienen wir jetzt weniger als je zuvor, während Spencer immer noch die gleiche Miete von unseren Gästen kassiert." Er nutzt es aus, dass Daddy nicht mehr da ist. Ich kneife die Augen zusammen. *Diese kleine Ratte.*

„Janessa." Mama wartet, bis ich ihr in die Augen sehe. „Gib der Bitterkeit keinen Raum, Schatz."

„Ich bin nicht verbittert. Ich bin wütend – über Spencers Gier und sein fehlendes Mitgefühl. Wenn wir nicht *unser* Geld ausgeben", sage ich mit einer ausladenden Geste in Richtung Speisesaal, „bekommen *sie* nicht genug zu essen. Und ich kann nicht guten Gewissens zulassen, dass sie den Preis für die Gier dieses Mannes zahlen."

„Jane hat ein gutes Herz, Mama", wirft Lillian ein, während ihre Hand über dem Teller mit den Brötchen schwebt. „Da brauchst du dir keine Sorgen zu machen. Wir müssen nur eine Lösung für dieses Problem finden. Eine gerechte Lösung." Sie zwinkert mir verschwörerisch zu, bevor sie sich ein Brötchen aussucht und es mit Butter bestreicht.

Offenbar hat sie etwas ausgeheckt – einen Plan, den sie noch nicht mit allen teilen möchte … aber was genau hat sie im Sinne?

Nusskuchen mit Essig

Ergibt 8 Portionen

Zutaten
1 Quiche-Boden, Fertigteig
3 Eier
3 EL Butter (Zimmertemperatur)
2 EL Essig
1 Tasse heißes Wasser
¾ Tasse Zucker
½ Tasse Mehl
1 Prise Salz
¾ Tasse gehackte und geröstete Walnüsse oder Pekannüsse

Anleitung
Quiche-Fertigteig in Quicheform geben und blindbacken.
Zucker, Mehl und Salz in einer Schüssel mischen.
Eier aufschlagen, bis sie sehr schaumig sind, dann Butter,
Essig und heißes Wasser beigeben.
Die Mehlmischung hinzugeben und alles gut verrühren.
Im Wasserbad erhitzen und dabei ständig rühren, bis die
Masse dick wird.
½ Tasse Nüsse hinzugeben.
Die Mischung auf den Kuchenboden geben und mit den
übrigen Nüssen bestreuen. Vor dem Servieren abkühlen
lassen.

21

Obwohl bald Weihnachten ist und alle Fenster und Türen offen stehen, ist es brühend heiß in der Küche, da beide Öfen auf Hochtouren laufen. Ich wische mir mit dem Handgelenk den Schweiß von der Stirn, bevor ich meine Fäuste in einen Kuchenteigklumpen auf der Arbeitsplatte drücke. Wir sind gerade dabei, eine Reihe von Weihnachtsleckereien zu backen. Ich nehme ein Nudelholz und rolle es über den Teig, drehe ihn um und wiederhole das Ganze. Dann klingelt die Glocke am Empfang.

Sarah kommt herüber und nimmt mir das Nudelholz ab. „Kümmer du dich bitte drum. Ich mache hier weiter."

Während ich in die Lobby eile, hoffe ich, dass ich kein Mehl im Gesicht habe. Ein Mann mit einem langen weißen Bart steht am Empfang. Er sieht aus wie der Weihnachtsmann in Latzhose. Mein erster Instinkt ist, Willie zu rufen, aber da ich den Mann nicht kenne, lasse ich es sein.

„Guten Tag. Wie kann ich Ihnen helfen?"

Er streckt mir ein zerknittertes Papier entgegen. „Miss Taylor? Lee Campbell zu Ihren Diensten", stellt er sich vor, während er seine Kappe lüftet und sich leicht verbeugt. „Ich bringe Ihnen Ihre fünf Schweine. Den Laster habe ich an der Seite des Hauses geparkt."

Sind alle Schweinezüchter so galant?

Grinsend mustert er meine Stirn.

Automatisch wische ich mit der Hand das Mehl weg, das ich dort vermute. Sein Grinsen wird noch breiter und er deutet mit dem Kopf nach links. Als ich mit der Hand über die linke Seite streiche, zwinkert Mr Campbell mir zu.

Lachend danke ich ihm. „Wir backen gerade Kuchen. Bitte folgen Sie mir, ich zeige Ihnen den Schweinepferch."

Als wir seinen Laster erreichen, hüpfe ich auf das Trittbrett, halte mich am Außenspiegel fest und weise Mr Campbell den Weg zum hinteren Teil des Grundstücks, wo sich die Scheune und die Schweinepferche befinden. Nachdem er seinen Laster in den eingezäunten Bereich gelenkt hat, springe ich ab und schließe das Tor hinter ihm. Eins der großen Schweine beäugt mich durch die Holzlatten der Ladefläche.

Ich lächele Mr Campbell an. „Wenn Sie mir helfen, die Jungs in den Pferch zu bringen, biete ich Ihnen Kaffee und Kuchen für Ihre Mühe an." Hoffentlich ist Willie noch in der Küche, damit er mein Weihnachtsmann-Double kennenlernen kann.

Seine Augen leuchten auf. „Sehr gerne." Wieder zwinkert er genau wie der Weihnachtsmann. „Aber das hätte ich auch ohne Kuchen gemacht." Er schiebt den Riegel der Ladefläche hoch. „Treten Sie zurück."

Ich halte das Tor des Pferchs so auf, dass ich sicher dahinterstehe. Schweine können Fremden gegenüber ziemlich aggressiv werden. Nun trampeln die Tiere die Rampe hinunter und laufen dann schnurstracks in den Pferch, ohne Probleme zu machen. Mr Campbell schließt das Tor für mich und sichert es.

Wieder lächele ich ihm zu und frage möglichst beiläufig: „Wurde die Rechnung an die Spinnerei geschickt?"

„Ja, Ma'am. Das hier" – er streckt mir den Zettel hin – „ist bloß der Lieferschein."

Ich nehme den Beleg entgegen und bete, dass die eigentliche Rechnung nicht irgendwann auch bei mir landet. *Herr, bitte lass Mr Spencer die Rechnung zahlen.*

Während ich zusehe, wie Mr Campbell den Laster verschließt, muss ich daran zurückdenken, wie ich in Willies Alter den Weihnachtsmann getroffen habe. Jenes Weihnachten ist mir sehr lebhaft in Erinnerung geblieben. Ich hatte damals keine Ahnung, dass Mr Patterson in dem Kostüm steckte. Und Mr Campbells Bart ist sogar echt. Nach allem, was dieses Jahr passiert ist, hat Willie ein besonderes Weihnachtsgeschenk verdient.

„Darf ich Sie um einen Gefallen bitten? Ich weiß, dass es viel verlangt ist, aber wir haben einen kleinen Jungen im Haus und Sie sehen wirklich aus wie der Weihnachts–"

„…mann, ich weiß." Er winkt ab. „Ich spiele auch für die Kinder in unserer Kirche immer den Weihnachtsmann. Normalerweise habe ich meinen roten Mantel dabei, aber meine Frau wäscht ihn gerade. Wenn es für Sie in Ordnung ist, mache ich es natürlich gerne in Latzhose."

Nachdem er sichergestellt hat, dass die Schweine eingepfercht sind und munter im Dreck wühlen, wendet er den Laster und parkt ihn dann neben der Küchentür. Gemeinsam gehen wir hinein. Willie hilft seiner Mutter gerade dabei, Bohnen zu putzen.

Als Mr Campbell den Jungen entdeckt, schaut er zu mir und ich nicke bestätigend.

„Ho, ho, ho!"

Wow, er kann das wirklich gut. Willie zuckt beim ersten „Ho" zusammen und wirbelt mit aufgerissenen Augen und offenem Mund herum.

„Sehe ich da etwa, wie der kleine Willie in der Küche hilft? Das gibt natürlich einen Pluspunkt neben deinem Namen auf meiner Liste."

„Der Weihnachtsmann?", staunt Willie.

Mr Campbell hebt wieder seine Kappe an und verbeugt sich. „Stets zu Diensten."

„Wow! Wo ist Ihr roter Mantel?"

„Ach, ein kleiner Junge, der jetzt auf der Liste mit den unartigen Kindern steht, hat nicht auf seine Mama gehört und zu viel Süßes gegessen. Dann hat er sich auf meinen Anzug übergeben. Deshalb wäscht meine Frau ihn gerade."

Willie rückt näher an Mr Campbell heran. Miss Kara bedeckt ihren Mund mit der Hand. Sarahs Schultern beben und Mama starrt auf ihren Schoß, während Annie mich überrascht anstarrt. Sie fragt sich sicherlich, wie ich das geschafft habe. Verschmitzt wackele ich mit den Augenbrauen.

Der Weihnachtsmann setzt sich an den Tisch und bedeutet Willie, sich auf seinen Schoß zu setzen, was dieser auch sogleich tut. Als wir noch draußen waren, habe ich Mr Campbell Willies Wunschliste verraten, er ist also gut vorbereitet.

„Also, Willie, wünschst du dir immer noch einen Spielzeugtruck und einen Revolver wie der von Old Ranger bei *Death Valley Days*?"

Willie klappt die Kinnlade herunter. Ich hätte nicht gedacht, dass seine Augen noch größer werden können, aber es geht. Dann erwacht er zum Leben. „Ja, Herr Weihnachtsmann!"

Miss Kara hat die beiden Spielsachen bereits besorgt und in Mamas Schlafzimmer versteckt.

„Nun, wenn du weiterhin so ein braver Junge bist, werde ich zusehen, dass diese Dinge für dich in meinem Sack landen."

Willie wirft Mr Campbell die Arme um den Hals. „Danke!"

Ich schneide ein Stück von dem noch warmen Kuchen ab. „Willie, gibst du das bitte dem Weihnachtsmann? Wir haben gerade keine Kekse zur Hand", sage ich mit einem Zwinkern.

Ehrfürchtig reicht Willie Mr Campbell den Teller und setzt sich dann an den Tisch, um ihm beim Essen zuzusehen. Den versprochenen Kaffee habe ich bereits hingestellt. Wir unterhalten uns und erzählen Willie, dass die Weihnachtselfen am Nordpol alles so gut im Griff haben, dass der Weihnachtsmann herkommen konnte, um uns die Schweine zu bringen.

„Schließlich war das mein Weihnachtswunsch, erinnerst du dich?"

Willies Faszination ist die erfundenen Geschichten wert.

Als Mr Campbell wieder fort ist, sehe ich nach, wann die nächste Eislieferung kommt. Bisher bezahlt Mr Spencer weiterhin dafür. Der

Liefertermin ist morgen. Das Eishaus wird also bereit sein für das frisch geräucherte Fleisch.

„Ist alles bereit, Jane?", fragt Lillian, die hinter mir steht.

Ich nicke. „Morgen kommt das Eis, dann kann das Eishaus wieder gefüllt werden. Dank dir ist alles vorbereitet. Wenn …"

In diesem Moment fährt ein alter Tourenwagen vor dem Hotel vor. Lillian und ich grinsen uns an, bevor wir hinauseilen, um Maggie Parker und ihre Freundin Sadie Moreland zu begrüßen.

Maggie sieht genau so aus, wie ich sie mir vorgestellt habe – schlank und mittelgroß, wenn auch etwas kleiner als ich. Ihr braunes Haar, das unter ihrem Glockenhut hervorlugt, leuchtet golden in der Nachmittagssonne. Ihre Augen sind hellbraun, fast muskatfarben, und ihr Lächeln ist herzlich und offen.

Ihre Freundin Sadie Moreland übertrifft alle meine Erwartungen. In ihrem ersten Brief hat Maggie erwähnt, dass ihre Freundin halb Yamasee-Indianerin ist und ein ziemliches Unikat. Sie hat recht. Miss Sadie erinnert mich an unsere Sarah. Natürlich nicht vom Aussehen her, aber sie hat etwas Vertrauenerweckendes. Außerdem finde ich es toll, wenn Frauen Hosen tragen. Ich habe auch schon darüber nachgedacht, mir eine zuzulegen. Hosen sind so praktisch.

Ich trete vor. „Guten Tag, ich bin Janessa Taylor und das ist meine Schwester Lillian." Ich strecke die Hand aus. „Meine jüngere Schwester werden Sie auch bald kennenlernen. Miss Sadie, es freut mich, Sie kennenzulernen. Und Sie, Miss Maggie. Danke, dass Sie gekommen sind."

Nachdem Lillian die beiden ebenfalls begrüßt hat, nehmen wir ihre Taschen und führen sie ins Hotel.

„Ich bin auch nicht viel älter als ihr, also bitte lasst das ‚Miss' weg und duzt mich einfach", schlägt Maggie grinsend vor. „Sadie darf natürlich selbst entscheiden."

Ihre Begleiterin schnaubt amüsiert. „Ich bin einfach Sadie, außer für Kinder." Sie zieht eine kleine Blechdose aus der Tasche, öffnet sie und schiebt sich etwas in den Mund. Ich bin mir ziemlich sicher, dass es kein Kautabak ist – ich hoffe es zumindest. Maggie schenkt dem Vorgang keinerlei Beachtung, also nehme ich an, dass es etwas anderes ist. Lillian wirft mir einen Blick zu und zuckt die Schultern, dann grinst sie. Wir folgen den beiden in die Lobby.

An der Empfangstheke stelle ich Sadies Tasche ab. „Ich habe euch schon angemeldet. Das ist in diesem Fall reine Formsache. Aber hättet ihr vielleicht lieber getrennte Zimmer? Wir haben in jedem Zimmer zwei Einzelbetten, aber ihr könnt gerne –"

Maggie winkt ab. „Ein Zimmer reicht. Wir kommen vom Land, Janessa, und sind gute Freundinnen."

„Wenn ihr euch erst frischmachen wollt, können wir –"

Lächelnd unterbricht mich Maggie: „Nicht nötig. Ich kann es kaum erwarten, mich hier umzusehen. Habe ich erwähnt, dass ich noch nie in einem Hotel übernachtet habe?"

Das beruhigt mich. „Wenn wir dieses Hotel nicht leiten würden, könnten wir dasselbe von uns behaupten. Wir führen euch gerne herum. Danach gehen wir in die Küche, damit ihr den Rest der Familie kennenlernen könnt."

Ich lache so sehr, dass mir Tränen über die Wangen laufen und ich mich fast verschlucke. Wenn Maggie und Sadie nichts weiter tun, als an unserem Küchentisch zu sitzen und Geschichten zu erzählen, wird das Wochenende wundervoll werden. Keiner von uns hat so viel gelacht, seit Annie mit 8 Jahren versucht hat, eine Stallkatze zu taufen.

Sadie grinst und schiebt sich noch eine Nelke in den Mund – ich habe endlich herausgefunden, was es ist, als sie in meiner Nähe gelacht hat und ich ihren Atem riechen konnte. „Ihr hättet sehen müssen, wie dieses Pack abgehauen ist und Cal im Stich gelassen hat. Er stand zitternd da und hat Entschuldigungen vor sich hin gestammelt, während Wades Flinte auf seinen Rücken gerichtet war und meine auf sein bestes Stück. Ihr hättet euch kaputtgelacht."

215

Ja, das hätte ich ganz bestimmt. Ich könnte gut etwas von Sadies und Maggies Mumm gebrauchen. „Ich weiß nicht, wie ihr das geschafft habt. Ich hätte eine Heidenangst gehabt."

„Oh, die hatte ich auch", gibt Maggie zu. „Aber Sadie hat mir immer wieder gesagt, dass ich mir nichts anmerken lassen soll. Ich habe jeden Muskel angespannt, um nicht zu zittern. Am nächsten Tag hat mir alles wehgetan."

Heldenverehrung leuchtet aus Annies Augen. Anscheinend bemerkt Maggie es, denn sie sieht Annie an und erklärt: „Ich wollte einfach nur meinen Sohn beschützen und den Lebensmittelladen als sein Erbe erhalten. Der Laden ist alles, was ich ihm geben kann."

Miss Kara zieht die Brauen zusammen. „Aber Sie schreiben doch diese Kolumne mit den Haushaltstipps – ich habe sie in der Zeitung gelesen. Und Willie liebt Ihre Gutenachtgeschichten." Sie schaut kurz zu mir und dann wieder zu Maggie. „Ich … ich versuche mich auch als Schriftstellerin", gibt sie dann errötend zu.

Ich stupse sie an. „Vielleicht könnten Sie Maggie eine Ihrer Geschichten zeigen, wenn es ihr nichts ausmacht."

Tommys Mutter schüttelt so vehement den Kopf, dass ihre Locken um ihr Gesicht tanzen. „O nein, das könnte ich nicht."

Maggie grinst. „Natürlich können Sie. Ich würde gerne eine Ihrer Geschichten lesen. Ich kenne keinen einzigen Autor, der als genialer Schriftsteller zur Welt gekommen ist. Wir brauchen alle etwas Anleitung – manche mehr, manche weniger. Bitte lassen Sie mich etwas von Ihnen lesen. Ich verspreche, dass ich nett, aber ehrlich sein werde."

Zögernd steht Miss Kara auf. „Dann gehe ich eine Kurzgeschichte holen."

Ich strecke die Hand aus und halte sie zurück. „Die über Vera. Holen Sie die."

Ihre Augen blicken mich fragend an. Dann nickt sie und verlässt die Küche. Ich wende mich wieder zu Maggie um.

„Danke. Ich habe versucht, sie zu ermutigen, aber sie hat so wenig Selbstvertrauen und denkt, dass ich ihre Geschichten nur gut finde, weil sie …" Wie erkläre ich das, ohne wieder in Tränen auszubrechen?

Annie platzt heraus: „Weil sie Janessas Schwiegermutter werden sollte."

„Annie!", zische ich beschämt.

Sadie zwinkert mir zu und steht auf. „Das hört sich nach einer Geschichte für ein anderes Mal an. Ich gehe jetzt schlafen. Gute Nacht, meine Damen."

Maggie winkt ihr nach. „Ich komme auch hoch, sobald Kara mir ihre Geschichte gebracht hat", sagt sie und gähnt hinter vorgehaltener Hand.

Ich atme erleichtert auf und werfe Annie einen vorwurfsvollen Blick zu. Als Miss Kara zurückkommt, reicht sie Maggie schüchtern ihre Geschichte.

„Ich kann Ihnen gar nicht genug danken. Sie können ganz ehrlich sein. Auch wenn meine Schreiberei nie zu etwas führen sollte, war es heilsam für mich, die Geschichte meiner Tochter zu schreiben."

Als ich später meine Runde durchs Hotel gehe, um die Lampen zu löschen, halte ich in der Lobby inne. Maggie steht regungslos wie eine Statue auf dem Treppenabsatz und liest die Papiere in ihrer Hand – Miss Karas Geschichte. Ein zufriedenes Lächeln legt sich auf meine Lippen. Ich werde ein paar Minuten später wiederkommen, um die Lampe am Treppenaufgang zu löschen.

Ein Gewehrschuss reißt mich aus dem Schlaf. Kurz darauf folgen zwei weitere Schüsse. Es ist noch dunkel. Panische Angst ergreift mich, bis mir einfällt, dass heute der Schlachttag ist. Aber wer …?

Eilig schlüpfe ich in eine Latzhose und ein Flanellhemd und renne nach unten. Sarah ist bereits in der Küche und fängt gerade mit der Zubereitung des Frühstücks an.

„Mach langsam, Jane. Das ist nur Sadie. Sie wollte die Schweine erlegen, bevor jemand anderes sich einmischt. Sie ist eine hervorragende Schützin, wie ich gehört habe."

Ich atme die Luft aus, die ich angehalten habe. „Das ist gut zu wissen. Bestimmt sind jetzt auch alle anderen wach." Kichernd füge ich hinzu: „Sie ist auf jeden Fall ein guter Wecker." Ich hole mir eine Tasse und schenke mir Kaffee ein. „Hat Sadie schon Kaffee getrunken?" In diesem Moment ertönen noch mehr rasch aufeinanderfolgende Gewehrschüsse und lassen mich zusammenzucken. Heiße Flüssigkeit schwappt mir über die Hand. „Au!"

„Sei vorsichtig, *Lass*. Und nein, hat sie nicht."

Ich tupfe meine Hand ab, schenke Sadie eine Tasse ein und bringe sie zum Pferch hinter der Scheune hinaus. Sadie spricht gerade mit fünf Männern aus dem Dorf und gibt ihnen Anweisungen. Dann töten sie die letzten Schweine schnell und tiergerecht mit jeweils einem Schuss.

Nachdem ich Sadie ihre Tasse gereicht habe, begrüße ich die Männer. „Sarah wird bald noch mehr Kaffee bringen. Ich wusste nicht, dass Sie alle schon hier sind. Vielen Dank für Ihre Hilfe."

Während Sadie ihren Kaffee schlürft, zeigt sie mir etwas, das wie ein Zeltgerüst aussieht. „Hier werden wir die Schweine aufhängen. Es gibt viel zu tun, bevor wir sie zerlegen können. Sie müssen ausbluten, dann müssen wir sie brühen, abschaben und enthaaren. Morgen werden wir sie dann zerlegen." Sie nickt, als einer der Männer ihr eine Frage stellt. „Wir lassen die Tiere über Nacht hier hängen. Deshalb muss man auf kaltes Wetter warten."

Wir haben einiges zu lernen, wenn wir die Schlachtung nächstes Jahr selbst durchführen wollen. Gut, dass wir alle anderen Tiere in die Scheune gebracht haben. Zwischen dem Garten und dem Schweinepferch stehen nun vier große Kessel.

„Die nutzen wir, um das Fett auszulassen", erklärt Sadie. Unter jedem Kessel liegt bereits Feuerholz parat. Morgen nach dem Gottesdienst werden wir die Feuer anzünden.

Wieder danke ich Gott für Maggie und Sadie. Und für meine Schwester Lillian. Sie war es, die Maggie geschrieben hat, um in Erfahrung zu bringen, was wir brauchen. Sie hat das alles vorbereitet. Und ich dachte, Lillian hätte keinerlei Organisationstalent, wenn es nicht gerade um Schleifenbänder und Kurzwaren bei Norton geht. Ich muss mich bei ihr entschuldigen.

Alle packen mit an. Bis 9:30 Uhr sind die Schweine gebrüht, dann schnappt sich jeder einen Schaber und macht sich an die Arbeit. Maggie und ich schaben zusammen ein Schwein ab.

Ich spähe zu ihr hinüber und räuspere mich. „Erzähl mir bitte mehr von Sadie. Sie fasziniert mich."

Maggie mustert mich kurz, dann nickt sie. Gestern Abend ist mir aufgefallen, wie Maggie unsere Reaktionen auf Sadie beobachtet hat. Sie möchte ihre Freundin beschützen.

„Ich nehme an, dass sie in ihrem Leben oft mit Vorurteilen zu kämpfen hatte", füge ich hinzu.

Maggie lächelt. „Das stimmt. Obwohl sie die meiste Zeit ihres Lebens in Rivers End verbracht hat, rümpfen manche Leute immer noch die Nase über sie." Sie verzieht das Gesicht. „Sadie wurde meine erste Freundin, als ich als junge Braut nach Rivers End kam." Maggie sieht zu Sadie hinüber, die gerade mit Mrs Grundy über etwas lacht.

Ich nicke in ihre Richtung. „Das ist mal ein ungleiches Paar." Grinsend erzähle ich Maggie von Mrs Grundys Wandel. „Ich bin froh, dass sie jetzt neue Freundschaften knüpft."

Maggie grinst, während sie ein Rasiermesser über die Haut des Schweins zieht, um die Borsten zu entfernen. „Sadie freundet sich mit jedem an, der es zulässt." Dann erzählt sie mir, wie sie ihre Freundin von der Spanischen Grippe gesund gepflegt hat und wie sich Sadie als kleines Kind ganz allein durchschlagen musste. Schockiert starre ich sie an.

„Das ist ja unvorstellbar! Ich hätte das nie überlebt." Einen Moment halte ich inne und sehe mich nach meinen Schwestern um. Hätten sie es allein geschafft? Meine Achtung für Sadie wächst noch mehr. Doch die beste Geschichte, die Maggie über Sadie erzählt, handelt von ihrer Rache an einer Frau, die sie mal mit einer Tomate beworfen hat. Sadie hat es der Frau heimgezahlt, indem sie ihr bei einer Frauenrechtsdemo ein Protestschild über den Kopf zog. Darüber muss ich so laut lachen, dass Annie herüberkommt und den Grund erfahren möchte.

Dank meiner Unterhaltung mit Maggie vergeht der Vormittag wie im Flug, obwohl meine Armmuskeln von der ungewohnten Belastung schmerzen. Gegen Mittag legen wir eine Pause ein und setzen uns an die zwei alten Holztische im Hof. Es gibt frittiertes Hähnchen. Maggies Augen blitzen schelmisch.

„Ich sollte euch von unserer Schlachtung erzählen und davon, wie meine Schwester Duchess zum ersten Mal Hähnchen frittiert hat."

Man merkt, dass Maggie Schriftstellerin ist, weil sie so gut Geschichten erzählen kann. Wir können Duchess und ihre kulinarischen Missgeschicke förmlich vor uns sehen. Bald lachen wir alle über ihre Eskapaden und jubeln über ihren Erfolg.

Annie seufzt. „Rivers End hört sich wirklich lustig an."

Maggie lächelt nachsichtig. „Annie, es sind die Menschen, die man liebt, die einen Ort lustig oder interessant machen. Rivers End ist sogar noch kleiner als Sweetgum", erklärt sie mit einer Handbewegung zur Straße hinter dem Hotel. „Es besteht nur aus einem kleinen Häuserblock mit Geschäften auf einer Straßenseite und dem Bahnhof auf der anderen. Wir machen Rivers End zu einem lustigen Ort, indem wir Spaß zusammen haben, genauso wie du und deine Schwestern es sicherlich tut."

Annie denkt eine Weile darüber nach, dann erscheint ihr strahlendes Lächeln auf ihrem Gesicht. „Ich weiß, was du meinst. Meine Schwestern *sind* ziemlich lustig, vor allem, wenn wir Scharade spielen." Kichernd fügt sie hinzu: „Sie können ganz schön albern sein."

Lillian bestätigt Annies Worte, indem sie eine Grimasse zieht. Als wir fertig gegessen haben, arbeiten wir weiter, bis es fast Zeit fürs

Abendessen ist. Als wir Feierabend machen, begutachtet Sadie unseren Fortschritt.

„Ihr habt das gut gemacht." Sie spuckt eine Nelke in den Staub. „Wir werden die Tiere morgen nach dem Gottesdienst zerlegen und noch vor dem Abendessen fertig werden."

Was das betrifft, habe ich gemischte Gefühle. Einerseits freue ich mich, dass wir wieder reichlich Fleisch haben werden, andererseits möchte ich mich noch nicht von Maggie und Sadie verabschieden. Ich habe zwei neue Freundinnen gefunden, die ich vielleicht nie wiedersehen werde.

22

Am späten Sonntagnachmittag steigt Rauch aus der gut gefüllten Räucherkammer auf und verbreitet ein köstlich würziges Aroma in der kalten Abendluft. Im Eishaus befindet sich genügend frisches Schweinefleisch für die nächsten Monate. Morgen wird Sarah Würstchen machen und ebenfalls zum Räuchern aufhängen. Die Männer, die uns geholfen haben, waren sehr dankbar für das Fleisch und den Schmalz, die sie mit nach Hause nehmen durften.

In der Mittagspause hat Maggie zu Miss Kara gesagt, dass sie ein Geschenk für sie hat. „Ihre Geschichte hat mich zum Weinen und Lachen gebracht. Sie ist unvergesslich. Sie müssen unbedingt weiterschreiben. Ich wünschte, wir würden in der Nähe wohnen, damit ich Ihnen mehr helfen könnte, aber Sie werden es auch so schaffen. Sie sind ein Naturtalent."

„Danke schön." Miss Karas Wangen glühten vor Freude über Maggies Lob.

„Ich schlage vor, dass Sie Ihre Geschichten der örtlichen Zeitung zukommen lassen. Wenn Sie mir ein paar schicken, kann ich sie auch meinem Redakteur beim *Lawrenceville News Standard* zeigen."

„Vielen, vielen Dank, Maggie", erwiderte Miss Kara mit feuchten Augen. „Deine Meinung bedeutet mir sehr viel."

Da Sadie und Maggie vor dem Abendessen abreisen müssen, bereiten wir ein Picknick vor, das sie unterwegs essen können. Sie fahren heute nach Lawrenceville zurück und morgen früh weiter nach Rivers End.

„Maggie?" Ich lege eine Hand auf ihren Arm, als sie auf den Beifahrersitz ihres Autos klettert. „Ich kann dir gar nicht genug danken.

Wenn ich dir irgendwann bei etwas helfen kann, ruf mich bitte an. Du hast ja jetzt unsere Nummer. Vielleicht können wir uns auch weiterhin schreiben." Ich mag Maggie und möchte mit ihr befreundet bleiben.

Sie schenkt mir ein herzliches Lächeln. „Sehr gerne, Janessa."

Lillian hakt sich bei mir ein, nachdem wir unsere neuen Freundinnen von der Veranda aus verabschiedet haben. „Es war sehr schön mit ihnen. Sadie ist so weise und Maggie bewundere ich auch sehr. Ich würde gerne ihre Schwester Duchess kennenlernen. Ich glaube, ich würde sie mögen."

Ich lehne den Kopf an Lillians Schulter. „Ich hab dich lieb. Weißt du was? Als Maggie mir von ihrer Schwester erzählt hat und davon, wie Duchess sich in Rivers End verändert hat, musste ich an dich denken."

Lillian blinzelt mich verwundert an. „An mich? Warum?"

„Weil *du* dich verändert hast. Du warst immer nur mit deiner Arbeit bei Norton beschäftigt oder hast Pläne geschmiedet, wie du aus Sweetgum entkommen kannst. Aber als Daddy gestorben ist, hast du diesen Traum schnell für uns aufgegeben. Wir haben es dir zu verdanken, dass die Schlachtung so gut geklappt hat, Lillian. Mir war gar nicht bewusst, wie viele Einzelheiten du zu organisieren hattest. Danke."

Sie erwidert nichts, aber ihr Lächeln spricht Bände, als wir in die Lobby zurückkehren. Meine Schwester ist tiefgründiger, als ich dachte. Ich habe immer noch nicht alle Seiten an ihr kennengelernt, aber ich freue mich darauf. Sie ist eine außergewöhnliche Frau und der einzige Mensch, der eine Ahnung davon hat, wie sehr ich immer noch unter der Trennung von Tommy leide.

Wird Lillian jemals heiraten und uns verlassen? Wenn sich die Lage in der Spinnerei nicht grundlegend ändert, bezweifle ich es. Ich weiß, dass *ich* nie heiraten werde. Es gibt keinen zweiten Mann wie Tommy. Jedenfalls nicht für mich. Er ist der Deckel zu meinem Topf, meine bessere Hälfte.

Und ich vermisse ihn von ganzem Herzen. Wird dieser Schmerz je aufhören?

Normalerweise sortiert Annie die Post, aber heute Nachmittag erlernt sie die hohe Kunst des Brotbackens, deshalb übernehme ich diese stumpfsinnige Aufgabe. Man liest den Namen und schiebt dann den Umschlag in den entsprechenden Schlitz. Wir bekommen nicht viel Post und unsere Mieter auch nicht, obwohl ein paar der Damen Zeitschriften abonniert haben. Die sind natürlich immer interessant anzusehen, deshalb blättert Annie sie gerne durch, bevor sie sie einsortiert. Ich muss sie daran erinnern, dass sie das lassen soll. Nachdem ich die Titelseite einer Zeitschrift überflogen habe, rolle ich sie zusammen und stecke sie in das Postfach der Empfängerin.

„Guten Tag, Ma'am."

Als ich aufblicke, bleibt mir der Mund offen stehen. Vor mir steht der attraktivste Mann, den ich je gesehen habe. Er hat tiefblaue Augen, die von dichten, dunklen Wimpern umrandet sind. Eine dunkelblonde Locke fällt ihm in die Stirn. Sein Anzug sieht maßgeschneidert aus – er passt zu gut, um von der Stange oder aus dem Katalog zu sein. Wer ist dieser Mann?

Er stellt seine Tasche ab und lehnt sich an die Empfangstheke. „Archie Quigg ist mein Name. Ich hätte gern ein Zimmer."

Schnell klappe ich meinen Mund wieder zu. Seinem Akzent nach zu urteilen kommt er definitiv nicht aus den Südstaaten. Aber ich kann nicht sagen, ob er aus dem Norden oder dem mittleren Westen ist. Könnte er ein Geschäftsmann sein? Oder ein Partner von Spencer und Forsythe? Nein, er ist zu jung für einen Investor. Andererseits – wie alt muss man sein, um Geld zu investieren? Alt genug, um welches zu haben, nehme ich an.

Ich lege die Post beiseite und schiebe Mr Quigg das Gästeregister zu. „Natürlich, Sir. Sind Sie geschäftlich hier?"

„Könnte man so sagen."

Ist das ein Ja? „Wie lange haben Sie vor, zu bleiben?"

Er füllt das Formular aus, unterschreibt es schwungvoll und schiebt mir das Buch dann wieder mit einem Grinsen zu. „Kommt drauf an. Wie viel kostet denn das Zimmer?"

Ich glaube kaum, dass Geld bei ihm eine Rolle spielt. Dafür ist er zu gut gekleidet. „Da wir ein Vollpension-Hotel sind, kommt es darauf an, ob Sie hier essen oder in *Evans Diner*."

„Um wie viel Uhr servieren Sie denn das Essen?"

„Frühstück um 5:30 Uhr, Mittagessen um 12:00 und Abendessen um 18:30 Uhr."

Er verzieht das Gesicht, als ich die Frühstückszeit erwähne. „Dann werde ich wahrscheinlich im Diner essen. Ich weiß nicht, wie lange meine Termine dauern werden."

„In diesem Fall kostet die Nacht 1,50 Dollar."

Er greift in seine Tasche und holt ein dickes Geldbündel hervor, feuchtet seine Fingerspitzen mit der Zunge an und zählt drei 5-Dollar-Noten ab. „Dann buche ich erst mal zehn Nächte. Mal sehen, wie die Geschäfte laufen."

Benommen vom Anblick des vielen Geldes drehe ich mich zum Schlüsselbrett um. Da er für längere Zeit bleiben will, wähle ich den Schlüssel von Zimmer 212. „Ich werde Sie in Ihr Zimmer führen."

Er streckt seine leere Hand aus. „Ich bin mir sicher, dass ich es finden werde, wenn Sie mir den Weg erklären." Die drei Banknoten liegen auf der Theke, aber das dicke Geldbündel ist nicht mehr zu sehen.

Ich reiche ihm den Schlüssel und zeige ihm die Richtung. „Die Treppe hoch und dann die zweite Tür links."

Lächelnd nimmt er seinen Koffer und verschwindet nach oben. *Meine Güte ... Warte nur, bis Annie ihn sieht.* Annie. Könnte er ... Nein, denn was hätte ein Filmstar in Sweetgum zu suchen? Attraktiv genug ist er jedenfalls. Ich öffne noch einmal das Register und überfliege Mr Quiggs Daten.

Vor- und Familienname: Archibald Louis Quigg
Adresse: Spearmint Avenue 9, Kansas City, Kansas

Er kommt also nicht aus den Nordstaaten, aber sind nicht alle Männer aus dem mittleren Westen Cowboys? Ich gehe zum Fenster hinüber. Es steht kein Pferd vor der Tür, aber auch kein Auto. Wie ist er hergekommen? Ich blicke noch einmal über die Schulter und grinse. Das muss ich meinen Schwestern erzählen.

Wie erwartet finde ich sie im Speisesaal. „Annie? Lillian? Lasst uns die Zimmer reinigen." Wegen der Schlachtung hatten wir am Wochenende kaum Zeit, die Betten zu beziehen. Deshalb müssen wir heute die Zimmer sauber machen. Und die Laken waschen. Uff. Meine Arme tun weh, wenn ich nur an die Waschwanne denke.

Als ich sehe, dass meine Schwestern noch mit den Tischen beschäftigt sind, bedeute ich ihnen, sich zu beeilen. Belulah und Charity können die Tische auch allein eindecken. „Haltet beim Putzen eure Augen und die Zimmertüren offen. Vielleicht bekommt ihr dann unseren neuesten Gast zu Gesicht. Und ihr müsst ihn sehen, um mir zu glauben, wenn ich sage, dass ich noch nie einen attraktiveren Mann gesehen habe." Ich wackele mit den Augenbrauen.

Annie dreht den Kopf und sieht mich von der Seite an. „So attraktiv wie ein Filmstar?"

Man muss einen hohen Standard erfüllen, um diese Bezeichnung von ihr zu verdienen.

Ich nicke, bevor ich auf die Gästezimmer zusteuere. „Das kannst du mir glauben. Er sieht so gut aus, dass es mir die Sprache verschlagen hat."

Annie reißt die Augen auf.

Lillian ist praktischer veranlagt. „Und wer ist er?"

„Sein Name ist Archie Quigg. Er ist irgendeine Art Geschäftsmann."

Sie runzelt die Stirn. „Mehr hast du nicht rausgefunden?"

Während ich in einer Hand Besen und Kehrblech jongliere, öffne ich mit der anderen die Tür zu Zimmer 210. „Was hätte ich tun sollen? Für die Reservierung brauchen wir ja nur Name, Adresse und Bargeld." Warnend halte ich den Zeigefinger an die Lippen und nicke in Richtung Zimmer 212. Dann wiederhole ich seinen vollständigen Namen. „Er kommt aus Kansas City. Mehr weiß ich nicht. Aber er wirkte sehr nett." Die eine Sache, die mich immer noch stutzig macht, lasse ich unerwähnt: Es ist ungewöhnlich, dass ein Geschäftsmann ohne Auto unterwegs ist. Er *könnte* mit dem Zug gekommen sein, aber wie will er dann hier seine Kunden besuchen?

Während Annie den Teppichkehrer über den Teppich schiebt, fege ich den Holzboden und Lillian staubt ab. Nach zehn Minuten sind wir fertig. Als Lillian und ich uns zum Gehen wenden, entdecken wir, dass Annie mit einem Glas an der Wand steht und lauscht.

„Er pfeift vor sich hin."

Lillian zieht sie von der Wand weg. „Das gehört sich nicht, Annie."

Nachdem wir alle Zimmer im ersten Stock gereinigt haben, gehen wir in den zweiten Stock hinauf, wo es neben dem Schlafsaal noch vier Doppel- und Einzelzimmer gibt. Innerhalb von einer Stunde haben wir die Etage fertig gereinigt. Als wir gerade auf dem Weg nach unten sind, öffnet sich Archies Tür und er tritt in den Flur heraus.

Im gleichen Moment klappt Lillian und Annie die Kinnlade herunter. Doch sie erholen sich schnell wieder und schließen gleichzeitig den Mund. Ich muss grinsen.

Er tippt sich an den Hut. „Ah, die reizende Miss Taylor. Und wer sind diese hübschen Damen?"

Lillian lächelt bloß kokett, während Annie hingerissen seufzt. *O weh.* Annies Reaktion hatte ich erwartet, aber Lillians Verhalten überrascht mich.

„Das sind meine Schwestern, Mr Quigg. Das ist Lillian", sage ich mit einem Nicken in ihre Richtung, „und das Annie."

„Sehr erfreut, meine Damen." Er zieht eine Taschenuhr aus der

Westentasche und klappt sie auf. „Da bald Essenszeit ist, können Sie mir vielleicht den Weg zu dem Diner erklären, das Sie erwähnt haben?"

Lillian rückt näher an Archie heran. „Zu *Evans Diner* müssen Sie zur Vordertür hinaus und dann links. Es ist das vorletzte Haus vor der Kreuzung."

Er zieht den Hut und verbeugt sich. „Danke, Miss Taylor."

Wie vom Donner gerührt bleiben wir stehen, während er die Treppe hinabläuft. Dann reden wir alle auf einmal los:

„Denkt ihr –"

„Warum ist er –"

„Er ist der attr–"

Lachend hebe ich die Hände. „Stopp! Wir benehmen uns wie ein Haufen verknallter Teenager."

Annie beugt sich übers Treppengeländer und versucht, einen letzten Blick auf ihn zu erhaschen. „Du hattest recht mit ihm, Jane. Er kann mit jedem Filmstar mithalten, den ich kenne."

Lillian streicht sich die Haare glatt. „Ich weiß, dass Mama immer sagt: ‚Wahre Schönheit kommt von innen'. Aber ich bin mir sicher, dass er auch einen guten Charakter hat." Mit diesen Worten beginnt sie, die Treppe hinunterzulaufen.

Schnell greife ich nach ihren Schürzenbändern und halte sie fest. „Wo willst du hin?"

„Ich habe plötzlich Lust auf Josie Evans' Kirschkuchen bekommen." Lillian reißt sich die Schürze herunter und lässt sie in meiner Hand zurück.

Annie rennt ihr nach. „Ich auch!"

Das ist doch lächerlich. Ich folge ihnen. „Kirschkuchen im Januar?"

„Schon mal was von Konserven gehört, Janessa?", wirft Annie über die Schulter.

„Kommt sofort zurück! Wir haben Mieter zu versorgen." Zögernd bleiben die beiden an der Haustür stehen und wenden sich um. Mit erhobenem Zeigefinger tadele ich sie: „Seid froh, dass ich euch aufgehalten habe. Ihr seid so plump, dass es peinlich ist. Und unschicklich noch dazu."

Annie streckt mir die Zunge heraus. „Du bist doch bloß neidisch." Dann reckt sie das Kinn, öffnet die Tür zu unserer Wohnung und stolziert in die Küche.

Nachdem wir zu Abend gegessen und das Geschirr abgewaschen haben, erfinden Annie und Lillian alle möglichen Ausreden, um die Lobby zu observieren und auf Mr Quiggs Rückkehr zu warten. Ich muss zugeben, dass er ungewöhnlich lange fortbleibt. Eigentlich geht mich das ja nichts an, aber ich fürchte, ich habe vergessen, ihm zu sagen, dass wir die Haustür um 21:00 Uhr abschließen.

Miss Kara schiebt Mama in die Lobby. Unsere Mutter mustert uns von ihrem Rollstuhl aus. „Warum lauft ihr hier wie aufgescheuchte Hühner herum?"

Ich verziehe das Gesicht. „Unser neuer Gast. Ich habe vergessen, ihm zu sagen, wann wir die Tür abschließen."

Annie schlägt die Hände unterm Kinn zusammen. „Mama, du müsstest ihn sehen. Er ist absolut umwerfend."

Miss Karas Blick springt zu mir. Mit einem schiefen Grinsen erkläre ich: „Sie hat recht. Der Mann ist unglaublich gut aussehend. Und meine *Schwestern* sind hin und weg."

Mama öffnet den Mund und schließt ihn wieder. Dann sucht sie meinen Blick, während sie nervös an ihrer Halskette herumfingert. Was immer ihr auf der Zunge liegt, spricht sie nicht aus.

Ich beuge mich zu ihr hinab. „Keine Sorge. Ich behalte sie im Auge."

Um 21:00 Uhr gehe ich in die Lobby und schließe zögernd die Haustür ab. Mr Quigg ist noch nicht zurückgekommen. Ich beiße mir auf die Unterlippe. Was soll ich tun? Ich kann die Tür nicht einfach offen lassen. Es sind so viele Landstreicher in der Gegend und jeder könnte hier hereinspazieren.

Nachdenklich schließe ich die Tür wieder auf und trete auf die Veranda hinaus. Die Nachtluft ist kalt, fast eisig. Fröstelnd reibe ich mir die Arme, während ich mit den Augen die Straße absuche. Zuerst schaue ich in Richtung Diner, dann in Richtung Spinnerei. Die Stadt liegt still und dunkel da. Keine Spur von Mr Quigg.

Als ich wieder im Haus bin, schließe ich die Tür ab und gehe in mein Zimmer. Egal, wie spät ich ins Bett komme, mein Wecker wird morgen um 4:30 Uhr klingeln.

Annie sitzt auf ihrem Bett und liest eine Filmzeitschrift. Als ich eintrete, lässt sie das Magazin auf ihren Schoß sinken.

„Ist Archie zurück?"

„Du meinst Mr Quigg, Annie. Und nein, ist er nicht."

Sie stößt einen Seufzer aus. „Na gut. Aber du hast hoffentlich nicht die Tür abgeschlossen, oder?"

Ich begegne ihrem Blick im Spiegel, während ich mir die Haare kämme. „Was hätte ich tun sollen? Wir können die Tür nicht offen lassen."

Schmollend verschränkt Annie die Arme. „Aber du kannst doch nicht einfach einen Gast aussperren. Außerdem ist es deine Schuld, weil du es ihm nicht gesagt hast."

„Ich weiß … und ich fühle mich schlecht deswegen."

Sie wirft ihre Decke zurück und schnappt sich ihren Morgenmantel. „Also ich gehe jetzt nach unten und warte im Aufenthaltsraum auf ihn."

„Aber Annie, du kannst ihn doch nicht im Morgenmantel empfangen."

Schnaubend reißt sie sich ihren Morgenmantel und ihr Nachthemd vom Leib. „Na schön." Dann zieht sie ein Kleid über den Kopf und schlüpft in ihre Hausschuhe. „So besser?"

Ich nicke, bin aber nicht glücklich über ihr Verhalten. Mr Quigg sorgt für Unruhe, ohne sich dessen bewusst zu sein.

Oder ist es ihm bewusst?

23

Ein lautes Klingeln reißt mich aus dem Schlaf. Gähnend schlage ich auf den Aus-Knopf an meinem Wecker. Dann werfe ich meine Decke zurück und sehe zu Annies Bett hinüber. Es ist leer. *Was?* Sie steht doch nie vor mir auf! Was könnte … ach, stimmt ja. Mr Quigg. Schnell werfe ich mir einen Morgenmantel über und eile nach unten in den Aufenthaltsraum, wo ich Annie tief schlafend auf der Couch vorfinde. Ich rüttele sie an der Schulter.

„Annie? Wach auf, Süße! Zeit, die Eier zu holen."

Sie streckt sich gähnend und will sich gerade noch mal umdrehen, als sie plötzlich hochfährt. „Wo ist Arch… Mr Quigg?"

„Weiß ich nicht. Hast du ihn nicht reingelassen?"

„Nein. Er kam nicht an die Tür."

Ungläubig starren wir einander an. Ich finde zuerst meine Sprache wieder. „Da kann man nichts machen und wir haben sowieso genug zu tun. Komm jetzt."

Ich habe Annie gerade durch die Lobby in unsere Wohnung gescheucht, als Archies Stimme mich zusammenfahren lässt.

„Guten Morgen, Miss Taylor."

Ich wickele den Morgenmantel enger um meine Schultern und drehe mich um. Entweder ist er sehr früh auf den Beinen oder er kommt gerade erst zurück. Aber ich habe die Tür doch noch gar nicht aufgesperrt. Ich will es unbedingt wissen, aber wie frage ich ihn? Am besten möglichst beiläufig. „Guten Morgen. Wie haben Sie geschlafen?"

„Wunderbar, danke. Das Bett ist sehr bequem." Er tippt sich an den Hut und geht zur Eingangstür hinaus – zur *unverschlossenen* Eingangstür.

Wer hat die Tür aufgeschlossen? Und wo geht der Mann um 4:30 Uhr morgens hin?

Hat er wirklich in seinem Bett geschlafen oder will er nur nett sein und nicht sagen, dass er ausgesperrt war? Schnell laufe ich nach oben. Ich muss es wissen. Nachdem ich mich nach allen Seiten umgesehen habe, hole ich den Schlüssel hervor und öffne die Tür zu seinem Zimmer. In seinem Bett hat auf jeden Fall jemand geschlafen. Ich verlasse rückwärts den Raum und verschließe die Tür.

Als ich nach unten komme, ist Annie bereits in der Küche und holt die Eierkörbe.

„Bist du sicher, dass du Mr Quigg letzte Nacht nicht reingelassen hast?", frage ich so leise, dass nur Annie mich hören kann.

„Hab ich doch gesagt. Warum?" Sie reicht mir einen der Körbe.

Ich nehme ihn entgegen und ziehe Annie zur Hintertür hinaus. „Weil er in seinem Zimmer geschlafen hat."

Annie runzelt die Stirn. „Wie kann das sein? Ist er irgendwie an uns vorbeigeschlüpft?"

„Genau das versuche ich herauszufinden." Die kalte Morgenluft lässt mich frösteln. „Die Eingangstür war nicht verschlossen, als er eben gegangen ist."

„Hast du ihn gefragt?"

Ich schüttele den Kopf. „Nein. Ich wusste nicht, wie ich ihn fragen soll, ohne wie eine Schnüfflerin zu klingen."

Annie erstarrt mit der Hand an der Tür zum Hühnerstall. „Vielleicht besitzt er magische Kräfte?"

„Sei nicht albern." Ich kann nicht anders, als die Augen zu verdrehen.

Sie öffnet die Tür und tritt in den Stall. „Dann erklär mir das bitte."

„Kann ich nicht. Aber ich werde ihn im Auge behalten, um es herauszufinden."

„Dabei bin ich dir gerne behilflich", erwidert Annie mit einem kessen Grinsen.

Ich greife unter die erste Henne, nehme ihr Ei und gehe weiter. „Ich kann mir nicht vorstellen, was für Geschäfte er in Sweetgum haben könnte – außer mit Mr Spencer."

„Wen interessiert's?", erwidert Annie belustigt. „Hier ist schon seit Jahren nichts so Aufregendes mehr passiert."

Im dritten Nest fasst meine Hand ins Leere. Das ist nichts Ungewöhnliches. Hühner legen nicht immer jeden Tag ein Ei. Doch das nächste Nest ist ebenfalls leer. Als ich im fünften Nest auch nichts finde, weiß ich, dass wir ein Problem haben. „Sind bei dir auch leere Nester?"

„Ja. Einige."

„Ich habe bisher fünf gezählt. Wenn so viele Hennen nicht legen, verheißt das nichts Gutes." Ganz zu schweigen vom finanziellen Verlust. Wenn die Hühner krank sind, muss ich herausfinden, wie schlimm es ist, und die betroffenen Tiere vielleicht isolieren. „Markier die Nester, die leer waren."

Annie bewegt sich nicht und blickt besorgt drein. „Ich habe am Anfang nicht drauf geachtet. Erst, als du etwas gesagt hast." Tränen blitzen in ihren Augen auf. Die Arme begreift langsam, wie wacklig unsere finanzielle Lage ist.

„Nicht so schlimm, Süße. Achte einfach ab jetzt drauf und markier die Nester." Dann fällt mir auf, dass wir nichts haben, um sie zu markieren. Ich seufze. „Lass uns einfach die restlichen Eier einsammeln. Dann rufe ich Dr. Adams."

Als wir fertig sind, schätze ich, dass etwa ein Viertel unserer Hühner von der unbekannten Krankheit betroffen ist. Wir werden heute keine Eier an den Laden verkaufen können.

Doc Adams setzt das Huhn wieder auf den Boden zurück. Empört über die unsanfte Behandlung huscht es gackernd und flügelschlagend davon. „Sie haben die Pocken."

„Windpocken?"

Der Doc lächelt und schüttelt den Kopf. „Nur Menschen bekommen Windpocken. Hühner haben Geflügelpocken." Er hebt eine andere Henne hoch und spreizt vorsichtig ihre Federn auseinander. „Siehst du die weißen Pünktchen auf der Haut? Und die schorfigen Stellen am Kamm? Das sind zwei der typischen Symptome. Es gibt noch mehr, aber diese beiden sind am auffälligsten. Da manche Hühner auch keine Eier mehr legen, wissen wir, dass sie die Geflügelpocken haben."

„Gibt es ein Heilmittel? Was soll ich tun?" Bei der Vorstellung, die ganze Hühnerschar zu verlieren, wird mir schlecht. Wenn ich jetzt etwas im Magen hätte, würde ich mich glatt übergeben.

Der Doc beruhigt die Henne auf seinem Arm. „Gib noch nicht auf, Janessa. Du kannst sie mit weicher Nahrung füttern und sie an einen warmen, trockenen Ort bringen, wo sie sich erholen können. Bei angemessener Pflege stehen die Chancen gut, dass die Vögel diese Krankheit überstehen."

„Glauben Sie, dass alle unsere Hühner betroffen sind?" *Herr, bitte nicht!*

„Das ist abzuwarten. Habt ihr einen zweiten Hühnerstall?"

„Nein. Wir könnten einen bauen, aber wo?"

„Die Scheune wäre ein guter Platz. Dort ist es trocken. Nimm alle Hennen, die keine Eier legen, und bring sie in den neuen Stall. Ich gebe dir ein Rezept für einen Brei, mit dem du sie füttern kannst. Wenn du morgens neue Hennen findest, die keine Eier gelegt haben, isolierst du sie auch."

Er packt seine Tasche, schreibt das Rezept für mich auf, reicht mir seine Rechnung und geht. Zu allem Überfluss muss ich jetzt auch noch eine Quarantänestation für unsere kranken Hühner bauen. Morgen müssen wir darauf achten, welche Hennen krank sind, und sie dann in den neuen Stall bringen. Und wir müssen die Eier einsammeln. Und Doc Adams bezahlen.

Ich seufze erschöpft, dehne meine Hände, die ich zu Fäusten geballt habe, und öffne dann die Küchentür. Alle sitzen am Tisch und warten auf mich. Soll ich ihnen von den Hühnern erzählen? Dann bemerke ich, dass schon Essenszeit ist. „Danke, dass ihr meine Aufgaben übernommen habt." Ich wasche mir ausgiebig die Hände, um die schlechte Nachricht noch ein wenig aufzuschieben. Schließlich ziehe ich meinen Stuhl zurück und setze mich an den Tisch.

Einen Moment lang sagt niemand ein Wort. Dann fangen alle gleichzeitig an:

„Was hat der Doc gesagt?"

„Werden die Hühner sterben, Miss Jane?"

„Was sollen wir tun?"

Einer meiner Mundwinkel hebt sich zu einem ironischen Lächeln. „Einer nach dem anderen, bitte. Willie, wir hoffen, dass keins der Hühner sterben wird. Sie haben die Geflügelpocken. Wir müssen einen neuen Stall in der Scheune bauen, um die kranken Vögel zu isolieren."

Lillian runzelt die Stirn über ihrer Kaffeetasse. „Wissen wir, wie man das macht?"

Ich schüttele den Kopf. „Ich werde herumfragen oder ein Buch in der Schulbibliothek suchen. Aber wir müssen es möglichst bald machen."

„Ich gehe gleich nach dem Essen in die Bibliothek." Lillian schlägt ihre Serviette aus und breitet sie über ihren Schoß. „Ich glaube, dass wir noch etwas Holz von den Reparaturen in der Scheune haben. Und auf dem Heuboden liegt eine Rolle Hühnerdraht."

Danke, Herr. Hoffnungsvoll setze ich mich auf. „Meinst du, dass noch genug da ist?"

Lillian zuckt die Schultern. „Ich habe nicht die geringste Ahnung. Aber wir werden es bald wissen." Sie nimmt ihre Gabel und spießt ein Stück Hähnchenfleisch auf. Dann hält sie inne und beäugt es skeptisch. „Äh, kann man das essen?"

„Ja. Der Doc hat gesagt, dass die Krankheit für Menschen nicht ansteckend ist."

Trotzdem legt Lillian ihre Gabel ab. „Ich glaube, ich gehe jetzt gleich nach dem Buch suchen." Sie springt auf und verschwindet, bevor einer von uns reagieren kann. Lillian hatte immer schon einen empfindlichen Magen.

Mir ist nach wie vor etwas schwindelig von der Diagnose des Tierarztes. Wenn wir die Hühner verlieren, geht uns nicht nur das Eiergeld flöten, sondern wir müssen auch Eier im Laden kaufen, um unsere Mieter zu versorgen – zu einem hohen Preis. Und Hähnchenfleisch werden wir auch eine Zeit lang kaufen müssen. Trotz meiner wachsenden Verzweiflung setze ich Mama und Willie zuliebe ein Lächeln auf. Unter dem Tisch drückt Miss Kara meine Hand.

Vertrauen. Ich muss Gott vertrauen. Lächelnd frage ich: „Was ist fürs Abendessen geplant?"

Sarah zwinkert mit den Augen. „Suppe, und die steht schon auf dem Herd. Der Brotteig ist auch schon fertig, du kannst dich also um die Hüh–"

Plötzlich fliegt die Hintertür auf und Lillian platzt mit Archie Quigg im Schlepptau herein. „Ratet mal, wer sich mit Geflügelpocken und dem Bau von Hühnerställen auskennt?"

Ich muss erst mal verarbeiten, dass ein Gast in unserer Küche steht, und kann nur hoffen, dass mein Lächeln echt aussieht. Dann stelle ich Mr Quigg Mama, Miss Kara, einer missbilligend dreinblickenden Sarah und Willie vor.

Ich kann Sarah verstehen. Hotelgäste haben in der Küche nichts verloren. Der kleine Willie starrt den Fremden neugierig und ehrfurchtsvoll an. Hoffentlich wird das kein Fall von Heldenverehrung. Meine Schwestern bereiten mir schon genug Sorgen.

Als die nötigen Höflichkeiten ausgetauscht sind, frage ich: „Gehört der Bau von Hühnerställen zu Ihrem Geschäft?"

Mr Quiggs Lachen ist ansteckend und ich erwische mich dabei, wie ich grinse. „Nein. Ich bin auf einer Farm aufgewachsen. Wir hatten Hühner, die auch mal Geflügelpocken hatten. Wir konnten einen

Großteil der Hühner retten. Aber wir müssen schnell handeln. Miss Lillian hat erwähnt, dass Sie noch etwas Holz in der Scheune haben. Darf ich es sehen und die Hühner auch?"

Annie springt als Erste auf. „Kommen Sie mit, ich zeige es Ihnen." Sie nimmt ihn am Arm und führt ihn zur Hintertür hinaus. Lillian folgt ihnen auf den Fersen.

Mama schüttelt den Kopf und stimmt dann in Miss Karas Kichern ein. „Die Mädchen von heute. Wir hätten uns das früher nicht getraut."

Seufzend stehe ich auf. „Ich gehe lieber mit und passe auf, dass es wirklich um einen Hühnerstall geht und nicht um einen Kampf zwischen zwei Schwestern." Mamas Lachen klingt mir noch in den Ohren, als ich zur Hintertür hinausgehe. Was findet sie so lustig?

Als ich die Tür zum Hühnerhaus öffne, kommt Willie von hinten angerannt. „Ich will auch zusehen, Miss Jane."

„In Ordnung, Willie." Er liebt die Hühner und kann gut mit ihnen umgehen. „Vielleicht kannst du uns helfen."

Archie dreht sich zu uns um, als wir eintreten. „Sie haben hier eine ziemlich große Hühnerschar, Miss Taylor." Er nimmt den Hut ab und hängt ihn an einen Nagel.

Sogleich zieht Willie auch seine Mütze aus und hängt sie an einen Nagel unterhalb von Mr Quiggs Hut.

„Nun, wir kochen täglich drei Mahlzeiten für mindestens fünfzig Personen. Da braucht man viele Eier und Fleisch."

„Ich bin beeindruckt. Zuerst müssen wir die Küken aus dem Stall schaffen."

„Ich weiß auch schon, wo wir sie hinbringen", verkündige ich, während ich eins der Küken fange und es Willie reiche. „In Busters Gehege. Und Buster bringen wir ins Haus."

Mr Quigg blickt von mir zu Annie, dann zu Lillian und wieder zurück zu mir. „Buster?"

Willie streichelt das Küken mit einem Finger. „Das ist Miss Janessas Hausfrettchen."

„Er würde den Küken wahrscheinlich nichts tun", sagt Annie mit einem koketten Augenaufschlag. „Er ist schon von klein auf bei uns und weiß gar nicht, wie man jagt."

Sie hat recht, aber … „Lasst uns diese Theorie ein anderes Mal testen. Bringt ihr die Küken rüber, während ich mich um Buster kümmere."

Lillian hält mich zurück. „Was, wenn einer der Mieter das herausfindet?"

„Die Eier haben Priorität – ich denke, da würde mir jeder zustimmen." Ich eile los, um Buster ins Haus zu bringen.

Wenig später sind die Küken im Gehege unter der Veranda untergebracht. Ich trage Willie auf zu beobachten, ob die Küken sich gut eingewöhnen, und gehe dann in die Scheune, um nach den Arbeiten am neuen Stall zu sehen.

Mr Quigg zählt gerade die Bretter ab. „Es ist noch genug Holz da. Fangen wir an."

Ich wähle den besten Platz für den Hühnerstall aus. Annie misst die Bretter ab, Lillian sägt sie zu und Mr Quigg nagelt sie schnell und präzise zusammen.

Als ich neben ihn trete, um ihm zu helfen, bemerke ich: „Sie können das ziemlich gut."

Er blickt mich von der Seite an, bevor er wieder auf den Nagel zwischen seinen Fingern schaut. „Sie klingen überrascht." Der Hammer trifft den Nagel einmal, zweimal, dreimal – und ist im Holz versenkt.

„Ja, das bin ich in der Tat. Der Bau von Hühnerställen gehört nämlich normalerweise nicht zu den Fertigkeiten eines Geschäftsmanns."

Er gluckst und nimmt das nächste Brett zur Hand. Ich halte es für ihn fest, damit er es an das darunterliegende Brett nageln kann. Dann versuche ich es mit einer anderen Taktik.

„Sie haben gesagt, dass Sie auf einer Farm aufgewachsen sind. Wie war es dort?"

Annie und Lillian hören auf zu arbeiten und treten näher heran.

Er sieht mich kurz an, bevor er sich wieder seiner Arbeit zuwendet. „Ähnlich wie hier, nur größer."

„Wie hier?" Annie lacht. „Wir sind doch keine Farm."

„Doch, natürlich. Sie züchten Tiere und bauen Gemüse an."

Hm, eins zu null für ihn. Aber er hat immer noch nichts von sich preisgegeben. Das kommt mir seltsam vor, andererseits spricht er vielleicht nicht gern über sich.

Lillian tritt neben ihn. „War Ihre Farm über mehrere Generationen hinweg im Besitz Ihrer Familie?"

Ist sie bloß neugierig oder flirtet sie mit ihm?

„Meine Großeltern haben das Land 1863 besiedelt."

Ich reiche ihm das nächste Brett. „Und Sie wollten nicht Farmer werden?"

Ein einseitiges Schulterzucken ist seine einzige Antwort. Dann hämmert er schnell und präzise weiter.

„Ich muss sagen, dass Ihre Fähigkeiten als Schreiner ziemlich beeindruckend sind. Sogar Daddy hat ab und zu einen Nagel verbogen, wenn er etwas gebaut hat."

Diesmal erhalte ich bloß ein Grinsen zur Antwort. Ich geb's auf. Ob er sich mit seiner Familie zerstritten hat? Irgendwie tut er mir leid.

Wir bauen den Stall fertig und setzen die kranken Hühner hinein. Dann hole ich den Futterbrei, den Sarah zubereitet hat, und gebe ihn in ein paar Schüsselchen.

Als wir fertig sind, tippt Mr Quigg sich an den Hut und geht, ohne einen Blick zurückzuwerfen. Meine Schwestern stehen neben mir und beobachten, wie er um die Ecke des Hotels verschwindet. Ich bin mir jedoch ziemlich sicher, dass sie ihm aus anderen Gründen hinterhersehen als ich.

Ich würde meine Sonntagsschuhe hergeben, um seine Geschichte zu erfahren. Aus irgendeinem Grund macht er mich nervös.

24

„Jane, Telefon!", ruft Annie aus dem Flur.

Ich lasse die Laken auf Mrs Grundys Bett fallen und eile die Treppe hinunter. Während ich den Hörer entgegennehme, deute ich mit dem Kopf in Richtung Gästezimmer und flüstere lautlos: „Betten." Meine Schwester nickt und geht nach oben, um da weiterzumachen, wo ich aufgehört habe.

„Hallo?"

„Miss Taylor, hier ist Lee Campbell. Ich habe die Schweine geliefert."

Sein Gesicht erscheint vor meinem geistigen Auge. „Ja, ich erinnere mich. Sie haben auch für einen sehr aufgeregten kleinen Jungen den Weihnachtsmann gespielt."

Ein Glucksen erklingt in der knisternden Leitung. „Das habe ich gern gemacht. Aber jetzt gibt es ein kleines Problem. Mr Spencer weigert sich, die Rechnung für die Schweine zu bezahlen."

„Was?" Das ist das Letzte, was ich jetzt gebrauchen kann. Ich atme tief durch, um das Zittern in meiner Stimme zu verbergen. „Können Sie mir einen Tag Zeit geben, damit ich mit ihm reden kann? Ich verspreche, dass ich Sie so bald wie möglich zurückrufe."

„Ja, natürlich. Danke." Als er aufgelegt hat, hänge ich den Hörer zurück.

In dem Moment läuft Lillian mit einem Stapel Laken durch die Lobby, der ihr bis zur Stirn reicht. Sie späht um die Bettwäsche herum. „Kannst du mir helfen?"

„Klar." Ich nehme ihr die Hälfte ab, dann steigen wir gemeinsam die Treppe hinauf.

Lillian sieht mich von der Seite an und runzelt besorgt die Stirn.

„Du siehst unglücklich aus. Was ist los? Sind noch mehr Hühner krank geworden?"

Ich schüttele den Kopf. „Mr Spencer weigert sich, die Schweine zu bezahlen."

Lillian stolpert und lässt die Laken fallen. Zwei kullern ein paar Stufen hinunter. „Was? Kann er das denn?"

„Wie es aussieht, macht er es einfach." Ich setze meinen Stapel ab und helfe Lillian, ihre Laken wieder aufzusammeln. „Mr Campbell hat angerufen und es mir mitgeteilt. Ich muss Mr Spencer damit konfrontieren, aber das wird bestimmt kein Spaß."

Lillian stupst mich mit der Schulter an. „Ich komme mit, wenn du willst."

„Danke." Ich freue mich über ihre Unterstützung. Wenn Lillian will, kann sie ganz schön einschüchternd sein.

Gemeinsam beziehen wir die restlichen Betten und reinigen die Zimmer – alle bis auf Mr Quiggs. Lillian klopft an seine Tür, wie wir es immer tun, für den Fall, dass ein Gast nicht auf der Arbeit ist. Mr Quigg öffnet uns.

Sein Hemd ist nicht in die Hose gesteckt und er ist barfuß. „Ah, die Miss Taylors." Er beäugt die Laken in Lillians Hand. „Geben Sie mir die. Ich beziehe mein Bett selbst. Die schmutzigen Laken lege ich dann hier in den Flur. Danke." Er nimmt die Bettwäsche entgegen und schlägt uns die Tür vor der Nase zu.

Völlig perplex starren Lillian und ich einander an.

„Das glaub ich nicht." Lillian hebt die Hand, um noch einmal zu klopfen, aber ich halte sie zurück und zerre sie weiter.

„Wenn er sein Bett selbst machen will, können wir es ihm nicht verbieten", flüstere ich.

Sie hebt eine Schulter. „Ich weiß, ich wollte nur eine Gelegenheit, um noch ein wenig mit ihm zu plaudern."

„Du bist ja völlig vernarrt in den Typen." Ich schüttele den Kopf. „Dabei wissen wir doch gar nichts über ihn."

Lillian grinst frech. „Doch, das tun wir. Er kommt aus Kansas und ist auf einer Farm aufgewachsen."

Ich folge ihr die Treppe hinunter. „Hörst du dich eigentlich selbst reden? Du klingst wie Annie."

„Unsinn. Annie ist zu jung für ihn. Du musst doch zugeben, dass er der bestaussehende Mann ist, den wir seit langer Zeit in Sweetgum gesehen haben – oder sonst wo. Ich bin bereit, mit Annie um ihn zu konkurrieren." Sie wirft den Kopf zurück, verschwindet in ihr Zimmer und schließt die Tür hinter sich.

Miss Kara streckt den Kopf in den Flur. „Hat Lillian gerade gesagt, dass sie mit Annie konkurrieren will?"

Seufzend folge ich ihr in die Küche. „Ja. Sie sind beide in Mr Quigg verknallt. Ich bin etwas besorgt deswegen."

Sarah rührt gerade Kuchenteig an. „Sorgen sind wie ein Triebmittel – sie halten dich auf Trab."

Einen Moment lang denke ich darüber nach, dann sage ich lachend: „Das ergibt keinen Sinn."

Sarah grinst. „Ich weiß. Meine Mutter hat das immer gesagt. Sie meinte damit, dass Sorgen uns wachsam machen – auf Trab halten."

Ich wiege Mehl für das dreifache Brotrezept ab. „Es beunruhigt mich, dass er so verschwiegen ist und nichts von sich preisgibt." Nun wiege ich Hefe, Zucker und Salz ab und gebe es zum Mehl.

Miss Kara steht neben mir an der Theke und schält Kartoffeln. „Was meinst du damit?"

„Ich habe ihm schon einige Fragen gestellt und irgendwie weicht er mir immer aus." Ich drücke eine Kuhle in die Mehlmischung und gieße dann das Wasser und die aufgeschlagenen Eier hinein, bevor ich alles mit den Händen vermische. „Ich glaube, dass er Streit mit seiner Familie hatte und deshalb von der Farm weggegangen ist."

„Muss ein schlimmer Streit gewesen sein, wenn er deshalb sein Heim verlassen hat." Sarah taucht einen Löffel in den Eintopf, um ihn zu probieren. Dann nickt sie und legt den Löffel in die Spüle.

„Meinst du? Hm, könnte sein. Männer sind ehrgeiziger. Vielleicht hat er einen Bruder, der den Löwenanteil der Farm geerbt hat." Das sind natürlich bloß wilde Spekulationen, aber Mr Quigg verbirgt etwas, da bin ich mir sicher.

„Nun, er scheint sich ein erfolgreiches Leben aufgebaut zu haben", sagt Miss Kara. „Das ist die Hauptsache."

„Vermutlich, ja." Nachdem ich den Teig durchgeknetet habe, lege ich ihn in eine große, eingefettete Schüssel, decke ihn mit einem Tuch ab und stelle ins Warmhaltefach. Dann fange ich gleich mit dem nächsten Teig an. Brotbacken ist bei uns eine Sisyphusarbeit.

Während ich den Teig knete, überlege ich, was ich Mr Spencer sagen werde. Was soll ich tun, wenn er sich weiterhin weigert? Ich kann die Schweine nicht zurückschicken. Er muss entweder die Rechnung übernehmen oder uns das Geld geben, das die Mieter fürs Essen bezahlen.

Aber was, wenn er das nicht tut? Ein Schauer läuft mir über den Rücken.

Letztes Mal, als ich in Mr Spencers Büro saß, war ich so nervös, dass mir kaum aufgefallen ist, wie wenig sein Büro zum restlichen Gebäude passt. Während die Spinnerei aus verwitterten Ziegeln und rauem Holz besteht, protzt dieser Raum vor poliertem Mahagoniholz und schweren Samtvorhängen. Auch die dick gepolsterten Möbel sehen sehr teuer aus. Dieser Widerspruch zeugt von Mr Spencers Gier.

Lillian sitzt neben mir und versucht angestrengt, ihre Abneigung zu verbergen. Sie ballt die Hände immer wieder zu Fäusten auf ihrem Schoß.

Mr Spencer lehnt sich in seinem Stuhl zurück und verschränkt die Arme vor der Brust. Seine Augen werden zu schmalen Schlitzen und er zieht die Mundwinkel nach unten. „Ich *muss* gar nichts, Miss Taylor. Sie bekommen ein großzügiges Gehalt von mir."

Großzügig? Der Mann hat Wahnvorstellungen.

„Sie können das Essen für das Hotel im Laden bestellen", fährt Mr Spencer fort. „Lassen Sie es anschreiben. Wenn es für die Mieter ist, werde ich es von ihrem Essensgeld abziehen. Aber wenn es für Ihre Familie ist, bezahlen Sie es von Ihrem eigenen Lohn."

„Wir sparen Ihnen Geld, indem wir Schweine und Hühner selbst schlachten."

Er zuckt die Schultern. „Das ist *Ihre* Entscheidung."

Die Tür wird geöffnet. „Daddy, kannst du …? Oh." Als Fannie Spencer uns sieht, bleibt sie auf der Türschwelle stehen und blickt drein, als wäre sie in Gänsekot getreten. Mr Spencers Augen leuchten auf, als seine Tochter eintritt. Ein Pelzkragen ziert ihren blassrosa Mantel. Ich nehme an, dass es kein Kunstpelz ist.

„Komm rein, mein Schatz. Die Taylors wollten gerade gehen."

Ich stehe auf. „Und das ist Ihr letztes Wort?"

„Ja."

Lillian geht in Angriffsposition. „Sie sind ein harter Mann, Benjamin Spencer. Wir haben die Tiere bereits geschlachtet, um *Ihre* Arbeiter zu versorgen."

Eine seiner Augenbrauen schnellt für eine Sekunde nach oben. „Ihre Entscheidung. Sie haben mich nicht gefragt."

Aufgewühlt verlassen wir das Büro. Sobald die Tür hinter uns ins Schloss gefallen ist, packt Lillian mich am Arm und zerrt mich hinter sich her. Mit wehenden Röcken folge ich ihr. Draußen blendet mich das grelle Sonnenlicht, sodass ich über die Türschwelle stolpere. Ich befreie meinen Arm aus Lillians Griff, um nicht die Stufen hinunterzufallen.

„Jetzt können wir nur noch eins tun, Jane."

„Was? Und lauf langsamer, um Himmels willen." Erst jetzt bemerkt Lillian, dass ich Mühe habe, mit ihr Schritt zu halten.

„Oh, 'tschuldigung." Sie läuft langsamer. „Wir schreiben Mr Forsythe einen Brief. Ich bin mir ziemlich sicher, dass er nicht weiß, was Spencer hier treibt."

„Vermutlich hast du recht. Ich kann immer noch nicht glauben, dass er so starrköpfig ist. Seine Gier kennt wirklich keine Grenzen. Das Essensgeld steht uns doch zu. Die Arbeiter zahlen es zusätzlich zur Zimmermiete." Meine Fingernägel graben sich in meine Handflächen.

„Mir brauchst du das nicht zu sagen. Und unsere Mieter würden sich ziemlich bald beschweren, wenn wir ihnen noch weniger Fleisch vorsetzen." Lillian schüttelt den Kopf. „Ich will Spencer nicht anschwärzen, aber vielleicht bleibt uns keine andere Wahl." Sie seufzt und blickt über die Schulter zur Spinnerei zurück. „Am liebsten würde ich –"

Ich nehme ihre Hand. „Nein. Denk daran, was Daddy immer gesagt hat: Rache und Bitterkeit gehen Hand in Hand." Plötzlich trifft mich ein neuer Gedanke wie ein Blitz. Ich bleibe stehen. „Was, wenn Mr Forsythe sehr wohl von Spencers Machenschaften *weiß* und damit einverstanden ist?"

„Dann müssten wir neu überdenken, was wir tun." Sie sieht mich an. „Wie lange können wir noch weitermachen, ohne alles zu verlieren, was wir haben?"

Viel haben wir nicht. Aber wo könnten wir hin, wenn wir diesen Ort verlassen? Das Land steckt in einer Wirtschaftskrise. Manche nennen sie schon die Große Depression.

Mir sinkt der Mut. Es gibt nicht viel Arbeit da draußen und wir haben nichts gelernt, außer dieses Hotel zu führen.

Nach dem Abendessen gehe ich geradewegs ins Wohnzimmer, wo Willie bereits vor dem Radio auf dem Boden sitzt und auf den Beginn seiner Lieblingssendung, *Mystery House*, wartet. Ich muss jetzt diesen Brief schreiben, deshalb setze ich mich an den Schreibtisch und hole einen Bogen Briefpapier hervor.

Aber die Worte wollen einfach nicht kommen. Nachdenklich kaue ich auf meinem Füllfederhalter herum und starre auf das leere Blatt.

Was hat Sadie Moreland noch gesagt? Ach ja, die Frauen der Südstaaten haben Stahl in ihren Adern. Das gefällt mir. Ich nehme all meinen stählernen Mut zusammen und tauche meinen Füller ins Tintenfass.

Sehr geehrter Mr Forsythe!

Meine Hand hält inne. Wie drücke ich das am besten aus? *Ihr Geschäftspartner ist ein Gauner?*

Miss Kara schiebt Mama ins Zimmer. Lillian ist ebenfalls dabei.

Ich schaue von meinem Brief auf, als sie hereinkommen. Mama bittet Miss Kara, sie zum Schreibtisch zu schieben.

„Woran arbeitest du da, Schatz?" Mama schlingt die Wolldecke enger um ihr Bein.

„Ich schreibe einen Brief an Mr Forsythe, um ihm zu erzählen, was sein Geschäftspartner hier treibt."

„Wähle deine Worte mit Bedacht, Janessa. Versuch, auf Mr Spencers Fehler hinzuweisen, ohne ihn anzuklagen."

„Das ist mein Dilemma – die richtigen Worte zu finden."

Mama tätschelt mir das Knie. „Ich werde für dich beten."

„Danke." Ich beuge mich hinüber und gebe ihr einen Kuss auf die Wange.

Lillian schiebt Mama zu Miss Kara und Willie ans Radio, dann kommt sie zurück und stellt sich hinter mich. „Brauchst du Hilfe?"

„Ich möchte gerne, dass du meinen Entwurf durchliest, wenn ich fertig bin." Stirnrunzelnd sehe ich mich im Wohnzimmer um. „Wo ist eigentlich Annie?"

Lillian hebt ihre Oberlippe leicht an. „Sie hat Mr Quigg zum Gemischtwarenladen begleitet. Offenbar wollte er sich ein Buch besorgen."

Ich erhebe mich von meinem Stuhl. „O nein!"

Mama blickt über ihre Schulter. „Ich habe es erlaubt, Jane. Mach dir keine Sorgen."

Verstohlen schaue ich zu meiner großen Schwester. Es ist eine Sache, wenn *sie* in den Mann verknallt ist, aber Annie ist jünger und noch nicht so reif wie Lillian.

Nach einer Weile verzieht sie das Gesicht. „Wir müssen das Ganze einfach beobachten. Der Laden ist jetzt geschlossen, also werden die beiden jeden Augenblick zurückkommen." Mit diesen Worten setzt Lillian sich zu Mama aufs Sofa.

Ich nehme meinen Füller wieder in die Hand.

Sehr geehrter Mr Forsythe!
Ich hoffe, es geht Ihnen gut. Ich schreibe Ihnen aus
Sorge um …

Ich halte inne und lege den Füller ab, dann hebe ich den Blick zum Himmel. *Ich brauche Weisheit, Herr.*

Nach meinem Stoßgebet nehme ich den Füller wieder zur Hand, aber mir fällt immer noch nichts ein. Kein Wort. Ich habe bloß das seltsame Gefühl, dass ich warten sollte. Nachdenklich kratze ich mich am Nacken. Mama schaut auf und begegnet meinem Blick. Sie neigt den Kopf und hebt fragend die Augenbrauen.

Ich gehe zu ihr hinüber, beuge mich hinab und flüstere: „Können wir reden?"

Als sie nickt, schiebe ich sie in den Flur hinaus und schließe die Tür hinter uns. Miss Karas Tür gegenüber steht einen Spaltbreit offen.

„Mama, ich weiß, dass du um Weisheit für mich gebetet hast. Das habe ich auch getan. Aber ich habe einfach das Gefühl, dass ich noch warten sollte. Wir haben aber keine Zeit mehr. Ich will dich nicht beunruhigen, aber Mr Spencer weigert sich, die Schweine zu bezahlen."

Ihre Nasenflügel beben, aber sie sagt nichts.

„Wenigstens werden wir nächstes Jahr keine kaufen müssen. Wir haben acht Ferkel im Pferch."

Darüber lächelt sie. „Gott hat immer noch alles unter Kontrolle,

Janessa. Und ich habe dieselbe Antwort bekommen wie du. Warte." Sie greift über ihre Schulter nach meiner Hand. „Gott wird uns zeigen, wann die Zeit gekommen ist."

„Hoffentlich bald. Sarah streckt die Eier schon so gut es geht, aber jetzt, wo die Hühner krank sind, wird es noch knapper. Ich bezweifle, dass ich in nächster Zeit Eier an den Laden verkaufen kann."

Mein Herz zieht sich zusammen und Furcht steigt aus meiner Magengegend auf. Wie soll ich Mr Campbell ohne Eier bezahlen? Und wenn wir die Schweine nicht bezahlen können ...

Ich spinne den Gedanken nicht weiter. Ich weiß, was passieren wird, wenn wir nicht zahlen können. Man wird uns auf die Straße setzen. Schlimmer noch: Unser Ruf wird ruiniert sein. Und das darf ich nicht zulassen. Koste es, was es wolle.

25

Als Lillian durch die Eingangstür in die Lobby platzt, erschrickt sie mich so sehr, dass ich die Post fallen lasse. „Langsam! Du hast mich halb zu Tode erschreckt."

Völlig außer Atem umfasst sie mein Handgelenk. „Genau dich habe ich gesucht. Rate mal, was passiert ist!"

„Du und Mr Quigg habt geheiratet?" Ich mache nur Witze … mehr oder weniger.

Sie winkt ab. „Sei nicht albern. Annie und ich haben doch nur ein wenig Spaß. Der Mann ist viel zu gut aussehend für meinen Geschmack. Er würde wahrscheinlich den ganzen Tag nur vor dem Spiegel stehen."

Erleichtert lache ich auf, bevor ich die Post vom Boden aufhebe und auf die Empfangstheke lege.

„Aber du hast falsch geraten." Lillian hebt eine Augenbraue. „Ich war gerade im Büro des Sheriffs."

„Was hat er gesagt? Irgendwas über die Ermittlungen?"

„Er war gar nicht da. Aber der gute alte Deputy Limehouse schon." Sie grinst und neigt kokett den Kopf, während sie eine Hand an den Hinterkopf legt. „Ich habe ein paar der Fähigkeiten angewandt, die ich in der Kunst des Flirtens erlernt habe."

Ich staune. Die würdevolle Lillian? „Was hast du gemacht?"

Sie gluckst und führt einen kleinen Freudentanz auf. „Nachdem ich den knallharten Deputy völlig aus der Rolle gebracht habe, hat er durchblicken lassen, dass die Ermittlungen vorerst eingestellt wurden." Ihre Euphorie verfliegt. „Sie sind auf eine Mauer des Schweigens gestoßen." Lillian läuft im Kreis herum und gestikuliert dabei mit den Händen. „Niemand weiß etwas, niemand hat etwas gesehen oder gehört. Einige behaupten, dass es eine Art Explosion gab." Sie runzelt die Stirn, stemmt die Hände in die Hüfte und stößt dann einen langen Seufzer aus. „Deputy Limehouse hat mich gebeten, dem Sheriff bloß nicht zu verraten, dass er mir das erzählt hat. Ich habe ihm versichert, dass ich nichts sagen werde."

Der Deputy ist mir doch völlig egal. „Was bedeutet das jetzt für uns?"

Lillian verschränkt die Arme und grinst selbstzufrieden. Es macht ihr offensichtlich Spaß, mich auf die Folter zu spannen! Das heißt also … Ich kneife die Augen zusammen. „Was hat der betörte Deputy dir noch erzählt?"

„Er hat auch durchblicken lassen, wo wir Dougie Anderson und Lonnie Culpepper finden. Das errätst du nie!"

Warum meine große Schwester immer ein Ratespiel aus allem machen muss, werde ich wohl nie verstehen, aber diesmal gewinne ich. „Porterdale."

Ihre Mundwinkel senken sich und sie runzelt die Stirn. „Woher weißt du das?"

Ich kann mir ein Grinsen nicht verkneifen. „Aus drei Gründen. Erstens …" Ich halte den Zeigefinger hoch. „*Bibb Mill* ist die größte Spinnerei in Georgia." Ich strecke den zweiten Finger aus. „Zweitens: Porterdale ist nicht weit von Sweetgum entfernt. Drittens: *Bibb Mill* sucht immer nach guten Leuten. Wurden sie dort als Aufseher eingestellt?"

Lillian nimmt die Post, liest die Adresse auf dem ersten Umschlag und reicht ihn mir dann. „Ich weiß es nicht. 301."

Ich nehme den Umschlag entgegen und schiebe ihn ins entsprechende Postfach.

Sie liest die nächste Adresse. „207. Aber lass uns versuchen, ein Auto zu leihen und hinzufahren." 304."

„Doc Adams hat ein Auto, aber wenn er einen Notruf bekommt,

braucht er es. Er ist also raus." Nachdenklich massiere ich mein Ohrläppchen.

Lillian reicht mir eine Zeitschrift. „Für Mrs Grundy. Hey, was ist
mit Mr Patterson? Meinst du, dass er uns das Auto seiner Frau leihen
würde? Du *musst* ihm ja nicht erzählen, wozu wir es brauchen."

„Es gibt keinen Grund, ihm die Wahrheit zu verschweigen. Er ist
Mr Spencer gegenüber genauso misstrauisch wie ich. Mary hat mir
erzählt, dass er darüber nachgedacht hat, zu kündigen. Aber er hat
dann doch entschieden, zu bleiben, um zu versuchen, Mr Spencer
positiv zu beeinflussen."

„Als ob das funktionieren würde." Lillian reicht mir den letzten
Umschlag. „208. Es gibt zu viele skrupellose Aufseher, ganz zu schweigen davon, dass ein paar von Spencers Schergen in der Spinnerei arbeiten. Ehrlich gesagt überrascht es mich, dass Mr Patterson noch
nicht wegen seiner Freundschaft mit uns gefeuert wurde."

Mir dreht sich der Kopf, wenn ich versuche, das alles zu begrei-
fen. „Es passieren merkwürdige Dinge hier. Erst lässt Spencer etwas
den Druck raus, indem er das Hotel reparieren lässt. Jetzt erhöht er
den Druck wieder, indem er sich weigert, die Schweine zu bezahlen.
Entweder führt er etwas im Schilde oder er hat vergessen, was wir
wissen."

„Was wir vermuten", korrigiert mich Lillian mit erhobenem Zeigefinger.

Ich schnaube verärgert. „Na gut, dann halt vermuten. Aber komm
schon, jeder mit einem Funken Verstand kann die Wahrheit erkennen. Wo steht noch mal die biblische Geschichte mit der Hand, die
etwas an die Wand schreibt?"

„In Daniel 5,5", antwortet Mama, die gerade im Durchgang zu
unserer Wohnung erscheint. Sie lacht leise, während Miss Kara sie in
die Lobby schiebt. „Gott nutzt manchmal erschreckende Methoden,
um unsere Aufmerksamkeit zu erregen. König Belsazars Aufmerksamkeit hatte er auf jeden Fall."

Ich grinse Lillian an. „Stimmt! Sein Vater Nebukadnezar hatte die goldenen und silbernen Gefäße aus dem jüdischen Tempel geklaut. Belsazar ließ sich die Becher bringen, um daraus zu trinken, aber bevor er sie verunreinigen konnte, griff Gott ein."

Ein angriffslustiges Funkeln glimmt in Lillians Augen auf. „Ich frage mich, was Gott tun wird, um Mr Spencer aufzurütteln. Spencer fügt Gottes Kindern hier in Sweetgum sehr viel Leid zu."

Die Häuser der Aufseher sind größer als die der regulären Arbeiter. Die Pattersons haben drei Schlafzimmer. Ihre Toilette ist auf der hinteren Veranda statt im gemeinsamen Innenhof zwischen den Häuserreihen. Außerdem sind ihre Hauswände verkleidet und gestrichen. Mrs Patterson hat an allen Fenstern schöne Vorhänge aufgehängt, so wie Mama im Hotel, obwohl die im Hotel nicht so bunt sind und aus günstigeren Stoffen bestehen.

Die Nachmittagssonne scheint durch die Jalousien herein und wirft helle Streifen auf den Parkettboden. Ich sitze im Wohnzimmer und warte, bis Mary ihren Vater geholt hat. Als er eintritt, springe ich auf.

„Janessa, was kann ich für dich tun, meine Liebe? Setz dich, bitte. Wir sind nicht so förmlich hier."

Andere Aufseher erwarten, dass alle vor ihnen katzbuckeln, aber nicht Mr Patterson. Mit einem dankbaren Seufzen lasse ich mich wieder auf die Couch sinken. „Danke. Ich möchte Sie um einen großen Gefallen bitten und weiß nicht genau, wie ich anfangen soll."

Mary setzt sich neben mich, um mich zu unterstützen, während ihr Vater sich in einem blauen, dick gepolsterten Ohrensessel neben der Couch niederlässt. Dann streckt er die Hand aus und berührt meinen Arm. „Ich habe gelernt, dass es am einfachsten ist, direkt auf den Punkt zu kommen."

Ich hole tief Luft. „Ich muss nach Porterdale und habe kein Auto, um hinzufahren."

Lächelnd hebt er eine Augenbraue. „Das ist doch kein Problem.

Wir können dir eins leihen. Aber könntest du mir bitte sagen, warum du dorthin musst?"

Mein Magen zieht sich zusammen. Ich hatte nicht erwartet, dass er fragen würde. Ich weiß zwar, dass ich ihm vertrauen kann, aber trotzdem bleibt ein kleiner Rest Sorge zurück. Daddy hat auch immer aufgepasst, was er in Mr Pattersons Nähe gesagt hat – um Mr Pattersons willen. Er könnte aus Versehen etwas in der Spinnerei ausplaudern und uns alle in große Schwierigkeiten bringen.

Aus demselben Grund wähle auch ich meine Worte mit Bedacht. „Ich muss mit ein paar Leuten reden, die in der Spinnerei von Porterdale arbeiten. Mr Spencer weigert sich, die Schweine zu bezahlen, die wir geschlachtet haben. Ich möchte wissen, wie die Dinge dort gehandhabt werden."

Als ich die Schweine erwähne, verblasst sein Lächeln und er presst die Lippen zusammen. „Du kannst Mrs Pattersons Auto nehmen. Sie braucht es morgen nicht, wenn es dir morgen passt. Ich bin nicht glücklich darüber, wie Benjamin Spencer deine Familie behandelt. Ich werde sehen, ob ich etwas tun kann, um die Situation zu entschärfen."

„Vielen Dank, Mr Patterson. Sie wissen, wie sehr ich Sie schätze." Ich brauche ihm nicht zu sagen, dass er vorsichtig sein soll. Doch im Stillen bitte ich Gott, auf Mr Patterson aufzupassen.

Er steht auf und umarmt mich. „Mary, hol bitte den Autoschlüssel deiner Mutter für Janessa." Er nickt zum Abschied und verlässt das Zimmer.

Mary holt den Schlüssel und begleitet mich dann zur Tür. „Ich würde liebend gern mit dir gehen, aber morgen sind Mama und ich an der Reihe, frische Blumen für die Kirche zu besorgen. Und anschließend gehen wir ein paar Kranke besuchen."

Ich unterdrücke einen erleichterten Seufzer. „Und ich hätte dich gerne mitgenommen. Aber es ist sowieso bloß eine langweilige Geschäftsreise und kein Vergnügen."

Da ich vorhabe, früh am nächsten Morgen aufzubrechen, fahre ich mit Mrs Pattersons Auto nach Hause und parke es hinter dem Hotel. Annie und Mr Quigg sitzen auf der hinteren Veranda. Er hält ein Küken in den Händen.

„Ist das Küken gesund?" Ich bleibe neben Annie auf der Stufe stehen.

Mr Quigg nickt. „Ich glaube, dass sie alle gesund sind. Wir haben sie rechtzeitig herausgeholt. Aber ihr habt fünf Hennen verloren. Annie und ich haben sie gerade begraben."

Mein Herz wird schwer.

Annie runzelt die Stirn. „Ich habe ihm gezeigt, wo wir sie begraben können, Jane. Die armen Tiere. Vielleicht sollten wir noch mal Doc Adams rufen."

Mit einem Finger streichele ich die flauschigen Flaumfedern des Kükens. „Wir tun schon alles, was er uns geraten hat, Annie. Ich denke, dass wir jetzt einfach abwarten müssen." Ich will nicht vor Mr Quigg – oder sonst wem – zugeben, dass wir uns keinen weiteren Arztbesuch leisten können, aber das ist leider die Wahrheit. Ich weiß es. Und tief in meinem Innern weiß ich auch, dass es nur eine Frage der Zeit ist, bis alle anderen es herausfinden werden.

Ich zittere, als ich den Motor von Mrs Pattersons altem Ford Sedan starte. Lillian und ich haben uns so warm wie möglich angezogen und Steppdecken mitgenommen, um uns darin einzuwickeln. Aber meine Zehen sind trotzdem kalt, obwohl ich zwei Paar Socken unter meinen gefütterten Stiefeln trage. Sobald die Sonne aufgeht, wird es etwas wärmer werden. Doch es sind rund 200 Kilometer bis Porterdale und wir werden etwa drei Stunden pro Fahrt brauchen.

„Los geht's." Ich nehme langsam den Fuß von der Kupplung. „Hast du die Wegbeschreibung?"

Lillian hält einen Zettel hoch. „Ja."

Aufmerksam beobachte ich die Straße, während ich versuche, mich wieder ans Fahren zu gewöhnen. Es ist schon eine ganze Weile her.

Glücklicherweise begegnen wir keinen anderen Autos, zumindest noch nicht. Je näher wir Atlanta kommen, desto mehr wird los sein.

„Es hat mir gar nicht gefallen, Mr Patterson den wahren Grund für unseren Ausflug zu verschweigen."

Lillian schlingt ihre Decke eng um ihre Schultern. „Aber du hast nicht gelogen. Du hast ihn bloß die Verbindung zwischen zwei Informationen herstellen lassen. Es ist ja in seinem eigenen Interesse, dass er die Einzelheiten nicht kennt." Ihr Atem bildet kleine Wölkchen in der Luft. „Wäre es nicht schön, wenn dieses Teil eine Heizung hätte?"

„Ja, aber Mrs Patterson fährt nicht weit genug, um die Kosten dafür zu rechtfertigen. Das hat Mary zumindest gesagt."

Lillian fröstelt und kriecht noch tiefer unter die Decke. „Was erhoffst du dir von unserem Gespräch mit den beiden Männern?"

„Etwas, das Mr Spencer mit dem Brand in Verbindung bringt. Aber ..." Ich sehe Lillian von der Seite an. „Ich bin mir nicht mal sicher, ob sie überhaupt mit uns reden werden. Sie wissen nicht, dass wir kommen."

Lillians Decke rutscht von ihren Schultern. „Du meinst, das alles könnte umsonst sein?" Sie zieht die Decke wieder hoch.

„Was hätte ich tun sollen? Ich habe ja keine Telefonnummer oder Adresse. Du hast nur herausgefunden, wo sie arbeiten."

Sie verzieht das Gesicht. „Was machen wir, wenn sie nicht mit uns reden?"

„Ich denke schon, dass sie mit uns reden werden. Wir kennen die beiden, seit wir Kinder waren. Sie waren Mitglieder unserer Kirche und Freunde von Daddy. Ich bin mir ziemlich sicher, dass sie uns helfen werden." Ich hoffe es. „Wie auch immer", fahre ich fort, „ich glaube, dass wir kurz vor Mittag ankommen werden. Ich hoffe, dass wir die Männer erwischen, wenn sie die Spinnerei verlassen. Wenn nicht, werden wir ins Büro gehen und darum bitten, sie sprechen zu dürfen. Wir werden dem Oberaufseher sagen, dass wir Freunde der Familie sind."

„Gut. Angenommen, wir finden die beiden und sie sprechen mit uns. Was dann?"

„Dann werde ich Mr Forsythe schreiben."

„Ich weiß, dass ich das vorgeschlagen habe. Aber wollen wir wirklich all unsere Hoffnungen auf die Annahme setzen, dass Mr Forsythe ein guter Mensch ist? Woher wollen wir wissen, dass er nicht mit Mr Spencer unter einer Decke steckt?"

Ich werfe ihr einen kurzen Blick zu. „Hast du einen anderen Vorschlag?"

„Nein. Ich finde nur, dass wir einen Plan B brauchen." Sie lehnt den Kopf an ihren Sitz und starrt zum Fenster hinaus.

Ich biege auf den Highway ab. „Lass uns darüber nachdenken, nachdem wir mit Dougie und Lonnie gesprochen haben."

Im Vergleich zu Sweetgum ist Porterdale eine große Stadt. Die Spinnerei ist riesig und besteht aus mehr als einem Gebäude. Und die Häuser … Die Arbeiter haben hier viel bessere Unterkünfte als in Sweetgum. Wir parken das Auto in der Nähe und laufen zur Spinnerei. Während meine Schwester und ich unsere Umgebung mit großen Augen betrachten, erklingt ein Pfeifen. Einen Augenblick später fliegen die Türen der Spinnerei auf und die Arbeiter strömen heraus.

Lillian stupst mich an. „Da ist Dougie Anderson." Sie zeigt auf die Stufen vor dem Eingang und winkt. „Mr Anderson!"

Er dreht sich zu uns um. Als sein Blick auf uns fällt, hellt sich sein Gesicht auf. Er hat uns erkannt. „Lillian und Janessa. Wie geht es euch?" Sein Lächeln verblasst und er sieht uns mitfühlend an. „Wie geht es eurer Mutter?"

Lillian stellt ihren Kragen auf, um sich vor dem kalten Wind zu schützen. „Sie kommt immer mehr zu Kräften, aber sie ist sehr eingeschränkt durch ihre Verletzungen."

„Eine furchtbare Sache. Einfach furchtbar." Er schüttelt den Kopf, wobei ihm eine seiner blonden Strähnen ins Gesicht fällt. „Was führt euch nach Porterdale?" Ich trete näher an ihn heran. „Wir sind hier, um mit Ihnen und Lonnie Culpepper zu sprechen. Können wir irgendwo in Ruhe reden?"

Er mustert mich aufmerksam, dann nickt er. „Sicherlich, kommt mit. Ich lade euch zum Mittagessen ein. Ich weiß, wo Lonnie gerne isst." Er lacht, aber es klingt erzwungen.

Trotzdem wechseln Lillian und ich einen triumphierenden Blick, bevor wir Dougie zu einem Diner folgen, das einer Kantine gleicht. Lonnie ist der Dritte in der Warteschlange.

Dougie führt uns zu ihm. Es scheint niemanden zu stören, dass wir uns vordrängeln.

„Sieh mal, wen ich getroffen habe, Lonnie."

Mr Culpepper begrüßt uns herzlich. „Schön, euch zu sehen. Es gibt hier hervorragende Sandwiches mit Pimento-Käse, wenn ihr wollt."

„Hört sich gut an", antwortet Lillian für uns beide.

Wenig später sitzen wir zu viert an einem Tisch.

Ich esse ein wenig von meinem Sandwich und frage dann: „Wie gefällt Ihnen die Arbeit hier? Im Vergleich zu Sweetgum, meine ich."

Sie werfen sich einen verwirrten Blick zu. „Sehr gut", erwidert Lonnie schließlich.

Das bringt uns nicht weiter, deshalb falle ich nach ein paar weiteren Förmlichkeiten einfach mit der Tür ins Haus: „Ich denke, wir wissen alle, dass der Brand absichtlich gelegt wurde. Mr Patterson hat die Benzinkanister gefunden. Unser Vater wurde getötet und wir wollen Gerechtigkeit."

Wieder wechseln die beiden einen geheimnisvollen Blick, bevor Lonnie mit leiser Stimme fragt: „Was ist mit Sheriff Jackson? Er ermittelt doch, oder?"

Lillian legt ihr Sandwich auf den Teller. „Er hat es versucht, aber niemand will etwas gesehen oder gehört haben. Offenbar wurde die ganze Stadt von plötzlicher Taub- und Blindheit getroffen." Sie wischt sich die Hände ab.

„Wisst ihr, wenn unsere Namen an die Öffentlichkeit dringen …"
Lonnie hält inne – vielleicht, um nach den rechten Worten zu suchen?
„… wären wir in Lebensgefahr."

Spencer ist ein Widerling, aber würde er wirklich so weit gehen,
jemanden zu ermorden? „Mr Spencer hat einen Geschäftspartner. Wir
haben ihn kennengelernt, als er das Hotel inspiziert und bei uns übernachtet hat. Er ist ein rechtschaffener, ehrlicher Mann. Ich glaube
nicht, dass er weiß, wie Mr Spencer die Spinnerei führt. Und ich habe
vor, ihm einen Brief zu schreiben."

Lillian nickt und tupft sich den Mund mit einer Serviette ab. „Was
meine Schwester Ihnen noch nicht gesagt hat, ist, dass Mr Spencer
aufgehört hat, uns das Essengeld für die Mahlzeiten der Arbeiter zu
geben. Er erwartet, dass wir die Mieter von unserem eigenen Gehalt
versorgen. Seine Gier wächst und wächst. Wie wäre es, wenn wir Ihre
Namen aus der Sache raushalten würden?"

In aller Ruhe beißt meine Schwester ein kleines Stück von ihrem
Sandwich ab. Ich bin zu nervös, um zu essen. Lonnie nimmt ebenfalls
einen Bissen, kaut langsam und schluckt dann. Ich sende ein stilles
Stoßgebet gen Himmel.

Schließlich wischt er sich den Mund ab. „Was macht Irving Patterson?"

„Er versucht, so gut er kann auf Mr Spencer einzuwirken, aber es
ist aussichtslos."

Dougie wirft Lonnie erneut einen vielsagenden Blick zu. Was mich
beunruhigt, ist die Angst in ihren Augen.

„Alle Achtung, dass Irving geblieben ist. Aber meine Kinder sind
noch klein und ich musste sie aus Sweetgum wegbringen." Dougies
Blick schweift durch den Raum. „Hier läuft alles gut, aber ich kenne
nicht jeden in der Spinnerei. Wer weiß, ob Benjamin Spencer nicht
auch hier Leute hat, die für ihn arbeiten?"

Ich schaue mich verstohlen zu den anderen Tischen um. „Haben
Sie jemanden gesehen, den Sie kennen?"

Dougie wickelt den Rest seines Sandwiches ein. Dann schiebt er seinen Stuhl zurück und schüttelt den Kopf. „Nein, aber das Risiko ist zu groß."

Ich sehe ihm nach, wie er durch die Tür verschwindet, bevor ich mich an den Mann wende, der noch am Tisch sitzt. „Mr Culpepper, wir brauchen Ihre Hilfe. Bitte!"

Lillian kneift die Augen zusammen. „Sir, haben Sie und Mr Anderson nicht etwas zu viel Angst vor einem Kleinstadttyrannen?"

Er sieht meine Schwester lange an. „Vielleicht. Aber ich kann das Risiko auch nicht eingehen. Tut mir leid."

Lonnie Culpepper steht auf und geht – und mit ihm der Beweis, den wir so dringend brauchen.

26

Das Wohnzimmer ist leer. Alle gehen entweder ihren Aufgaben nach oder ruhen sich vor dem Abendessen noch kurz aus. Ich nutze die Gelegenheit für einen weiteren Versuch, einen Brief an Mr Forsythe zu verfassen. Doch das leere Blatt scheint mich wieder einmal zu verhöhnen. Warum kann ich keine Worte finden? Gestern bin ich in der Erwartung nach Porterdale gefahren, zwei Männer zu treffen, die mir alles erzählen, was sie wissen. Aber stattdessen haben sie aus Angst vor Spencers Handlangern geschwiegen.

Ich darf nicht zulassen, dass die Angst mich mundtot macht. Nachdem ich Gott um Hilfe gebeten habe, suche ich in meinem Innern nach dem Stahl, der laut Maggie und Sadie in unseren Adern fließt. Dann nehme ich den Füller wieder auf. Meine Hand schwebt über dem Papier. Ich hole tief Luft. Während ich langsam wieder ausatme, macht sich Entschlossenheit in mir breit. *Stahl.*

Mein Füller fliegt förmlich über das Papier und beschreibt wie von allein Mr Spencers Verstöße gegen das neue Kinderarbeitsgesetz. Es gibt immer noch Kinder unter 8 Jahren, die in der Spinnerei arbeiten. Ich festige meinen Griff um den Füller, als ich zu den Ereignissen der letzten Monate komme. Entschlossen nenne ich alle Fakten, die mir bekannt sind – unter anderem, dass Mr Spencer sich weigert, für die Schweine zu bezahlen.

Als ich fertig bin und den Brief unterschrieben habe, dehne ich meine Finger und massiere meine Handflächen. Dann schiebe ich die Seiten in einen Umschlag. Ich beschließe, den Brief sofort zur Post zu bringen, bevor mich der Mut verlässt.

„Janessa?" Ich bleibe an der Haustür stehen, als ich Sarahs Stimme höre. „Kannst du mir bitte helfen, Liebes?" Ich werfe den Brief in den Kasten mit der ausgehenden Post. Später werde ich ihn holen und aufgeben. „Klar. Was brauchst du?" Mein Blick schweift durch die Küche. „Wo ist Miss Kara?"

„In der Schule, um mit Willies Lehrerin zu sprechen. Meine große Kuchenform liegt im obersten Fach." Sie deutet nach oben. „Kannst du sie bitte für mich runterholen? Meine Arthritis macht mir heute mal wieder zu schaffen. Wird wohl bald Regen geben."

Ich schiebe den Tritthocker vor das Regal und steige hinauf, um die Kuchenform zu holen. „Was willst du backen?"

„Einen Blechkuchen. Heute gibt es einen leckeren, aber fleischlosen Erdnussbraten zum Abendessen. Ein guter Kuchen wird bestimmt alle darüber hinwegtrösten, dass der Braten nur aus Gemüse und Hülsenfrüchten bestand."

„Das ist eine gute Idee. Kann ich sonst noch etwas für dich tun? Ich habe vorhin vergessen, nach den Hühnern zu sehen."

„Geh ruhig. Aber ich glaube, dass Annie schon dort ist."

Unterwegs gehe ich zuerst bei Busters Gehege vorbei und schaue nach den Küken. Sie picken und scharren munter im Heu – offenbar kerngesund. Und sie wachsen fleißig. Als ich in die Scheune komme, schiebt Annie gerade ein totes Huhn in einen Sack.

„Wie viele?"

Sie blickt zu mir auf. „Nur zwei. An den anderen kann ich keine Symptome erkennen. Ich glaube, sie haben sich wieder erholt."

„Das ist toll. Ich wünschte, wir könnten sie von Doc Adams untersuchen lassen, nur um sicherzugehen, aber …" Ich verstumme.

„Warum bitten wir nicht Archie, nach ihnen zu sehen? Er kennt sich mit Hühnern aus."

Die Vertrautheit, mit der sie von Mr Quigg spricht, beunruhigt mich. „Ist es nicht etwas dreist, ihn bei seinem Vornamen zu nennen?"

„Er hat es mir angeboten." Sie reckt das Kinn und wirft mir einen herausfordernden Blick zu.

„Annie, er ist gebildet und viel älter als du. Er ist Frauen gewohnt, die in seiner Altersklasse spielen."

Sie schnaubt und lässt den Sack fallen. „Du gönnst mir nur keinen Spaß, weil Tommy und du Schluss gemacht habt."

Obwohl das nicht stimmt, ignoriere ich ihre Anschuldigung. „Dir ist hoffentlich klar, dass Quigg wieder von hier verschwinden wird, sobald er seine Geschäfte abgeschlossen hat. Ich will nicht, dass er dir das Herz bricht."

„Du kannst gar nicht wissen, was er vorhat. Vielleicht entscheidet er zu bleiben."

„Warum sollte er? Der einzige Ort, wo man hier arbeiten kann, ist die Spinnerei. Kannst du dir Archie Quigg als Spinnereiarbeiter vorstellen?"

Sie öffnet den Mund, aber kein Wort kommt heraus. Einen Augenblick später verzieht sie das Gesicht. „Ach, Unsinn." Sie nimmt den Sack wieder in die Hand. „Ich gehe jetzt die Hühner begraben. Hilfst du mir?"

„Klar." Ihre seltsame Reaktion hindert mich nicht daran, ihr hinter die Räucherkammer zu folgen. So schnell, wie Annies Emotionen sich wandeln, ist sie schon wieder gut gelaunt, nachdem wir die Hühner begraben haben.

Ich werde Lillian und Mama fragen, was sie von Annie und Mr Quigg halten. Jetzt bekomme ich aber gerade Bedenken wegen des Briefs, den ich geschrieben habe. Wenn ich Mr Forsythe falsch einschätze – wenn er nicht der Mensch ist, für den ich ihn halte –, könnten wir wegen meines Briefs unsere Arbeit und unser Zuhause verlieren.

Doch als ich die Lobby erreiche, liegt ein Stapel Post auf der Empfangstheke und der Briefkasten ist leer.

„Janessa?" Mrs Grundy kommt an die Rezeption. Es ist fast Zeit, zur Kirche zu gehen. Ich hoffe, sie will nicht, dass ich jetzt etwas für sie nachschlage oder ihr eine Briefmarke verkaufe. Als ich den Blick hebe, blinzele ich ungläubig.

Mrs Grundy trägt nicht mehr Schwarz.

Stattdessen hat sie heute einen blassgrauen Rock und eine hellblaue Hemdbluse angezogen. Außerdem ziert eine Brosche ihren Halsausschnitt, die mit blauen und rosa Blumen bemalt ist. Ihre Wangen sind rosig und Mr Nesbitt steht an ihrer Seite.

„Sie sehen hübsch aus, Mrs Grundy. Wie kann ich Ihnen helfen?"

Die Dame blickt errötend zu Mr Nesbitt. „Wir wollen, dass du es als Erste erfährst. Mr Nesbitt und ich werden nächste Woche heiraten – nächsten Sonntag." Ihr Gesicht wird noch röter und sie senkt das Kinn. „Danach wird er zu mir ins Zimmer ziehen."

Was für eine Überraschung! „Herzlichen Glückwunsch!" Ich gehe um die Theke herum und umarme sie, dann schüttele ich Mr Nesbitt die Hand. „Ich freue mich für Sie beide!"

„Ach ja, das hätte ich fast vergessen." Wieder schaut sie zu Mr Nesbitt. „Gestern Abend waren wir am Fluss spazieren. Wir haben ein fremdes Auto im Wald gesehen. Es war mit Zweigen bedeckt, als wollte jemand es verstecken. Letzte Woche haben wir es auch schon gesehen, aber ich habe nicht daran gedacht, dir davon zu erzählen. Jedenfalls war da ein Bärenjunges, das um das Auto herumgeschlichen ist. Wir sind schnell weitergelaufen. Aber falls es keine Mutter mehr hat, sollte Dr. Adams mal nach dem Jungen sehen."

„Danke. Ich werd's dem Doc sagen." Ich frage mich, wem das Auto gehören könnte und warum der Besitzer es verstecken will.

Mr Nesbitt wirft Mrs Grundy einen liebevollen Blick zu. „Dann bis gleich", sagt er zu mir, bevor er seine Verlobte zur Tür hinausführt.

Es kommt mir vor, als wären die beiden erst seit Kurzem ein Paar, aber ich nehme an, dass sie schon seit ein paar Monaten miteinander ausgehen. Außerdem haben sie in ihrem Alter vermutlich keine Zeit zu verlieren. Ich eile in die Küche, um allen die Neuigkeit mitzuteilen. Doch Sarah ist allein dort.

„Ist unser Picknickkorb fertig? Wir müssen jetzt los."

Sie setzt sich den Hut auf und sticht eine Hutnadel durch. „Aye, er steht an der Hintertür. Miss Kara und deine Mama sind schon los."

„Was ist mit Lillian und Annie?"

Meine große Schwester kommt in die Küche. „Was soll mit uns sein?", fragt sie, während Annie hinter ihr erscheint.

„Gehen wir, ich erzähle euch die Neuigkeiten unterwegs. Ihr erratet nie, wer heiraten wird!"

Annies Neugier ist geweckt. „Wer denn?"

Ich nehme den Picknickkorb und eile zur Tür hinaus. Dabei rufe ich über die Schulter: „Mrs Grundy und Mr Nesbitt."

Lillian holt mich zuerst ein. „Wirklich? Wann?"

„Nächste Woche."

Wir überqueren die Straße und betreten die Kirche. Den Picknickkorb stelle ich zu den anderen Körben auf dem Tisch in der Vorhalle. Wir werden ihn wieder abholen, wenn wir gehen. Während die anderen sich nach Mama, Miss Kara und Willie umsehen, halte ich nach den Pattersons Ausschau. Hoffentlich kann ich heute kurz mit Mr Patterson allein reden, um ihm zu erzählen, was in Porterdale passiert ist. Und von meinem Brief an Mr Forsythe. Mein Magen zieht sich zusammen. *Herr, bitte schenk, dass Mr Forsythe mir glaubt.*

Am Ende des Gottesdienstes kündigt Mr Bud an, dass die Hochzeit von Gladys Grundy und Clarence Nesbitt nächsten Sonntag gleich nach dem Gottesdienst stattfinden wird. Alle sind eingeladen.

„Und ich habe gehört, dass Sarah Wilkes die Hochzeitstorte backen wird. Das möchte sich bestimmt niemand entgehen lassen." Grinsend leckt er sich die Lippen, bevor er erneut auf seine Notizen schaut. „Dann habe ich noch etwas zu verkünden. Der Kirchenausschuss hat einen neuen Pastor vorgeschlagen." Mr Bud hält inne und schaut in unsere Richtung.

Mein Magen fühlt sich plötzlich an, als hätte ich einen Felsbrocken verschluckt. Ich schiele zu Mama hinüber. Ihr Lächeln ist ruhig und gelassen. Ich versuche, es ihr nachzumachen, aber meine Lippen wollen mir nicht gehorchen. Dass die Kirche einen neuen Pastor bekommt, trifft mich unvorbereitet. Natürlich wusste ich, dass es eines Tages so weit sein würde. Ich hatte es jetzt einfach noch nicht erwartet. Plötzlich bemerke ich, dass Mr Buds Blick auf mir ruht. Mitgefühl leuchtet aus seinen Augen. Ich blinzele die Tränen weg, die plötzlich in mir aufsteigen.

„Es war unglaublich schwierig, jemanden zu finden, der in Franks Fußstapfen treten kann. Wir haben lange gesucht und glauben nun, den Richtigen gefunden zu haben. Er wird nächste Woche hier predigen. Ihr werdet alle genügend Zeit haben, mit ihm zu reden und ihn ein wenig kennenzulernen. Am Sonntag darauf werden wir dann abstimmen."

Mr Bud betet, spricht den Schlusssegen und entlässt uns dann. Sobald er von der Kanzel gestiegen ist, kommt er zu uns herüber. „Es tut mir leid, dass ich euch damit überrumpelt habe. Ich habe die Nachricht selbst erst kurz vor den Ankündigungen bekommen."

Mama drückt ihm die Hand. „Das Leben muss weitergehen, Bud. Ich hatte das schon erwartet. Du predigst sehr gut, aber die Gemeinde braucht einfach einen Hirten. Und jetzt würde ich gerne etwas essen. Setzt du dich zu uns?" Er nimmt die Einladung dankend an und schiebt Mamas Rollstuhl in den Garten hinaus.

Mary wartet beim Tisch mit den Picknickkörben auf mich. Sie hat unseren Korb und den ihrer Familie bereits in der Hand. „Wie war euer Ausflug nach Porterdale?" Ich werfe ihr einen kurzen Blick zu, aber sie hat natürlich keine Ahnung, was wir dort gemacht haben.

„Ehrlich gesagt wenig erfolgreich. Sind deine Eltern da?"

„Sie sitzen bei deiner Mama und Mr Bud am Tisch. Ich habe ihnen gesagt, dass wir die Körbe holen."

Wir eilen zu den Picknicktischen.

Während ich die Servietten auf dem Tisch verteile, frage ich Mr Patterson beiläufig: „Gehen Sie heute Nachmittag zu dem Spiel?"

„Auf jeden Fall." Marys Mutter gibt ihm eine großzügige Portion Makkaronisalat – eine seiner Lieblingsspeisen – und er stürzt sich sogleich darauf.

Da heute ein kühler Wind weht, knüpfe ich meine Strickjacke zu und setze mich dann zwischen Lillian und Mary. Unten am Fluss stehen die Kirschbäume in voller Blüte, ebenso wie die Wildbirnbäume. Der März ist wechselhaft hier im Norden von Georgia.

Annie sitzt neben Archie Quigg am anderen Ende des Tisches, wo er alle mit seinen Geschichten unterhält. Meine kleine Schwester hängt wie gebannt an seinen Lippen. Ich blicke zu Mama, um zu sehen, ob sie es auch bemerkt. Sie runzelt die Stirn – das einzige sichtbare Zeichen ihrer Besorgnis. Als sie meinem Blick begegnet, schaue ich kurz zu Annie und wieder zurück. Mamas einzige Reaktion ist ein kaum wahrnehmbares Kopfschütteln.

Mr Bud lacht über etwas, das Willie sagt, und fährt ihm durchs Haar. Aus sämtlichen Richtungen dringen Gesprächsfetzen und Gelächter zu uns herüber. Bei allen Problemen und Sorgen, die uns belasten, haben wir immer noch unsere Freunde. Dafür bin ich sehr dankbar.

Mary stupst mich mit dem Ellenbogen an. „Rate mal, mit wem ich gestern Abend im Kino war!" Sie schwenkt die Eiswürfel in ihrem gesüßten Tee.

Bisher habe ich meine Trauer um Tommy gut genug verbergen können, um alle glauben zu lassen, dass es mir gut gehe. Aber Marys Neuigkeit reißt die Wunde in meinem Herzen wieder auf. Tränen brennen mir in den Augen. Um Mary nicht die Stimmung zu verderben, huste ich, verstecke mein Gesicht hinter meiner Serviette und tupfe schnell die Tränen ab.

„Lass mich nachdenken. Aus irgendeinem Grund kommt mir der Name *Allman* in den Sinn."

Ihr Grinsen ist ansteckend und es gelingt mir, mich mit meiner Freundin zu freuen. Sie schwärmt schon seit mindestens sechs Monaten für Leroy, vielleicht noch länger. „Welchen Film habt ihr gesehen?", frage ich, während ich eine hartnäckige Fliege von meiner Hähnchenkeule verjage.

„*The Bachelor Father*." Ihr sehnsüchtiges Seufzen bringt mich zum Lachen.

„Hast du überhaupt etwas vom Film mitbekommen?"

Sie boxt mir in den Arm. „Ja. Marion Davies spielt mit."

„Soso", erwidere ich grinsend. „Hat Leroy deine Hand gehalten?"

Ihr schüchternes Nicken ist wirklich süß und ihre geröteten Wangen noch süßer. „Ich glaube, ich habe mich in ihn verliebt."

Ich schlucke den Kloß in meinem Hals herunter und drücke Marys Hand. „Ich freue mich sehr für dich."

Ich weiß, dass meine Freunde sich verlieben werden. Sie werden heiraten. Kinder bekommen. Schließlich geht das Leben weiter in Sweetgum. Aber muss es so schwierig sein?

Wenig später beginnen die Leute überall um uns herum aufzuräumen. Mary und ich springen auf, um zu helfen. Während meine Schwestern den Abfall zum Mülleimer bringen, helfe ich Sarah, die Reste in unseren Korb zu packen – nicht, dass viel übrig geblieben wäre. Sarah wird ins Hotel zurückgehen, bevor das Spiel beginnt, und danach zu uns stoßen.

Mr Bud schiebt Mama, während Miss Kara neben ihnen herläuft. Die Pattersons folgen ihnen und meine Schwestern und ich bilden das Schlusslicht. Willie ist bereits vorausgelaufen. Als wir die Tribüne erreichen, nehme ich neben Mr Patterson Platz. Annie und Mr Quigg sitzen zwei Reihen vor uns. Marys Vater runzelt die Stirn und sieht mich fragend an.

Dann flüstert er mir ins Ohr: „Was hat deine Schwester mit diesem Typen zu schaffen?"

Ich antworte ebenso leise: „Das ist nur eine kleine Schwärmerei. Aber obwohl er nett ist und sich angemessen verhält, bin ich froh, wenn er seine Geschäfte hier beendet hat und weiterzieht."

Patterson lockert seine Krawatte. „Was für Geschäfte?"

Mit einem Schulterzucken erwidere ich: „Wir haben keine Ahnung."

„Ich habe ihn schon mal gesehen, aber ich weiß nicht mehr, wo."

Jetzt möchte ich ihm aber erzählen, wozu wir Mrs Pattersons Auto ausgeliehen haben. „Lillian und ich sind nach Porterdale zu *Bibb Mill* gefahren. Wir haben mit Lonnie Culpepper und Dougie Anderson gesprochen."

Er wendet den Blick abrupt von Archie und Annie ab und sieht mich an. „Was haben sie gesagt? Haben sie dir irgendwelche hilfreichen Informationen gegeben?"

Ich schüttele den Kopf. „Sie wissen etwas, aber sie haben zu viel Angst, um zu reden. Lonnie glaubt, dass Mr Spencer auch in Porterdale seine Spione hat."

Mr Patterson wendet seinen Blick wieder dem Spielfeld zu, als die Teams in Position gehen. „Spencer ist zwar dubios, aber ich bezweifle, dass sein Einfluss so weit reicht. Lonnie und Dougie haben eben Angst um ihre Familien, deshalb ist es schwer, sie zu überzeugen." Er sieht mich von der Seite an. „Also … was nun?"

„Ich habe Mr Forsythe geschrieben und ihm erzählt, dass Mr Spencer immer noch kleine Kinder beschäftigt und uns zu wenig Geld gibt, um die Arbeiter zu versorgen. Ich habe auch Einzelheiten über den Arbeiterstreik, den Brand und die Benzinkanister genannt. Und von meinem Verdacht erzählt."

„Gut. Ich glaube, dass er ein ehrlicher Mann ist."

Ich hoffe es. Unsere Zukunft hängt davon ab.

27

Da ich alle meine Arbeiten erledigt habe und noch etwas Zeit bis zum Abendessen bleibt, statte ich Dr. Adams Tierklinik einen Besuch ab. Vor zwei Tagen haben wir das Bärenjunge gerettet, von dem Mrs Grundy mir erzählt hatte, aber das geheimnisvolle Auto haben wir nicht gefunden. Bevor sie heute Morgen in die Spinnerei gegangen ist, hat Mrs Grundy gesagt, dass sie und Mr Nesbitt gestern Abend *noch* ein Bärenjunges gesehen hätten. Und das Auto. Wem gehört es und warum parkt der Besitzer es immer um und versteckt es dann? Vielleicht gehört es jemandem aus Hooverville. Aber warum sollte er sein Auto mit Zweigen bedecken?

Während ich zur Tierklinik laufe, wandern meine Gedanken zu Mr Archie Quigg, der meiner Meinung nach irgendetwas im Schilde führt. Ich habe bisher nichts von seinen Geschäften gesehen oder gehört. In letzter Zeit geht er mir – und sogar Lillian – aus dem Weg und konzentriert sich nur noch auf Annie, die trotz ihres großen Interesses an Filmen noch sehr naiv ist. Ich mache mir Sorgen um sie. Gestern Abend ist sie schon wieder mit ihm ins Kino gegangen. Was, wenn er sie bittet, mit ihm durchzubrennen? Ich glaube nicht, dass sein Interesse an ihr gesund ist. Vor meinem geistigen Auge sehe ich Annie mitten im Nirgendwo am Highway stehen oder verlassen in irgendeinem Kaff sitzen. Und aus irgendeinem Grund habe ich das Gefühl, dass es einen Zusammenhang zwischen den Bärenjungen und Mr Quigg gibt. Vermutlich bin ich einfach nur paranoid.

Ich betrete Adams Futtergeschäft und gehe zur Praxis durch. Katie schaut von ihrem Schreibtisch auf.

„Tag, Janessa. Paul ist hinten."

„Danke. Wie geht's dem Bärenjungen?"

„Wir haben es – oder besser gesagt: sie – an einen Ort gebracht, wo Wildtiere gepflegt und wieder ausgewildert werden. Sobald sie alt genug ist, wird sie weit weg von hier freigelassen."

„Das ist gut, ich habe nämlich von einem anderen Jungen gehört, das aus demselben Wurf stammen könnte."

„Dann geh schnell Paul holen. Er hat heute Nachmittag noch nichts vor."

Ich treffe den Tierarzt in seinem Büro an, klopfe an den Türrahmen und erzähle ihm, was Mrs Grundy gesehen hat. „Sollen wir es suchen?"

Nickend schnappt er sich seine Tasche, ein Gewehr und eine Tierbabyflasche mit Milch. Dann laufen wir zum Fluss und in das Waldgebiet, das Mrs Grundy mir beschrieben hat.

„Wie geht es euern Hühnern? Gab es neue Fälle?", fragt Doc Adams unterwegs.

Ich klettere über einen umgefallenen Baumstamm. „Nein. Es geht ihnen gut. Wir haben sie alle zurück ins Hühnerhaus gebracht, nachdem wir es gründlich gereinigt hatten, wie Sie uns gezeigt haben."

Er nickt beifällig. „Ist Buster froh, sein Gehege zurückzuhaben?"

„Sie hätten ihn sehen sollen", sage ich lachend. „Er ist wie wild im Kreis gerannt, hat sich in den Holzspänen gewälzt und viel Spaß gehabt. Ich hoffe, dass wir bald einen Gefährten für ihn finden."

Plötzlich hält der Doc einen Finger an die Lippen. „Horch!", flüstert er.

Ich bleibe stehen und lausche. Da! Ein Blöken, fast wie das eines Lammes. Ich schaue zum Doc hinüber. „Das Bärenjunge?"

„Ich vermute es." Langsam gehen wir auf das Geräusch zu, dann sehe ich es – das Auto, das mit Zweigen bedeckt ist. Und ein Bärenjunges darin.

„Das Arme. Es hört sich schwach an, Doc."

„Es weiß wahrscheinlich nicht, wie es da rauskommen soll."

Während wir uns dem Auto nähern, halten wir wachsam nach der Bärenmutter Ausschau. Aber es ist keine Spur von ihr zu sehen. Wir müssen einige der Äste vom Auto zerren, um hineinzugelangen.

Während der Doc das Bärenjunge füttert, untersuche ich das Auto. Unter dem Vordersitz ist etwas versteckt – eine Art Kiste oder Koffer. Die Härchen in meinem Nacken stellen sich auf. Ich weiche zurück.

„Doc, wenn Sie keine Hilfe mehr brauchen, gehe ich den Sheriff holen. Irgendwas stimmt hier nicht."

„Kein Problem. Dieser kleine Kerl ist viel zu schwach, um sich zu wehren."

„Wird er es schaffen?"

„Ja, in ein paar Tagen wird es ihm wieder gut gehen. Dann werde ich ihn an denselben Ort bringen wie seine Schwester."

„Danke. Dann bis später." Ich präge mir genau ein, wo das Auto steht, damit ich den Sheriff hinführen kann.

Als ich die Tür zum Gefängnis öffne, sitzt der Sheriff an seinem Schreibtisch. „Janessa. Was kann ich für dich tun?"

„Mrs Grundy hat mir von einem Bärenjungen erzählt und von einem Auto, das im Wald versteckt ist." Ich berichte, was wir beim ersten Mal vorgefunden haben. „Heute Morgen hat sie erzählt, dass sie noch ein Junges gesehen hat. Dr. Adams und ich waren gerade dort und diesmal haben wir auch das Auto gefunden. Der Doc hat das Bärenjunge mitgenommen, aber das Auto kommt mir seltsam vor. Und da ist ein Aktenkoffer oder so unter den Fahrersitz geklemmt." Endlich hole ich Luft.

Sheriff Jackson runzelt die Stirn, steht aber auf. „Bring mich hin."

„Ja, Sir." Ich laufe neben ihm her. „Wurde in letzter Zeit ein Auto als gestohlen gemeldet?"

„Nein."

Als er nicht näher darauf eingeht, hake ich nicht weiter nach. Unser Sheriff ist ein Mann weniger Worte. Als wir den Waldrand erreichen, gehe ich voraus. Nach ein paar Minuten bleibe ich stehen.

„Da ist es." Ich deute auf das Auto. „Der Doc und ich haben die meisten Äste entfernt. Wir hätten es vielleicht übersehen, wenn das Bärenjunge nicht reingeklettert wäre und geschrien hätte."

„Gut gemacht, Janessa." Er kniet sich hin und späht unter den Fahrersitz. Nach ein paar angestrengten Grunzern holt er einen Aktenkoffer hervor. Er balanciert ihn auf dem Kotflügel des Autos und öffnet ihn dann.

Etwa die Hälfte des Koffers ist mit ordentlichen Stapeln 50-Dollar-Noten gefüllt.

Während wir das Abendessen zubereiten, erzähle ich meiner Familie von den Ereignissen des Nachmittags. „Ich weiß nicht, wie viel Geld das war, aber ich wette, es waren Tausende von Dollar."

Willies Augen werden groß und er starrt mich, ohne zu blinzeln, an. „Hat der Sheriff ihn nach Fingerabdrücken abgesucht?"

Ich zause ihm durchs Haar. „Ich weiß es nicht. Er hat mich weggeschickt."

„Weil die bösen Männer kamen?" Seine Augen weichen keine Sekunde von mir.

„Nein, aber ich denke, dass der Sheriff befürchtet hat, dass welche kommen könnten. Deshalb wollte er mich nicht dort haben."

Lillian erschaudert. „Ich glaube, ich hätte mich halb zu Tode erschreckt, wenn ich das Geld gefunden hätte. Du bist mutig, Jane."

„Ich weiß nicht. Es war mir schon unheimlich, dort zu sein."

„Das ist ja Stoff für einen Film." Obwohl Annies Augen leuchten, spüre ich, dass sie nicht bei der Sache ist. Was beschäftigt sie so sehr, dass sie meine Geschichte nicht spannend findet?

Mit den Händen in den Hüften schielt Sarah über ihre Lesebrille. „Die Mieter werden jeden Moment zum Abendessen kommen. Lasst uns also einen Zaun zulegen."

Ich kichere über Sarahs Versuch, unsere Redewendungen zu übernehmen. „Es heißt *Zahn*."

„Zahn, Zaun … egal. Beeilen wir uns." Grinsend wendet sie sich wieder zu den zwei großen Suppentöpfen um. Ich helfe ihr, die Töpfe anzuheben und auf den Wagen zu stellen.

„Das duftet köstlich. Bohnen und Schinken?"

Sie nickt, während Lillian mehrere Schüsseln mit Brötchen auf den Wagen stellt und ihn dann in den Speisesaal schiebt. Annie läutet die Glocke. Wenig später donnern Schritte die Treppe herab. Die Mieter kommen nach und nach herein und nehmen sich Schüsseln vom Stapel am Ende des Büfetts.

Annie hält sich in der Nähe der Schlange auf. Ich suche ihren Blick, aber ihre Aufmerksamkeit ist auf die Mieter gerichtet. Ihre Finger zupfen an ihrem Gürtel herum und ziehen ihn ein Stück von der Hüfte weg, während ihr Blick zum Eingang des Speisesaals fliegt.

Die meisten Mieter stehen in der Schlange oder sitzen bereits am Tisch, als Archie Quigg endlich eintrifft. Gestern Abend hat er seine Meinung geändert und sich zum Essen angemeldet – angeblich, weil es im Hotel immer so gut riecht.

Als Annies Blick auf ihn fällt, streicht sie ihren Rock glatt. Ich kenne meine Schwester und sehe sofort, dass ihr Lächeln nicht echt ist. Alles an ihr ist komisch. Ihre Bewegungen sind mechanisch und sie wirkt unkonzentriert. Ihre Augen huschen von einem Ort zum anderen. Was hat Quigg ihr angetan?

Lillian tritt an mich heran. „Annie verhält sich komisch, oder?"

Ohne meine Augen von unserer kleinen Schwester abzuwenden, nicke ich. „Hast du eine Ahnung, warum?"

„Allerdings, und er ist gerade dabei, sich Suppe zu schöpfen."

Als Archie näher an Annie herantritt, schenkt sie ihm ein strahlendes Lächeln. Zu strahlend. Was ist hier los?

Lillians Augen werden groß. „Er hat doch nicht etwa …"

Als sie verstummt, zieht sich mein Magen zusammen. Denkt sie vielleicht, dass er Annie verführt hat? „Nein. Da bin ich mir sicher."

„Ach ja? Sieh doch, wie sie an ihrem Gürtel herumzupft, als säße er zu eng."

O nein! Ich starre Lillian an. „Aber wann?"

Ihre Nasenflügel blähen sich auf, als sie wenig würdevoll schnaubt. „Du schläfst wie ein Stein. Sie könnte sich aus euerm Zimmer geschlichen haben, um zu ihm zu gehen. Sie ist so vernarrt in den Typen."

„Ich bring ihn um." Als ich losstürmen will, hält Lillian mich am Arm fest.

„Nicht hier, du Dummkopf. Nicht vor allen Gästen. Was, wenn wir unrecht haben? Annie würde sich in Grund und Boden schämen. Wir werden warten und ihm auflauern, bevor er in sein Zimmer zurückgeht. Dann stellen wir ihn zur Rede und –"

In diesem Moment platzen Sheriff Jackson und Deputy Limehouse in den Speisesaal, gefolgt von zwei weiteren Beamten. Die Hand des Sheriffs ruht auf seiner Waffe im Holster. „Meine Damen und Herren, es tut mir leid, dass ich Sie beim Abendessen störe, aber ich muss diesen Raum evakuieren. Bitte gehen Sie alle nach draußen."

Ach du liebe Zeit! Was geht hier vor sich? Stühle kratzen über den Boden und ein missmutiges Murmeln erhebt sich, als die Mieter dem Befehl des Sheriffs Folge leisten. Lillian und ich setzen uns ebenfalls in Bewegung. Archie Quigg steuert auf die Küche zu.

„Nicht Sie, Quigg. Bleiben Sie sofort stehen!"

Archie reagiert, indem er Annie ergreift. Plötzlich hat er eine Pistole in der Hand und zielt damit auf ihren Kopf.

„Neeiin!", entfährt es mir. Das darf nicht wahr sein!

Quigg schreit: „Ruhe! Sheriff, werfen Sie Ihre Waffe weg und schicken Sie Ihre Männer raus oder ich schieße."

Warum ausgerechnet Annie?! Das ergibt doch alles überhaupt keinen Sinn.

Der Sheriff legt seine Pistole langsam auf einen Tisch. „Ganz ruhig, Quigg. Lassen Sie das Mädchen gehen. Fügen Sie Ihrer Anklage wegen bewaffneten Raubüberfalls nicht noch eine weitere hinzu."

Raubüberfall? Das Geld! Quigg ist ein Dieb? *Gott, hilf uns!*

Archie lacht. „Ich werde sie gehen lassen, sobald ich in Sicherheit bin." Er schubst Annie in Richtung Küche. „Beweg dich, Mädchen."

Annie zeigt keinerlei Angst und schreitet selbstbewusst voran. Dann verschwinden sie durch die Küchentür. Der Sheriff schnappt sich seine Waffe und folgt ihnen. Lillian und ich wollen gerade loslaufen, als wir ein lautes Klopfen und Scheppern hören.

Dann erklingt ein Schuss. Ich schreie.

Ohne an etwas anderes als meine kleine Schwester denken zu können, platze ich durch die Küchentür. Lillian folgt mir auf den Fersen. Annie kauert hinter der Backtheke. Als sie uns sieht, packt sie uns schnell an den Händen und zieht uns zu sich hinunter.

In diesem Moment übertönt eine Salve von Schüssen alle anderen Geräusche.

Vor dem Hotel schallen Schreie durch die Luft. Lillian wird bewusstlos, während Annie und ich versuchen, sie und einander zu schützen. Dann wird es plötzlich still.

Die Hintertür geht auf. Annie späht über die Küchentheke und erhebt sich dann langsam. „Ist es vorbei?"

„Ja. Ihr könnt rauskommen." Es beruhigt mich, die Stimme des Sheriffs zu hören, und ich stehe mit zittrigen Beinen auf. Lillian liegt immer noch am Boden.

„Ist Quigg tot?"

Jackson schüttelt den Kopf. „Nein. Er wird sich vor Gericht verantworten müssen. Er hat seine Waffe fallen lassen wie ein kleines Mädchen, als er sich nicht mehr hinter Annie verstecken konnte." Er grinst unsere kleine Schwester an. „Danke, Annie. Du hast Georgia einen großen Dienst erwiesen."

Annie? Ihr Grinsen ist breit und sie wiegt sich stolz vor und zurück.

Mein Blick hüpft zwischen den beiden hin und her. „Was hat Annie denn gemacht, Sheriff?"

„Sie kam vor ein paar Wochen zu mir, weil sie einen Verdacht in Bezug auf Quigg hatte." Er wendet sich zur Hintertür. „Sie erzählt es euch am besten selbst, aber sie ist eine wahre Heldin."

Ich drehe mich zu ihr um. „Du bist also nicht schwanger?"

Schockiert schnappt Annie nach Luft. Der Sheriff starrt mich an, dann überzieht ein breites Grinsen sein Gesicht. Als er die Tür hinter sich schließt, lacht er schallend.

Annie wirft mir einen bösen Blick zu. „Du hast gedacht, dass ich das mit mir machen lasse?"

Ein Stöhnen ertönt hinter der Backtheke. Ich beiße mir auf die Lippe. „Kümmern wir uns zuerst um Lillian."

Ich hole ein feuchtes Handtuch und lege es ihr auf die Stirn. Sie schrickt hoch. „Wo ist Annie?"

„Beruhig dich. Sie ist hier. Offenbar waren wir beide auf dem Holzweg."

Stirnrunzelnd setzt sich Lillian auf. „Was meinst du damit?"

„Ich bin nicht schwanger, wie ihr beide dachtet!", erwidert Annie offensichtlich verärgert.

Nachdem ich Lillian aufgeholfen habe, gehe ich zu Annie hinüber. „Süße, du musst zugeben, dass du dich verhalten hast, als ob du total vernarrt in Archie wärst. Was hätten wir denn davon halten sollen? Dann hast du im Speisesaal ständig an deinem Gürtel rumgezupft, als säße er zu eng. Das hat uns glauben lassen, dass du vielleicht ..."

Sarah streckt den Kopf in die Küche. „Der Sheriff hat alle ins Haus zurückgeschickt. Vielleicht solltest du den Gästen und deiner Mama mal erklären, was da gerade passiert ist, Annie."

Annie grinst. „Sehr gerne", sagt sie und macht auf dem Absatz kehrt. Lillian und ich folgen ihr.

Im Speisesaal wartet Annie, bis sich alle gesetzt haben. Dann lehnt sie sich mit dem Rücken ans Büfett und beginnt. „Ich danke Ihnen allen für Ihre Mithilfe. Folgendes ist passiert: Vor ein paar Wochen", Annie lächelt und nickt Mrs Grundy zu, „hat Miss Gladys mich auf dem Weg in den Wald getroffen und mir von einem fremden Auto erzählt, das von Zweigen bedeckt war. Nun kennt ihr ja alle mich und meine Neugier. Ich bin also hingegangen, um nach dem Auto zu sehen. Im Handschuhfach habe ich eine Visitenkarte mit Archie Quiggs Namen gefunden." Sie setzt sich auf einen leeren Tisch. „Jedenfalls bin ich misstrauisch geworden. Jane hatte mir von dem großen Geldbündel erzählt, das Archie aus der Tasche geholt hatte, um das Hotelzimmer zu bezahlen. Deshalb habe ich dem Sheriff von meinem Verdacht erzählt. Er wollte nach dem Auto sehen, aber es war nicht mehr da. Dann dachte er natürlich, ich hätte das alles bloß erfunden. Aber es hat sich herausgestellt, dass Archie an jenem Tag mit dem Auto unterwegs gewesen war. Danach hat der Sheriff ein paar Anrufe getätigt und erfahren, dass es einen Bankraub gegeben hat, bei dem ein Angestellter erschossen wurde."

Sie rutscht vom Tisch hinunter. „Er hat mich gefragt, ob ich vielleicht mehr Informationen aus Archie herauskitzeln könnte, deshalb habe ich so getan, als wäre ich in ihn verknallt." Sie zuckt mit einer Schulter. „Es hat funktioniert. Archie hat mir ein paar Dinge erzählt, die an sich belanglos gewesen wären. Aber kombiniert mit meinen Vermutungen und dem Wissen des Sheriffs kamen wir zu dem Schluss, dass Archie der Bankräuber sein musste. Wir hatten nur keine Beweise, um ihn dingfest zu machen – bis heute. Jane hat das Auto und das gestohlene Geld gefunden." Sie grinst.

Alle Blicke ruhen plötzlich auf mir. Hitze steigt mir in die Wangen. „Ich … ich habe nur nach einem verwaisten Bärenjungen gesucht."

Endlich ist das Geheimnis um Mr Quigg gelüftet. Jetzt müssten wir nur noch ein paar handfeste Beweise dafür finden, wer den Brand gelegt und unseren Vater getötet hat.

28

Miss Gladys wartet vor dem Standspiegel in ihrem Zimmer, bis ich den Netzschleier an ihrem Hut gerichtet habe, sodass er ihre Augen bedeckt. Ihr lavendelfarbenes Kleid betont sehr schön ihre rosigen Wangen. Sie ist ein wunderhübscher Anblick – obwohl sie nicht mehr die Jüngste ist. Während ich eine letzte Nadel in ihren Hut stecke, droht mich eine Welle der Wehmut zu überrollen. Ich weigere mich jedoch, ihr nachzugeben – Miss Gladys zuliebe. Sie hat mich gebeten, ihre Trauzeugin zu sein.

„Miss Gladys, wenn Mr Nesbitt Sie sieht, wird er keinen zusammenhängenden Satz mehr zustande bringen. Sie sehen einfach hinreißend aus."

Sie dreht sich zu mir um und nimmt meine Hände in ihre. „Ich schulde dir so viel. Du hast mich aus meinem Selbstmitleid geholt und mir geholfen, mein Leben wieder zu genießen. Mein William hätte nicht gewollt, dass ich für immer trauere." Sie tätschelt mir die Hand und lässt mich los, dann wendet sie sich wieder zum Spiegel um. Nachdem sie ihren Netzschleier ein letztes Mal zurechtgezupft hat, nickt sie.

Die Trauung wird am Ende des Gottesdienstes stattfinden und von Mr Bud abgehalten werden. Er ist ein alter Freund sowohl der Braut als auch des Bräutigams. Miss Gladys hat ihm gesagt, dass sie lieber von ihm getraut werden möchte als von einem fremden neuen Pastor.

In der Hotellobby wartet die restliche Hochzeitsgesellschaft bereits auf sie – einschließlich des Bräutigams. Als Miss Gladys eintritt, bewahrheitet sich meine Vermutung. Mr Nesbitt schluckt und sein Adamsapfel hüpft auf und ab. „Du ... du siehst ... wunderschön aus." Er tritt vor und bietet ihr seinen Arm an, um sie zur Kirche zu begleiten.

Doch bevor sie seinen Arm nehmen kann, drängelt sich Willie zwischen die beiden. „Nein, Sir." Er reckt das Kinn, um Mr Nesbitt in die Augen zu schauen. „Miss Gladys hat mich gebeten, sie zum Altar zu führen, deshalb werde ich sie auch zur Kirche begleiten."

Die Braut verbirgt ihr Lächeln hinter ihrer Hand. „Er hat recht, Clarence. Aber ich bin mir sicher, dass du neben uns hergehen darfst, oder, Willie?"

Kritisch mustert er den hochgewachsenen Mann. „Ja, ich denke schon."

Als alle sich in Schale geworfen haben – wie Daddy immer zu sagen pflegte –, folgen wir dem Brautpaar über die Straße in Richtung Kirche. Ich laufe neben meiner Mutter her, die von Miss Kara geschoben wird. Mama strahlt einen unglaublichen Frieden aus. Wir haben Daddy vor gerade mal acht Monaten verloren und ich weiß, dass sie ihn schrecklich vermisst. So wie ich Tommy vermisse. Trauer ergreift mein Herz und der Gehweg verschwimmt vor meinen Augen. Könnte es sein, dass meine Mutter Frieden gefunden hat, weil Daddy im Himmel ist? Bin ich nur so traurig, weil Tommy hier auf der Erde ist und ich trotzdem nicht bei ihm sein kann?

Lillian und Annie schließen zu mir auf und nehmen mich bei den Händen. Ihre Unterstützung ermutigt mich. Im Stillen danke ich Gott für meine verständnisvollen Schwestern.

In der Kirche sind die zwei vordersten Reihen für die Hochzeitsgesellschaft reserviert. Unser potenzieller neuer Pastor sitzt vorne auf der Bühne neben Mr Bud. Er hat sandblonde Haare und ist ein Bär von einem Mann – mindestens 1,90 Meter groß und so muskulös wie ein Holzfäller. Er passt kaum in seinen Anzug.

Außerdem ist der Pastor jünger, als ich ihn mir vorgestellt hatte. Durchdringende braune Augen mustern uns neugierig. Neben mir bleibt Lillian mit dem Fuß an einer Kante der Kirchenbank hängen und stolpert leicht. Ihre Hand schließt sich noch fester um meine. Als ich zu ihr hinüberschaue, ist ihr Blick auf die Bühne gerichtet – genauer gesagt, auf den Pastor.

Und sein Blick ruht auf unserer Lillian – einige Sekunden lang. Dann blinzelt er und flüstert Mr Bud etwas zu.

Der Bann ist gebrochen und wir setzen uns. Nach dem ersten Lied geht Mr Bud ans Rednerpult. Die Augen des neuen Pastors schweifen immer wieder zu meiner Schwester. Ihre Wangen sind gerötet.

„Guten Morgen, zusammen. Und was für ein herrlicher Morgen es ist! Ich bin überaus erfreut, euch die Empfehlung des Kirchenkomitees vorzustellen: Pastor Kaden O'Neal. Wenn sich manche von euch jetzt fragen, wie ein Jungspund wie er eine Gemeinde leiten kann … sehr gut, versichere ich euch."

Mr Bud fährt fort, uns von Pastor O'Neals aktueller Gemeinde zu berichten. Offenbar wollten die Leute dort nicht, dass er geht. „Aber ich werde ihn mit eigenen Worten erzählen lassen, was Gott zu ihm gesagt hat." Mr Bud nimmt wieder auf seinem Stuhl hinter der Kanzel Platz.

Pastor O'Neal steht auf, doch statt ans Rednerpult zu treten, stellt er sich daneben und lässt es dadurch zwergenhaft wirken. Dann lässt er den Blick über die Versammlung schweifen. Dem leisen Kichern nach zu urteilen, das hier und da erklingt, weckt der junge Mann das Interesse sämtlicher alleinstehender Frauen im Raum. Neben mir lächelt Lillian auf höchst interessante Weise. Ihr Interesse an dem neuen Pastor ist anders als das an Archie Quigg. Völlig anders.

„Guten Morgen."

Lillian und ich wechseln einen überraschten Blick. Seine Baritonstimme ist weich und melodisch. Beruhigend. Perfekt für einen Pastor, aber ungewöhnlich für einen so großen, kräftigen Mann.

Er grinst und kratzt sich am Nacken. „Es fühlt sich seltsam an, vor eine fremde Gemeinde zu treten, die ich vielleicht bald leiten werde. Ich war sehr zufrieden in meiner alten Kirche. Ich bin dort aufge-

wachsen, habe den Ruf empfangen zu predigen und wurde dort ordi-
niert." Er läuft quer über die Bühne. „Aber Gott möchte nicht, dass
wir zu bequemlich werden. Oder selbstgefällig." Jetzt steigt er eine
Stufe von der Bühne hinunter. „Vor fast neun Monaten hat Gott mir
gezeigt, dass ich mich auf eine Veränderung einstellen soll."

Das war etwa einen Monat *vor* Daddys Tod. Ich weiß zwar, dass
Gott schon im Voraus wusste, was passieren würde, aber die Tatsache,
dass er diesen Mann bereits einen Monat vor dem Brand berufen hat,
beeindruckt mich. Gebannt hänge ich an den Lippen des Pastors.

Er lächelt. „Neun Monate, um sich auf eine Veränderung vorzu-
bereiten? Ich wollte keine Veränderung. Ich mochte mein altes Leben.
Aber im Laufe dieser neun Monate hat der Herr die Wünsche meines
Herzens verändert."

Nachdem O'Neal sich vorgestellt hat, hält er eine Predigt über
Gottes Souveränität, die mich dazu bewegt, mein Herz neu zu prüfen.
Am Ende sagt er: „Und wenn Gott mich an diesem Ort haben will, ist
dies auch der Ort, an dem ich sein möchte."

Wieder fällt sein Blick auf Lillian und er lächelt, dann nickt er Mr
Bud zu und nimmt Platz.

Unser oberster Diakon erhebt sich. „Pastor O'Neal wird die ganze
Woche im Hotel wohnen, ihr werdet also reichlich Zeit haben, um
mit ihm zu sprechen. Nächsten Sonntag werden wir dann abstimmen.
Bitte schlagt jetzt Seite …" Er nennt die Seitenzahl des Liedes und wir
erheben uns, um zu singen.

Lillian stößt mir den Ellenbogen zwischen die Rippen. „Hast du
gewusst, dass er im Hotel wohnen wird?"

„Nein. Mr Bud hat es wahrscheinlich mit Mama abgesprochen."

Verschiedene Emotionen flackern über Lillians Gesicht: erst Scheu,
dann Unsicherheit, dann wieder eine rosige Röte.

Am Ende des Lieds tippt Miss Gladys mir auf die Schulter. Ich
stehe mit ihr auf und gehe dann zur Bühne vor, wo Mr Nesbitt bereits wartet. Willie nimmt die Braut stolz am Arm und führt sie zum

Altar. Dabei bewegen sich seine Füße im Rhythmus zum Hochzeitsmarsch.

Die Zeremonie ist ebenso kurz wie herzlich. Mr Nesbitt erheitert alle Anwesenden, indem er Miss Gladys zu ihrer Überraschung nach hinten beugt, bevor er sie küsst. Rasch hält sie ihren Hut mit einer Hand fest, wehrt sich aber nicht, sodass alle vergnügt kichern.

Draußen steht ein Tisch für die Hochzeitsgesellschaft inmitten der anderen Picknicktische bereit. Die Torte, die Sarah gebacken hat, verleitet einige Kinder dazu, ihre Fingerchen nach der Schokoladenglasur auszustrecken, doch Sarah steht mit einem Holzlöffel parat, um sie daran zu hindern. Ein einzelnes Kirschblütenblatt wird vom Wind herbeigetragen und landet mitten auf der Torte.

Mr Bud setzt sich zu meiner Familie und bedeutet Pastor O'Neal, sich zu ihnen zu gesellen. Ich würde das Gespräch gerne mithören, aber ich sitze am Tisch des Brautpaars. Aus der Ferne beobachte ich, wie der Mann sich mit meiner Familie unterhält. Er wirkt sehr offen für Fragen und weckt zugleich Vertrauen.

Mama unterhält sich zwanglos mit ihm, dann lacht sie über etwas, das er sagt, und legt ihre Hand auf seinen Arm. Daraufhin legt er seine Hand auf ihre und sieht sie voller Respekt an.

Mr Bud klopft dem Pastor auf die Schulter und steht auf. Dann bedeutet er dem Brautpaar, dass sie jetzt die Torte anschneiden können. Während sie dies tun, nimmt er neben mir Platz.

„Ich glaube, dass ich dem Kirchenkomitee die richtige Empfehlung gegeben habe." Er nickt in Lillians Richtung. Sie unterhält sich gerade mit dem Pastor und errötet dabei mal wieder.

Ein Lachen steigt in mir auf. „Ja, das glaube ich auch. Ich mag ihn."

Während meine Familie und die Hotelgäste ins Foyer strömen, nehme ich meine große Schwester zur Seite. „Lillian, warum führst du Pastor O'Neal nicht im Hotel und auf dem Grundstück herum? Willie, Annie und ich haben zu viel zu tun. Die Tiere müssen auch sonntags gefüttert werden und ich muss Mr Nesbitt helfen, seine Sachen in Miss Gladys' Zimmer zu bringen."

Als Lillian den Pastor nach draußen führt, um ihm den Garten zu zeigen, schmunzelt Annie. „Was für ein Tag! Eine Hochzeit wird gefeiert und eine neue Romanze blüht auf."

Willie verzieht das Gesicht, neigt den Kopf zur Seite und blickt Annie an, als spräche sie Chinesisch. „Was ist eine Roh-mann-se?" Er schaut sich in alle Richtungen um. „Ich sehe hier nichts blühen."

Annie legt ihm die Hände auf die Schultern und schiebt ihn in Richtung Hintertür. „Nicht wichtig. Lass uns die Tiere füttern gehen." Sie erhält keine Widerrede. Das Füttern der Tiere ist Willies Lieblingsbeschäftigung.

Mr Nesbitt ist bereit für den Umzug. Ich helfe ihm, seine Besitztümer ins Zimmer seiner Frau hinunterzutragen, dann putze ich sein altes Zimmer gründlich und beziehe das Bett neu. Miss Gladys wird die Anzeige für das freie Zimmer morgen am Schwarzen Brett der Spinnerei aushängen.

Als ich ins Wohnzimmer komme, sitzt Mama gerade in Daddys altem Polstersessel und liest vor, während Miss Kara einen von Willies Socken stopft. Ich schließe die Tür hinter mir und geselle mich zu Miss Kara aufs Sofa. „Was haltet ihr von Pastor O'Neal?"

Sie lächeln sich an und Mamas Augen funkeln. „Ich mag ihn. Und deine Schwester anscheinend auch."

Ich hebe die Hände mit den Handflächen nach oben. „Ja, oder? Ich war so überrascht, als ich ihre gegenseitige Reaktion gesehen habe. Sie waren wie vom Blitz getroffen." Kichernd lasse ich die Hände sinken. „Was haltet ihr von seiner Behauptung, dass Gott ihn hierhergeführt hat? Glaubt ihr, es ist wegen Lillian?"

Mamas Augen ruhen auf mir und auch Miss Kara beobachtet mich genau. Ihre Sorge ist rührend. Wie kann ich ihnen erklären, dass ich es meinen Schwestern nicht missgönne, wenn sie sich verlieben, obwohl mein Herz gebrochen ist?

Stattdessen lächele ich bloß. „Ich für meinen Teil hoffe es. Wie aufregend, mit Sicherheit zu wissen, dass er der Mann ist, den Gott für sie vorgesehen hat. Ich glaube, unsere Lillian würde eine hervorragende Pastorenfrau abgeben."

Mamas Schultern entspannen sich. „Ich hoffe nur, dass Annie nicht versuchen wird, mit ihm zu flirten."

„Wird sie nicht, Mama. Sie ist fest entschlossen, Schauspielerin in Hollywood zu werden. Und ich glaube nicht, dass sie einen Mann zwischen sich und ihren Traum kommen lässt. Denk doch nur mal an Archie Quigg. Wir waren alle so besorgt um Annie, dabei hat sie bloß eine Rolle gespielt. Und das ziemlich überzeugend."

Mama zieht die Häkeldecke von ihrem Schoß, faltet sie und legt sie über die Armlehne ihres Stuhls. „Ich muss gestehen, dass Annie mir davon erzählt hatte. Aber es war wichtig, dass niemand von euch etwas davon wusste."

„Ich kann immer noch nicht glauben, dass er sich ausgerechnet in Sweetgum versteckt hat." Ich werfe einen kurzen Blick auf die Uhr. Wir haben noch etwa eine Stunde, bis das Abendessen serviert werden muss. „Was mag ihn hierhergeführt haben?"

Miss Kara schaut von ihrer Handarbeit auf. „Darüber habe ich auch schon nachgedacht. Sweetgum hat nun wirklich nichts zu bieten. Es gibt keine Seen oder Luxushotels – abgesehen davon, dass sich momentan ohnehin niemand einen Urlaub leisten kann. Sweetgum ist jedenfalls keine Touristenattraktion. Ich denke, dass Quigg bloß auf der Durchreise hierhergekommen ist. Dann hat er sich umgesehen und beschlossen, dass unser unauffälliges Städtchen ein gutes Versteck wäre." Sie lacht. „Aber da hat er die Rechnung ohne unsere Annie gemacht."

Lillian öffnet die Tür und kommt mit Pastor O'Neal ins Wohnzimmer.

Lächelnd deutet Mama auf das Sofa neben Miss Kara. „Setzen Sie sich doch und ruhen Sie sich aus. Sie haben etwa eine Stunde, bevor die Leute anfangen werden, Sie mit Fragen zu löchern." Sie lächelt wohlwollend. „War es anstrengend für Sie heute Morgen? Mein Mann fand solche Gelegenheiten immer sehr anspannend."

Er lehnt sich zurück und schlägt seine langen Beine übereinander, sodass sein rechter Knöchel auf seinem linken Knie ruht. „Ich hatte es eigentlich erwartet, aber es lag keinerlei Spannung in der Luft. Alle Gesichter waren offen und interessiert." Zu Mama gewandt fügt er hinzu: „Das habe ich Ihnen zu verdanken, Mrs Taylor. Mal sehen, wie es weitergeht." Für den Bruchteil einer Sekunde sieht er zu Lillian, dann wendet er den Blick wieder ab.

Meine Schwester streicht mit den Händen über ihr Kleid und kneift in ihre Rockfalten. Ich habe sie noch nie so nervös gesehen. Ihre würdevolle Gelassenheit ist zum Fenster hinausgeflogen, als der Pastor zur Tür hereingekommen ist. „Hast du Pastor O'Neal gesagt, wann die Essenszeiten sind?"

„Bitte nennen Sie mich Kade."

Lillian zieht einen Fuß hoch und lehnt ihn an die Wand. „Hat man Sie in Ihrer alten Gemeinde nicht *Pastor* genannt?"

Sein Lachen ist von der ansteckenden Sorte. Ich muss unwillkürlich mitlächeln.

„Die Leute dort kannten mich von klein auf. Sie nennen mich Kade. Ein paar der Kinder haben mich *Pastor* genannt, aber alle, die in meinem Alter oder älter sind, nennen mich beim Vornamen."

„War es schwer?" Miss Kara legt die gestopfte Socke in ihr Nähkörbchen. „Pastor einer Gemeinde zu werden, die Sie schon so lange kannte, meine ich."

„Überraschenderweise nicht. Als ich von Gott zum Prediger berufen wurde, habe ich mit den Diakonen darüber gesprochen, eine Bibelschule zu besuchen. Nachdem ich meinen Abschluss hatte, haben sie mich gebeten, Hilfspastor zu werden. Als unser Pastor dann in den Ruhestand ging, war es ein natürlicher Übergang."

Ich stehe auf. „Hoffentlich läuft es hier genauso gut für Sie. Ich für meinen Teil glaube, dass Sie der Richtige sind. Jetzt entschuldigen Sie mich bitte, ich muss nach dem Abendessen sehen."

Lillian springt auf. „Ich auch. Wenn die Glocke läutet, gehen Sie einfach in den Speisesaal. Miss Gladys hat angeboten, dass Sie sich zu ihr und Mr Nesbitt an den Tisch setzen können."

Ich lache. „Das ist perfekt. Sie wird die Leute davon abhalten, zu aufdringlich zu werden."

Als wir in der Küche sind, frage ich Lillian: „Du magst ihn, nicht wahr?"

Sie nimmt mich bei beiden Händen und sieht mir in die Augen. „Ich denke schon. Als ich ihn zum ersten Mal gesehen habe, hat mein Herz schneller geschlagen und ich habe tiefen Frieden empfunden. Ich glaube, dass er der Mann ist, den Gott für mich vorgesehen hat."

Ich schicke für meine Schwester ein Stoßgebet zum Himmel. Ich will nicht, dass sie sich erst große Hoffnungen macht, um dann mit einem gebrochenen Herzen zu enden.

So wie ich.

29

„Wie alt sind Sie eigentlich, Herr Pastor? Sie sehen aus, als wären Sie noch grün hinter den Ohren." Elmer Dyer gluckst und schaut sich Beifall heischend im Speisesaal um, aber niemand lächelt.

Ich runzele die Stirn. Was hat Elmer überhaupt hier zu suchen? Letzten Monat ist er aus dem Hotel in ein Mietshaus gezogen. Er soll gar nicht erst versuchen, hier ein Abendessen zu bekommen.

Kade erhebt sich zu seiner vollen Größe. „Ich bin 27, Mr …?"

Elmers Blick folgt dem Pastor, bis dessen Kopf weit über ihn hinausragt. Das Grinsen verschwindet aus seinem Gesicht. „Dyer."

„Mr Dyer. Ja, ich bin jung, aber ich habe bereits fünf Jahre als Pastor einer Gemeinde gearbeitet."

Elmer weicht einen Schritt zurück, bevor er einen neuen Anlauf wagt: „Sie wurden rausgeschmissen, was?"

Ich verdrehe die Augen. Er kann es einfach nicht lassen.

Kades rechtes Auge zuckt, aber er reagiert nicht auf die Provokation. „Ich nehme an, dass Sie heute Morgen nicht in der Kirche waren, Mr Dyer. Mr Pugh" – er nickt in Buds Richtung – „hat der Versammlung erläutert, dass meine alte Kirche mich eigentlich behalten wollte."

Oh, er ist gut! Ich hätte Elmer gesagt, wohin er sich seine Frage stecken kann. Lillian sieht aus, als würde sie das auch am liebsten tun. Ich trete etwas näher heran, um nichts von dem kleinen Machtkampf zu verpassen.

„Dyer in der Kirche? Ha!" Leroy Allman klopft sich lachend auf die Schenkel. „Die Decke würde einstürzen. Setz dich wieder hin, Elmer. Du gehörst nicht mal zur Baptistengemeinde."

Nachdem Elmer den Speisesaal grummelnd verlassen hat – wahrscheinlich, um in die Bar zu gehen, wo er an den meisten Abenden anzutreffen ist –, kommen mehrere Gemeindemitglieder an Kades Tisch, um ihn zu begrüßen und ihn nach seiner Meinung zu verschiedenen theologischen Themen zu fragen.

Ich habe an seinen Antworten nichts auszusetzen und Mr Bud offenbar auch nicht. Wenn jemand etwas sagt, was nicht mit der Bibel übereinstimmt, stellt unser Diakon die Dinge immer sofort richtig. Doch Kade strahlt er bloß an wie ein stolzer Vater.

Schüchtern nähert sich Nellie dem Tisch. Joe begleitet sie. Die Familie wohnt jetzt in einem der neuen Häuser. Ich nehme an, dass sie heute Abend extra vorbeigekommen sind, um mit Kade zu sprechen.

„Ich bin Nellie Ralston und das ist mein Sohn Joe. Ich weiß, dass wir noch nicht abgestimmt haben, aber wir möchten Sie trotzdem gerne willkommen heißen. Da Gott Sie hierher berufen hat, freue ich mich darauf zu sehen, was er mit Ihnen und uns vorhat. Gott segne Sie."

Kades Lächeln ist sanft und er wendet den Blick nicht von ihrem Gesicht ab.

Lillian hat mir vorhin gesagt, dass sie Kade von den Unfällen in der Spinnerei erzählt hat. Sie hat ihm die Familien genannt, die Kinder verloren haben, damit er weiß, wer vielleicht besondere Aufmerksamkeit braucht oder besonders viel Gebet.

Nellies freundliches Willkommen und ihr Segen berühren Kade. Er nimmt ihre ausgestreckte Hand zwischen seine großen Pranken. „Danke, Mrs Ralston. Ihre Unterstützung bedeutet mir viel. Wenn ich zum neuen Pastor gewählt werden sollte, werde ich in Zukunft auf Ihre Hilfe bauen." Er lässt ihre Hand los und schüttelt Joes. „Ich habe gehört, dass Sie im Baseballteam der Spinnerei spielen?"

Lillian und ich lächeln einander an. Kade wird einen wundervollen Pastor abgeben. Er ist Daddy sehr ähnlich und hat alles behalten, was Lillian ihm erzählt hat. Joe wäre ein guter Verbündeter für ihn, vielleicht sogar ein Freund. Schließlich brauchen auch Pastoren Freunde.

Joes Lippen zucken. „Ja. Spielen Sie?"

„Ich liebe Baseball und habe schon in dem einen oder andern Team gespielt."

Da inzwischen nicht mehr so viele Leute darauf warten, mit Kade zu sprechen, können die beiden Männer ungestört plaudern. Nach und nach schalten sich auch einige von Joes Mannschaftskameraden in das Gespräch ein.

Unterdessen gehe ich mit einem Stapel Geschirr in die Küche, um es abzuwaschen.

Ich vermisse Tommy so sehr, dass es sich anfühlt, als würde mein Herz weinen, obwohl meine Augen trocken bleiben. Ich weiß, dass Miss Kara immer noch dafür betet, dass Gott einen Weg für uns bahnt. Aber ich sehe einfach keine Möglichkeit für eine Zukunft mit Tommy.

Kades Predigt berührt unsere Herzen. Ich habe das Gefühl, als hätte Gott durch ihn zu mir gesprochen. Jetzt, als Bud betet, ist es völlig still in der Kirche bis auf ein gelegentliches „Amen" oder „Ja, Herr". Kade wartet draußen, bis er wieder hereingerufen wird. Lillian leistet ihm Gesellschaft, während die Versammlung abstimmt.

„Amen." Bud hebt den Kopf und stützt einen Ellenbogen auf das Podium. „Das Kirchenkomitee hat mich beauftragt, eine Abstimmung darüber abzuhalten, ob Kaden O'Neal der neue Pastor dieser Gemeinde werden soll. Das Komitee hat entschieden, ihn zu nominieren. Wer unterstützt meinen Antrag?"

Mama hebt die Hand. „Ich."

Ein breites, warmes Lächeln breitet sich auf Buds Gesicht aus und bringt seinen Schnurrbart zum Tanzen. „Dann heben jetzt bitte alle die Hand, die dafür sind." Er wartet, bis zwei der Diakone die Hände gezählt haben. Als sie nicken, fährt Bud fort: „Wer ist dagegen?" Eine einzelne Hand wird im hinteren Teil des Saals gehoben.

Bud kneift die Augen zusammen. „Elmer, Sie sind kein Mitglied dieser Kirche, also können Sie auch nicht abstimmen. Damit ist es eine einstimmige Entscheidung." Er nickt Joe Ralston zu, der an der Tür steht. Joe tritt nach draußen, um Kade hereinzurufen. Lillian folgt ihm und nimmt neben mir Platz.

Unser leitender Diakon wartet, bis Kade die Bühne erreicht hat. „Die Versammlung hat einstimmig entschieden, dass Sie unser neuer Pastor werden sollen. Nehmen Sie die Wahl an?"

Lillian hält die Luft an.

Ein breites Grinsen überzieht Kades Gesicht. Er sieht Lillian an, während er erwidert: „Ja, natürlich."

Jetzt legt niemand mehr Wert auf Förmlichkeiten. Alle stehen auf, scharen sich um Kade und heißen ihn willkommen. Die Diakone klopfen ihm herzlich auf den Rücken. Es wird gefeiert, wie es für Sweetgum typisch ist.

Nach ein paar Minuten löst Kade sich aus der Menge und geht zu Mama. Er beugt sich hinunter und flüstert ihr etwas zu, was sie zum Lächeln bringt. Sie nickt, streckt sich aus und gibt ihm einen Kuss auf die Wange.

Dann tritt Mr Bud auf die Plattform und klatscht in die Hände, um die allgemeine Aufmerksamkeit auf sich zu lenken. „Lasst uns die Willkommensfeier nun nach draußen verlegen. Ich habe Hunger!"

Seine Ansprache erzielt das gewünschte Ergebnis – alle lachen und bewegen sich zum Ausgang. Draußen auf der Picknickwiese kommen sogar Leute aus den anderen Kirchen vorbei, um Kade in Sweetgum willkommen zu heißen. Schließlich führt Mr Bud ihn an unseren Tisch. Nachdem er für das Essen gedankt hat, werden überall Schüsseln und Teller herumgereicht.

Mr Bud wartet, bis alle etwas zu essen haben. Dann sagt er: „Kade, die Diakone haben über mögliche Unterkünfte für Sie diskutiert. Wir können Sie weiterhin im Hotel unterbringen oder ein kleines Häuschen für Sie bauen. Die Spinnerei verfügt derzeit über keine leer stehenden Häuser." Er wirft Mama einen Blick zu. „Wenn Kade im

Hotel bleiben möchte, würde die Kirche die Mietkosten für sein Zimmer an die Spinnerei zahlen. Das Geld für seine Mahlzeiten würden wir aber euch geben, Emma, da Kade kein Angestellter der Spinnerei ist. Sind alle damit einverstanden?"

Im Stillen danke ich Gott für Mr Bud und die anderen Diakone.

Kade nickt und schluckt einen Happen Kartoffelsalat hinunter. „Wenn es für Mrs Taylor in Ordnung ist, würde ich lieber nicht im Diner essen. Und ich bin ein furchtbarer Koch." Grinsend spießt er ein Stückchen Schinken auf.

Ich gehe im Kopf unsere drei freien Zimmer durch. Vermutlich würde Kade einen ruhigen Ort bevorzugen. „Mr Nesbitts Zimmer steht leer. Es liegt am hinteren Ende des Hotels und ist somit ruhiger als die Räume in der Nähe der Treppe. Sie könnten dorthin umziehen."

Kade schüttelt den Kopf. „Machen Sie sich keine Umstände, Janessa. Ich mag mein jetziges Zimmer und der Lärm stört mich nicht. Außerdem kann ich das Haus verlassen, ohne die anderen Mieter zu stören, wenn mich nachts mal jemand brauchen sollte."

Mr Bud holt ein kleines Notizbuch hervor. „Wir werden ein Telefon in Ihrem Zimmer einrichten lassen, Kade." Er notiert sich, dass er die Telefongesellschaft am nächsten Morgen anrufen muss. „So können die Gemeindmitglieder Sie direkt erreichen, ohne die Taylors zu stören."

Nachdem diese Angelegenheiten geklärt sind, essen wir weiter. Dann beginnen Sarah und ich, den Tisch abzuräumen. „Lillian, geh du mit Kade zum Spielfeld voraus. Du kannst ihm schon mal alles über die Mannschaften erzählen. Ich werde Sarah erst helfen, unsere Sachen nach Hause zu bringen. Bis später!" Ich scheuche sie davon.

Sarah beobachtet mich, während wir die schmutzigen Teller in den Picknickkorb stellen. „Dein armes Herz bekommt einfach keine Gelegenheit zu heilen, nicht wahr?"

Ich verziehe das Gesicht und schüttele den Kopf. „Ich versuche, mir nichts anmerken zu lassen."

„Ich kannte dich schon, als du noch Windeln getragen hast. Ich weiß, wann es dir schlecht geht, genauso wie deine Mama." Sie streckt die Hand aus und streichelt mir die Wange. „Wir beten jeden Abend für dich."

Nur mit Mühe halte ich die Tränen zurück und nicke. An manchen Tagen schaffe ich es, mehrere Stunden lang nicht an Tommy zu denken. Aber dann sehe ich etwas, das mich an ihn erinnert, und die Wunde reißt wieder auf. Ich kann mir kaum vorstellen, was er jetzt von mir denkt. Mein Brief muss ihn sehr verletzt haben. Wahrscheinlich hasst er mich.

Ich schaue mich um. „Haben wir alles?"

Sarah nickt. Gemeinsam bringen wir die Körbe in die Hotelküche zurück.

„Ich spüle und du trocknest ab." Sie wirft mir ein Geschirrtuch zu und taucht ihre Hände dann ins Wasser. Einen Moment später reicht sie mir den ersten sauberen Teller. „Habe ich dir je von meinem Bobby erzählt?"

Ich nehme den tropfenden Teller entgegen. „Nein. War er dein Sohn?"

Ein verschmitztes Lächeln umspielt ihre Lippen. „Nein. Bobby war mein Ehemann vor Angus."

Erstaunt sage ich: „Ich wusste nicht, dass du noch einen Mann hattest."

Sie reicht mir den nächsten Teller. „Natürlich nicht zur gleichen Zeit, *Lass*." Lächelnd fährt sie fort: „Nein, ich war erst 17 und Bobby war meine Jugendliebe. Wir haben im Frühling geheiratet, aber im Winter desselben Jahres kam er bei einem Fischereiunfall ums Leben."

Ich empfinde tiefes Mitleid für die untröstliche junge Braut. „Du musst am Boden zerstört gewesen sein."

Sie nickt und reicht mir eine Servierplatte zum Abtrocknen. „Ich habe Gott monatelang Vorwürfe gemacht. Aber mit der Zeit hat der Schmerz nachgelassen und irgendwann war ich in der Lage, dankbar für die schönen Erinnerungen zu sein." Sie wirft mir einen Blick zu. „An dem Tag, als ich Angus kennengelernt habe, hat der Schmerz in meinem Herzen aufgehört." Sie trocknet sich die Hände ab und nimmt meine Finger in ihre. Dabei blickt sie mir tief in die Augen. „Der gütige Herr wird auch dein Herz heilen, *Lass*."

Vielleicht, wenn ich alt und grau bin und die Tante der Kinder meiner Schwestern.

Während ich eine Zeitschrift ins Postfach schiebe, lächele ich über den Namen der Empfängerin: *Mrs Clarence Nesbitt*. Sie und ihr neuer Ehemann haben sich in der Woche seit ihrer Hochzeit gut eingelebt. Als Nächstes lege ich zwei Briefe für Leroy Allman in sein Fach. Einer ist von seiner Schwester. Hoffentlich steht darin, dass Leroy jetzt Onkel ist. Kichernd denke ich an seinen Witz zurück. Er meinte, dass er das Geschlecht des Kindes noch nicht kenne und deshalb nicht wüsste, ob er Onkel oder Tante werden würde. Scherzkeks. Er wird Mary Patterson schön an der Nase herumführen.

Der nächste Umschlag ist eine weitere Rechnung für das Hotel. Sie ist von Mr Campbell, was bedeutet, dass sie nicht an Mr Spencer, sondern an uns geht. Mr Campbell ist so großzügig, uns den Betrag in Raten zahlen zu lassen. Wir schicken ihm jeden Monat so viel wir können, bis die Schweine abbezahlt sind. *Herr, segne diesen Mann und vermehre sein Geld.* Wir strecken die Lebensmittel so gut wir können, um zu sparen. Wenigstens sind die Hühner jetzt endlich wieder gesund. Dadurch können wir jeden Tag vier oder fünf Dutzend Eier an den Gemischtwarenladen verkaufen und dem lieben Mr Campbell das Geld schicken.

Plötzlich wird die Eingangstür geöffnet und ein Junge in einer Uniform von *Western Union* kommt herein. In seiner Hand hält er einen gelben Umschlag.

Ein Telegramm!

Mein Herz hämmert gegen meinen Brustkorb und die restliche

Post fällt mir aus der Hand. Ich kann mich nur an ein einziges Mal erinnern, dass jemand in Sweetgum ein Telegramm bekommen hat. Damals war Tommys Vater bei einem Zugunglück ums Leben gekommen.

Der Junge mustert mich. „Sind Sie Miss Janessa Taylor?"

Ich kann kaum atmen. „Ja", flüstere ich mit piepsiger Stimme.

Als er mir das Telegramm reicht, nehme ich es und starre es an. Wie kann ein so kleines Stück Papier so große, vielleicht lebensverändernde Nachrichten enthalten?

Der Junge steht immer noch regungslos da. Verwirrt blinzele ich. Wartet er etwa auf eine Antwort? Ach, natürlich nicht. Er will Trinkgeld. Ich wühle in einem Kästchen unter der Theke und finde ein 5-Cent-Stück. Er nimmt die Münze an, lächelt zufrieden, tippt sich an die Schirmmütze und geht.

Als er fort ist, bringe ich den Umschlag in die Küche und lasse mich auf einen Stuhl fallen. Das gelbe Rechteck lege ich vor mich auf den Tisch. Ich habe keine Ahnung, wie viel Zeit vergangen ist, als ich Lillian hinter mir spüre.

„Jane?" Ihre Hand ruht sanft auf meiner Schulter. „Von wem ist es?"

„Ich weiß es nicht. Ich traue mich nicht, es zu öffnen."

„Soll ich es für dich öffnen?"

Ich hebe den Blick zu ihr. „Würdest du das tun?"

Sie setzt sich neben mich und nimmt den Umschlag. „Natürlich." Nachdem sie die Lasche mit einem Finger gelöst hat, holt sie das Telegramm heraus. Ihre Augen bewegen sich schnell hin und her, dann werden sie groß. Sie hebt den Kopf und begegnet meinem Blick. Dann flüstert sie: „Es ist von Tommy."

Mein Herz schlägt schneller. „Ist ihm etwas passiert?"

Mit einem breiten Lächeln reicht sie mir die Nachricht. „Er kommt nach Hause."

Sofort reiße ich ihr das Telegramm aus der Hand, um es selbst zu lesen.

„Liebste Janessa STOP Ich komme nach Hause STOP Am Dienstag STOP Warte am Amberbaum auf Dich STOP 19 Uhr STOP Tommy STOP"

Ich weiß nicht, was das zu bedeuten hat. Fragend suche ich Lillians Blick. „Was will er bloß hier?"

Sie starrt mich an, als würden mir Blumen aus den Ohren wachsen. „Dich natürlich."

„Wie kann das sein? Ich habe ihm doch geschrieben, dass ich unsere Verlobung auflöse. Ich weiß, dass ich ihn damit verletzt habe. Außerdem habe ich ihm gesagt, dass er mir nicht mehr schreiben soll, und daran hat er sich auch gehalten."

„Bis jetzt." Lillian nimmt mir das Telegramm ab und legt es auf den Tisch. „Du hast jetzt zwei Möglichkeiten." Sie steht auf, holt zwei Gläser aus dem Schrank und schenkt uns Eistee ein. Ich warte, während sie Eiswürfel in die Gläser gibt. Lillian ist wie Mama und würde nie etwas Wichtiges überstürzen. Sie will sichergehen, dass ich gut zuhöre. Endlich reicht sie mir ein Glas und setzt sich wieder. „Du kannst dich mit ihm treffen und dir anhören, was er zu sagen hat, oder du gehst nicht hin und wirst es nie erfahren. Aber ich warne dich – wenn du dich für Letzteres entscheidest, wird es dich dein Leben lang verfolgen."

Lillian ist so gereift, seit Daddy gestorben ist. Ich spüre, wie sich ein warmes Gefühl der Zuneigung in mir breitmacht. „Du hast recht. Ich werde mich mit ihm treffen."

Bei diesen Worten beginnt mein Herz so schnell zu schlagen, dass mir fast schwindelig wird. Was hat Tommy mir zu sagen? Wird er wütend sein? Morgen ist schon Dienstag. Plötzlich schleicht sich ein anderer Gedanke in mein Bewusstsein.

Was, wenn Tommy meiner Aufforderung gefolgt ist? Was, wenn er eine andere Frau gefunden hat?

30

Ich liege im Bett und lausche dem Ticken der Uhr, während die Minuten und Stunden vergehen. Jedes Mal, wenn ich die Augen schließe, öffnen sie sich wieder, weil ich mir vorstelle, was Tommy mir morgen sagen könnte. Schuldgefühle nagen an mir, weil ich ihn verletzt habe. Ich habe zwar nur getan, was ich tun musste, aber das macht keinen Unterschied. Ich sehe Tommy unter dem Amberbaum sitzen. Er steht auf und hebt eine Hand, damit ich stehen bleibe. Dann wendet er mir den Rücken zu und läuft davon.

So wie ich davongelaufen bin.

Als ich hochschrecke, stelle ich fest, dass es nur ein Traum gewesen ist. Tränen benetzen mein Gesicht. Gegen 4:00 Uhr muss ich eingeschlafen sein. Ich schaue zu Annies Bett hinüber, aber es ist leer. Die Zeiger der Uhr stehen auf 4:45 Uhr – ich habe verschlafen. Mühsam schleppe ich mich aus dem Bett, werfe mir ein Kleid über und laufe zum Hühnerstall. Annie und Willie haben bereits über die Hälfte der Eier eingesammelt.

„Danke, dass du mich noch ein bisschen hast schlafen lassen. Ich lag fast die ganze Nacht wach." Ich nehme Willies Korb und folge ihm.

Annie schiebt ihre Hand unter eine Henne und holt ein Ei hervor. „Ich weiß. Ich habe gehört, wie du dich hin und her gewälzt hast."

„Tut mir leid."

Willie reicht mir ein großes braunes Ei, damit ich es in den Korb lege.

„Braucht es nicht. Ich verstehe das. Du bist aufgeregt." Als wir fertig sind, bemerkt Annie: „Die Hühner legen wieder gut. Heute sollten wir sechzig Eier verkaufen können. Und bald werden einige der Küken alt genug sein, um ebenfalls zu legen. Dann haben wir noch mehr Eier."

Während Willie sich für die Schule bereit macht, legen wir die Eier in den Eisschrank. Dann fange ich mit dem Teig für die Mittagspasteten an, während Annie die Eier, die wir nicht brauchen, zum Laden bringt. „Sarah, was kommt heute in die Füllung?"

„Schweinefleisch, Karotten, Kartoffeln und Erbsen."

„Gibt es viel?"

Sarah, die gerade Karotten schneidet, nickt. „Nimm die großen Ausstecher mit 17 Zentimeter Durchmesser. Wir verwöhnen unsere Mieter heute mal ein bisschen. Morgen gibt es vielleicht nicht so viel."

Während der Teig ruht, ist es Zeit für unser Frühstück. Kade isst mit uns. Ich finde es lustig, dass Sarah nichts gegen seine Anwesenheit in der Küche einzuwenden hat, obwohl er eigentlich auch ein Hotelgast ist.

Kade dankt für das Essen, dann unterhalten wir uns fröhlich, während wir Kaffee trinken und Maisbrei, Brötchen sowie Rührei mit kleinen Schinkenstückchen essen. Wir haben dafür gesorgt, dass genug für unseren neuen Pastor da ist. Er kann ganze Berge verdrücken, obwohl kein Gramm Fett an ihm ist. Glücklicherweise bezahlt uns die Kirche auch angemessen.

Nach dem Frühstück und zwei weiteren Tassen Kaffee halten mich meine morgendlichen Aufgaben wach und auf Trab. Der Nebel in meinem Kopf hat sich gelüftet. Dafür habe ich jetzt das dringende Bedürfnis, mich abzulenken. Der Vormittag vergeht wie im Flug. Ich weiß nicht recht, ob ich dafür dankbar sein soll. Auf jeden Fall bin ich schrecklich nervös.

Annie, Belulah, Charity und Willie – der gerade Mittagspause hat – bringen die Körbe mit den Essenspaketen zur Spinnerei. Unterdessen fange ich mit dem Brotteig fürs Abendessen und Frühstück an. Als die anderen zurückkommen, habe ich bereits zwei Portionen fertig.

Während des Mittagessens bietet Kade an, bei den Arbeiten rund ums Hotel zu helfen. Da wir immer Hilfe mit den Tieren gebrauchen können, nehmen wir sein Angebot dankbar an.

„Danke, Kade." Lillian nimmt ihre Kaffeetasse in die Hand. „Wenn Willie von der Schule nach Hause kommt, kann er Ihnen zeigen, was zu tun ist. Er wird sich freuen."

Nach dem Essen rennen Annie, Lillian und ich nach oben, um die Zimmer zu reinigen. Ich kann nicht aufhören, an heute Abend zu denken. Was, wenn Tommy sagt, dass ich sein Leben ruiniert habe? Ich erstarre mit dem Besen in der Hand, als meine nächtlichen Ängste zurückkehren. *Was, wenn Tommy nicht allein unter dem Amberbaum ist? Was, wenn er eine Frau dabeihat – seine Frau?*

Ich beginne so hektisch zu fegen, dass ich den Staub aufwirbele. Annie hält mich am Handgelenk fest und nimmt mir sanft den Besen ab, während sie meine Finger tätschelt.

„Langsam, Jane. Ich weiß, dass du nervös bist, aber du verteilst den Schmutz bloß. Jetzt muss ich alles noch mal abstauben."

Ich lasse das Kinn auf die Brust sinken. „Tut mir leid."

Annie stützt ihren Arm auf den Besenstiel. „Willst du einen Rat von mir?"

Momentan würde ich von jedem einen Rat annehmen. „Klar."

„Mach es wie ich. Atme tief durch und stell dir dann das Schlimmste vor, was passieren könnte. Und dann fragst du dich, ob du es überleben würdest." Sie lehnt den Besen an die Wand und staubt noch einmal die Kommode ab. „Warum legst du dich nicht für ein Stündchen hin? Du siehst aus, als könntest du etwas Schlaf gebrauchen."

„Ich denke, das werde ich tun. Danke, Annie."

In meinem Zimmer lege ich mich aufs Bett, aber ich kann einfach nicht schlafen. Da fällt mir ein, dass die Schubladen meiner Kommode mal wieder aufgeräumt werden könnten, also ziehe ich die oberste auf und falte meine bereits gefaltete Unterwäsche neu. Annie hat gesagt, dass ich mir das Schlimmste vorstellen soll, was passieren könnte. Das ist leicht: Tommy hat eine andere Frau geheiratet und bringt sie jetzt mit nach Hause.

Obwohl ich ihm geschrieben habe, dass er sich eine andere Frau suchen soll, würde es mir das Herz brechen. Andererseits ist mein Herz ja schon gebrochen. Ich nehme an, dass ich es überleben würde, zumindest körperlich. Aber was wäre mit meiner Seele? Sie würde verkümmern.

In der Bibel steht, dass der Herr unsere Freude ist. Ich weiß, dass das stimmt. Man kann Freude im Herzen haben und trotzdem unglücklich sein. Gott hat uns nie ein glückliches Leben versprochen, sondern bloß Freude – das ist ein Unterschied. Langsam atme ich aus. Ich muss mein Glück in Gottes Hände legen.

Außerdem möchte ich doch das Beste für Tommy und vielleicht ist es das Beste für ihn, wenn er eine andere heiratet. Entschlossen wappne ich mich für das, was kommen mag, und gebe meine Sorgen Gott ab – so wie damals, als ich den Brief geschrieben habe.

Die Schlafzimmertür wird geöffnet und Lillian streckt den Kopf herein. „Du schläfst also nicht." Sie schließt die Tür und setzt sich zu mir aufs Bett. „Meine kleine Schwester, die nie Unordnung hat, räumt ihre Schubladen auf? Was ist los, Jane?"

Ich versuche die Freude in meinem Herzen anzuzapfen und lächele. „Ich habe mich für mein Gespräch mit Tommy gewappnet. Ich werde es überleben ... was immer er zu sagen hat."

Doch als Lillian mich in ihre Arme zieht, gerät meine Entschlossenheit ins Wanken und meine Augen füllen sich mit Tränen.

Nach der Schule kann Willie es kaum erwarten, Kade die Scheune zu zeigen. „Ich werde Ihnen alles beibringen!"

„Danke, Kumpel." Kade nimmt Willies ausgestreckte Hand und wird im nächsten Moment zur Küchentür hinausgezogen.

Lillian und ich schmunzeln. Dann späht sie aus dem Fenster. „Das wird bestimmt interessant. Ich würde zu gerne Mäuschen spielen, aber" – sie wendet sich um – „es ist Zeit, die Brötchen fürs Abendessen zu backen."

In den nächsten Stunden sind wir damit beschäftigt, Brötchen zu backen, abkühlen zu lassen und in große Schüsseln zu füllen. Sarah kocht einen großen Topf Schälerbsensuppe, die die Küche mit ihrem herrlichen Duft erfüllt. Als ich den Teig für ein weiteres Blech Brötchen schneide, stelle ich fest, dass meine Hände nicht mehr so zittern wie heute Morgen. Freude. *Danke, Herr.*

In meinem Herzen höre ich eine Stimme, die sagt: *Verlass dich auf mich.*

Da Kade abends mit den Mietern im Speisesaal isst, gibt Willie an unserem Tisch den „Scheunenbericht" zum Besten.

„Pastor Kade hat viel über das Ausmisten von Ställen gelernt. Er kann es jetzt ziemlich gut, aber ich musste ihm zeigen, wo er hintreten kann." Willie legt eine dramatische Pause ein und schaut in die Runde. „Damit er nicht noch mal ausrutscht."

Lillian hebt eine Augenbraue. „Noch mal?"

„Ja." Willie kichert. „Er ist ausgerutscht und in einen Kuhfladen gefallen." Sein Kichern entwickelt sich zu einem Lachanfall.

„Wir haben doch bloß zwei Milchkühe." Lillian wedelt mit dem Zeigefinger in Willies Richtung. „So viele Kuhfladen machen die nicht. Wie hat er es da geschafft, auf einem auszurutschen?" Nun bricht auch sie in Gelächter aus.

Unsere Mütter blicken etwas besorgt drein. Miss Kara hält die Hände hoch. „Und wo ist die Hose jetzt?"

Mit sichtlichem Stolz grinst Willie. „Ich habe ihm gesagt, dass er sie draußen ausziehen soll. Dann habe ich ihm ein Laken gegeben, um die Hose einzuwickeln."

Mama blinzelt und grinst dann. „Danke, Willie. Gut gemacht."

„Wir werden sie am Samstag waschen", sagt Miss Kara, während sie die Brötchen herumreicht. „Wenn Pastor Kade sie nicht vorher schon braucht."

„Solange er keine weitere Begegnung mit einem Kuhfladen hat, kommt er zurecht, hat er gesagt." Willie taucht seinen Löffel in die Suppe.

Mein Blick fällt auf die Uhr. Es ist halb sieben. Mein Magen verkrampft sich und ich werfe meiner Mutter einen verzweifelten Blick zu. Wieder versuche ich, die Freude in meinem Herzen anzuzapfen, aber meine Nerven versperren mir den Weg.

Ich renne zur Toilette hinaus und erbreche meinen Mageninhalt. Noch nie in meinem Leben bin ich so nervös gewesen. Als ich ins Haus zurückkehre, nehme ich die Vordertür und eile dann direkt ins Bad. Nachdem ich mir den Mund gespült und die Zähne geputzt habe, ist es schon fast Zeit, Tommy zu treffen. Ich wage es nicht, in den Spiegel zu schauen. Ich habe Angst davor, was ich sehen könnte.

Mit pochendem Herzen schlüpfe ich zur Vordertür hinaus und laufe zum Stadtrondell. Der Amberbaum blüht gerade. Die beerenartigen grünen Blüten heben sich deutlich von den Blättern ab und ein paar erste stachlige Früchte sind auch bereits zu sehen.

Langsam gehe ich auf den Baum zu und bleibe stehen. Er ist nicht hier. Hat er seine Meinung geändert? Mir sinkt der Mut.

Doch dann taucht er auf einmal hinter dem Stamm auf.

Allein!

Das Herz schlägt mir bis zum Hals, als Tommy langsam auf mich zukommt. Während ich ihm entgegenlaufe, sehe ich mich um, ob einer von Spencers Männern uns beobachtet. Doch die Straße ist leer. Mein Blick fliegt zurück zu Tommy.

Seine Augen suchen meine. Aus meinem Herzen steigt all die Liebe auf, die ich je für ihn empfunden habe, und ich muss lächeln.

Sein Blick ist hoffnungsvoll und er streckt eine Hand aus. Als ich ihm meine Hand reiche, zieht er mich in seine Arme.

Endlich bin ich zu Hause! Hier gehöre ich hin.

Nachdem wir uns eine ganze Weile einfach nur im Arm gehalten haben, tasten seine Finger nach meinem Kinn und heben es an. Sein

Kuss ist zärtlich und voller Sehnsucht. Wie ich das Gefühl seiner Lippen auf meinen vermisst habe! Als der Kuss vorbei ist, hält Tommy mich noch ein paar Sekunden im Arm.

Schließlich führt er mich zur Bank. Wir setzen uns seitlich hin, um einander anzusehen.

„Ich habe dich so vermisst!" Er stößt einen langen Atemzug aus. „Und ich habe so viel zu erzählen, aber zuerst will ich eins mit Sicherheit wissen: Liebst du mich noch?"

Obwohl wir sitzen, werfe ich ihm die Arme um den Hals. „Ich habe nie aufgehört, dich zu lieben!" Diesmal bin ich es, die ihn küsst. Ich werde nie genug von seinen Küssen bekommen.

Er streicht mit dem Daumen über meine Hand, die seine umklammert. „Als ich deinen letzten Brief zum ersten Mal gelesen habe, konnte ich es nicht glauben. Trotzdem wusste ich, dass du recht hattest. Ich konnte nicht von dir verlangen, deine Familie im Stich zu lassen." Sein Blick weicht nicht von mir. „Aber mein Herz konnte dich einfach nicht loslassen." Er schüttelt den Kopf. „Es ist schwer zu erklären, aber nach einiger Zeit wurde mir klar, dass ich zurückkommen musste. Jane, nichts ist gut ohne dich."

„Aber was ist mit deinem Traum, Profispieler zu werden?"

Tommy beugt sich vor, bis seine Stirn meine berührt. „Baseball ist nur ein *Teil* von meinem Traum." Seine Lippen küssen einen meiner Mundwinkel, dann den anderen. Dann lehnt er sich wieder zurück.

„Ich habe angefangen, die anderen Spieler genau zu beobachten. Diejenigen, die verheiratet waren und mit ihren Frauen zusammenlebten, haben besser gespielt als diejenigen, deren Frauen oder Freundinnen weit weg waren. Sie waren konzentrierter. Zufriedener. Während ich sie so beobachtet habe, ist mir klar geworden, dass Baseball ohne dich nicht so erfüllend ist, wie ich dachte. Der Bann war gebrochen." Er legt mir den Arm um die Schultern und zieht mich an sich. „Ich habe mich dabei erwischt, wie ich alles mit dir oder Sweetgum verglichen habe. Da habe ich erkannt, dass *du* das Beste an allen meinen Träumen bist."

Mein Herz überschlägt sich fast vor Freude. „Und du bist dir sicher, dass du Baseball nicht vermissen wirst?"

„Ich brauche es nicht. Ich bin nach Hause gekommen, weil ich es so *wollte*. Ich will, dass wir sofort heiraten. Mama hat mir vom neuen Pastor erzählt. Wenn er uns heute Abend noch trauen kann, dann möchte ich diese Gelegenheit wahrnehmen. Ich denke, dass ich im Hotel die Aufgaben übernehmen könnte, die dein Daddy früher erledigt hat."

Freudentränen vernebeln mir die Sicht, als Tommy mich erneut küsst. *Danke, Herr!*

„Lass uns die Hochzeit für dieses Wochenende planen. Wir könnten am Samstag heiraten."

Mit einem Freudenschrei springt Tommy auf und zieht mich in seine Arme. „Komm, wir gehen nach Hause und erzählen es allen!"

Doch als wir Hand in Hand in die Lobby platzen, bleiben wir abrupt stehen. Offenbar haben alle am Fenster gestanden und uns beobachtet. Es schadet sicherlich nicht, dass unsere Gesichter Bände sprechen, denn alle umringen uns jetzt und lachen und reden wild durcheinander. Willie hüpft aufgeregt von einem Fuß auf den anderen, während Miss Kara ihren ältesten Sohn lange und fest umarmt.

Mama sitzt in ihrem Stuhl mit einem strahlenden Lächeln im Gesicht, das von Freudentränen benetzt ist. Ich reiße mich von den anderen los und gehe neben ihr in die Hocke.

„Wir möchten gerne am Samstag heiraten. Ist das in Ordnung für dich?"

Ihre Augen leuchten auf. „Kara und ich haben schon so lange für diesen Tag gebetet. Ja, es ist mehr als in Ordnung." Auf einmal wird ihr Lächeln bittersüß und ihr Blick bekümmert. „Ich wünschte nur, dein Daddy wäre hier, um das mitzuerleben. Er hat Tommy so geliebt."

Tommy kommt zu uns herüber. „Wer hat mich geliebt?"

„Janes Daddy. Schon bevor ihr beide ein Paar wart, hat Frank gesagt: ‚Ich hoffe, dass unsere Jane eines Tages diesen Jungen heiraten wird.' Er hat sich so gefreut, als du ihn um ihre Hand angehalten hast. Ich bin froh, dass er wenigstens das noch miterleben durfte."

„Ich habe ihn auch geliebt, Miss Emma. Mein Vater ist in einer wichtigen Phase meines Lebens gestorben, aber Mr Frank hat sich um mich gekümmert und mir so viel beigebracht."

Zusammen gehen wir in die Küche, um Kuchen zu essen und Milch zu trinken – und Pläne zu schmieden.

„Ich habe in einer Zeitschrift eine Torte mit mehreren Schichten gesehen, von denen jede flacher war als die darunterliegende. Das Foto habe ich aufbewahrt." Sarah wühlt in einer Schublade nach dem Bild. „Hier ist es." Sie zeigt es mir. „So etwas würde ich gerne für deine Hochzeit ausprobieren, Jane, nur etwas kleiner."

„Sieht toll aus!"

„Und ich würde dir gerne dabei helfen." Lillian nimmt das Bild und betrachtet es genau. „Bei dieser Torte werden die einzelnen Etagen von kleinen Säulen gestützt. Aber ich wette, dass wir es auch hinkriegen, indem wir einfach eine Schicht auf die andere legen." Ihre Augen strahlen vor Freude. „Kannst du dir vorstellen, wie die Torte aussehen wird, wenn sie geschnitten ist? Vor allem, wenn wir jede Schicht in einer anderen Farbe machen!"

Sarah lässt sich von Lillians Begeisterung anstecken. „Wir könnten Erdbeeren in eine Schicht mischen. Ich habe letzten Sommer welche eingemacht. Und für die nächste Schicht nehmen wir vielleicht Heidelbeeren."

„Wenn wir dann noch eine Schicht nur mit Vanille machen, haben wir eine rot-weiß-blaue Torte."

Es ist mir vollkommen egal, was für eine Torte sie machen. Ich bin zu glücklich – und ja, auch zu sehr von Freude erfüllt –, um in ihre Pläne einzustimmen. Lillian schenkt uns allen Kaffee nach. Als sie Kades Tasse auffüllt, strahlt er sie an wie ein verliebtes Hündchen. Wenn die beiden so weitermachen, werden wir in nicht allzu ferner

Zukunft noch eine Hochzeit planen. Ich schiele zu Tommy, um zu sehen, ob es ihm aufgefallen ist. O ja, er beobachtet die beiden ganz genau – wie ein großer Bruder. Ich tue, als würde ich mir den Mund mit der Serviette abwischen, um mein Grinsen zu verbergen.

Nachdem Lillian die Kanne auf den Herd zurückgestellt hat, setzt sie sich wieder neben Kade. „Dann lasst uns mal die Hochzeit planen."

Mama klatscht in die Hände, damit endlich Ruhe einkehrt. „Das können wir morgen früh machen. Jetzt möchte ich erst mal hören, was Tommy alles in Texas erlebt hat."

Nachdem wir gefrühstückt und das Geschirr abgeräumt haben, schiebt Mama ihren Rollstuhl mit ihrem gesunden Arm ein Stück vom Tisch weg. „Kara und ich haben mein Hochzeitskleid rausgeholt, damit du es anprobieren kannst, Jane."

„Das mache ich, sobald wir die Essenspakete zur Spinnerei gebracht haben. Kade, könnten Sie uns Samstagabend trauen?"

Erstaunt hebt er die Augenbrauen. „Es wäre mir eine Ehre, aber sind Sie sicher, dass Sie nicht Mr Bud fragen wollen?"

Tommy sieht mich kurz an, bevor er für uns beide antwortet: „Wir haben darüber gesprochen und möchten gerne, dass Sie uns trauen."

„Und ich werde Mr Bud bitten, mich zum Altar zu führen." Ich will Kade nicht das Gefühl geben, dass er unserem geliebten Diakon die Show stiehlt.

„Dann mache ich es gerne. Aber vorher möchte ich ein privates Gespräch mit euch beiden führen. Wir können uns dazu ins Wohnzimmer setzen oder uns in meinem Büro in der Kirche treffen."

„Sicher, aber" – ich schiele zu meinen Schwestern – „das wird bis heute Nachmittag warten müssen."

Sarah dreht sich um und hebt mahnend den Zeigefinger. „Du überlässt die Küche mal schön uns, Janessa Taylor. Wir haben für heute und morgen extra ein einfaches Menü geplant. Wir schaffen das auch ohne dich."

Ich springe auf, um ihr einen Kuss auf die Wange zu drücken. „Danke!" Dann hole ich die Liste hervor, die ich gestern Abend geschrieben habe, und überfliege sie. „Was ist mit Blumen? Lillian, Annie und ich brauchen einen Blumenstrauß."

Willie hüpft von seinem Stuhl. „Das kann ich machen, Miss Jane! Ich werde Wiesenblumen pflücken. Es fangen gerade ganz viele an zu blühen."

Tommy zwickt seinem kleinen Bruder ins Ohr und bringt ihn zum Quieken. „Danke, Kumpel. Das wäre eine große Hilfe." Dann schiebt er seinen Stuhl zurück. „Mama, kannst du bitte nach meinem Anzug sehen?"

Miss Kara nickt. „Der müsste in Ordnung sein. Als du Bruder Frank um Janessas Hand angehalten hast, habe ich sofort deinen Anzug hervorgeholt – und die Tasche geflickt."

Tommy faltet seine Serviette und legt sie auf seinen Teller. „Danke. Ich hatte ganz vergessen, dass die Tasche gerissen war." Er wendet sich zu Kade um. „Wäre jetzt ein guter Zeitpunkt für unser Gespräch?"

„Natürlich. Janessa?" Kade schiebt seinen Stuhl zurück.

Dann gehen wir drei ins Wohnzimmer. Kade setzt sich auf Daddys alten Sessel, während Tommy und ich Händchen haltend auf dem Sofa Platz nehmen. Es freut mich, dass die beiden Männer sich so gut verstehen. Sie haben gestern Abend noch zusammen im Wohnzimmer gesessen und geredet, als ich ins Bett gegangen bin.

Kade legt seine Hände auf die Armlehnen von Daddys Sessel. „Ihr beide … ich hoffe, es ist in Ordnung, wenn ich euch duze, aber wir sind ja ungefähr im gleichen Alter. Ihr könnt auch gerne Du zu mir sagen. Also, ihr beide seid schon lange zusammen, aber bald werdet ihr einander noch viel besser kennenlernen. In der Ehe gibt es vier zentrale Aspekte: Jesus Christus, Hingabe, Kommunikation und Kompromissbereitschaft. Entscheidend ist, dass der Herr den ersten Platz in eurer Ehe einnimmt und gleichzeitig im Mittelpunkt eurer Ehe steht. Außerdem solltet ihr die Wünsche eures Ehepartners über eure eigenen stellen und einander so lieben, wie Christus die Gemeinde liebt." Er überkreuzt die Beine, indem er einen Fuß auf den anderen Oberschenkel legt. „Ihr werdet hart an eurer Kommunikation arbeiten müssen. Janessa, Tommy kann nicht wissen, auf welche Weise er deine Gefühle verletzt hat, wenn du es ihm nicht sagst. Und umgekehrt. Ein anderer wichtiger Faktor ist, dass ihr euer Recht aufgebt, immer recht zu haben. Seid ihr bereit, euch einander auf diese Weise zu verpflichten?"

Tommy nickt. „Ich glaube, ich kann für uns beide sagen, dass wir bereit sind." Er streichelt meine Hand.

Kade richtet seinen Blick auf mich. „Janessa? Stimmst du Tommy zu?"

„Ja."

„Und ihr wisst hoffentlich beide, dass es Kleinigkeiten geben wird, dich euch am anderen stören werden. Vielleicht drückt Tommy die Zahnpastatube anders aus als du. Oder Janessa steckt die Toilettenpapierrolle andersherum auf den Halter als du, Tommy. Ihr müsst abwägen, ob euch das so sehr stört, dass ihr es dem anderen mitteilen müsst."

Ich kann mir nicht vorstellen, dass mich irgendwas an Tommy jemals stören könnte. Aber ich nehme an, dass Kade recht hat. „Sie … du meinst also, dass ich dann entscheiden muss, was mir wichtiger ist – Tommy oder die Art, wie ich das Toilettenpapier aufhänge?" Ich grinse meinen Verlobten an. „Das ist leicht. Das Toilettenpapier natürlich." Tommy und ich lachen über Kade, der erschrocken dreinblickt. „Ich mache nur Witze."

Unser Pastor grinst. „Gut zu wissen." Dann wird sein Gesicht wieder ernst. „Wie sieht es mit der Kindererziehung aus? Habt ihr schon darüber gesprochen, ob ihr Kinder wollt und, wenn ja, wie viele? Und wie habt ihr vor, sie zu erziehen?"

Er geht wirklich ganz schön ins Detail. Tommy erklärt, dass wir bereits darüber gesprochen haben – immerhin sind wir schon ineinander verliebt, seit wir Teenager waren. Ich hoffe nur, dass Kade nicht über das Ehebett sprechen will. Meine Wangen werden warm.

Erleichtert atme ich auf, als Kade sich erhebt. „Ich denke, dass ihr ein gutes Fundament für eure Ehe habt." Schmunzelnd fügt er hinzu: „Aber es wäre sicher erheiternd, dieses Gespräch in fünfundzwanzig Jahren noch einmal aufzugreifen."

Tommys herzliches Lachen erfüllt den Raum. „Janes Vater hat auch über diese Dinge gesprochen, als ich ihn um seinen Segen gebeten habe." Tommy hilft mir vom Sofa auf und behält meine Hand in seiner. „Er und Miss Emma waren ein wundervolles Beispiel für eine liebevolle Ehe. Mein eigener Vater war schon gestorben, als ich mich in Jane verliebt habe. Davor habe ich nie wirklich auf die Beziehung zwischen ihm und Mama geachtet, deshalb wurden die Taylors zu meinem Vorbild."

Kade schüttelt Tommy die Hand. „Ich hätte Pastor Taylor gerne kennengelernt."

Ich berühre Kade am Arm. „Du hättest ihn gemocht und ich weiß, dass er dich auch gemocht hätte. Ich kann viele Ähnlichkeiten zwischen ihm und dir erkennen."

Und Lillian auch.

Nun bleibt nur noch eine kleine Sorge, die meine Freude ein wenig trübt: der Haftbefehl gegen Tommy. Wird Mr Spencer auf Tommys Festnahme bestehen, jetzt, da er wieder in Sweetgum ist?

31

Heute werde ich heiraten! Freude erfüllt mich und mein Herz sprudelt über vor Dankbarkeit. *Danke, Herr! Hilf mir, Tommy eine gute Ehefrau zu sein, und segne unsere Ehe.*

Als ich nicht mehr schlafen kann, springe ich aus dem Bett. Es ist erst 4:00 Uhr, deshalb lasse ich Annie noch schlafen. Ich kann die Eier auch allein einsammeln.

Kurz nachdem ich angefangen habe, betreten Tommy und Willie das Hühnerhaus.

„Wir haben dich gehört. Willie hat gesagt, dass ich aufstehen und dir helfen soll." Tommy wuschelt seinem kleinen Bruder durchs Haar.

„Schnappt euch einen Korb und helft mir, danach können wir einen Kaffee trinken. In der Küche hat es vorhin nach Zimt gerochen. Sarah hat anscheinend etwas Leckeres im Ofen."

Nach einem kurzen Kuss, bei dem Willie sich zu unserer Belustigung die Augen zuhält, machen wir uns an die Arbeit. Bei Tommys ersten Versuchen gackern die Hühner und picken nach ihm, bis sein kleiner Bruder ihm zeigt, wie man es „richtig macht".

Als Annie kommt, sind wir schon fast fertig. Sie wirft einen finsteren Blick in Tommys Richtung. „Wenn ich gewusst hätte, dass du heute mit den Hühnern hilfst, hätte ich ausgeschlafen."

Ich tätschele ihren Arm. „Tut mir leid, Schwesterchen. Ich konnte nicht mehr schlafen und wusste nicht, dass Tommy mir helfen würde. Aber wir sind jetzt fertig, also kannst du direkt in die Küche mitkommen und probieren, was Sarah Köstliches gebacken hat."

Wenige Minuten später lassen wir uns Sarahs frisch gebackene

Festtags-Zimtschnecken auf der Zunge zergehen. Unsere Mieter werden entzückt sein.

Als das Aroma von frischem Brot die Küche erfüllt, nehme ich einen letzten Schluck Kaffee, stelle mein Geschirr in die Spüle und werfe Tommy dann ein neckendes Grinsen zu. „Und, wie war die letzte Nacht mit deiner Mama und deinem Brüderchen?"

Er stellt seine leere Kaffeetasse ab und erwidert mein Grinsen. „Gut. Ähnlich wie früher in unserem alten Haus."

Ich lehne mich an die Küchentheke. „Wir müssen noch entscheiden, welches Zimmer wir nach der Hochzeit beziehen. Wir werden weiterhin im Hotel wohnen und vielleicht kannst du Daddys alte Aufgaben übernehmen. In die Spinnerei kannst du schließlich nicht zurück."

Ich mache mir Sorgen, ob Spencer Tommy für seine Arbeit bezahlen wird, aber ich sage nichts. Stattdessen werfe ich einen kurzen Blick auf die Uhr. „Belulah, holst du mir bitte die Maisgrütze aus der Vorratskammer? Sie sollte zum Quellen in einem Topf Wasser stehen."

Als sie mir den Topf gebracht hat, stellt Tommy sich hinter mich und sieht mir über die Schulter beim Arbeiten zu. „Was für einen Maisbrei gibt es heute?"

„Mit Käse – deine Lieblingssorte."

Er küsst meinen Nacken, sodass mir eine Gänsehaut über den Rücken läuft.

Sarah schmunzelt, bevor sie missbilligend schnaubt. „Mach nur weiter so, wenn du verbrannten Maisbrei haben willst."

Tommys Lachen macht mich überglücklich. Er grinst Sarah an und setzt sich dann an den Tisch. „Besser so?"

„Ein kleines bisschen", sagt sie naserümpfend, bevor sie zu kichern beginnt.

Ich gieße die Maisgrütze ab und pumpe dann frisches Wasser in den Topf. „Und es wird sicherlich niemand ausplaudern, dass du wieder zu Hause bist?" Nun, da ich Tommy zurückhabe, macht sich Angst in mir breit. Was, wenn ich ihn noch mal verliere?

Lillian stellt sich neben mich, gibt Ziegenkäse in den Topf und reibt ein wenig Parmesan hinein. „Seit Mr Dyer ins Mietshaus gezogen ist, wohnt keiner von Spencers Maulwürfen mehr hier. Wenn wir das Frühstück servieren, werde ich alle noch einmal dran erinnern, dass sie nichts sagen sollen. Schließlich haben sie Tommy alle gern."

Der restliche Tag vergeht wie im Flug. Wir haben eine Menge zu tun, unter anderem unsere üblichen Arbeiten im Hotel. Das Leben geht weiter in Sweetgum, auch wenn ich heute heirate.

Endlich rückt die vereinbarte Uhrzeit näher. Ich stehe in Mamas und Lillians Zimmer vor dem großen Standspiegel und betrachte mein Spiegelbild.

Mamas viktorianisches Hochzeitskleid – das jetzt meins ist und eines Tages vielleicht das meiner Tochter – hat einen elfenbeinfarbenen Spitzenvolant, der vom hohen Kragen bis knapp unter meine Schultern reicht. Die Taille wird durch einen breiten Satingürtel betont und der sanft fließende Rock endet unten in drei Reihen winziger Rüschen.

Lillian seufzt. „Tommy wird nicht mehr klar denken können, wenn er dich sieht."

Ich bin froh, dass keine meiner Schwestern Mamas Kleid tragen kann oder will. Lillian ist eher wie Daddys Mutter gebaut – groß und mit einem langen Oberkörper. Und Annies Stil ist moderner. Aber zu mir passt Mamas Kleid perfekt. Ich streiche über den Rock und drehe mich dann um, damit Tommys Mama mir Blumenkranz und Schleier in die Haare stecken kann. Annie reicht mir meinen Strauß.

Meine Schwestern tragen ihre besten Kleider – Annie ein rosafarbenes und Lillian ein hellgrünes. Nachdem sie ihre Blumensträuße geholt haben, sind wir bereit. Ich habe Mary Patterson gebeten, sich beim Empfang um das Gästebuch zu kümmern.

Nun bücke ich mich und gebe Mama einen Kuss. „Ich hab dich lieb. Und ich wünschte, dass Daddy jetzt hier sein könnte." Schnell tupfe ich mir die Augen ab, damit meine Wimperntusche nicht verschmiert. Ich habe Annie ausnahmsweise erlaubt, mich ein wenig zu schminken.

Mama tippt mir auf die Brust. „Er ist hier, mein Schatz, und sieht zu."

Als wir in die Lobby treten, hämmert mein Herz in meinen Ohren. Meine Hochzeit – es fühlt sich fast wie ein Traum an.

Mr Bud kommt zur Vordertür herein. Er trägt seinen besten Anzug – den aus dem letzten Jahrhundert – und hat seine Haare mit Pomade nach hinten gekämmt.

„Ich habe das Auto vor der Tür stehen."

Verwirrt blinzele ich. „Wir brauchen ein Auto? Die Kirche ist doch keine 100 Meter entfernt."

Er lacht. „Du wirst stilvoll auf deine Hochzeit kommen, mein Kind. Ich hatte gestern eine Unterhaltung mit deinem Daddy und habe ihm gesagt, dass ich das tun würde. Also tue ich es auch."

Eine Unterhaltung mit Daddy? Na ja, wenn Mr Bud das sagt, wird es wohl stimmen. Er war immer schon exzentrisch, aber wir lieben ihn. „Dann lasst uns fahren!"

Mr Nesbitt und Miss Gladys schieben Mama zur Kirche. Es würde zu lang dauern, sie und den Rollstuhl ins Auto ein- und auszuladen. Trotzdem kommen sie vor uns an, weil Mr Bud vier Versuche braucht, um den Motor anzulassen. Drei Minuten später fahren wir an der Kirche vor. Alle müssen bereits drin sein, denn die Straßen von Sweetgum sind wie leer gefegt. Mr Bud öffnet uns die Tür und wir klettern hinaus.

Als wir die Tür erreichen, setzt sofort die Musik ein. Die Nesbitts begleiten Mama und Miss Kara zu ihren Plätzen in der ersten Reihe, dann setzen sie sich hinter die beiden.

Ich atme tief durch. Mein Magen fühlt sich an, als würden Tausende Schmetterlinge darin herumflattern. „Willie, hast du die Ringe?" Mama hat mir den Ehering meines Großvaters für Tommy gegeben und ich bekomme den Ring von Tommys Großmutter.

„Sie sind an diesem kleinen Kissen befestigt, Miss Jane." Er hält es mir unter die Nase. Die Ringe baumeln an schmalen Satinbändern.

Dann sind wir bereit. Oder?

Und wie!

Annie gibt Willie das Zeichen, dass er loslaufen soll. Dann küsst sie mich auf die Wange und folgt ihm den Kirchengang entlang. Lillian tritt auf mich zu.

„Janessa, ich …" Ihre Augen füllen sich mit Tränen. Ich muss blinzeln, um nicht auch zu weinen. Sie leckt sich die Lippen und lächelt. „Wir werden erwachsen, Schwesterherz. Von jetzt an wird alles ein bisschen anders werden. Aber ich bin so stolz auf dich." Sie wendet sich um und folgt Annie.

Die Musik schwillt zu Wagners Hochzeitsmarsch aus *Lohengrin* an. Mr Bud grinst breit und schiebt dann meine Hand durch seinen angewinkelten Arm.

„Bereit, mein Kind?"

Ich werfe ihm ein liebevolles Lächeln zu und wiederhole, was mein Vater mir beigebracht hat: „Ich wurde bereit geboren."

Die Gemeinde erhebt sich, als Mr Bud und ich durch die Tür treten. Obwohl unsere Kirche nicht groß ist, kommt mir der Gang gerade endlos lang vor – und am anderen Ende wartet mein Bräutigam auf mich. Mein Tommy. Meine bessere Hälfte.

Seine Augen werden groß, als er mich sieht. Dann strahlt er. Joe Ralston, der neben ihm steht, stupst ihn an und flüstert ihm etwas ins Ohr, während er mit den Augenbrauen wackelt.

Als wir die Bühne erreichen, tritt Tommy vor. Mr Bud küsst mich auf die Wange und legt meine Hand in Tommys. Dann nimmt er neben Mama und Miss Kara Platz.

Tommy schaut mir tief in die Augen. In seinem Blick kann ich lesen, dass er mir sein Herz weiht. Ich hoffe, dass meine Augen das Gleiche sagen. Dann beugt er sich vor, als wolle er mich küssen. Ich hebe den Kopf.

„Ähm." Kade räuspert sich.

Wir kichern und meine Wangen werden heiß. Hinter mir höre ich Annie giggeln. Kade bedeutet uns mit dem Finger, dass wir näherkommen und uns vor dem Altar aufstellen sollen. In Begleitung von Joe und meinen Schwestern treten wir vor. Lillian zupft meine Schleppe zurecht und nimmt dann meinen Blumenstrauß.

„Liebes Brautpaar ..."

Ich kann nicht glauben, dass ich wirklich hier stehe und Tommy heirate. Ich hatte die Hoffnung schon aufgegeben. Verstohlen blicke ich ihn von der Seite an. Sein Gesicht ist feierlich, aber ich kann die Liebe in seinen Augen sehen. Obwohl ich damals diesen Brief geschrieben habe, hat er nie aufgehört, mich zu lieben.

Daddy, kannst du uns sehen? Ich hoffe es.

„Wer übergibt diese Frau diesem Mann zur Ehe?"

Ich blicke über meine Schulter. Mr Bud reckt stolz die Brust und erhebt sich.

„Ihre Mutter, ihr Vater und ich." Er streicht sich mit dem Fingerknöchel eine Träne aus dem Augenwinkel, bevor er sich wieder neben Mama setzt ... als Daddys Stellvertreter. Als er sieht, dass ich ihn beobachte, zwinkert er mir zu. Eine Erinnerung steigt in mir auf: Daddy und Mr Bud sind mit mir am Fluss, um mir das Angeln beizubringen. Mein Haken hat sich in einem Baum verfangen. Mr Bud klettert auf den Baum, während Daddy ...

„Janessa?"

Was? Schnell richte ich meine Aufmerksamkeit wieder auf Kade.

Leise wiederholt Tommy die Frage des Pastors: „Janessa, nimmst du mich zu deinem Ehemann, bis dass der Tod uns scheidet?"

„Ja." Sagt man das an dieser Stelle? Um sicherzugehen, füge ich hinzu: „Ich will."

Kade lächelt, dann richtet er seine Frage an Tommy. „Thomas James Mack, möchtest du Janessa Louise Taylor ..."

Tommy sieht mir tief in die Augen, während er antwortet: „Ja, ich

will."

Endlich erklärt Kade uns zu Mann und Frau.

Wir sind verheiratet!

„Du darfst die Braut jetzt küssen."

Mein Ehemann hebt mein Kinn und küsst mich zärtlich. Diesmal schmeckt sein Kuss nach einem Versprechen und nach großer Freude. Alles in mir bebt. Die Gäste beginnen zu lachen, als sich unser Kuss in die Länge zieht. Schließlich lösen wir uns grinsend voneinander, dann drehen wir uns um und rennen Hand in Hand den Kirchengang entlang.

Das Blitzlicht auf der Kamera des Fotografen blendet mich, sodass das Wohnzimmer für einen Augenblick vor meinen Augen verschwindet. Für das erste Bild sollten wir beide stehen, dann sollte ich mich setzen und Tommy sich hinter mich stellen, dann …

Sehnsüchtig schaue ich zur Tür. „Sind wir bald fertig, Mr Ralph? Ich möchte gerne zu unseren Gästen zurückkehren."

Ralph Flournoy ist der Eigentümer der lokalen Zeitung und kennt uns schon von klein auf. Nun stellt er seine Kamera ab. „Ja, das wird genügen. Ich werde die Bilder entwickeln lassen und sie euch in der nächsten Woche vorbeibringen." Er schüttelt Tommys Hand und gibt mir einen Kuss. „Jetzt geht und habt Spaß."

Tommy und ich flüchten in den Speisesaal, wo sich alle unsere Freunde versammelt haben. An Marys Tisch steht eine Schlange mit Leuten, die sich noch im Gästebuch eintragen wollen.

Sarah, Belulah und Charity haben die Tische an die Wände geschoben. Im Zentrum des Raums steht nur ein großer Tisch mit unserer Hochzeitstorte darauf.

Als Tommy und ich die Torte anschneiden, steigt mir der himmlische Duft von Banane, Ananas und Zimt in die Nase – ein *Hummingbird Cake!* Mir läuft das Wasser im Mund zusammen, während Sarah wie ein Honigkuchenpferd grinst. Sie hat mich glauben lassen, dass sie eine Torte mit Heidelbeeren und Erdbeeren backen würde.

Raffiniert! Der *Hummingbird Cake* ist wirkliche eine Überraschung und Sarahs Hochzeitsgeschenk an uns. Entzückt stelle ich fest, dass jede Schicht der Torte eine andere Farbe hat. Tommy und ich füttern uns gegenseitig mit dem ersten Stück, dann versorgen Belulah und Charity die Gäste.

Nachdem wir ein großzügiges Stück Torte gegessen und ein Glas Punsch getrunken haben, gehen mein Mann und ich Hand in Hand umher, um uns mit unseren Verwandten und guten Freunden zu unterhalten.

Irgendwann schaltet jemand das Grammofon ein. Der Kuchentisch wird zur Seite geschoben und die Tanzfläche eröffnet. Mein Vater hatte nichts gegen das Tanzen, solang die angemessene Distanz gewahrt wurde. Und Kade sieht es offenbar genauso. Bald tanzen alle jungen Leute einen flotten Balboa, während die ältere Generation zusieht – bis auf Miss Gladys und Mr Nesbitt, die mit uns das Tanzbein schwingen. Miss Gladys legt wirklich eine heiße Sohle aufs Parkett und Mr Nesbitt kann auch gut mithalten. Das Hotel ist heute Abend von unglaublich viel Freude erfüllt.

Dann erklingt ein langsamer Walzer. Tommy zieht mich an sich und sieht mir in die Augen. „Ich bin so glücklich."

Ich grinse ihn an. „Ich auch." Er neigt den Kopf, um mich zu küssen.

In diesem Moment fliegt die Eingangstür auf. Schritte donnern in den Speisesaal. Mit weit aufgerissenen Augen drehe ich mich um und sehe Sheriff Jackson und Deputy Limehouse auf Tommy zueilen. Frauen schreien und laufen durcheinander. Dann schubst Limehouse mich beiseite.

Der Sheriff dreht Tommy den Arm auf den Rücken und dröhnt mit seiner Baritonstimme: „Tommy Mack, ich verhafte Sie wegen Brandstiftung und Beihilfe zum Mord."

32

Der Sheriff legt Tommy Handschellen an. „Diesmal kommen Sie uns nicht davon."

„Tommy hat das Feuer nicht gelegt!", rufe ich, während ich versuche, meinen Mann aus den Händen des Sheriffs zu befreien. Doch der Polizist lässt nicht locker. Auf seinem Gesicht spiegelt sich Besorgnis, aber auch die feste Entschlossenheit, das zu tun, was er tun muss. „Geh zur Seite, Janessa."

Er und der Deputy nehmen Tommy in ihre Mitte und schleifen ihn förmlich zur Tür.

Ich strecke die Arme nach meinem Mann aus, während er über die Schulter blickt und sagt: „Es wird alles gut werden, Jane."

Gut? Wie soll alles gut werden?

Der Sheriff bleibt an der Tür stehen. „Ich hoffe, Sie haben einen Anwalt, Mack." Dann schaut er zu mir zurück. „Ihr solltet besser jemanden anrufen."

Einen Anwalt? Der einzige, den ich kenne, ist der Anwalt von Mr Spencer – und der ist eine Schlange. Ihn werde ich bestimmt nicht anrufen. Auf den Gesichtern unserer Freunde spiegelt sich Angst, als Tommy – mein frischgebackener Ehemann – von der Polizei abgeführt und ins Gefängnis gebracht wird. Angst, die von Benjamin Spencer verbreitet wird. Ich breche in Tränen aus.

Sofort ist Lillian an meiner Seite. „Ruf Mr Forsythe an."

Ich nehme das Taschentuch entgegen, das sie mir reicht. „Woher wollen wir wissen, dass er wirklich auf unserer Seite ist? Was, wenn er Mr Spencers Lügen glaubt? Denn es sind Lügen. Ich *kenne* meinen Tommy. Er hat den Brand nicht gelegt."

„Jane?" Mama Kara stupst mich an. „Was machen wir denn jetzt?"

Die Trauer im Gesicht meiner Schwiegermutter bricht mir das Herz. Sie hat in ihrem Leben schon so viele Verluste erlitten. Ich nehme sie in den Arm und nicke Lillian zu. „Ich werde Mr Forsythe anrufen."

Eine Stimme schallt vom Eingang herüber. „Sie werden ihn nicht im Büro erreichen."

Bei den vielen Leuten um mich her habe ich keine Ahnung, wer das war, aber ich drehe mich um und suche in der Menge nach dem Sprecher. „Warum nicht?"

„Weil ich hier bin."

Unsere Gäste teilen sich wie das Rote Meer, um den Mann durchzulassen.

Ich bin fassungslos. Vor mir steht doch tatsächlich der einzige Mensch, der uns jetzt helfen kann. Mit seinem dichten, silberfarbenen Haar und seinem teuren grauen Anzug sieht er wie ein Racheengel aus. „Mr Forsythe! Was machen Sie denn hier?"

Sein Lächeln ist breit. „Glauben Sie etwa, ich lasse es mir nehmen, der reizendsten Hoteldirektorin in ganz Georgia zur Hochzeit zu gratulieren?" Er tritt vor und schüttelt mir die Hand. Dann zieht er mich näher an sich und flüstert: „Annie hat mir von Ihrer Hochzeit erzählt und ich habe alles gesehen, was gerade passiert ist. Wir werden Tommy aus diesem Schlamassel herausholen. Ich ermittle schon eine ganze Weile gegen unseren *Freund* Benjamin Spencer – schon bevor ich Ihren Brief erhalten habe." Er richtet sich wieder auf und betrachtet mich mit einer Armeslänge Abstand. „Sie sehen wunderschön aus. Ich weiß nicht, was Tommy sich dabei gedacht hat, Sie einfach so stehen zu lassen."

Manche keuchen empört über seinen Witz, aber ich muss lachen und sogar meine Schwiegermutter lächelt. Mir wird etwas schwindelig, weil ich so erleichtert bin, Mr Forsythe zu sehen und zu wissen, dass er auf unserer Seite ist. Wir stecken immer noch in einem Schlamassel, aber Mr Forsythe glaubt uns. Das weckt neue Hoffnung in mir. Er gibt mir einen Kuss auf die Wange und steckt mir dann einen Umschlag zu. „Öffnen Sie ihn später." Daraufhin verlässt mich Mr Forsythe, um sich mit den beiden Müttern zu unterhalten. Ich sehe an Mama Karas Gesicht, dass seine Worte auch ihr Hoffnung machen.

Unsere Gäste beschließen, dass die Feier nun vorbei ist. Ich danke ihnen und wünsche ihnen eine gute Nacht, während sie mir aufrichtig ihre Unterstützung anbieten und ihren Unmut über den Sheriff kundtun.

Annie kommt zu mir herüber und nimmt meine Hand. „Ich bezweifle, dass Roy Jackson in dieser Stadt je wieder eine Wahl gewinnen wird – weder zum Sheriff noch zu sonst etwas. Die Leute sind ziemlich sauer auf ihn." Sie tritt vor mich, um mir in die Augen zu sehen. „Jeder weiß, dass Tommy nichts mit dem Brand zu tun hatte, Jane. *Jeder.*"

Auch wenn ich ihre Worte zu schätzen weiß, gibt es ganz sicher ein paar Leute, die ihr nicht zustimmen würden: Mr Spencer und die Männer, die den Brand wirklich gelegt haben. Sie wollen natürlich alle glauben lassen, dass Tommy schuldig ist.

„Was ist das?" Annie zupft an dem Umschlag in meiner Hand.

„Ich weiß es nicht. Mr Forsythe hat ihn mir gegeben." Als ich in den Umschlag schaue, stockt mir der Atem. Es sind zwei 50-Dollar-Scheine.

Annie pfeift. „Das ist mal ein Hochzeitsgeschenk!"

Ich schaue sie von der Seite an. „Danke, dass du Mr Forsythe eingeladen hast. Aber woher hast du gewusst, dass wir ihm vertrauen können?"

Die Stimmen von Mr Forsythe und den Mamas schallen aus dem Speisesaal herüber, wo er gerade ein Stück von meiner Hochzeitstorte genießt. Annie legt einen Finger auf die Lippen. „Wart's ab." Dann verschwindet sie in die Küche.

Ich geselle mich zu Mr Forsythe und den beiden Mamas. Tommy und ich sollten jetzt eigentlich … Tränen steigen mir in die Augen.

„Nicht weinen, Janessa", ermahnt mich Mr Forsythe sanft. „Das hilft Tommy auch nicht weiter." Er klopft auf den leeren Stuhl neben sich. „Setzen Sie sich und lassen Sie mich erzählen, was ich herausgefunden habe."

Während Sarah den Kaffee bringt, danke ich dem großzügigen Mann für sein Hochzeitsgeschenk. „Damit können wir die letzte Rate für die Schweine bezahlen und ein Sparkonto eröffnen."

„Gern geschehen." Sein Lächeln ist geheimnisvoll. „Aber rufen Sie doch bitte Ihre Schwestern hinzu. Sie sollten auch dabei sein."

„Belulah, geh bitte meine Schwestern holen."

Als sie eintreten, möchte Mama Kara aufstehen, aber Mr Forsythe hält sie zurück. „Bleiben Sie doch bitte. Was ich zu erzählen habe, betrifft Sie alle." Seine warmherzigen Augen suchen meinen Blick. „Zuerst muss ich sagen, dass ich tief in Ihrer Schuld stehe, Janessa. Sie haben mir Tausende von Dollar gespart."

Ich? Stirnrunzelnd frage ich: „Was habe ich denn gemacht?"

Er grinst. „Sie haben mir einen mutigen Brief geschrieben, der schlimme Konsequenzen für Sie hätte haben können. Aber ich hatte Benjamin schon lange im Verdacht – bereits vor der Beschwerde wegen des Frettchens. Bei meiner Inspektion hier hatte ich mehrere Probleme erwartet. Dem war jedoch nicht so. Benjamin hatte ich absichtlich nichts erzählt, weder von meinem Aufenthalt noch von meiner Inspektion, weil ich mir ein eigenes Bild machen wollte."

„Das verstehe ich nicht. Warum sollte Mr Spencer Ihnen erzählen, dass es Probleme mit uns oder dem Hotel gibt?"

Mr Forsythe legt seine Gabel ab. „Hervorragende Torte, Sarah." Dann wischt er sich den Mund mit seiner Serviette ab. „Es geht ums Geld. Benjamin hat mich ständig gebeten, mehr Geld zu investieren. Diesmal klangen die Gründe aber nicht sehr glaubhaft. Bevor ich Sweetgum verließ, gab ich ihm einen Teil von dem Betrag, um den er mich gebeten hatte. Dabei erinnerte ich ihn daran, dass ich für meinen Buchhalter Nachweise darüber brauche, wofür das investierte

Geld ausgegeben wird. Benjamin hat dem zugestimmt." Mr Forsythe hält inne und trinkt einen Schluck Kaffee. „Was er mir zugeschickt hat, war das genaue Gegenteil von Janessas Brief. Er hat die Rechnung für die Schweine aufgelistet, zusätzliches Essensgeld fürs Hotel und – das hat mich wirklich schockiert – die Gehälter für Mrs *und* Mr Taylor nach dem Brand, zusätzlich zu den Gehältern für die Küchenmädchen, die seine eigene Tochter dem Hotel abgeworben hat."

Entsetzt schnappe ich nach Luft. „Dieser hinterhältige Mistkerl!"

Mr Forsythe lacht. „Seine Gier ist völlig außer Kontrolle geraten, aber diese Unverschämtheit hat sein Schicksal besiegelt. Von da an habe ich meinen Buchhalter und meinen Anwalt auf Benjamin angesetzt." Er sieht uns einen nach dem anderen an. „Ich schulde Ihnen allen, außer Annie und Miss Emma, eine Entschuldigung für einen ausgeklügelten Betrug."

Annie grinst verschwörerisch. Was ist hier los?

Mr Forsythe lächelt. „Annie, möchtest du es ihnen erzählen?"

„Auf je-hee-den Fall!", jubelt Annie vergnügt. „Archie Quigg ist Mr Forsythes Anwalt!"

„Was?", platzt es aus mir heraus.

Lillian erschrickt so sehr, dass sie Kaffee auf die Tischdecke verschüttet.

Mama lacht. *Sie* hat es gewusst? Ich werfe ihr einen finsteren Blick zu, während meine kleine Schwester die Aufmerksamkeit in vollen Zügen genießt. Mr Forsythe lehnt sich zurück und bedeutet ihr fortzufahren.

Natürlich muss Annie sich verbeugen, bevor sie beginnt. Die anderen lachen darüber, aber ich könnte sie erwürgen.

„Am Morgen nach der Hotelinspektion hat Mr Forsythe mich im Aufenthaltsraum angetroffen, als ich gerade eine Filmszene nachgespielt habe. Wir haben uns ein paar Minuten über meinen Traum unterhalten, Schauspielerin zu werden. Dann ist er abgereist. Ein paar Monate später habe ich einen kurzen Brief von ihm bekommen, in dem er mich gebeten hat, ihn anzurufen, wenn ich ungestört reden kann."

Ich reiße die Augen so weit auf, dass es wehtut. Dann funkele ich Annie an. „Und du hast niemandem davon erzählt?"

Kichernd erwidert Annie: „Mama wusste es."

Unsere Mutter nickt lächelnd. „Mr Forsythe hat mich zuerst angerufen."

„Aber warum wurde ich nicht eingeweiht?"

Annie zuckt die Schultern. „Weil du keine Schauspielerin bist. Deine Gefühle stehen dir ins Gesicht geschrieben."

Ich rümpfe die Nase, aber insgeheim gebe ich Annie recht. „Na schön, dann erzähl deine Geschichte bitte weiter. Was ist mit Mr Quigg?"

„Mr Forsythe hat mir erzählt, welchen Verdacht er und sein Anwalt in Bezug auf Mr Spencer hegten. Sie haben jemanden gebraucht, der ihnen hilft, Spencer hinters Licht zu führen. Und da kam ich ins Spiel. Mr Forsythe wollte nicht, dass wir den Sheriff wegen Archie informieren, bevor sie fertig waren. Er musste erst alle Beweise sammeln."

In der Hoffnung, Klarheit in meine Gedanken zu bringen, schüttele ich den Kopf. Es funktioniert nicht. „Ich bin immer noch verwirrt. Archie ist also Ihr Anwalt und kein Bankräuber?"

Mr Forsythe grinst breit und stupst Annie an. „Siehst du? Deine Schwester ist ein helles Köpfchen."

„Nicht wirklich. Ich habe euch das alles abgekauft. Aber wozu diese komplizierte Geschichte?"

Mit einem Schlag ändert sich Mr Forsythes Verhalten. Er wird ganz der Geschäftsmann. „Ich hatte immer den Eindruck, dass bei meinen Geschäften mit Benjamin Spencer etwas nicht stimmte, aber ich konnte nie genau sagen, was es war. Archie und ich vermuteten, dass er das Geld, das ein weiterer Partner und ich investierten, für andere Zwecke als die Spinnerei nutzte. Dadurch, dass Archie vorgab, ein

Bankräuber auf der Flucht zu sein, konnte er über Freunde von Spencers Tochter eine Verbindung herstellen. Diese Fannie gibt sich wirklich mit gefährlichen Leuten ab." Er lehnt sich in seinem Stuhl zurück und schlägt die Beine übereinander. „Archie hat ihnen Geld gegeben, um Drogen zu kaufen. Es ist ihm gelungen, die markierten Scheine zu verfolgen. Als Sie den Aktenkoffer in Archies Auto gefunden haben, Janessa, war die Hälfte des Geldes bereits weg. Auf jeden Fall haben wir das Geld bis zu einem Drogenhändler in Südamerika verfolgen können. Jetzt haben wir das FBI eingeschaltet."

Ich hake nach: „Aber ich verstehe nicht, warum das vor uns allen geheim gehalten werden musste, außer vor Annie und Mama."

Sein Lächeln erinnert mich an Daddys. „Je weniger Leute davon wissen, desto kleiner ist die Gefahr, dass sich jemand verplappert. Beim Drogenhandel geht es um Millionen von Dollar, was es zu einer extrem gefährlichen Angelegenheit macht. Benjamin Spencer hat versucht, groß ins Geschäft einzusteigen."

„Aber warum haben Sie den Sheriff nicht eingeweiht?"

Annie schnaubt. „Wir sind uns nicht ganz sicher, wie ehrlich der Sheriff ist. Ich weiß, dass Miss Kara ihm vertraut, aber er hat den Ruf, nach Spencers Pfeife zu tanzen. Archie hat gesagt, dass wir das Risiko nicht eingehen können."

Meine kleine Schwester klingt schon wie eine Gangsterbraut, aber ich bewundere ihre schauspielerischen Fähigkeiten immer mehr. Sie hatte mich wirklich davon überzeugt, dass sie in Archie verliebt war. „Und was ist passiert, als Archie nach draußen gerannt ist? Wir haben Schüsse gehört. Wie konntet ihr euch so sicher sein, dass er nicht getötet wird?"

„Ich habe ihm auf unseren ,Dates' ein bisschen Schauspielunterricht gegeben." Annie lacht. „Als er nach draußen gerannt ist, hat er ein paarmal in die Luft geschossen und dann seine Pistole auf den Boden geworfen, um sich zu ergeben."

„Na gut, damit wäre diese Frage geklärt, aber was haben Tommy und der Streik mit alledem zu tun? Warum ist Spencer so versessen darauf, Tommy den Brand anzuhängen? Was hat er dem Mann denn je getan?"

Mr Forsythe blickt zuversichtlich drein. „Tommy ist bloß ein Sündenbock, der die Aufmerksamkeit von Benjamin ablenken soll. Sobald das FBI hier eintrifft und wir die ganze Sache ans Licht bringen können, wird alles aufgeklärt werden."

Ich hoffe es sehr. Doch dann lässt ein neuer Gedanke mein Herz stocken:

Wenn Mr Spencer verhaftet und verurteilt wird – was passiert dann mit dem Hotel?

33

„Erheben Sie sich", hallt die Stimme des Gerichtsdieners von den polierten Böden des Gerichtssaals in Rome wider, um dann bis in die letzten Winkel der hohen Stuckdecke vorzudringen.

Als Mr Forsythe meinen Ellenbogen berührt, stehe ich ebenfalls auf. Da alle Verhandlungen im Bezirksgericht hier in Rome stattfinden, war ich noch nie in einem Gerichtssaal und kenne das Protokoll nicht. Doch der Saal mit seinen polierten Holzwänden und Brüstungen flößt mir Ehrfurcht ein.

Nun kommt der Richter herein. Er trägt eine lange, schwarze Robe, die ihm bis zu den Knöcheln reicht. Mit seinem grau melierten Haar schätze ich ihn auf Mitte 50. Ob er so weise ist, wie Daddy es war? Er geht auf eine erhöhte Plattform zu, die mich an eine große Kanzel erinnert, nur dass der Richter sich dahinter setzt. Mr Forsythe sagt, dass man es *die Richterbank* nennt, aber es sieht nicht aus wie eine Bank.

Der Richter lässt seinen Blick durch den Saal schweifen. Als er Mama in ihrem Rollstuhl sieht, runzelt er die Stirn. Archie hat uns geraten, Mama in ihrem Stuhl zu lassen, weil sie so schneller nach vorne geschoben werden kann, wenn sie als Zeugin aufgerufen wird.

Ich sitze am Ende der Reihe neben meiner Mutter. Jetzt strecke ich die Hand aus und lege sie auf Mamas Finger, damit sie aufhört, ihr Taschentuch zu kneten. Ich kann sie verstehen. Auch meine Nerven sind bis aufs Äußerste gespannt. Wenn der Richter gerade versucht, uns einzuschüchtern, gelingt ihm das gut.

Tommy sitzt mit seinem Anwalt an einem Tisch. Es ist immer noch seltsam, Archie Quigg aus diesem Blickwinkel zu sehen, aber wir sind froh, dass Mr Forsythe ihn für uns engagiert hat. Tommy beugt sich zu Archie hinüber und flüstert ihm etwas zu.

Als Tommy den Gerichtssaal betreten hat, wäre ich am liebsten zu ihm gerannt. Nach zehn Tagen im Gefängnis sieht er abgezehrt aus. Aber ich konnte nichts tun, als mir in die Knöchel zu beißen.

Ich wünschte, Lillian und Annie wären hier, um mich zu unterstützen, aber sie müssen uns zu Hause vertreten. Und ich weiß, dass sie für uns beten. Ich kann es spüren.

Trotzdem fange ich jetzt ebenfalls an, mein Taschentuch zwischen den Fingern zu drehen. Mir geht es genauso wie Mama.

„Nur Mut, Janessa", flüstert Mr Forsythe mir ins Ohr. „Archie ist einer der besten Redner, die ich kenne. Sein Vater ist ein bekannter Strafverteidiger und Archie hat in den letzten Tagen mit ihm zusammen an Tommys Fall gearbeitet."

Ich zwinge mich zu einem Lächeln, doch meine Lippen zittern zu stark. Mein Magen dreht sich wie ein Karussell.

Der Staatsanwalt – ein großer, eindrucksvoller Mann mit nach hinten gegelten Haaren namens Mr Van irgendwas – steht auf und trägt sein Eröffnungsplädoyer vor. Obwohl Mr Forsythe mich gestern Abend davor gewarnt hat, was der Staatsanwalt über Tommy sagen könnte, hatte ich nicht erwartet, dass es so schlimm werden würde.

„Wir werden darlegen, dass der Angeklagte Thomas James Mack Beihilfe zur Brandstiftung leistete, indem er Mr Spencers loyale Arbeiter vorsätzlich in einen Arbeiterstreik führte, der letzten Endes in einen Brand mündete. Wir haben auch einen Zeugen, der Mr Mack am Tatort gesehen hat und bezeugen kann, dass der Angeklagte einen Benzinkanister in seinem Besitz hatte."

Diese verleumderischen Behauptungen werden vorgetragen, als wären sie die reine Wahrheit. Nur mit Mühe kann ich mich daran hindern, aufzuspringen. „Das stimmt nicht!", zische ich, während ich Mr Forsythe fassungslos anstarre.

Er legt einen Finger auf seine Lippen. „Pst! Sieh erst mal zu."

Mr Forsythe mag zuversichtlich sein, aber mir gefällt das Ganze nicht – kein bisschen. Dieser Mr Van Soundso kennt Tommy doch gar nicht.

„Ich würde gerne Stanley Kirkland in den Zeugenstand bitten."

Ich recke den Hals, um den Zeugen zu sehen. Ein Mann in einem schlecht sitzenden Anzug stolziert zur Zeugenbank. Seine Hafenarbeiterfigur kommt mir bekannt vor. Meine Augen werden groß, als ich ihn wiedererkenne. Er ist einer von Spencers Schlägern. Der Gerichtsdiener nimmt ihm den Eid ab.

„Mr Kirkland, nennen Sie bitte Ihren vollständigen Namen und Ihren Arbeitsplatz."

Sein Blick schweift von Mr Van Soundso zu Tommy und wieder zurück. „Elvis Stanley Kirkland, Autowerkstatt Silver Creek."

Der Staatsanwalt runzelt die Stirn und blickt auf seine Notizen. „Arbeiten Sie nicht für Mr Benjamin Spencer?"

„Gelegentlich", erwidert er in provokantem Ton.

„Ich verstehe." Der Anwalt stützt einen Ellenbogen an das Geländer, das den Zeugenstand umgibt. „Wann haben Sie zuletzt für Mr Spencer gearbeitet?"

„Als er Unterstützung gebraucht hat, um einen Arbeiterstreik zu beenden." Der Kerl benimmt sich, als wäre er gelangweilt. Ich wette, es wäre eine andere Sache, wenn er auf der Anklagebank sitzen würde.

„Und wie hat er von dem Streik erfahren?"

„Wir haben unsere Quellen." Kirkland krümmt die Finger, um seine Fingernägel zu betrachten.

Mr Van Soundso hebt eine Augenbraue. „Bitte erläutern Sie das genauer."

„Äh, ich weiß es nicht genau. Mr Spencer hat eben Leute, die ihm solche Dinge erzählen. Dann sagt er es uns weiter."

„In Ordnung, dann kommen wir jetzt zu der Nacht des Brandes. Sie haben mir erzählt, dass Sie am Haus der Familie Ralston eine Person mit einem Benzinkanister gesehen haben. Ist das korrekt?"

Jetzt ist Kirkland auf einmal ganz bei der Sache. „Ja, Sir."

„Können Sie für das Gericht auf diese Person zeigen?"

Er hebt seine Hand – die Hand, die mit einem Gummiknüppel auf meine Freunde eingeschlagen hat – und deutet auf Tommy. „Er ist es."

Mehrere Personen im Saal schnappen erschrocken nach Luft. „Das ist eine Lüge!", murmelt eine tiefe Stimme.

Der Richter schlägt mit seinem Hammer auf den Tisch. „Ruhe im Gerichtssaal!"

Ich beuge mich zu Mr Forsythe hinüber und flüstere: „Läuft es hier immer so?"

Er nickt. „Erinnern Sie sich, was ich Ihnen gestern Abend gesagt habe? Richter Kramer sorgt für strikte Ordnung in seinem Gerichtssaal. Alle Anwälte kennen seinen Ruf. Sie müssen sehr auf ihr Auftreten achten, egal, wer sie sind."

Mr Van Soundso wirft Archie ein schleimiges Lächeln zu. „Ihr Zeuge."

Archie schüttelt den Kopf. „Keine weiteren Fragen, Euer Ehren, aber ich behalte mir das Recht vor, Mr Kirkland später noch einmal als Zeugen aufzurufen." Tommy starrt Archie entsetzt an, doch als der Anwalt ihm etwas zuflüstert, entspannt er sich wieder.

Ich würde gerne wissen, was Archie gesagt hat, um mich auch zu entspannen.

Jetzt ruft der Staatsanwalt einen der skrupellosen Aufseher der Spinnerei in den Zeugenstand. Der Mann bezeichnet Tommy als Unruhestifter. Wieder schiebt Archie die Befragung auf. Ich hoffe wirklich, dass er weiß, was er da tut. Im Moment sieht es nicht gut aus für Tommy.

Im hinteren Bereich des Saals wird eine Tür geschlossen. Mr Forsythe blickt über die Schulter und dreht sich dann schnell wieder um. „Sehen Sie nicht hin, aber Benjamin Spencer ist gerade hereingekommen. Er sitzt in der hinteren Ecke in der Nähe einer Seitentür." Mr

Forsythe grinst mich an. „Heute wird er die Schrift an der Wand sehen."

Bei diesem Verweis auf die Geschichte von König Belsazar schaue ich Mr Forsythe erstaunt an, aber seine Aufmerksamkeit ist schon wieder auf Van Soundso gerichtet.

Nach fast zwei Stunden der Befragung sagt der Staatsanwalt endlich, dass er sein Plädoyer abgeschlossen hat.

Archie erhebt sich. „Euer Ehren, ich möchte Mrs Emma Taylor in den Zeugenstand rufen."

Mr Forsythe schlängelt sich an mir vorbei und schiebt Mama zur Zeugenbank, dann hebt er sie in den Stuhl und lässt den Rollstuhl vorne stehen. Anschließend kehrt er auf seinen Platz zurück.

Unwillkürlich frage ich mich, was Mr Spencer wohl davon hält, dass sein Geschäftspartner uns hilft. Ich bücke mich und schiele dabei unauffällig nach hinten. Mr Spencer kann ich nicht sehen, aber vier Männer in dunklen Anzügen stehen an der hinteren Wand.

Ich schaue Mr Forsythe von der Seite an und flüstere lautlos: „FBI?"

Ein kaum merkliches Kopfnicken bestätigt meine Vermutung.

Archie geht lächelnd auf Mama zu. „Mrs Taylor, bitte nennen Sie Ihren vollständigen Namen und Ihre Beschäftigung."

„Emma Louise Taylor ..." Ich kann sie kaum hören.

„Mrs Taylor", unterbricht der Richter sie behutsam. „Bitte sprechen Sie lauter."

Mama räuspert sich. „Emma Louise Taylor." Diesmal spricht sie laut und deutlich, aber ihre Stimme enthält wieder dieses gebrechliche Zittern, das mir schon mal aufgefallen ist. „Ich war früher Köchin im *Sweetgum Hotel*. Jetzt bin ich arbeitsunfähig."

„Können Sie uns mit eigenen Worten schildern, was in der Nacht des 14. Juli passiert ist?"

„Alles?"

„Ja, bitte."

Sie strafft ihre schmalen Schultern und umklammert die Handtasche auf ihrem Schoß. „Ich glaube, es war kurz nach Mitternacht, als unsere mittlere Tochter, Janessa, meinen Mann und mich weckte. Sie schrie, dass es im Arbeiterviertel brannte. Mein Mann und ich rannten los, um die Bewohner aufzuwecken. Die Arbeiterhütten sind nämlich nicht viel mehr als ein Haufen Brennholz."

„Einspruch!", erklingt die Stimme des Staatsanwalts von der anderen Seite des Gerichtssaals. „Die Zeugin ist keine Expertin, was Häuserbau oder Brennstoffe betrifft."

„Stattgegeben."

Mama wirft Archie einen verwirrten Blick zu, doch er hilft ihr, den Faden wieder aufzunehmen. „Wo genau sind Sie hingegangen?"

„Mein Mann und ich fingen in der dritten Häuserreihe des Arbeiterviertels an. Als ich merkte, dass wir mehr junge Männer brauchten, um alle zu wecken, lief ich geradewegs zum Haus der Macks und holte Tommy, seine Mutter und seinen Bruder aus dem Bett. Tommy rannte sogleich mit mir in die vierte Häuserreihe, um zu helfen."

„Kurz nach Ausbruch des Feuers trafen Sie Tommy Mack also zu Hause in seinem Bett an?"

„Na ja, er war in Pyjama und sah verschlafen aus, als er die Tür geöffnet hat. Es war offensichtlich, dass er gerade erst aufgewacht war."

„Einspruch."

„Stattgegeben."

Sie können so oft Einspruch erheben, wie sie wollen, die Worte sind ausgesprochen – genauso wie die bösen Worte über Tommy. Verstohlen schaue ich zu den Geschworenen hinüber. Ich hoffe, dass sie sich gut einprägen, was Mama sagt.

„Mrs Taylor, in welcher Beziehung stehen Sie zu Tommy?"

Van Soundso springt auf. „Einspruch! Das hat keinen Einfluss auf den Fall." Seine Persönlichkeit ist genauso aalglatt wie seine Frisur.

Archie wendet sich dem Richter zu. „Euer Ehren, ich versuche, die wesentlichen Folgen des Brandes aufzuzeigen – Folgen, die Mr Mack als Spinnereiarbeiter und langjähriger Bewohner des Viertels durchaus einschätzen konnte. Diese Tatsache ist unter anderem entscheidend, um die Unwahrscheinlichkeit eines Motivs zu beweisen."

Der Richter denkt einen Augenblick nach und nickt dann mit finsterer Miene. „Einspruch abgelehnt."

Der Staatsanwalt runzelt die Stirn, kehrt jedoch an seinen Platz zurück. Archie bedeutet Mama mit einer Handbewegung, fortzufahren.

Ihre Lippen formen sich zu einem sanften Lächeln. „Er ist mein Schwiegersohn", erwidert sie voller Stolz.

„War er am 14. Juli bereits Ihr Schwiegersohn?"

„Nein, damals war er noch der Verlobte meiner Tochter."

„Und würde er Ihrer Meinung nach all seine Freunde, ihre Familien und die Familie seiner Verlobten durch Brandstiftung in Gefahr bringen?"

„Auf keinen Fall. Er hat sein eigenes Leben riskiert, um bei der Bekämpfung des Feuers zu helfen und Leute aus brennenden Häusern zu retten."

„Eine Frage noch, Mrs Taylor. Was ist Ihnen zugestoßen?"

Mama blickt an sich hinunter. Durch das Geländer der Zeugenbank können alle sehen, dass sie nur noch ein Bein hat. „Ich habe einer Frau geholfen, aus ihrem brennenden Haus zu fliehen. Aber ihr Kind war noch drin. Also bin ich zurückgelaufen, um das Kleinkind zu retten. Als ich es seiner Mutter übergeben habe, ist eine Wand eingestürzt. Ich wurde darunter begraben. Infolge meiner Verbrennungen habe ich ein Bein verloren und mein rechter Arm ist stark eingeschränkt."

Die Hand des Staatsanwalts schießt in die Höhe. „Einspruch! Das hat keinen Einfluss auf den Fall."

„Stattgegeben."

„Danke, Mrs Taylor. Ihre Zeugin."

Van Soundso schreitet zum Zeugenstand. Dann stützt er sich in Mamas Nähe auf das Geländer. Sie mustert ihn argwöhnisch und versucht, zurückzuweichen, doch es geht nicht.

„Emma – darf ich Sie Emma nennen?"

„Nein, dürfen Sie nicht. Sie dürfen mich Mrs Taylor nennen." Jetzt grinst sogar der Richter.

Van Soundso blickt finster drein und wendet sich zu den Geschworenen um. „Dann eben Mrs Taylor. Sie waren nicht am Haus der Familie Ralston, als das Feuer ausbrach, und können somit unmöglich mit Sicherheit sagen, ob Tommy Mack es gelegt hat oder nicht. Richtig?" Er lässt ihr keine Zeit, zu antworten, sondern wirbelt herum und löchert Mama weiter mit Fragen. „Ist es nicht so, dass Mr Mack leicht hätte *vorgeben* können, geschlafen zu haben? Und da sie seine Füße nicht erwähnt haben, gehe ich richtig in der Annahme, dass Sie nicht darauf geachtet haben, ob er Schuhe trug?"

„Schuhe?"

„Ja, vielleicht hatte er keine Zeit mehr, seine Schuhe auszuziehen, nachdem er vom Haus der Familie Ralston zurückgekehrt war."

„Einspruch! Bedrängung der Zeugin", wirft Archie ein.

„Stattgegeben. Achten Sie auf Ihren Ton, Mr VanGorder."

Ah, so heißt er also. Mein Taschentuch ist schon völlig zerknittert.

„Ja, Euer Ehren." Er lehnt sich wieder ans Geländer. „Mrs Taylor, seien Sie ehrlich: Glauben Sie, dass es klug von Ihnen war, Ihrer Tochter zu erlauben, den Angeklagten zu heiraten?"

Oh, oh. Sein herablassender Ton ist etwas, das Mama nicht ausstehen kann.

Sie starrt ihm geradewegs in die Augen. „Ich glaube nicht, dass dieser Prozess dazu dient, meinen Verstand zu beurteilen." An den Richter gewandt fragt sie: „Oder?"

„Nein, natürlich nicht. Mr VanGorder, seien Sie vorsichtig. Sie bewegen sich auf sehr dünnem Eis."

„Ich ziehe die Frage zurück." Er entfernt sich von Mama, läuft an Tommy und Mr Quigg vorbei und mustert die beiden durch zusammengekniffene Augen. Dann wirbelt er wieder herum und hebt einen seiner Mundwinkel zu einem höhnischen Lächeln. „Mrs Taylor, hat der Anwalt Ihres Schwiegersohns Ihnen geraten, Ihre Verletzungen so aufzubauschen? Ich glaube nämlich, dass Ihre Verletzungen nicht so schlimm sind, wie Sie vorgeben. Meiner Meinung nach versuchen Sie mit Ihrer herzzerreißenden Vorstellung die Geschworenen zu beeinflussen. Ich bezweifle, dass Ihre Verletzungen überhaupt von dem Brand herrühren."

Puh! Jetzt hat er einen großen Fehler gemacht: Er hat Mamas Ehre infrage gestellt. Ein breites Grinsen umspielt meine Lippen und ich flüstere Mr Forsythe zu: „Jetzt passen Sie mal auf."

Mama richtet sich auf, so gut sie es im Sitzen kann. „Mr VanGorder, hat Ihnen Ihre Mutter beigebracht, ältere Leute so zu behandeln und ihre Aufrichtigkeit infrage zu stellen?"

Der Richter prustet, während VanGorder knallrot anläuft. „Keine weiteren Fragen."

Mama schnaubt. „Das glaube ich auch."

Der Gerichtssaal bricht in Geflüster und gedämpftes Lachen aus. Energisch schlägt der Richter mit dem Hammer auf den Tisch, sagt aber nichts.

Archie nickt Mr Forsythe zu, der nach vorne geht, Mama zurück in ihren Rollstuhl hebt und sie wieder an ihren Platz schiebt. Jetzt geht Archie auf die Geschworenen zu. „Glauben Sie ernsthaft, dass ein Mann seine Freunde und die Familie seiner Verlobten gefährden würde, indem er einen Brand legt und dann nach Hause rennt, um sich schnell wieder ins Bett zu legen?"

„Einspruch!"

„Stattgegeben." Der Richter streckt seinen Hammer mit finsterem Blick in Archies Richtung. „Seien Sie vorsichtig, Mr Quigg. Ihr Verhalten grenzt an Missachtung des Gerichts. Ich werde Sie nicht noch einmal warnen."

Archie setzt eine reuevolle Miene auf. „Ja, Euer Ehren. Ich möchte jetzt Anthony Jessop in den Zeugenstand rufen."

Erstaunt reiße ich die Augen auf, als noch einer von Spencers Schergen aufsteht. Im Gegensatz zu diesem Kirkland stolziert Jessop jedoch nicht zur Zeugenbank, sondern schlurft mit gebeugten Schultern vor. Der Gerichtsdiener vereidigt ihn.

Eine Seitentür wird geöffnet und drei weitere Männer in dunklen Anzügen kommen herein. Sie gesellen sich zu den anderen, die bereits an der Wand stehen. Ich schiele zu Mr Forsythe, der die Männer ebenfalls beobachtet.

„Mr Jessop, nennen Sie bitte Ihren vollständigen Namen und Ihre Beschäftigung."

Mr Forsythe wendet sich wieder nach vorn, um den Zeugen zu sehen. Ich tue es ihm gleich.

„Tony – äh, Anthony Roland Jessop. Ich arbeite in der Autowerkstatt von Silver Creek."

„Sie arbeiten also mit Mr Kirkland zusammen?"

„Ja."

O ja, sie schlagen zusammen Köpfe ein.

Archie lächelt die Jury an, während er den Mann befragt. „Mr Jessop, würden Sie dem Gericht bitte erzählen, was Sie mir erzählt haben?"

„Mr Spencer bezahlt mich und Kirkland und noch ein paar andere, um Dinge für ihn zu erledigen. Dinge, die nicht bekannt werden sollen –"

Kirkland springt auf. „Halt's Maul, Jessop!" Dann versucht er, nach vorne zu stürmen, doch der Gerichtsdiener und ein anderer Polizist halten ihn an den Armen fest. Dann legt der Gerichtsdiener ihm Handschellen an.

Wieder geht die Seitentür auf und ein Mann schlüpft hinaus. Dabei bleibt sein Rockzipfel fast in der Tür hängen. Wer könnte das gewesen sein? Ein Reporter? Was Jessop gerade ausgesagt hat, würde eine großartige Schlagzeile abgeben: *Spinnereibesitzer bezahlt Schläger.*

Der Richter setzt wieder seinen Hammer ein. „Entfernen Sie Mr Kirkland aus dem Gerichtssaal. Die Staatsanwaltschaft sollte ihre Zeugen besser unter Kontrolle halten."

Zwei der FBI-Agenten folgen dem Gerichtsdiener und Mr Kirkland aus dem Saal.

Archie nickt Mr Jessop zu. „Fahren Sie bitte fort."

„Also, Mr Spencer bezahlt uns, damit wir die Drecksarbeit für ihn machen. Im Juli, nachdem wir den Streik niedergeschlagen haben, hat er Kirkland und mich bezahlt, um einen Brand zu legen." Er wendet das Gesicht dem Richter zu. „Wenn ich es nicht gemacht hätte, wäre meiner Familie vielleicht etwas zugestoßen." Unbehaglich rutscht er auf seinem Stuhl hin und her. „Letzte Woche hat Spencer dann … er hat gesagt, dass ich noch eins legen soll … noch ein Feuer … in der Scheune vom Hotel."

Ich keuche erschrocken und drehe mich zu Mr Forsythe um. „Warum?"

Er tätschelt meine fest umklammerten Hände und schüttelt den Kopf. „Wer weiß, was in Spencers Kopf vorgeht?" Dann nickt er in Archies Richtung. „Jetzt müssen Sie gut aufpassen."

Mr Jessop umklammert das Geländer. „Ich habe Nein gesagt. Ich wollte nichts mehr für Spencer tun. Ich habe nichts dagegen, hier und da ein wenig Unruhe zu stiften, aber ich hatte genug von Spencers Drohungen. Deshalb wollte ich aussteigen. Da hat er damit gedroht, mich zu verpfeifen. Das ist Erpressung, deshalb bin ich zu Mr Forsythe gegangen – das ist Spencers Geschäftspartner."

Alles geht gerade ziemlich schnell, aber allmählich sehe ich ein Licht am Horizont.

Archie stellt sich neben Mr Jessop und sieht die Geschworenen an. „Lassen Sie mich das klarstellen. Mr Spencer hat Sie und Mr Kirkland bezahlt, um den Brand in der Nacht des 14. Juli zu legen?"

„Ja, Sir."

„Und war Tommy Mack auf irgendeine Weise beteiligt?"

„Nein. Er hat bloß mitgeholfen, den Streik für sicherere Arbeitsbedingungen zu organisieren. Das hat Spencer verärgert, deshalb hatte er es auf Mack abgesehen. Aber der Junge hatte nichts mit dem Brand zu tun. Kirkland wurde von Spencer bezahlt, damit er das aussagt."

Nun bricht Chaos im Gerichtssaal aus. Der Richter klopft mehrmals mit dem Hammer auf den Tisch, doch es dauert ein paar Minuten, bis alle sich wieder beruhigt haben.

Sobald Ruhe eingekehrt ist, springt Mr VanGorder wie ein Springteufel auf. „Euer Ehren, jetzt steht Jessops Wort gegen Kirklands."

Archie tritt an seinen Tisch und holt etwas aus seinem Aktenkoffer. „Darf ich mich der Richterbank nähern, Euer Ehren?"

Der Richter lehnt sich vor, während er Archie aufmerksam beobachtet. „Sie dürfen."

Er reicht dem Richter zwei Papiere. „Hier haben Sie die Nachricht von Benjamin Spencer, in der er Jessop und Kirkland auffordert, das Feuer zu legen. Das andere Dokument ist eine Kopie des Schecks, den Mr Spencer an Mr Jessop ausgestellt hat. Der Betrag ist zu hoch, um für eine Autoreparatur zu sein, und auch viel höher als Jessops Gehalt in der Werkstatt."

Der Richter hebt erneut seinen Hammer, während er Tommy und Archie direkt anschaut. „Angesichts dieser neuen Informationen, Mr Jessops Zeugenaussage und des Mangels an glaubwürdigen Beweisen gegen Mr Mack erkläre ich diese Klage für abgewiesen." Er klopft ein letztes Mal mit dem Hammer.

Diesmal bricht der Saal in Jubel aus. Mr Forsythe grinst zufrieden. Dann stupst er mich an und deutet mit dem Kopf in Tommys Richtung. Ich springe auf und renne zu meinem Ehemann, der mich in den Arm nimmt und durch die Luft wirbelt.

Mr Forsythe geht an uns vorüber zur Richterbank. Er und der Richter flüstern miteinander, dann nickt der Richter, steht auf und verlässt den Gerichtssaal.

Alles, was mich interessiert, ist mein Tommy. Er ist frei! „Tommy, deine Mama! Sie wartet auf Nachricht von uns. Wir müssen im Hotel anrufen und ihr erzählen, dass die Klage abgewiesen wurde."

„Schon passiert." Mr Forsythe schüttelt Tommy die Hand. „Ich habe den Richter gebeten, sie anzurufen."

Er muss ziemlich viel Einfluss haben, wenn der Richter ihm einen solchen Gefallen tut.

Archie klopft Tommy mit einem triumphierenden Grinsen auf den Rücken. „Wie geht es Ihnen?"

Tommy wischt sich mit dem Ärmel den Schweißfilm von der Stirn. „Ganz gut, aber nach Kirklands Aussage war ich ziemlich nervös."

„Tut mir leid, dass ich Ihnen nichts von Jessop erzählt habe, aber Darrell und ich wollten nicht, dass außer dem Staatsanwalt noch jemand davon erfährt, bevor Jessop vor Gericht ausgesagt hat. Er hat für sein Auftreten als Kronzeuge einen Deal ausgehandelt. Und Benjamin Spencer wird in diesem Augenblick abgeführt. Die Männer, die vorhin hereingekommen sind, waren vom FBI. Als Spencer sich hinausgeschlichen hat, sind sie ihm gefolgt und haben ihn festgenommen."

Mr Forsythe legt einen Arm um Tommy und mich. „Lassen Sie uns im Hotel weiterfeiern."

Tommy und ich laufen Arm in Arm zum Parkplatz, während Mr Forsythe Mamas Rollstuhl schiebt und sich unterwegs mit Archie unterhält.

Ich habe noch so viele Fragen, aber im Moment bin ich einfach nur glücklich, meinen Mann an meiner Seite zu haben.

Als wir alle im Auto sitzen, klettert Mr Forsythe auf den Fahrersitz. „Wenn wir wieder in Sweetgum sind, habe ich Ihnen einen Vorschlag zu machen."

34

Die Eingangstür des Hotels fliegt auf und die ganze Familie eilt uns entgegen, um uns zu begrüßen, als wir aus Mr Forsythes Auto steigen. Mama Kara weint vor Freude in den Armen ihres Sohns, während der kleine Willie sich an das Bein seines großen Bruders klammert.

„Ich dachte, ich würde dich schon wieder verlieren, mein Sohn." Mama Kara tupft sich die Augen ab. „Ich hatte solche Angst. Als der Richter angerufen hat, könnte ich schwören, dass ich einen Engelschor *Happy Days Are Here Again* habe singen hören."

Willie kichert. „Mama, das waren keine Engel. Das waren Miss Annie, Miss Lillian und ich!"

Ich bin so aufgedreht, dass ich über die Vorstellung, wie Willie mit meinen Schwestern singt, lachen muss. Glücklicherweise sind unsere Mieter noch auf der Arbeit, sodass wir Zeit haben, uns ins Wohnzimmer zu setzen und allen von der Verhandlung zu erzählen. Mr Forsythe und Archie kündigen an, dass sie in ein paar Minuten zu uns stoßen werden, und gehen in ihre Zimmer hinauf.

Tommy hält meine Hand fest, während wir uns aufs Sofa setzen. Die zehn Tage, die er im Gefängnis verbracht hat, waren die längsten meines Lebens – sogar noch länger als seine Zeit in Texas. Dann lässt Tommy meine Hand los, legt den Arm um mich und drückt meine Schultern. Er beugt sich zu mir und küsst meine Schläfe. Sein Seufzen ist lang und zufrieden. Ich kann mir kaum vorstellen, was er durchgemacht haben muss, aber er wird es mir sicherlich erzählen, wenn wir allein sind.

Die Wohnzimmertür geht auf und Sarah erscheint. Sie hat Gebäck und Kaffee dabei. Wenig später treffen auch Mr Forsythe und Archie ein, dicht gefolgt von Kade und Irving Patterson.

Es überrascht mich, dass Mr Patterson hier ist. Wer hat ihn hergeholt und warum?

Kade stellt sich hinter Lillians Stuhl und legt seine Hände auf die Lehne. Seine Finger bewegen sich ein Stück auf Lillians Schultern zu und gleiten dann wieder nach oben.

Ich stupse Tommy an und deute mit den Augen auf Kade. Wenn je einem Mann seine Gefühle ins Gesicht geschrieben standen, dann unserem Prediger. Lillian schaut immer wieder mit einem heimlichen Lächeln zu ihm hinauf. Für andere mag es ein Geheimnis sein, aber nicht für mich oder Annie, die mir gerade zuzwinkert. Tommy senkt kaum merklich das Kinn, um mir zu zeigen, dass er es auch sieht.

„Kade hat mit mir über sie gesprochen", flüstert er mir zu.

Ich runzele die Stirn. „Wann?"

„Vor zwei Tagen." Als er meine Verwirrung sieht, grinst er. „Als mein Pastor hatte er Zugang zu meiner Zelle."

Seine Antwort besänftigt mich ein wenig. „Was hat er gesagt?"

Tommy schüttelt nur den Kopf und deutet auf Archie, der einen Ordner mit sehr vielen Papieren in der Hand hält. Er setzt sich auf Daddys alten Sessel, nimmt ein paar der Dokumente heraus und legt den Ordner dann auf den Beistelltisch.

Nachdem Archie ein *Scone* gegessen und einen Kaffee getrunken hat, streicht er sich die Krümel aus den Mundwinkeln und beginnt: „Ich habe vorhin Kades Telefon genutzt, um einen Anruf zu tätigen. Benjamin Spencer wurde verhaftet und wegen Betrugs, Brandstiftung und Totschlags angeklagt. Er wird ohne Kaution festgehalten." Archie nickt Mr Forsythe zu. „Darrell hat mich gebeten, den Papierkram für die Veränderungen zu übernehmen, die er euch jetzt mitteilen wird."

Mr Forsythe blickt so zufrieden drein wie eine Scheunenkatze, die ein Schälchen Milch bekommen hat. Ich mag diesen Mann, der mich erst mit seiner Inspektion erschreckt hat, um sich dann zu einem Freund und Verbündeten zu entwickeln. Er zwinkert Tommy und mir zu. Dann wendet er sich an Marys Vater: „Irving, ich habe meine Partnerschaft mit Benjamin Spencer aufgelöst."

Was wird jetzt aus der Spinnerei werden? Aus Sweetgum? Ich schiele zu Tommy, doch der sieht unbesorgt aus.

Mr Forsythe fährt fort: „Ich bin jetzt alleiniger Inhaber der Spinnerei und würde Sie gerne als Vorsteher einsetzen. Sie werden alle Abläufe beaufsichtigen und können die Aufseher behalten, mit denen Sie zufrieden sind. Wenn jemand Ihren Ansprüchen nicht genügt, können Sie ihn feuern. Sie haben sich bewiesen und haben mein vollstes Vertrauen sowie meine Unterstützung. Das Haus der Spencers gehört der Spinnerei. Im Laufe der nächsten Woche können Sie und Ihre Familie dort einziehen."

Marys Daddy wird bestimmt ein großartiger Vorsteher werden. Ich schaue zu Annie, weil mir ihre ehemalige Freundin Fannie leidtut. Aber es ist, wie unsere Großmutter immer gesagt hat: „Wer mit Hunden zu Bett geht, steht mit Flöhen auf."

Mr Patterson schluckt, steht auf und streckt Mr Forsythe die Hand hin. „Ich nehme dankend an. Wenn es für Sie in Ordnung ist, wird meine erste Maßnahme die Einführung der neuen Sicherheitsmaßnahmen sein. Außerdem sollen alle Kinder unter 14 Jahren zur Schule gehen."

Mr Forsythe schüttelt ihm herzlich die Hand. „Eine weise Entscheidung. Ich werde allen Angestellten eine Gehaltserhöhung geben, um die Gehälter dem Standard anderer Spinnereien in Georgia anzupassen und den Verlust der Gehälter der Kinder wettzumachen."

Nachdem Mr Patterson Tommy und mir gratuliert hat, verabschiedet er sich. Bestimmt kann er es kaum erwarten, Mary und ihrer Mutter die Neuigkeiten zu verkünden.

Als er fort ist, wendet Mr Forsythe seine Aufmerksamkeit Tommy und mir zu. „Jetzt zu Ihnen beiden."

Was immer er sagen möchte, er ist sehr zufrieden mit sich. Er erinnert mich an Daddy, der eine ähnliche Miene aufgesetzt hat, wenn er Lillian, Annie oder mich für etwas belohnt hat.

„Tommy, ich möchte, dass Sie mit Janessa zusammen das Hotel leiten. Aber ich habe Ihnen beiden noch ein Angebot zu unterbreiten. Zuerst möchte ich den Grund dafür erläutern. Wenn Janessa mich nicht vor Benjamins Machenschaften gewarnt hätte, hätte ich vielleicht alles verloren. Ich hatte zwar einen Verdacht, aber sie hat mir die Beweise geliefert." Er nickt in Archies Richtung. „Die Papiere, die Archie vorbereitet hat, sind für den Verkauf des Hotels an Sie und Tommy." Er hebt eine Hand, um unseren Einwänden zuvorzukommen.

„Ich weiß, dass Sie das Geld nicht haben. Archie, erklären Sie es, bitte." Er lehnt sich zurück und setzt wieder ein Gesicht auf, das mich an Daddy erinnert. Meine Augen werden feucht.

Archie nimmt die Papiere zur Hand und liest: „Alle Mieten sowie das Essensgeld werden direkt auf das Bankkonto des Hotels eingezahlt. Ein zusätzlicher Betrag von 2000 Dollar pro Jahr wird für Reparaturen und Instandhaltung auf das Konto eingezahlt, bis das Hotel sich selbst trägt. Dieser Status wird voraussichtlich innerhalb von drei Jahren erreicht. Zu diesem Zeitpunkt beginnen die Zahlungen an Mr Forsythe für den Kauf des Hotels, wobei sie in einer Höhe erfolgen sollen, die die Käufer nicht überlastet. Bis das Hotel vollständig unabhängig ist, werden die Gehälter der Taylors, der Macks und aller anderen im Hotel arbeitenden Personen von der Spinnerei bezahlt.'"

Er hebt den Blick von den Papieren und sieht uns an. Tommy grinst, während ich Archie fassungslos anstarre. Ich bin mir nicht sicher, ob ich alles verstanden habe. Verwirrt blinzele ich. Mein einziger Gedanke ist, dass wir in unserem Zuhause bleiben können. Und es ist wirklich *unser* Zuhause.

Meine Augen füllen sich mit Freudentränen. Mama kann in dem Haus wohnen bleiben, in dem Daddy und sie uns großgezogen haben. Tommy hat eine Arbeitsstelle als Hoteldirektor. Meine Schwestern haben Arbeit und Mama Kara auch.

Tommy und ich rappeln uns auf und gehen zu Mr Forsythe, der in der Mitte des Wohnzimmers steht. Die Männer schütteln sich herzlich die Hand, während ich Mr Forsythe überschwänglich umarme. „Danke." Das ist alles, was ich sagen kann.

Mein Mann hat seine Gefühle besser unter Kontrolle. „Wir nehmen Ihr Angebot gerne an. Ich weiß Ihr Vertrauen sehr zu schätzen, Mr Forsythe. Wir werden hart daran arbeiten, dass das Hotel wirtschaftlich unabhängig wird."

„Das weiß ich, mein Junge."

In diesem Moment hören wir, dass die Eingangstür geöffnet wird und die Mieter hereinströmen. Als jemand an die Tür zu unserer Wohnung klopft, gehen wir in die Lobby hinüber. Sobald die Arbeiter Tommy und Mr Forsythe sehen, gratulieren sie ihnen lautstark.

Offenbar ist Mr Patterson von hier aus geradewegs zur Spinnerei gegangen, um den Arbeitern von Spencer und dem neuen Inhaber, Mr Forsythe, zu erzählen.

Sweetgum blüht wieder auf.

Und wieder einmal ist es Zeit, das Abendessen auf den Tisch zu bringen. Auch wenn mein Mann heute vor Gericht stand, geht das Leben in Sweetgum weiter.

Nach dem Abendessen gehe ich auf die vordere Veranda hinaus, um mich ein paar Minuten auszuruhen und Tagebuch zu schreiben.

Es ist jetzt drei Monate her, seit Tommys Verfahren eingestellt wurde, und in Sweetgum hat sich so viel verändert, dass ich es hier festhalten möchte. Am meisten freut mich, dass wieder Leben auf den Straßen herrscht – überall sieht man Leute, die sich mit ihren Freunden und Nachbarn treffen, und Kinder, die draußen spielen. Die Traurigkeit und die Nachwehen des Feuers sind großer Freude gewichen. Sweetgum ist glücklicher denn je. Und ich auch, seit ich Tommys Frau bin, obwohl ich natürlich wünschte, dass Daddy noch bei uns wäre. Aber ich weiß ja, dass er im Himmel unendlich glücklich ist, also wünsche ich ihn nicht von dort weg.

„Jane? Bist du draußen?", schallt Lillians Stimme durchs offene Fenster.

„Ja. Komm doch zu mir!" Ich rutsche ein Stück, damit sie neben mir auf der Hollywoodschaukel sitzen kann. Es wird noch ein oder zwei Stunden lang hell sein. Die Temperatur ist immer noch angenehm und der Himmel verspricht einen wunderschönen Sonnenuntergang.

Lillian hat zwei Gläser mit Eistee dabei und reicht mir eins, während sie sich auf die Schaukel sinken lässt. „Wo ist Tommy?"

„Willie zeigt ihm noch mal, wie man den Schweinestall ausmistet, ohne in irgendwas zu treten."

Kichernd denken wir daran zurück, wie Kade Willie zum ersten Mal geholfen hat.

Lillian schielt auf mein Tagebuch. „*Die Traurigkeit und die Nachwehen des Feuers sind großer Freude gewichen.*" Sie seufzt lächelnd. „Das stimmt."

Auf der Main Street machen einige Leute einen Schaufensterbummel. Eine Frau bleibt stehen und winkt uns zu – Catherine Owens, die neue Sozialarbeiterin, die Mr Forsythe eingestellt hat, um Veranstaltungen für die Stadt zu organisieren. Lillian hebt den Arm und winkt zurück.

Dann stößt sie sich mit dem Fuß vom Boden ab, um die Schaukel anzuschubsen. „Mr Spencers Prozess war ziemlich schockierend, nicht wahr?"

„Ja, sogar ich war überrascht über manche Dinge, die ans Licht gekommen sind. Der Mann ist durch und durch böse." Ich trinke meinen Tee in einem Zug aus und stelle das Glas dann auf den Boden.

„Ich verstehe einfach nicht, warum niemand den Mund aufgemacht hat."

Lillian starrt mich an. „Ehrlich nicht? Spencer hatte alle zu sehr eingeschüchtert. Dazu war nicht viel mehr nötig als ein paar Gerüchte über Männer, die nachts in dein Haus kommen und dich in den Wald verschleppen, wenn du nicht tust, was Spencer sagt. Auf diese Weise hat er alle unter Kontrolle gehalten – außer Daddy, Tommy und dich." Sie stupst mich mit dem Ellenbogen an. „Ich bin so stolz auf dich."

Annie schlüpft zur Tür heraus. „Darf ich mich zu euch setzen?"

Wir rutschen beide zur Seite, damit Annie in unserer Mitte sitzen kann. Dann klopfe ich mit der flachen Hand auf den leeren Platz. „Immer doch. Sind die Rechnungen bezahlt?"

Sie nickt. „Die Umschläge sind adressiert und frankiert. Ich habe sie in den Briefkasten geworfen, damit sie morgen zur Post gebracht werden."

Lillian und ich schauen Annie erwartungsvoll an. Ihr Gesichtsausdruck erinnert an die Grinsekatze aus *Alice im Wunderland*. Offensichtlich hat sie Neuigkeiten und kann kaum erwarten, uns davon zu erzählen.

Ich knicke zuerst ein. „Na schön, raus damit!"

Annie lacht entzückt. „Catherine Owens, Mary Patterson und ich werden eins der Spinnereihäuser mieten und zusammen dort einziehen. Und … Catherine hat mich gebeten, Schauspielunterricht zu geben. Wir werden ein kleines Theater aufmachen! Für die Aufführungen werden wir die Schulaula nutzen."

Kein Wunder, dass sie vor Aufregung fast platzt. „Ach, Annie, das ist toll! Endlich kannst du dein Talent einsetzen." Ich runzele die Stirn. „Aber warte mal … Was ist mit deinem Traum, nach Hollywood zu gehen und in Filmen mitzuspielen?"

Sie grinst und zuckt mit den Schultern. „Das kommt mir auf einmal nicht mehr so wichtig vor." Nachdenklich blickt sie auf die Main

Street hinaus. „Sweetgum hat sich verändert. Ich will gar nicht mehr hier weg. Und jetzt muss ich das auch nicht mehr, weil ich meiner großen Leidenschaft auch hier nachgehen kann."

Ich ziehe meine kleine Schwester an mich. „Es wird komisch sein, wenn du nicht mehr im Hotel wohnst."

Lächelnd erwidert sie: „Ihr werdet mich ja trotzdem täglich sehen. Immerhin sorge ich dafür, dass die Rechnungen bezahlt werden."

Sie hat recht. Aber es wird trotzdem anders sein. Schräg gegenüber dem Hotel zieht Kade gerade die Kirchentür hinter sich zu. Er dreht sich um, schließt ab und kommt dann in unsere Richtung. Als er den Kopf hebt, hellt sich sein Gesicht auf und er winkt uns zu. Lillians Wangen glühen.

Annie blickt von Kade zu Lillian. „Es ist um dich geschehen, Schwesterherz."

„Ich weiß." Sie grinst. „Ich kann es nicht ändern, dass es so schnell geht. Tief in meinem Herzen weiß ich, dass Kade der Mann ist, den Gott für mich ausgesucht hat. Und Kade sagt das Gleiche. Wir versuchen bloß, lang genug zu warten, dass die Leute nicht reden."

Ich kichere leise in mich hinein. „Lass sie doch reden. Wenn ihr dann euren 50. Hochzeitstag feiert, werden diese Schwarzmaler schon sehen, dass sie unrecht hatten." Ich muss daran denken, wie es Tommy und mir fast ergangen wäre. Plötzlich habe ich das Bedürfnis, meine Schwester zur Eile zu drängen. „Wartet auf niemanden, Lillian. Niemand weiß, was morgen kommt. Ergreife dein Glück, solange du es kannst."

„Du redest genau wie Mama."

„Weil wir recht haben."

Kade steigt die Stufen zur Veranda herauf. Ich lächele ihm entgegen. „Guten Abend, Kade."

„'n Abend, Mrs Mack. Annie."

Seit er Tommy und mich getraut hat, nennt er mich *Mrs Mack*. Ich kann es nicht oft genug hören. „Möchtest du dich zu uns setzen?" Ich rutsche so weit hinüber, wie ich kann.

Er mustert die volle Schaukel mit zweifelndem Blick. „Eigentlich hatte ich gehofft, Lillian zu einem kleinen Spaziergang überreden zu können."

Hoffentlich macht er ihr heute einen Antrag!

Annie scheucht die beiden fort. „Geht ruhig vor. Wir zwei bleiben noch ein bisschen hier sitzen."

Kade nimmt Lillians Hand, dann schlendern sie in Richtung Fluss davon.

Annie setzt die Schaukel wieder in Bewegung. „Weißt du noch, wie du dir Sorgen gemacht hast, dass ich in Archie verliebt sein könnte?"

Sofort hat Annie wieder meine volle Aufmerksamkeit. Meine schwesterliche Intuition sagt mir, dass sie noch etwas Wichtiges zu erzählen hat. „Ja, ich erinnere mich."

Sie dreht sich zu mir um, winkelt ein Bein an und setzt sich auf ihren Fuß.

„Was würdest du von einem Anwalt als Verehrer deiner kleinen Schwester halten?"

„Wesentlich mehr als von einem Bankräuber."

Annie schlägt mir mit dem Handrücken aufs Knie. „Er hat Mama gefragt, ob er mir den Hof machen darf. Ist das nicht romantisch?"

„Ja, das ist es. Ich schätze Archie sehr. Inzwischen."

„Hast du gehört, dass er ein Haus in Sweetgum baut?"

„Nein, aber das ist nicht wirklich verwunderlich. Schließlich ist Archie jetzt auch der Anwalt der Spinnerei. Als Mr Forsythe mit seiner Familie hergezogen ist, fand ich das schon ein bisschen komisch. Aber er hat mir erzählt, dass er unser kleines Dorf einfach lieb gewonnen hat."

Annie lehnt sich in der Schaukel zurück. „Ich bin froh, dass die beiden hier wohnen werden." Sie wirft mir einen Blick zu. „Um ehrlich zu sein, war es von Anfang an nicht besonders schwer, so zu tun, als wäre ich in Archie verknallt."

„Er ist etwas älter als du."

„Nur sieben Jahre. Das ist nicht so viel. Nicht wirklich."

Meine kleine Schwester ist in den letzten Monaten erwachsen geworden. „Du hast recht. Daddy war auch fast sieben Jahre älter als Mama. Ich vergesse das nur immer wieder. Übrigens, was sagt Mama eigentlich dazu?"

„Dass alle ihre Küken eine gute Wahl getroffen haben. Sie ist sehr zufrieden."

Ich nehme Annie bei der Hand und ziehe sie hoch. „Unser Leben verändert sich genauso wie Sweetgum und ich freue mich sehr für dich. Ein Teil von mir möchte nicht, dass sich etwas verändert, aber dann denke ich an Tommy – unser gemeinsames Leben – und wünsche dir mindestens genauso viel Glück." Ich umarme sie. „Ich hab dich lieb, Annie."

Annie drückt mir einen Kuss auf die Wange, bevor sie über die Straße zum Gemischtwarenladen schlendert.

Ich füge unterdessen meinem Tagebucheintrag noch einen Abschnitt hinzu. Es geht um eine weitere kleine Veränderung, die sich anbahnt. Ein Lächeln überzieht mein Gesicht, während ich die Worte schreibe. Ich frage mich, ob Daddy es weiß. Aber ich glaube schon.

Als ich fertig bin, datiere ich den Eintrag, klappe das Tagebuch zu und lasse es erst einmal auf der Schaukel liegen. Dann gehe ich zur Scheune, um nach Tommy und Willie zu sehen.

Ich will mein Geheimnis noch eine kleine Weile in meinem Herzen bewahren. Später am Abend, wenn wir allein sind, werde ich es Tommy erzählen.

Anmerkung der Autorin

Das Städtchen Sweetgum existiert zwar nur in meiner Fantasie, aber ich habe es nach dem Vorbild anderer Spinnereistädte in Georgia entworfen. In den meisten dieser Orte konnte man gut leben und arbeiten. Aber nicht in allen. Für mein Buch brauchte ich eine Stadt, die nicht zu den besten gehörte. Bei meinen Nachforschungen stieß ich auf Porterdale, das auch in diesem Buch erwähnt wird. Porterdale war tatsächlich eine der vorbildlichsten Spinnereistädte von Georgia.

Es hat mich überrascht, dass ein Großteil der Haushalte in Georgia – außer in Großstädten wie Atlanta – bis in die 1950er-Jahre keine Elektrizität hatte. Das war mir nicht bewusst. Da ich Sweetgum in die Nähe der Bezirkshauptstadt Rome im Nordwesten Georgias platziert habe, gibt es in der Stadt sowie im Hotel keinen Strom. Die Spinnerei hat ihr eigenes Wasserkraftwerk, aber der Eigentümer will die restliche Stadt nicht ans Stromnetz anschließen.

Die Kleider, Hemden und Laken aus Mehlsäcken waren in den 1920er- und 30er-Jahren weitverbreitet. Georgia hatte noch mit den Nachwehen des Bürgerkriegs zu kämpfen und vor allem die ländlichen Gebiete waren sehr arm. Als die Mehl-, Zucker- und Tierfutterhersteller herausfanden, dass viele Frauen ihre Baumwollsäcke für Kleidung und Bettwäsche nutzten, begannen sie, schöne Muster darauf zu drucken. Je schöner das Design, desto besser ließ sich das Produkt verkaufen. Manche druckten sogar Schnittmuster auf die Innenseite der Säcke.

Ich hoffe, dass Ihnen *Wenn wir unseren Träumen folgen* gefallen hat. Wenn ja, hinterlassen Sie gerne eine kurze Rezension auf Amazon, LovelyBooks oder anderen Webseiten. Rezensionen sind das Lebenselixir von uns Autoren. Sie können mir auch in den Sozialen Medien folgen:

Facebook: @anemulligansouthernfriedfiction
Instagram: @anemulligan
Pinterest: @anemulligan

Von derselben Autorin

Zart wie Blüten, stark wie Stahl

Die Frauen von Rivers End

Paperback, 352 Seiten
ISBN 978-3-7655-2146-1

1929: Der Börsencrash führt im ländlichen South Georgia zu entbehrungsreichen Zeiten und die Witwe Magnolia „Maggie" Parker kämpft sich als berufstätige Frau und Mutter eines siebenjährigen Sohnes durchs Leben. Schon lange ist sie ihrem habsüchtigen Schwiegervater ein Dorn im Auge, denn er hat es auf den Lebensmittelladen abgesehen, den ihr Mann ihr hinterlassen hat.

Doch er hat nicht mit Maggies Kampfgeist gerechnet und mit der Stärke der Südstaatenfrauen! Gemeinsam mit ihrer Schwester und drei weiteren Freundinnen findet Maggie immer wieder neue Wege durch die Wirtschaftskrise hindurch und entdeckt: Mit Gott und den richtigen Freundinnen an der Seite kann man alles schaffen!

BRUNNEN VERLAG GMBH
www.brunnen-verlag.de